Gisbert
HAEFS

Mord am Millionenhügel

Die Schatten-schneise

Zwei Kriminalromane in einem Band

Goldmann Verlag

Umwelthinweis:
Alle bedruckten Materialien dieses Taschenbuches sind chlorfrei und umweltschonend.
Das Papier enthält Recycling-Anteile.

Der Goldmann Verlag
ist ein Unternehmen der Verlagsgruppe Bertelsmann

Umschlaggestaltung: Design Team München
Umschlagillustration: Loh Productions, Heidelberg
Druck: Elsnerdruck, Berlin
Verlagsnummer: 13142
Ge · Herstellung: Heidrun Nawrot
Made in Germany
ISBN 3-442-13142-1

10 9 8 7 6 5 4 3 2 1

Mord am Millionenhügel

Die Hauptpersonen

Prof. Dr. med. Arno Ahrenborn	makabrer Mikrobiologe
Ariane Binder	patente PR-Dame
Klaus Brockmann	huschende Haselmaus
Hartmut L. Burger	AA-Attaché
Barbara Grossek	entgegenkommende Einzeltochter
Ewald Kleinsiepe	problematischer Postbeamter
Felicitas Kleinsiepe	tolle Tussi
Emil Morken	muffiger MdB
Eva Morken	gezwungene Gemahlin
Moritz von Morungen	lässiger Lokalreporter
Hermann Pistorius	reiselustiger Rentner
Edgar Römertopf	grotesker Gynäkologe
Susanne Weber	hilfesuchende Haushälterin
der Erzähler	angehender Autor

sowie vor allem

Baltasar Matzbach	Universaldilettant, Hobbykriminalist; beiläufig beginnt seine läßliche Laufbahn mit einer zufälligen Zahnbürste.

Der Roman spielt in Bonn

1

An einem Abend Ende August 1980 teilte mir furchterregender Lärm vor der Tür mit, daß Baltasar Matzbach seine 120 Kilo an mein Domizil befördert hatte – Hupen, das Scheppern der Wagentür, das Schnauben und jener nasale Fanfarenstoß, der meinem Namen entfernt ähnlich klang, waren eindeutig. Ich war kurz vorher aus Bonn ›aufs Land‹ gezogen und begrüßte die Störung in meinem Exil. Nach weitläufiger Wiedersehensfreude erwähnte Baltasar (er hatte mindestens 100 Gramm abgenommen) seinen grimmigen Hunger. Von Mitleid geschüttelt, schlug ich zehn Eier (zwei für mich) mit reichlich Schinken in mehrere Pfannen und braute Kaffee.

Nach der Vertilgung, unter Beifügung eines halben Graubrots, erzählte Baltasar die wirre Geschichte seines Tages bis zu diesem Zeitpunkt. Ich gebe sie folgend perspektivisch versetzt und sortiert ungefähr so wieder, wie sie sich zugetragen haben dürfte. Die Anzahl meiner Zwischenfragen zur Klärung von Einzelheiten und undeutlichen Schilderungen mag bei fünfzig gelegen haben.

Der Tag hatte für Baltasar Matzbach schlecht begonnen. Gegen Mittag erwachte er, gepeinigt von einem Rudel gegensätzlicher Gefühle. Die pralle Blase nötigte ihn, das Bett um einen schnöderen Ort zu verlassen. Das Sägewerk in seinem Kopf ließ ihn weiteren Schlaf ersehnen. Sein Mund schmeckte, als hätten Cäsars Legionen in älteren Fußlappen dort eine nächtliche Marschübung vorgenommen. Aus dem Bett trieb ihn der Hunger; die Magenränder überlappte ein flaues Gefühl, das Ruhe erheischte. Zu allem Überfluß ging draußen ein graues Augustnieseln namens Bonner Sommer um, das aber nicht ausreichte, den Blick auf das Bonner Stadthaus, jene Feste des bürokratischen Terrorismus, zu verhängen. Baltasar hatte vergessen (oder war nicht mehr fähig gewesen), die Vorhänge zuzuziehen. »Und wenn es köstlich war«, knurrte er und setzte sich mühselig auf, »so war es«, und schwankend kam er auf seine breiten Füße, »Mühsal und Pein«. Auf dem Heimweg aus dem Bad fiel sein Blick auf die unförmigen Beinkleider, die er Hosen zu nennen beliebte. Sie waren versuchsweise in Falten gelegt und hingen so über einer Stuhllehne. Ein sicheres Anzeichen für besinnungslosen Suff, dachte er, denn ein voll seiner Sinne mächtiger Mensch käme gar nicht erst auf den Gedanken, dergleichen Objekte zu fälteln. Seufzend begann er sich halbwegs anzuziehen; danach schlurfte er in die Küche seines Altbauapartments und setzte Kaffeewasser auf, riß einen halben Liter Milch aus dem Kühlschrank und goß den kalten Kuhsaft in sich hinein.

Während das Wasser leise zu singen begann, schlurfte Baltasar abermals ins Bad, um nach den dringenden nun die notwendigen Dinge zu erledigen. Kaltes Wasser eröffnete ihm neue Perspektiven. Sodann griff er zur Zahnbürste, um die Spuren der Kohorten zu verwischen. In diesem Moment sah er, zum (bewußt) ersten Mal, was in den folgenden Tagen sein Leben verändern, meine Zeit stehlen und einige ehrbare Bonner Bürger ins Elend stürzen sollte: Neben seiner zartrosa Zahnbürste mit dem günstigen Knickhals stand eine zweite im Becher, gallig grün.

Nachdenklich schlürfte er seinen Kaffee und sog an der ersten schwarzen Zigarre des Tages. Dabei zerbrach er sich den Kopf, wozu allerdings nicht viel gehörte, denn dieser war ohnehin lädiert. Der Albino im Spiegel sah aus wie aller Überdruß des Erdballs in einem Brennglas versammelt. Immerhin – selbst in Bonn, wo viele Dinge möglich sind und viele unmögliche Dinge Gesetz werden, ist das jähe Eindringen einer Zahnbürste in eine abgeschlossene Wohnung ein seltener Vorgang, der Anlaß zur Besorgnis gibt. Baltasar klärte, das heißt: er dachte mit erhellender Logik nach. Da ich – so etwa dachte er – mich nicht an die Bürste erinnern kann, wird sie gestern wohl noch nicht dagewesen sein. Bleiben zwei Möglichkeiten: Entweder hat jemand sie in meine Wohnung gebracht und in den

Zahnbecher gestellt, während ich weg war. Die Wohnung war abgeschlossen. Außer mir hat nur der Vermieter einen Schlüssel. Anrufen.

Der Anruf brachte ein negatives Ergebnis. Der Vermieter äußerte sein Befremden über die Unterstellung, bei Nacht und Nebel Zahnbürsten in vermietete Wohnungen geschmuggelt haben zu sollen. Er empfahl Baltasar weiterhin, mit solchen Anrufen bis zum nächsten 1. April zu warten.

Fortgang des Denkens: Oder ich habe die Bürste selbst mitgebracht und in den Becher gestellt. Da ich ein unordentlicher Mensch bin (immerhin, er weiß es), hätte ich sie normalerweise auf den Kühlschrank oder in ein Bücherregal gelegt. Sie steht aber im Zahnbecher. Das heißt, siehe Hose in Falten, ich war breit wie eine Flunder, als ich sie angeschleppt habe. Wo bin ich gestern abend gewesen? An einige Kneipen erinnere ich mich, an andere nicht. Ich nehme aber an, daß da, wo in meiner Erinnerung ein Loch ist, gestern abend noch ein paar Kneipen waren. Aber in welcher Bonner Kneipe kriegt man nach Mitternacht Zahnbürsten? Muß ein merkwürdiges Lokal sein.

Die Uhr zeigte kurz nach eins, als Matzbach soweit gediehen war. Er wußte, daß es nun sinnlos war, etwas zu unternehmen, da alle Leute, an deren Anwesenheit in der einen oder anderen Kneipe er sich erinnern konnte, tagsüber arbeiteten. (Beamte gehören nicht zu seinem Freundeskreis.) Also verschob er weitere Nachforschungen auf den Abend und begab sich an seinen Schreibtisch.

Die Frage, was er an seinem Schreibtisch tat, steht in Zusammenhang mit einigen anderen Fragen, die ich ebensowenig beantworten kann. Nämlich, um nur die vorlautesten zu nennen: wer ist Baltasar Matzbach, was treibt er, was treibt ihn, woher kommt er, wovon lebt er, und so weiter. Baltasar ist in erster Linie fett; manchmal habe ich den weitergehenden Verdacht, daß er an Elephantiasis der Seele leidet, aber diese Vermutung ist so ungeheuerlich, daß man sie ignorieren kann. Er wurde 1939 geboren, wuchs nach dem Bombentod seiner Eltern bei Großeltern auf, war ein helles Kerlchen und studierte Philosophie und Atomphysik. Mit ungefähr 25 Jahren machte er eine Erfindung und entwickelte ein Patent für etwas an einem Betatron, das so kompliziert ist, daß er es selbst nicht mehr erklären kann. Hauptsache ist aber, daß diese Erfindung verwendet wird und ihm immer noch nette Tantiemen einbringt. Anschließend komponierte er eine Weile vor sich hin und zeugte einen Evergreen, einen absolut blödsinnigen Schlager, der aber auch noch immer läuft und Penunze zeitigt. Nachdem seine Finanzen so auf einigermaßen sicheren Füßen standen, gewann er auch noch im Lotto und ergab sich der sinnlosen Bildung. So stammt aus seiner Feder ein in Fachkreisen geschätztes Büchlein über *Monotheistische Strömungen des inselkeltischen Druidentums.* Dann hielt er sich eine Weile an der bretonischen Küste auf, bevor sie von der Völkerwanderung des Tourismus verwüstet wurde, als Mäzen und Manager junger Künstler, Veruntreuer von frühen Touristinnen und Privatdozent für Okkultismus. Dabei verfaßte er zwei weitere Bücher: *Schamanistische Einflüsse in die Analekten des Konfuzius* und *Sexualpathologische Aspekte der Psychokinese.* Im Lauf der Jahre betrieb er noch viele weitere unsinnige Dinge, die ihm aber ausnahmslos zu Gold verschlugen. Ich erinnere mich, daß ich ihm im August 1979 heftig davon abriet, eine knapp sechsstellige Summe in Gold zu investieren. Als er auf dem Höhepunkt des Booms im Frühjahr 1980 wieder verkaufte, lud er mich für die guten Ratschläge zu einer Currywurst mit Fritten ein.

Außerdem betreut er seit Jahren die wöchentliche Kolumne ›Fragen Sie Frau Griseldis‹ einer großen Illustrierten. Abgesehen davon, daß dieser Kummerkasten gut dotiert ist, ist Matzbach natürlich infolge seiner umfassenden Bildung bestens für Ratschläge in Lebens- und Herzensfragen geeignet und stockt seine Bildung im Verlauf dieser Tätigkeit weiter auf: sein Schatz an abenteuerlich verquasten Anekdoten und Problemstellungen reicht aus, ganze UNO-Sitzungsperioden zu überbrücken, ohne etwas zu versäumen.

An diesem Nachmittag befaßte er sich mit nämlicher Kummerpost. Dabei lachte er mehrmals so herzlich, daß er die Zahnbürste für eine Weile vergaß. (Ich fragte ihn abends, als er sich auf meinem Teppich lümmelte, ob ihm im Verlauf des Tages, nach Abklingen des Katers, nie die Absurdität seines Problems aufgegangen sei; er wies das weit von sich. Dazu mehr später.)

Am frühen Abend begann er zu telefonieren. Nach einigen vergeblichen Versuchen mit Leuten, die entweder nicht zu Hause waren oder ihn am letzten Abend nicht gesehen hatten, erreichte er Edgar Römertopf, auch Doc genannt, einen abnorm häßlichen Gynäkologen und Herzensbrecher. Bereits nach dem vierten Piepser hob Römertopf ab.

»Ja«, sagte er verbindlich.

Baltasar zog den Inhalt seiner Nase hoch. »Ich«, sagte er präzise. »Ein Mysterium.«

Edgar lachte höhnisch. »Du bist kein Mysterium«, setzte er ihm auseinander, »du bist ein fettes Scheusal.«

Baltasar machte: »Hm, hm. Du mißverstehst. Ich bin an diesem donnersten Tage mit einem Mysterium befaßt.«

Pause. Edgar schien die Sprechmuschel mit einer Hand zu verdecken und jemandem etwas zu sagen. Dann meldete er sich wieder.

»Aha.«

»Ja, und zwar habe ich eine Zahnbürste entdeckt.«

Römertopf schien zu nicken. »Irrsinnig interessant«, sagte er.

»Nicht wahr? Sie steckt in meinem Zahnbecher neben meiner Bürste, und die war gestern noch allein.«

Edgar kicherte. »Hast du schon in deinem Bett nachgesehen?«

»Da ist niemand.«

»Ich dachte nur. Das Mädel, das du dir gestern geangelt hast, könnte ja vielleicht eine Bürste als Marschgepäck gehabt haben.«

Baltasar runzelte die Stirn. »Welches Mädel?«

»Na, diese Topfrau. Tophäßlich.«

»Teurer Freund, du sprichst in Rätseln. Welche Frau?«

Edgar kicherte erneut. »Ach ja, stimmt, du warst ja schon ziemlich hinüber.«

Baltasar räusperte sich. »Ich verbitte mir solche beleidigenden Unterstellungen. Ich war höchstens besoffen.«

»Ziemlich.«

»Nun hilf mir doch mal auf die Sprünge. Ich hab' 'nen Filmriß, und zwar sauber perforiert. Wo und wann hatten wir das Vergnügen miteinander?«

Edgar schnaufte.

»Kein Vergnügen. Also, du bist gegen eins in die ›Krätze‹ gekommen, da hattest du schon rosa Äuglein. Dann hast du ungefähr einen Liter Elbling in einer halben Stunde inhaliert, dann nochmal eine Flasche. Zwischendurch hast du versucht, mir und meiner – hm, Entourage mit klaren Argumenten darzulegen, daß Elbling gut ist gegen Curare. War sehr amüsant. Anschließend hast du diese Tussi angemacht. Du hast ihr etwas über die Hege des Karakulschafes erzählt und ihr die Locken gepinselt, und dann seid ihr abgezogen.«

»Wie gepinselt?«

»Pfotenmäßig. Also, am Schluß warst du so breit, daß dich jede Scholle mit ›Hallo, Bruder‹ angeredet hätte. Das ist aber auch die einzige Entschuldigung, die du hast.«

»Entschuldigung wofür?«

»Na, für die öffentliche Demolierung der Ästhetik.«

»Wie soll ich das verstehen?«

»Also, dir so 'nen Ofen auf die Matratze zu nageln ...«

Baltasar grübelte eine Weile. »Ich weiß von nichts, und zwar *nichts*. Hast du diese bemerkenswerte Dame, die deine Zunge beflügelt, schon mal gesehen?«

»Die ist, glaub' ich, immer in der ›Krätze‹, wahrscheinlich oft mit Zahnbürste.«

»Okay, wenigstens eine Spur. Bist du nachher zu Hause? Ich melde mich. *Hasta luego.*«

»Bis die Tage.«

Nach dem Telefonat verließ Matzbach die Wohnung und schlenderte durch die Straßen der sogenannten Altstadt zu seinem Wagen, den er in der Paulstraße geparkt hatte. (Für Nichtbonner sei angemerkt, daß die Altstadt zu einem Teil aus Kneipen besteht und deshalb so heißt, weil dort alles, was etwas älter aussah – oder fast –, in den letzten Jahren unter dem Titel ›Sanierung‹ abgerissen wurde.)

Kurz vor acht betrat er die ›Krätze‹.

Tatsächlich hockte vor dem Tresen ein Wesen, das aus Römertopfs Mund zu kommen schien. Die Dame sah ihm entgegen und widmete ihm ein schadhaftes Lächeln.

»Na, suchst du mich?«

Baltasar hielt Abstand. »Entschuldige«, sagte er vorsichtig, »aber ich glaube, ich weiß nicht mehr viel.«

Sie kicherte. Ein unangenehmes Geräusch. »Glaub' ich. Du warst ganz schön knülle.«

Baltasar zupfte an seinem Kinn. »Ich weiß nur noch«, log er tapfer, »daß ich in deiner charmanten Begleitung diesen finsteren Ort verlassen habe.«

»Just«, sagte sie. »Und dann wolltest du unbedingt noch in den ›Pinsel‹. Da hatte ich aber keine Lust mehr zu.«

»Und?«

»Na, ich hab' dich noch über die Bahn gebracht, weil ich sowieso in der Gegend wohne. Dann bist du im ›Pinsel‹ verschwunden, und ich bin allein ins Bettchen gekrochen.« Sie sah ihn auffordernd an.

»Das tut mir leid«, sagte er hemmungslos, »aber vielleicht begegnen wir uns da drin ja noch mal. Ich danke dir jedenfalls einstweilen.«

Damit ließ er sie hocken und wanderte wieder zu seiner alten, schwarzen Pallas. Wider Erwarten fand er in der Weberstraße einen Parkplatz und stiefelte in den ›Pinsel‹.

Der Kellner vom Dienst, Gotthold, begrüßte ihn freundlich. »Na, Mann, alles klar? Was macht die Birne?«

Baltasar betrachtete ihn mißtrauisch. »Danke, alles bestens. Sag mal, ich hab' 'nen Filmriß. War ich gestern hier?«

Gotthold grinste. »Körperlich.«

»Wieso?«

»Wenn geistig, dann aber hochprozentig! Du hast bis kurz vor fünf da hinten in der Ecke gestanden und Leichengeschichten erzählt, eine gruseliger als die andere. Und laut! Weißt du wirklich nichts mehr? Echt?«

Matzbach nickte.

»Schade«, sagte Gotthold bedauernd, »die Stories waren ehrlich stark.«

»Ach so«, murmelte Baltasar, »dir geht's um die Stories. Die krieg' ich wahrscheinlich wieder zusammen. – Sag mal, war ich allein?«

»Nee. Hattest reichliches Publikum. Haben dir dauernd Bier spendieren wollen.«

»Widerliches Zeug. Hab' ich das etwa getrunken?«

»Nein, bist brav bei Wein geblieben. Aber reichlich.«

»Hm, nun ja. Wer war denn dabei, so gegen Ende?«

Gotthold überlegte einen Moment. Er konnte es sich leisten; der Laden war noch fast leer. Schließlich nannte er ein paar Namen, von denen Baltasar die meisten nichts sagten.

»Und dann bin ich kurz vor fünf verschwunden?«

»Richtig. Hast aber brav deine Zeche bezahlt, das heißt, alles, was nicht schon die anderen bezahlt hatten, für deine Geschichten.«

»Bin ich allein rausgegangen?«

»Ja. – Das heißt, warte mal. Da war noch so'n älterer Knakker, so'n grauer Typ, weißt du, Haselmaus.«

»Haselmaus?«

»Na ja, so'n unauffälliger. Hatte die ganze Zeit zugehört und ging dann mit dir zusammen. War auch ziemlich breit.«

Baltasar grübelte, konnte sich aber an keine Haselmaus erinnern. »Wie alt war der denn? Älter ist dehnbar. Ich bin auch älter.«

Gotthold grinste wieder. »Nee, du bist fetter. Also, warte mal, ungefähr sechzig, schätze ich. So'n Greis, Typ Vertreter, grauer Anzug, graues Gesicht, graue Haare, alles wischiwaschi.«

»Hab' ich mit ihm geredet?«

»Glaub ich nicht. Ihr seid nur zusammen rausgegangen, das ist alles.«

»Kennst du den?«

»Kann sein, daß er schon mal hier war, vielleicht auch nicht.

Weiß nicht. Du, die ganzen Ministerien und Ämter sind voll von solchen. Wenn du einen brauchst, den kriegst du für 'nen Groschen auf'm Flohmarkt nachgeschmissen.«

Gegen neun trudelte Baltasar dann bei mir ein. Bis er mir die Affäre soweit dargelegt hatte, war es kurz nach zehn. Dann schaute er mich aus seinen grauen Krakenaugen an und fragte:

»Kannst du mir helfen?«

Ich goß uns Kaffee aus der Thermoskanne nach. »Wobei?«

»Na, bei der Suche nach dem Bürstenhalter.«

»Wieso gerade ich?«

»Na, ist doch logisch.«

Wir hockten auf dem Teppich, zwischen Regalen, halb unter dem kleinen Couchtisch. Durch die offene Verandatür mischten sich abendliches Vogelgezwitscher und das Tuckern der Rheinkähne in die Unterhaltung. Matzbach deutete auf die Regale und den Tisch voller Papiere.

»Als Künstler«, sagte er, »oder so was ähnliches bist du viel nüchterner als die ganzen überphantastischen 40-Stunden-Arbeiter, die hinter allem ein Gesetz wittern. Du kannst doch als Poet die einfachen Zusammenhänge zwischen Wolken und Wasser viel sachlicher sehen, ohne gleich in Ergüsse über H_2O und die Meteorologie und was der Science Fiction noch mehr ist zu verfallen.«

Ich lachte herzlich. »Lieber Baltasar, ist dir eigentlich schon aufgefallen, daß deine ganze Sucherei von vorn bis hinten absurd ist?«

Er setzte ein beleidigtes Gesicht auf. »Inwiefern absurd? Ich bitte dich, wenn Zahnbürsten sich selbständig machen und Haselmäuse morgens um fünf in meiner Gesellschaft durch Bonn torkeln, was ist dann noch absurd oder sinnvoll?«

»Wie kann man nur so einen Aufstand machen wegen einer Zahnbürste. Wirf sie weg, kauf dir für einsfuffzig 'ne neue und stell sie in deinen Kühlschrank.«

»Ich will wissen, wie eine wildfremde Zahnbürste in mein Bad kommt. Also, hilfst du mir jetzt oder nicht?«

»Wobei?«

»Na, den grauen Mann zu finden.«

»Was willst du denn mit dem?«

»Vielleicht kann der mir weiterhelfen. Graue Männer sind zu allem imstande, das sieht man doch am Zustand der Republik.«

»Wohl wahr. Also – du hast dir in den Kopf gesetzt, deine Zeit mit der Suche nach dem Bürstenhalter zu vergeuden, unwiderruflich?«

»Genau.«

»Aus irgendeinem Grund, abgesehen von deiner üblichen, leichtsinnigen Neugier?«

Baltasar legte sich lang auf den Teppich, verschränkte die Hände hinter dem Kopf und rülpste. Dann starrte er das dreijährige Spinnengewebe an, das wie eine abstrakte Tapisserie in der Ecke über dem Fernseher hing.

»Weißt du«, sagte er versonnen, »die Sache hat mehrere Aspekte. Erstens ist es zumindest merkwürdig, wenn eine Zahnbürste irgendwo mysteriös auftaucht, ohne daß jemand weiß, wie sie dahin gekommen ist. Und bedenke, winzige, vielleicht alberne Dinge können ungeheure Folgen haben. Denk nur an die Maisflut, die nach dem Zweiten Weltkrieg über uns hereingebrochen ist, und alles nur, weil ein Übersetzer ›Korn‹ gleich Getreide mit ›corn‹ gleich Mais übersetzt hat.«

Ich unterbrach ihn, ein wenig hämisch, wie ich zugebe. »Fürchtest du, daß jetzt die Mongolische Volksrepublik eine Lieferung trojanischer Zahnbürsten in die Bundesrepublik startet?«

Matzbach wedelte mit dem rechten Fuß. »Quatsch. Es ist nur so: Ich finde das merkwürdig. Deshalb will ich wissen, woher die Bürste kommt. Deshalb will ich diesen grauen Mann finden.«

Er richtete sich auf und starrte mich an, als wollte er mich hypnotisieren. »Außerdem«, sagte er betont, »kennst du ja meine Nase.«

Ich nickte. »Dieses dicke Ding«, sagte ich freundlich, »ist mir vom Ansehen bekannt.«

»Gut, gut. Und meine Nase sagt mir, daß da etwas ist. Diesen grauen Mann umgibt ein Geheimnis.«

Ich wußte, daß es jetzt ernst wurde. Baltasars Nase, pataphysisch gesprochen, hatte ihn wirklich noch nie im Stich gelassen. Ihr verdankte er seine finanzielle Unabhängigkeit und viele, viele Geschichten.

»Also deine Nase mal wieder?«

Baltasar stand auf und dräute über mir wie ein Damoklesklops. »Ganz genau, meine Nase.«

Er ging ein paar Schritte zur Veranda, kam wieder zurück und knurrte: »Dieses dicke Ding.«

Halblaut fuhr er dann fort: »Meine Nase sagt, daß da etwas ist, das vielleicht gar nichts mit meiner Zahnbürste zu tun hat – aber da ist etwas. Ich weiß nicht, was. Und, selbst wenn ich mich ausnahmsweise von diesem dicken Ding in die Irre führen lasse – wozu lebt der Mensch?«

Ich winkte dankend ab, soweit man im Liegen dankend abwinken kann. »Nicht schon wieder«, sagte ich matt.

Er hob dozierend jene Wurst, die als Zeigefinger zu bezeichnen ich mich nicht aufraffen mag.

»Wenn man nicht gerade seinen Lebensunterhalt verdient, lebt man doch, um etwas zu erleben, an das sich zu erinnern lohnt. Eh? Geschichten, die man sich später, in der Urne, gern nochmal erzählt, weil man keinen mehr zum Zuhören hat. Also: machst du mit?«

Ich stand ebenfalls auf. Zwar bin ich kleiner als er, aber trotzdem wirkt er auf ungefähr gleicher Höhe nicht ganz so bedrohlich.

»Hör mal«, sagte ich, »mit den Geschichten hast du ja recht, aber im Gegensatz zu dir muß ich gelegentlich für Brot arbeiten.«

Er betrachtete mißmutig die Papiere und Bücher auf dem großen Tisch am Fenster. Daneben stand die Schreibmaschine, und als ich sie so ansah, schien sie zu knurren und zu winken.

»Hm«, brummte er, »was machst du denn im Moment?«

»Oh, nichts Besonderes. Wieder mal 'ne kleine Auftragsarbeit, Mischung aus Essay und Übersetzung. Mit Termin.«

Baltasar schüttelte traurig den Kopf. »Kannst du nicht mal

was Vernünftiges tun? Das Telefon erfinden oder so? Etwas, was Mäuse bringt?«

»Das Telefon ist schon erfunden.«

»Auch wahr. Also, wie steht's?«

»Paß auf: Ich bin bereit, dich gelegentlich durch Zuhören und Mit-dir-durch-die-Gegend-Fahren zu unterstützen. Allerdings nicht vierundzwanzig Stunden am Tag.«

Er schlug mir auf die Schulter. »Abgemacht. Kann ich mal...?« Er wies auf das Telefon. Ich nickte. Er wählte eine mir bekannte Nummer. Ich gestehe, daß ich immer, wenn ich Baltasar beim Telefonieren zusehe, in Zustände der Verwunderung falle, weil er seine dicken Finger in die Löcher der Wählscheibe steckt, obwohl alle Naturgesetze das Eindringen von Großem in Kleines erschweren.

Nach längerem Warten legte er den Hörer auf die Gabel. »Der Römertopf«, sagte er mißmutig, »ist nicht vorhanden, oder er will nicht gestört werden.«

»Was willst du denn von ihm? Noch mehr Hilfstruppen?«

Er schüttelte den Kopf. »Ihn noch mal was zu gestern abend fragen. Aber egal. Brechen wir?«

Wir brachen.

2

Auf der Fahrt in die Stadt fiel Baltasar plötzlich ein, daß er am vergangenen Abend auch Moritz von Morungen gesehen hatte, einen weiteren Bekannten, zu dessen Obliegenheiten als Lokalreporter einer der Zeitungen des Umkreises auch die Berichterstattung über Kriminalfälle gehört.

»Vielleicht«, sagte Baltasar zum Lenkrad, »hat er ja ausnahmsweise mal einen kriminalistischen Tip.«

Moritz wohnt in der Nähe der Poppelsdorfer Allee, in einem vornehm renovierten, villenartigen Bau von etwa 1890, zweite Etage. Von der Straße aus war zu sehen, daß bei ihm Licht brannte. Ich schaute auf die Uhr: kurz nach elf. Wie üblich gab es keine Parkplätze, aber jede Menge Blech zwischen den alten Kastanien und den neuen Neonlaternen, und wie üblich parkte Baltasar sein Vehikel unter souveräner Mißachtung aller Verkehrsregeln.

Die Eingangstür des Hauses war nur angelehnt. Wir stiegen die Treppen zur zweiten Etage hinauf; Baltasar klingelte mehrmals und energisch. Nach einer kleinen Weile öffnete sich die Tür; Moritz stand vor uns und lächelte. »Ah, die günstigen Nachtschwärmer«, sagte er freundlich. »Was verschafft mir das Vergnügen?«

Er blieb überraschenderweise in der Tür stehen. War barfuß, trug eine leichte Hose und ein offenes Hemd. Ein scharfes Auge konnte die nicht sehr gründlich verwischten Lippenstiftspuren kaum übersehen.

»Eh, Moritz«, sagte Baltasar, »haben wir uns gestern gesehen?«

Moritz nickte. »Filmriß, altes Ekel?« fragte er.

Baltasar bestätigte. Weitere Fragen, unter anderem nach einem grauen, haselmausartigen Mann, führten zu nichts. Moritz hatte nichts gesehen.

»Hör mal«, sagte er, »ich komme morgen bei dir vorbei, so gegen sechs, ja?«

Wir verabschiedeten uns und stiegen die Treppe wieder hinunter. Baltasar sah mich von der Seite an. »Das war ja deutlich«, sagte er grinsend.

Dann, eher zu sich selbst: »Also, entweder war da schon verschärfte *action* im Gang, oder die Frau ist dumm, oder hübsch, oder häßlich, oder einer von uns kennt sie, oder er will nicht, daß jemand sie sieht. Jedenfalls ist etwas nicht so, wie es sein sollte. Wir leben in würdelosen Zeiten.«

Mit den letzten Silben, die er von sich gab, als wir das Haus schon wieder verlassen hatten, rannte er gegen einen nächtlichen Wanderer, der mit einer Dame das Viertel durchquerte. Der Mann musterte ihn unfreundlich und fragte:

»Haben Sie was gesagt?«

Baltasar betrachtete ihn und die wie zur feierlichen Eröffnung der Brutsaison aufgetakelte Drohne an seinem Arm aufmerksam; dann verneigte er sich und erwiderte elegant:

»Nichts von Bedeutung, mein Herr. Nur, pardon, Madame, eine erfreute Sentenz über die wohlriechenden Essenzen, in denen Ihre Begleiterin, dieser liebliche Kampfroboter, zu baden pflegt. Kampfer, nehme ich an. Ah, welch orientalische Wollust!«

Damit ließ er die beiden stehen, die ihm sprachlos nachblickten, und ging zu seinem Gefährt. Ich beeilte mich, ihm zu folgen, um nicht in irgendwelche Gefechte verwickelt zu werden.

»Das war«, erklärte Baltasar, als wir weiterfuhren, »die demographische Mitte der Bonner Bevölkerung, repräsentativ für Regierung und Regierte gleichermaßen.«

Ich verschluckte alle gegen Baltasar nutzlosen Antworten und fragte statt dessen: »Was jetzt?«

Baltasar blickte auf die Uhr und ignorierte eine rote Ampel. »Hm, also ›Gamsbart‹, ›Kuhle‹ und ›Lauseck‹ müßten wir noch schaffen.«

Das hieß: er wollte alle Lokale im weiteren Umkreis des ›Pinsel‹ abgrasen.

Ich war skeptisch. »Also, ›Lauseck‹ kann ich mir nicht vorstellen. Hör mal, da hängen doch immer noch vor allem Linke und Grüne rum. Was soll da eine sechzigjährige Haselmaus?«

Baltasar rümpfte die Nase. »Ah, man darf nichts ausschließen. Vielleicht ist er ja ein verkappter DDR-Agent und hat 'ne Sekretärin gesucht.«

In der ›Kuhle‹ trieben sich die üblichen Kurzen zu ohrenbetäubenden Reggaes herum. Baltasar hielt einen fest und fragte:

»Hast du deine Hausaufgaben schon gemacht?«

Der Junge sah ihn an, als käme Matzbach vom Mars, riß sich los und sagte etwas, was sich wie »Hau ab, alter Sack« anhörte. Als wir wieder draußen waren, schüttelte Baltasar den Kopf.

»Die sind so frech wie ich, Unverschämtheit.«

Im ›Gamsbart‹, einer normalen Kneipe, hockte ein flüchtig Bekannter, der bei unserem Anblick aufschrie, endlich kämen die beiden Strohmänner für seinen Skat. Baltasar sah mich an; ich nickte; er blickte auf die Uhr.

»Na ja«, sagte er, »ich glaub eh' nicht, daß wir heute unseren Mann noch finden.«

»Wen sucht ihr denn?« fragte der Skatspieler.

Baltasar machte eine wegwerfende Handbewegung. »Ach, so 'nen kleinen grauen Mann, Haselmaustyp, weißt du, um die Sechzig, der gestern abend im ›Pinsel‹ war. Ich hatte gehofft, er wäre vielleicht auch mal hier gewesen.«

»Ach, so 'n Knacker, der gestern die ganze Zeit zugehört hat bei deinen makabren Geschichten?«

Baltasar kriegte rosa Ohren. »Warst du auch im ›Pinsel‹?«

»'ne Weile«, sagte er, »aber du warst viel zu breit, um irgendwen zu erkennen.«

Er wandte sich an eine Studentin, die manchmal kellnerte und ihren freien Abend in der gleichen Kneipe verbrachte. »Sag mal, du kennst den doch, ne? Hat der dich nicht neulich mal angemacht? So'n alter grauer Typ.«

Das Mädchen erinnerte sich. Der Mann, meinte sie, sei ein paarmal dagewesen, meistens relativ früh am Abend, hätte auch schon mal was gegessen. »Fieser Typ«, sagte sie, »irgendwie schmierig. Hat mich mal, als er voll war, mit seinen klebrigen Fingern angegrapscht, allgemeine Richtung Busen, und wollte mir sein Herz ausschütten. Klaus heißt er. Mann, ich hab' nix gegen Opas, solange sie mich nicht anfassen. Hab' ihm gesagt, er könnte mich ruhig siezen. Nächsten Tag ist er wieder gekommen, war ganz verschüchtert, hat sich entschuldigt.«

Baltasar strahlte. »Ha, eine Spur! Darf ich dir in allen Ehren und ohne Grapschen eins ausgeben?«

Die Studentin lachte. »Klar doch. Suchst du den?«

Baltasar nickte.

Sie runzelte die Stirn. »Also, der kommt nicht regelmäßig, aber zweimal die Woche bestimmt. Ob er gestern hier war, weiß ich nicht; ich war gestern nicht da. Kommt aber bestimmt wieder.«

Baltasar bestellte eine Runde Cognac und prostete ihr zu. »Kannst du mir noch was über ihn erzählen?«

»Ja, also nicht viel. Ist nicht verheiratet, hat jedenfalls keinen Ring. Außerdem hat er was für Jüngere übrig. Mich hat er angefaßt, und dann hat er mal hier mit 'ner Illustrierten gesessen, ist schon paar Wochen her. Da war'n Bericht über irgend 'nen Macker drin, Bundestagsabgeordneter, glaub ich, der irgendwo in Bonn wohnt, nee, wart mal, Godesberg, in so 'nem vornehmen Viertel. Waren 'n paar Fotos bei, die hat der Mann mir gezeigt. So 'ne Villa am Hang. Und was er vor allem angestarrt hat, waren Bilder von der Familie. ›Zwei sehr hübsche Töchter‹, oder so was, hat er gemurmelt. Dann wollte er wissen, wo die Straße wäre; die war im Bericht genannt. Wußte ich aber nicht. Ich glaub', dann hat er auch noch im Telefonbuch nachgeschaut. Aber die großen Kanaken haben ja alle geheime Nummern. Jedenfalls stand der wohl nicht drin.«

Sie erinnerte sich auch noch an die Illustrierte.

Baltasar war fröhlich und guter Dinge und verlor beim folgenden Skat heftig. Da er nicht mehr als zwei Cognac und einen Kaffee getrunken hatte, brachte er mich auch noch zurück in mein Exil.

Den folgenden Tag verbrachte ich an der Schreibmaschine. Zwischendurch bewunderte ich das Gedächtnis der kellnernden Studentin, bis mir einfiel, daß Kellner ja am Ende eines Abends meistens noch wissen müssen, was welcher Gast in den letzten Stunden getrunken hat. Das übt. Auch Matzbachs Zahnbürste lenkte meine Gedanken immer wieder ab.

Abends klingelte das Telefon. Baltasar, wer sonst.

»Hast du Lust zur nächsten Runde?«

Ich kam zu dem Schluß, daß es mit meiner Arbeitswut ohnehin nicht gut stand, und bejahte. »Hast du noch was rausgekriegt?« fragte ich ihn.

»O ja, erzähl ich dir später. Treffen wir uns im ›Gamsbart‹?«

»Was willst du denn schon wieder da?«

»Diese Studentin noch was fragen.«

»Matzbach, Matzbach, willst du die junge Dame anfallen? Heute ist Freitag, und außerdem mag sie keine grapschenden Großväter.«

Er schniefte. »Nix grapschen, du Trottel; fragen. Also, bis gleich?«

»Okay, ich bin in 'ner halben Stunde da.«

Im ›Gamsbart‹ war noch nicht viel los. Wir hatten beide Hunger; ich aß eine Kleinigkeit, Baltasar deren drei. Er hatte die betreffende Ausgabe der Illustrierten aufgetrieben; die Kellnerin bestätigte, daß es die fragliche war.

Baltasar hatte das ohnehin angenommen. Sein wirklicher Grund für den Besuch im ›Gamsbart‹ war wohl die Hoffnung, die Haselmaus könnte auftauchen.

Vorsichtshalber, wie er sagte, hatte er aber schon Nachforschungen angestellt. Der Abgeordnete, für dessen Villa und Töchter Haselmaus sich interessiert hatte, wohnte auf dem Godesberger ›Millionenhügel‹, Ortsteil Schweinheim. Der Name des Hügels leitet sich aus der Tatsache ab, daß nach dem Krieg, als Bonn provisorische Hauptstadt wurde, hier die ersten Minister und viele der zeitweise um die dreihundert Godesberger Millionäre – Industrielle, Politiker, Anwälte, Ärzte und so weiter – ihre Villen errichtet hatten: im Grünen, außerhalb von Bonn, aber in bequemer Entfernung.

»Vornehme Nachbarschaft«, sagte Baltasar. Bewaffnet mit dem neuesten Bonner Adreßbuch hatte er die Gegend inspiziert.

»Zwei Professoren, noch ein Abgeordneter, ein Großkaufmann, alles, was man nicht braucht.«

Wir unterhielten uns eine Weile über dies und das, spielten einige Runden Offiziersskat, fanden einen dritten Mann für ein paar weitere Runden richtigen Skat und beobachteten zwischendurch eintreffende Gäste. Gegen elf Uhr beschloß Baltasar, daß Haselmaus wohl nicht mehr kommen würde, und schlug einen Lokalwechsel vor.

Wir wanderten auf die andere Seite der Bahn, durch die Straßen mit den teils heruntergekommenen, teils bunt renovierten Altbauten, an deren Türen zahllose Klingeln und Namensschilder verraten, daß hier fast ausschließlich Studenten und Gastarbeiter in mehr oder weniger kleinen Zimmern zu mehr oder – selten – weniger teuren Mieten wohnen.

Im ›Lauseck‹, einer alkoholischen Goldgrube, herrschte das übliche Gedränge. Anfang der siebziger Jahre hatte hier das versprengte Treibgut der Studentenrevolte in nächtelangen Debatten die gescheiterte Revolution nachgespielt und dem Lokal für die folgenden Jahre den Stempel des kompromißlos linken Trinkens aufgedrückt. Vielleicht das einzige Lokal, das man nicht renovieren durfte, weil mit dem Schmutz, den bröckelnden Wänden, den unbeschreiblichen Toiletten und den ganzen sonstigen Accessoires auch das Publikum verschwunden wäre, das genau dieses Interieur wollte.

Der dicke Knut mit dem Walroßbart, der schon seit Jahren hinter dem Tresen verwurzelt war, nickte uns durch das qualmende Gewühl zu, als wären wir erst gestern dagewesen. Dabei war es, was mich betrifft, schon einige Jahre her. Nicht, daß ich besondere Abneigung gegen den Laden entwickelt hätte – ich war nur jenseits der Demarkationslinie gezogen, die unter dem Namen Bundesbahn Bonn in zwei Hälften schneidet und eine psychologische Barriere bildet: Man geht nur selten in Lokale, die ›auf der anderen Seite‹ liegen. Aber an manchen Orten bleibt die Zeit stehen; nicht nur durch die beiläufige Begrüßung fühlte ich mich selbst so, als wäre ich erst ein paar Tage fortgewesen. Im Publikum, neben dem zu erwartenden Nachwuchs, immer noch jede Menge Fossilien von vor zehn Jahren: nicht ausgestorbene ewige Studenten, die wehmütig vom SDS träumen; ehemalige Jusos, die mittlerweile als Anwälte oder Immobilienmakler Geld scheffeln und sich abends schnell, mit Jeans verkleidet, in die wilden Jahre zurückschleichen; in Unehren an den Schläfen ergraute, schneidige Aufreißer von ehedem; in Ehren verbeamtete Lehrerinnen, die noch den gleichen Unsinn erzählen, mit nostalgischen Nebentönen, wie weiland – repressive Bildungsinhalte, Erziehung zur Kritikfähigkeit und so – und gleichzeitig mangelnden Respekt und mangelnden Arbeitseifer ihrer Eleven beklagen; in Ehrbarkeit trächtige Mütter, die von den Demos gegen § 218 schwärmen und befinden, daß man keine Kinder in diese schlechte Welt setzen sollte. Einer mit AKW und DKP am Revers der Cordjacke setzt einem anderen auseinander, der sich am Bierglas festhält, daß Kernkraftwerke in der DDR nicht gefährlich sind, weil sie nicht der Ausbeutung dienen. Vehemente Antikapitalisten füttern den von Herrn Gottlieb in Chicago verfertigten Flipper mit Münzen und ereifern sich über den Verlauf der Kugeln. Ein Zoo.

»Und ausgerechnet hierhin soll sich Haselmaus verirrt haben?« fragte ich, als wir zehn Zentimeter Tresen erobert hatten.

Baltasar zuckte mit den Schultern. »Warum nicht? Bei Haselmäusen ist kein Ding unmöglich.«

Es dauerte eine Weile, bis wir unseren sauren Wein bekamen, und eine weitere, bis Baltasar Knuts Ohr für einige ruhige Sekunden und eine Frage geborgt bekam. Zu meiner maßlosen Überraschung nickte der Dicke.

»Kenn' ich«, röhrte er durch den Lärm, »kommt seit einiger Zeit ungefähr zweimal die Woche her, meistens früh. Hockt in der Ecke, trinkt Bier und starrt den Mädels auf die Titten. Spielt wahrscheinlich Taschenbillard dabei; manchmal seh' ich seine Hände lange nicht auf'm Tresen.«

Dann spülte er eine Weile Gläser und zapfte. Später beugte er sich wieder zu Baltasar vor. »Was is' denn mit ihm?«

Baltasar machte eine beschwichtigende Geste. »Nichts Wichtiges. Ich habe dieser Tage abends was verloren, hatte 'nen Filmriß, und ein paar Leute haben gesagt, der Typ wär' mit mir zusammen aus der letzten Kneipe gegangen.«

Der Walroßbart verzog sich zur Travestie eines Grinsens. »Wo seid ihr denn versackt?«

»Im ›Pinsel‹.«

Der Bart verschob sich diagonal. »Spät?«

Baltasar trommelte auf den Tresen. »Knappe fünf.«

Der Bart rutschte wieder in die Horizontale. »Hat aber lang durchgehalten, der Knabe. Hier zieht er immer so um Mitternacht ab.«

Wieder eine Weile später, als einige Sekunden ohne neue Bestellungen vergingen:

»Verträgt nich' viel. Drei, vier Große, und er is' hinüber. Neulich isser aus der Tür gefallen. Ich war grad vorn und hab' ihn aufgehoben. Hat auf die Uhr geguckt und was von ›Bahnhof‹ gemurmelt. Hab' ihn gefragt, ob er's weit hat und ob ich ihm 'n Taxi rufen soll. Wollt' er nich', konnte sowieso nur noch lallen. Hat irgendwas gesagt wie ›Taxi zu teuer, drei Stationen‹ oder so, dann ist er abgetorkelt. Mann, war der abgefüllt.«

Kurz nach Mitternacht waren wir am Bonner Bahnhof und standen vor einem Plan, auf dem sämtliche Bus- und Straßenbahnnetze graphisch dargestellt waren.

Baltasar betrachtete die Skizze mit gespitztem Mund. »Warum ist er denn bis zum Bahnhof gewandert?«

»Hier kommen fast alle Linien zusammen«, sagte ich.

Baltasar blickte mich von der Seite an. »Okay, Doktor Watson«, sagte er, »denken wir mal ein paar Takte. Die Bahn können wir ausschließen, nicht wahr? Um Mitternacht gibt's zwar noch Züge, aber wenn das mit den drei Stationen stimmt, dann ist das auch bei 'nem Bummelzug für die nächsten Örter zu weit, um regelmäßig Streifen durch Bonner Kneipen zu machen, richtig?«

»Richtig. Bleiben also Busse und Straßenbahnen. Und unsere U-Bahn.«

Die U-Bahn ist einer der meistbelachten Gags der Bonner Stadtplaner, die nach einhelliger Meinung der Bevölkerung in eine geschlossene Anstalt gehören. Früher gab es eine Straßenbahn von Mehlem im Süden bis ungefähr zum Bonner Bahnhof. (Er heißt Hauptbahnhof, aber das will mir nicht so recht über Lippen und Tasten.) Dann konnte man zu Fuß in ein paar Minuten die Rheinuferbahn erreichen, die nach Köln führte. Die U-Bahn besteht nun darin, daß man zuerst die Strecke Godesberg-Mehlem abschaffte, dann etwa ab dem Regierungsviertel ein halbes Dutzend Stationen unter die Erde legte und unter dem Bahnhof eine Anbindung an die alte Rheinuferstrecke schuf. Drei Viertel der Strecke verläuft die Bahn zwischen Godesberg und Bonn überirdisch, in den alten Straßenbahnschienen. Dafür wurden prachtvolle neue Haltestellen eingerichtet.

Ein paar Jahre vor Beginn der U-Bahn-Buddelei wurde die Straßenbrücke über die Bundesbahn gebaut, die Reuterbrücke.

Sie war irsinnig teuer, weil sie zweigeteilt werden mußte. Damals war man der Meinung, die Bonner Straßenbahn könne nicht verlegt werden, und der Schienenstrang lief genau dort entlang, wo die Brücke entstehen sollte. Also wurde die Brücke in zwei Teilen gebaut, dazwischen versickerte die Bahn. Später wurde die Straßenbahn zur U-Bahn, mit einer Zeitersparnis von vier Minuten (auf etwas mehr als zwanzig) gegenüber der alten Straßenbahn, und mit einem Kostenaufwand von mehreren hundert Millionen DM. Wegen der hohen Personalkosten verschwanden natürlich die Schaffner, und für viel Geld wurden Fahrkartenautomaten aufgestellt, die meistens nicht funktionieren oder gerade dann, wenn man wirklich nur noch ein Fünfmarkstück hat, kein solches schlucken wollen. Abgesehen davon, daß es erfreulicher ist, Karten von einer Schaffnerin zu kaufen, sind damit auch weitere Möglichkeiten für Studenten mit armen Eltern entfallen. Ich kenne einige, die sich ihr ganzes Studium als Schaffner finanziert haben. Aber nicht genug des makabren Spiels: Um sicherzugehen, daß auch alle Fahrgäste Fahrkarten an den Automaten ziehen, patrouillieren gelegentlich Kontrolleure auf der Jagd nach Schwarzfahrern durch die Wagen. Ob man die wohl speziell hat einstellen müssen? Damit nicht die Arbeitsplätze der Kontrolleure gefährdet sind, wird die Stadt wohl demnächst Schwarzfahrer einstellen.

Baltasar schüttelte den Kopf. »Ich stelle eine kühne Behauptung auf. Busse können wir ausschalten.«

»Wieso?«

»Kennst du jemanden, der von Busstationen redet? Alle Leute, die ich je über Busse habe sprechen hören, haben von Bushaltestellen gesprochen. ›Station‹ verweist meiner Ansicht nach eindeutig auf Bahn. Die Straßenbahnen können wir auch ausschalten.«

»Okay, ich hab' auch meistens ›Straßenbahnhaltestellen‹ gehört, aber möglicherweise ...«

»Darum geht's nicht. Sieh dir die Linien an. Drei Stationen mit den Straßenbahnen, das bringt ihn mit keiner der Linien weit vom Bahnhof weg, das kann er alles in fünf Minuten zu Fuß haben. Wenn er Richtung Dottendorf fährt, kommt er mit drei Stationen ungefähr bis zum ›Lauseck‹. Und in den anderen Richtungen gerade bis zum Bertha-von-Suttner-Platz. Lohnt sich also nicht. Übrigens bringen ihn auch drei Bus-Stationen nirgends weit. Nein, er hat die U-Bahn genommen.«

Wir studierten die Strecke. Da wir beide Autofahrer sind, kennen wir die Bahn nicht sehr gut, jedenfalls nur so, daß es zum Spotten reicht.

»Tja«, sagte ich, »das wäre dann also Tannenbusch-Mitte, Richtung Köln. Drei Stationen Richtung Godesberg brächten ihn vom Bahnhof wieder zurück bis in Höhe ›Lauseck‹.«

Matzbach sah mich zufrieden an. »Siehst du«, sagte er, »du bist mir eben doch eine große Hilfe. Wär' ich nie drauf gekommen.« Er lachte wie über einen guten Witz. »Aber warum ist er nicht in Richtung Rhein gegangen, bis zum Juridicum oder zum AA, um die Bahn schon vor dem Bahnhof zu erwischen?«

Ich erinnerte mich an meine Gefühle beim Überqueren der Bahngeleise. »Erstens ist es nicht wesentlich kürzer. Zweitens, und das ist wichtig, ist die Bahn dazwischen, diese Trennmauer. Wenn ich mit zugehauenem Kopf unterwegs wäre, würde ich immer auf der Seite der Bahn bleiben, wo ich bin.«

Baltasar akzeptierte die Begründung und wies auf den Fahrplan. »Hier«, sagte er, »ungefähr um Viertel nach zwölf fährt die letzte Bahn in diese Richtung. Kommt hin.« Er strahlte. »Was machen wir jetzt? Wollen wir versacken?«

Mir war nicht danach zumute. »Ich würde lieber, solange ich noch nüchtern bin, nach Hause fahren.«

»Okay. Schade, daß die Bahn schon weg ist, sonst hätten wir nachsehen können, ob Haselmaus reinsteigt. Na ja. Was machen wir morgen?«

Wir verabredeten uns zu einem längeren Frühstück gegen zehn in Baltasars Wohnung.

Auf der Heimfahrt fragte ich mich noch mehrere Male, ob ich wirklich so verrückt war, mich auf dieses hirnrissige Unternehmen einzulassen, das weder einen sinnvollen Anfang noch ein ergiebiges Ende zu haben schien. Aber, dachte ich, mal sehen, was der Samstag bringt. Spätestens morgen abend steige ich aus.

3

Es bereitet mir jedesmal ein perverses Vergnügen, bei Tageslicht die Breite Straße zu durchwandern. Ich gebe zu, daß ich häufiger nachts dort anzutreffen bin, im eigentlichen Kneipenviertel der sogenannten Altstadt, aber das Tageslicht hat den Vorteil, gewisse Perspektiven sichtbar zu machen. Dazu zählt der Blick auf ein weiteres Meisterwerk der Bonner Planer und Bürokraten, die sich seit Jahren nach Kräften darum bemühen, die Stadt unbewohnbar zu machen. Glücklicherweise reicht dazu ihre intellektuelle Kapazität nicht aus; das ist nicht sehr überraschend, denn bei ausgeprägteren geistigen Gaben wären sie nicht in Politik oder Verwaltung gegangen, sondern hätten etwas Anständiges gelernt.

Von der Altstadt gesehen, reckt sich jenseits bunter Jugendstilfassaden ein Betonmonster in den Himmel, Herausforderung an die Götter, deren Nichtexistenz durch das Fortdauern des Gebäudes belegt scheint. An dunklen Tagen sieht das Ganze so aus, als wüchse aus Wolken ein gigantischer Abszeß nach unten, bereit, jederzeit zu platzen. Der Eiter hört auf den Namen Stadtverwaltung. Das Stadthaus ist etwa so ästhetisch in die Umgebung eingepaßt wie ein Bunker zwischen Pagoden. Der Amtsschimmel hat zahllose Altbauten weggefurzt, um dieses bizarre Exkrement zu äpfeln. Nach der Eingemeindung von Godesberg und anderen Ortschaften sollte die Verwaltung zentralisiert werden. Man wollte alle Ämter an einem Ort, in einem Bau zusammenfassen. Als das Ungetüm fertig war, stellte man fest: es ist zu klein. Deshalb gibt es in Godesberg und anderswo nach wie vor Rathäuser.

Als ich an diesem ersprießlichen Samstagmorgen nach kurzer Wanderung vorbei an geschlossenen Lokalen und emsigen Bäcker-, Metzger- und Tante-Emma-Läden Baltasars Domizil erreichte, bot sich mir das nächste Idyll.

Baltasar Matzbach, ein Fettfleck im gelben Kimono, hockte, der statischen Hast des Verweilens ergeben, in seinem Lebensraum, dessen Beschaffenheit trefflich umrissen werden kann mit dem Satz: Auch das absolute Chaos birgt einen Kern der Vollkommenheit. Auf einem schwankenden Bücherstapel ein Paar Schuhe, zwischen leeren Weinflaschen ein Totenschädel, auf dem Schreibtisch ein riesiger Honigtopf, an der Wand über der Sitzbank Boschs ›Garten der Lüste‹, darunter besagter Baltasar im Kimono an einem bemerkenswert aufgeräumten Frühstückstisch mit Brötchen, Kaffee, Aufschnitt, Käse und Eiern, aber auch Schnürsenkeln und einem überdimensionalen Sparschwein, dessen Kinn Baltasar geistesabwesend kraulte, während er Zeitung las.

Das Bild überwältigte mich, und die Rührung vertrieb alle harten Worte, die ich über den Unsinn seines Unternehmens hatte sagen wollen. Ich küßte ihn auf die Stirn.

»Ah, ah«, sagte er, »setzen!«

Ich wischte seine Socken von einem Stuhl und setzte mich gehorsam. »Hör mal«, begann ich, »deine Tür stand auf. Bist du sicher, daß du sie nicht auch vorgestern aufgelassen hast?«

Baltasar betrachtete mich mißtrauisch. »Warum?«

»Na, dann hätte doch irgendwer reinkommen und die Zahnbürste in deinen Becher stellen können.«

Er schüttelte den Kopf und zeigte den Gesichtsausdruck der Fassungslosigkeit. »Aber wer sollte so etwas Absurdes tun? Würdest du in eine zufällig offene Wohnung eine Zahnbürste schmuggeln?«

Nun war ich sprachlos. Ich goß mir Kaffee ein, sezierte ein Brötchen und versah es mit Butter und Schinken.

»Also«, sagte ich dann mit vollem Mund, »vielleicht sollten wir, bevor wir uns über andere Dinge unterhalten, erst mal klären, was du unter absurd verstehst.«

Baltasar schälte ein Ei, stopfte es komplett in den Mund und zwinkerte. »Wieso?« fragte er undeutlich.

»Du bist nach mehreren Telefonaten zu dem Schluß gekommen, daß es absurd wäre, wenn dir jemand eine Zahnbürste in die Wohnung schmuggelte. Es erscheint dir aber nicht als absurd, wegen eben dieser Zahnbürste nächtelang durch Kneipen zu ziehen und Leute nach einem grauen Haselmausmann auszufragen.«

Baltasar grinste. »Nein. Erscheint es mir nicht, richtig. Außerdem ist das eine gute Ausrede für eine ausgiebige Tour durch die Gemeinde.«

»Da geb ich dir recht. Aber du willst ja wohl nicht behaupten, daß du im Ernst weitermachen willst, oder?«

»Aber klar doch. Es wird doch erst interessant.«

»Und was versprichst du dir davon?«

»Ich will wissen, woher die Zahnbürste kommt. Und wieso sich so viele Leute an einen kleinen grauen Mann erinnern, von dem keiner etwas weiß, außer daß er Kellnerinnen begrapscht und Taschenbillard spielt.«

»Mein Gott«, sagte ich, »die Stadt ist voll von kleinen grauen Männern.«

Baltasar nickte. »Du kannst ruhig Baltasar zu mir sagen, wenn wir unter uns sind. – Was die grauen Männer angeht, von denen die Ämter wimmeln: geh doch mal von Kafka aus.« Er wies aus dem Fenster auf die Impertinenz des Stadthauses. »Eine labyrinthische Organisation von Irren, die U-Bahn, Stadthaus und die ganzen anderen Dinge fertigbringt, und der ein ewig lächelnder Schleimi vorsteht, in dessen Familie das Amt des Bürgermeisters dieser demokratischen Hauptstadt erblich ist – eine derartige Organisation ist zu allem fähig.«

Er schwieg einen Moment und griff zum nächsten Ei.

»Sieh mal«, sagte er, wobei er das Ei zu schälen begann, »die sind doch alle überflüssig und wissen es. Bauern, Metzger und Schreiner sind wichtig; Organisten und Gaukler und Schlagersänger auch, der Mensch braucht schließlich Unterhaltung. Aber was sollen wir mit Politikern? Brauchen wir die, damit sie mit anderen Politikern verhandeln können? Das heißt, ihre Existenz ist ihre Existenzberechtigung. Zu mehr hat's bei ihnen nicht gereicht; früher wären sie Wegelagerer geworden. Die Marodeure im Parlament sind also in erster Linie damit beschäftigt, ihre Notwendigkeit zu beweisen. Deshalb erlassen sie Gesetze, die kein Mensch braucht und die kein Mensch versteht. Deshalb gibt es Anwälte, die man zu Hilfe nimmt, um mit den Gesetzen fertig zu werden, die man nicht braucht. Und überflüssige Verwaltungen zur Durchführung überflüssiger Gesetze. Tausende grauer Männer sind dauernd damit beschäftigt, Formulare zu erfinden und auszufüllen, deren einziger Zweck es ist, ausgefüllt zu werden. Alle leben von dem Geld, das anständige Menschen erarbeiten. Und wenn man zu ihnen geht, um irgendein Formular zu bekommen, das von unserem Geld angefertigt wird und das wir nicht brauchen, muß man auch noch dafür bezahlen. Pässe, zum Beispiel. Im Orient heißt es Bestechung, bei uns Gebühr. Wozu brauch ich einen Ausweis? Ich weiß, wer ich bin. Ah, der Herr Staat will wissen, wer ich bin. Er mißtraut mir. Deshalb kassiert er mein Geld ein; davon bezahlt er Beamte, die stellen mir einen Ausweis aus, für den ich extra bezahlen muß; den zeige ich dann anderen Beamten, die auch von meinem Geld leben, und die nehmen mir dann wieder Geld ab, wenn ich in einer Straße parke, die von meinem Geld gebaut worden ist. Das heißt: wir finanzieren eine Sorte von Beamten, die uns Formulare ausstellt, damit wir sie einer anderen Sorte von Beamten vorzeigen. Damit ist ihre Existenz erschöpft. Wenn sie nicht alle darauf angewiesen wären, daß wir mitspielen und bezahlen, wäre das Ganze ein perfektes Perpetuum Mobile, ein in sich geschlossener Kreis des Irrsinns, der zwar nichts mit der Realität zu tun hat, aber so gewalttätig ist, daß er die Realität zu verdrängen beginnt. Und wohin du siehst, und wie weit du auch die Pelle abziehst, anders als bei diesem Ei findest du nie einen Inhalt, sondern nur Luft.«

Sprach's und verschluckte das zweite Ei.

Ich applaudierte. »Baltasars Wort zum Samstag«, sagte ich. »Herr Matzbach, wir danken Ihnen für diesen Monolog.«

Er hob abwehrend die Hand. »Ich bin noch nicht fertig. Alle Menschen sind böse, deshalb gibt es die Kriminalpolizei. Eine der wenigen sinnvollen Einrichtungen. Und ausgerechnet die ist hier in Bonn personell hoffnungslos unterbesetzt. Warum? Wenn sie genug Leute hätten, könnte sie auf den naheliegenden Gedanken kommen, statt kleiner Gauner zunächst mal die Ursachen zu beseitigen und den gesamten Öffentlichen Dienst wegen selbstgenügsamen Irrsinns, epidemischer Absurdität und Ausbeutung der Nation zu verhaften.«

Ich nickte; was hätte ich auch sonst tun sollen? »Schön«, sagte ich, »aber können wir jetzt vielleicht noch mal von deiner Zahnbürste reden?«

»Moment«, knurrte Matzbach, »dazu komme ich gleich. Der langen Rede kurzer Sinn: Die grauen Männer sind permanent damit beschäftigt, ihre Existenz zu rechtfertigen. Das ist ein gewaltiges Komplott, welches spätestens bei Plato anfängt. Ich bin davon überzeugt, daß irgendwo eine geheime Behörde damit beschäftigt ist, neue Maßnahmen auszuhecken und ihre Durchführung zu koordinieren, um die erfundene Notwendigkeit des Staats phantastisch zu untermauern. Dazu gehören bestimmt auch Ablenkungsmanöver, die die Leute vom Denken abhalten sollen. Vielleicht gibt es eine Fünfte Kolonne, die neuerdings wahllos Zahnbürsten an den unmöglichsten Stellen deponiert, um die Bürger zu verwirren. Vielleicht ist Haselmaus einer ihrer Agenten.«

Als ich meinen Lachanfall durchgestanden hatte, wagte ich einen kleinen Einwand.

»Matzbach, Matzbach«, sagte ich, mit einiger Mühe, »damit unterstellst du einem Apparat, den du selbst als schwachsinnig ansiehst, einfallsreiche Kreativität von fast dadaistischen Ausmaßen. Ist das nicht ein Widerspruch?«

Baltasar stand auf, wobei er sich heftig schüttelte. »Keineswegs. Was vernünftigen Menschen wie uns, die normal denken, als bizarrer Einfall erscheint, kann im Rahmen dieser Maschinerie ganz einfach und logisch sein.«

Daß Baltasar sich als vernünftigen, normaldenkenden Menschen bezeichnete, gab mir den Rest.

»Okay«, gluckste ich, »und was machen wir jetzt?«

Etwa eine Stunde später stiegen wir in der Nähe der U-Bahn-Station Tannenbusch-Mitte aus Baltasars Wagen. Die Linie verläuft hier nicht mehr unterirdisch, sondern in einem tief eingeschnittenen Kanal. Die kanalisierten Lebewesen, die hier die Transportkäfige verlassen, stehen in der Trostlosigkeit synthetischer Wohnsilos, und der Eindruck der alptraumhaften Irrealität wird verstärkt durch Straßennamen, die untergegangene Orte des deutschen Ostens beschwören.

»Wie viele Leute springen hier jeden Tag aus dem Fenster?«, murmelte Baltasar. Und: »Von fern ist Tannenbusch schon schlimm genug, aber mittendrin ...«

Ich fürchtete eine weitere monologische Eruption, deshalb fragte ich schnell: »Wo willst du denn hier Herrn Haselmaus finden?«

Ich deutete auf die Riesenhäuser rechts, links, vor uns. Baltasar bedachte mich mit einem geringschätzigen Seitenblick.

»Denk mal ein bißchen, Watson«, sagte er. Ich dachte, kam zu der Folgerung, daß Baltasar verrückt sei und sagte es ihm. Er kicherte.

»Ernsthaft. Die Idee, daß man eine Nadel in einem Heuhaufen versteckt, ist mir schon immer als albern erschienen.«

»Suchen, lieber Baltasar. Im Sprichwort geht es nicht um Verstecken, sondern um Suchen.«

Er zerschmetterte mich mit einer Grimasse. »Erstens, du Trottel, ist es kein Sprichwort, sondern eine Redewendung. Zweitens muß ja jemand die Nadel in den Heuhaufen gesteckt haben, bevor du sie suchen kannst. Versteckt also. Bäh.« Er holte tief Luft. »Wenn du eine Nadel wärst und dich verstecken wolltest, wo würdest du dich verstecken?«

Ich spielte gelehriger Schüler. »In einem Nadelhaufen, großer Meister.«

Gönnerhaft klopfte er mir auf die Schulter. Er zog mich zu einem der entsetzlichen Gebäude. Während wir die Straße überquerten, sagte er:

»Und wo sollte sich eine kleine graue Haselmaus besser verstecken als unter lauter kleinen grauen Haselmäusen in zahllosen kleinen grauen Haselmauskäfigen? So unästhetisch das alles ist: Ich finde es philosophisch sehr befriedigend, daß Haselmaus sich ausgerechnet in Tannenbusch versteckt.«

»Vielleicht«, schlug ich vor, während wir uns einer Bäckerei näherten, »hat aber keiner die Nadelmaus in den Mäusehaufen gesteckt, sondern sie ist verlorengegangen.«

Er hörte nicht zu, sondern ging in die Bäckerei, wo er sich nach Hotels, Pensionen und Vermietern möblierter Zimmer erkundigte.

»Hm«, meinte er, als er wieder draußen stand und die Häuserblocks betrachtete, »ich glaube, wir sollten uns auf Privatzimmer konzentrieren. Hotels und so sind dünn gesät und liegen alle weiter drüben, in der Nähe der zweiten U-Bahn-Station. Außerdem wird Haselmaus kaum, wenn ihm schon ein Taxi zu teuer ist, wochenlang in Hotels hausen.«

»Darf ich einen ganz bescheidenen Einwand äußern?« fragte ich.

Baltasar nickte freundlich. »Frag ruhig. Du sollst ja was für's Leben lernen.«

»Manchmal«, sagte ich verträumt, »habe ich Lust, dir hochdero Fresse zu polieren. – Was hältst du davon, wenn Haselmaus einfach irgendwie heißt und nicht zur Untermiete wohnt, sondern in einer dieser dreiundachtzigtausend Wohnungen?«

»Ha«, sagte er, »davon halte ich überhaupt nichts. Das wäre fürchterlich. Ich finde, wir hoffen erst mal, daß er irgendwo privat zur Untermiete wohnt.«

»Und was willst du machen? Willst du jetzt alle Leute erstens fragen, ob sie Zimmer zu vermieten haben, und dann, ob sie eine Haselmaus namens Klaus kennen?«

»So etwa. Wir sollten uns trennen. Jeder nimmt sich eine Seite vor. Ich gehe nach links, wenn's dir recht ist. Wir müssen eben überall klingeln, fragen, ob im Haus jemand Zimmer vermietet, und dann die Haselmaus suchen.«

Da ich mich nun einmal auf den Unsinn eingelassen hatte, konnte ich schlecht aussteigen, wenn mir die Sache auch zuwider war.

Nach zwei Stunden trafen wir uns wie vereinbart beim Auto. An Baltasars betont gelassenem Gesicht sah ich, daß er Erfolg gehabt hatte. Ich hatte zwar ein paar Vermieter möblierter Zimmer gesprochen, aber natürlich ergebnislos.

»Spuck's schon aus«, sagte ich, als Baltasar vor mir stand.

Er winkte ab. »Komm«, sagte er, wobei er das Auto aufschloß

und einstieg, »wir fahren. Dabei erzähl' ich's dir.«

Im fünften Block hatte er Erfolg gehabt. Eine ältere Dame, betört von seinem übermenschlichen Charme – dicke Menschen wirken harmlos, und Baltasar hatte sich auch noch eine Krawatte um das feiste Genick gedreht –, hatte ihn eingelassen und ihm das Zimmer ›seines Freundes Klaus‹ gezeigt. Ein kleines Zimmer mit Bett, Tisch, einem Stuhl, einem Schrank, Küchen- und Badbenutzung. Baltasar hatte mit der alten Dame geflirtet, ihr etwas von einer Tante erzählt, der sie ähnlich sähe, durch geschickte Fragen herausbekommen, aus welcher Gegend Deutschlands sie ursprünglich kam, Erinnerungen an diese Gegend erfunden, die sie fast zu Tränen rührten, und dann beiläufig gehustet und gefragt, ob sie vielleicht ein Glas Wasser oder zufällig einen Kaffee für ihn hätte, aber sie brauche wirklich nicht extra für ihn etwas zu machen... Natürlich verschwand sie, um einen Kaffee zu kochen, und er konnte sich das Zimmer in aller Ruhe ansehen.

»Im Schrank waren nur ein paar Bücher und ein bißchen Wäsche. Im Nachttisch ein Reisepaß; ich habe mir erlaubt, ihn – hm, auszuleihen. Er kann sowieso nichts mehr damit anfangen, der Paß ist schon lange abgelaufen. Jedenfalls haben wir jetzt ein Foto von ihm, wenn auch ein altes. Und noch etwas.«

Er legte eine Pause ein, als müsse er sich auf den Verkehr konzentrieren.

»Mach's nicht so spannend«, sagte ich. »Was hast du gefunden? Den schriftlichen Auftrag von der Geheimbehörde, überall, vor allem bei Matzbächen, Zahnbürsten zu deponieren?«

Er sah mich an, als wäre ich ein Reptil. »So'n Schwachsinn«, knurrte er. »Also, zwei Dinge hab' ich noch gefunden. Erstens einen Brief.«

Der Brief stammte von einer Textilfirma, die Herrn Klaus Brockmann mitteilte, daß sie auf seine weitere Tätigkeit als Außendienst-Mitarbeiter keinen Wert lege; seine Abschlüsse seien immer unbefriedigender geworden, er habe Termine nicht eingehalten, Kunden hätten sich über ihn beschwert; die Kündigung gelte für den nächsten nach Vereinbarung möglichen Termin, bis zu dem er sich als beurlaubt betrachten möge; das für die Zeit bis zu diesem Termin anfallende Fixum werde ihm in einer Summe überwiesen; anbei seine Papiere, und man wünsche ihm viel Glück für seinen weiteren Lebensweg.

Matzbach runzelte die Stirn. »Der Brief war vom März, Kündigungstermin war der 30. Juni. Die Papiere lagen in der Schublade, und zwar, soweit ich sehen konnte, vollständig. Jetzt haben wir Ende August; er hat sich also in fast zwei Monaten, seit er arbeitslos ist, nicht beim Arbeitsamt gemeldet, sonst hätte das eine oder andere Papier fehlen müssen, und das eine oder andere Papier des Bonner Arbeitsamtes hätte dort liegen sollen. Warum hat er sich nicht gemeldet, und wovon hat er seitdem gelebt? So schrecklich viel Geld kann er nicht gehabt haben, denn das Fixum war nicht bedeutend.«

Das zweite Objekt war ein Fernglas. Wieso ein Fernglas, aber nicht einmal ein Transistorradio oder ein Kugelschreiber? Die Wirtin erzählte ihm dann beim Kaffee, daß Herr Brockmann auch ein kleines Opernglas besitze, und am Donnerstagmorgen habe er, nein, gegen Mittag, das Haus verlassen und sich nun schon zwei Tage nicht mehr gemeldet, und sie sei Baltasar ja so dankbar, daß er sich kümmere, und früher habe Herr Brockmann ja immer gesagt, wie lange er wegbleiben würde, oder angerufen, und sie sei beunruhigt, und sie werde ihm bestimmt ausrichten, wenn er wieder auftauche, daß er Herrn – wie ist der Name? Lupe? – also, Herrn Lupe anrufen möchte, und überhaupt sei es ganz reizend ...

»Sehr schön, Herr Lupe«, sagte ich. »Was machen wir nun mit dem Ganzen?«

Baltasar wiegte den Kopf hin und her. »Ich weiß nicht so recht«, gab er zu, »aber ich finde es sehr interessant. Von seinem Fenster aus konnte er nur Häuser sehen, und zwar die Hinterseiten von vier Blocks mit mindestens zweihundert Wohnungen. Schlafen nach deiner Meinung Mädchen lieber nach hinten oder nach vorn raus?«

Ich lachte. »Ich kenne kein Mädchen, das irgendwohin schläft. Es soll einige geben, die sich nach oben schlafen, aber nach hinten? Finster, finster.«

Bevor er mich wieder einen Trottel heißen konnte, setzte ich hinzu: »Also, die meisten Schlafzimmer dürften nach hinten liegen, und Mädchen gibt es hier wahrscheinlich genug.«

»Da«, sagte er.

»Wieso, wo?«

»Na, in Tannenbusch. Wir sind wieder in Bonn, und du hast hier gesagt.«

»Na, gibt's hier vielleicht keine?«

»Uuuuh.«

Pause. Dann: »Siehst du, was ich bei der Sache sehe?«

Ich nickte. »Ich sehe einen alten, schmierigen Seher, oder, französisch, Voyeur, der Kellnerinnen anfaßt und weiblichen Kneipengästen auf die Brüste starrt.«

»Drück dich nicht so gewählt aus. – Und der sich für hübsche Töchter eines Abgeordneten interessiert.«

Ich verfolgte mit Faszination, wie Baltasar seinen dicken schwarzen Haifisch durch das Gewimmel der engen Altstadtstraßen zu einem unvermuteten Parkplatz lenkte. Als wir ausstiegen, sagte ich: »Das ist zwar einiges, aber viel wissen wir nicht, und was soll nun das alles?«

Baltasar schwieg, bis wir wieder in seiner Wohnung waren. »Korrigier mich«, sagte er dann, wobei er sich auf den Tisch setzte, Brötchen zerquetschend, »wenn ich bei meiner eminenten Zusammenfassung einen Fehler mache. – Also: Eine schmierige Haselmaus wohnt in Tannenbusch, macht Kneipenrunden in Bonn, nimmt die letzte U-Bahn, und seine Libido ist eher visuell. Richtig? Mittwoch ist er versackt, vielleicht zufällig, vielleicht mit Absicht, und hat wahrscheinlich eine der ersten Bahnen am Donnerstagmorgen genommen. Er fährt in seine Bude, schläft sich bis gegen Mittag einigermaßen aus und verschwindet. Anders als sonst sagt er dabei nicht, wie lange er wegbleiben wird, und ruft auch nicht zwischendurch an, sondern verschwindet einfach. Er besitzt ein Opernglas, klein und unauffällig transportierbar, das nimmt er mit, denn es ist nicht mehr in seinem Zimmer.«

»Soweit, herrlicher Mann, entdecke ich an deinen Ausführungen keinerlei Makel.«

»Dank, Euer Liebden. Weiter. Er ist ein ordentlicher, regelmäßiger Mensch: seine Kneipenrunden sind vermutlich exakt, er kommt zweimal pro Woche, wahrscheinlich an den gleichen Tagen.«

»Moment«, sagte ich, »das ist eine Hypothese.«

»Richtig«, gab Baltasar zu, »und nicht nachprüfbar, denn keiner erinnert sich so ganz genau, wann er wo war. Ist aber auch nicht so wichtig. Er ist jedenfalls ordentlich. Sein Zimmer ist aufgeräumt, und in der Mappe in seinem Nachtkonsölchen sind alle Papiere von der Geburtsurkunde an aufwärts nach Datum einsortiert. Soweit feststellbar, fehlt kein Stück.«

Nachdenklich nahm er einen Schluck von dem kalten Kaffee, der vom Frühstück in seiner Tasse verblieben war.

Ich setzte mich rittlings auf einen Stuhl und starrte den Bosch an der Wand an.

Baltasar grunzte. »Nach seiner Geburtsurkunde ist er im März 1919 geboren. Nach seinen Papieren hat er die letzten dreißig Jahre bei verschiedenen Firmen verschiedene Arbeiten ausgeführt. Er kann also gut noch ein paar Takte lang Arbeitslosengeld kassieren und dann Rente beantragen. Statt dessen läuft er seit zwei Monaten durch die Gegend, ohne sich irgendwo an- oder abzumelden.«

Ich hob die Hand. »Zwischenfrage. Wie lange wohnt er schon da draußen?«

»Seit einem halben Jahr. Vorher wohnte er in Dortmund. Die Firma sitzt in Hannover. Er ist ordentlich. Sogar die Abmeldung seiner Dortmunder Behausung war in den Papieren.«

Er klopfte auf seine Brusttasche. »Alles notiert. Quod scripsi scripsi. Außerdem war er von einer gewissen grau-haselmäusigen Regelmäßigkeit. Übrigens stand seine Zahnbürste im Bad, eine ekelhafte Zahnbürste, gelb und gerade, igitt.«

Er rutschte vom Tisch, ging zum Fenster, öffnete es, kam zurück und steckte sich eine stinkende Zigarre an. Bei den ersten Wolken zerrte er den Schlips von seinem dicken Hals und warf ihn zwischen die leeren Weinflaschen. »Ich ziehe«, sagte er dann und hielt mir seine Wurstfinger vor die Nase, »daraus folgende Schlüsse. Erstens: er geht ohne Zahnbürste weg, nur mit Opernglas, und meldet sich weder für längere

Zeit bei seiner Wirtin ab noch ruft er an. Das heißt: Er wollte gar nicht lange wegbleiben. Folglich ist ihm etwas – hm, sagen wir, zugestoßen, das ihn an der Rückkehr und auch am Telefonieren hindert, oder er will nicht. Aber auch das wäre schon merkwürdig. Zweitens: Daß er sich nicht beim Arbeitsamt gemeldet hat, liegt vielleicht einfach daran, daß er keine Lust hat. Er kann ja auch im Dezember zum Amt gehen. Aber wovon lebt er? Das Fixum, das er bekommen hat, war nicht sehr groß, und so wie er in der letzten Zeit gearbeitet hat, hat er sicher kein Vermögen an Provisionen verdient. Verfügt er vielleicht über eine Einnahmequelle, von der keiner was weiß?«

»Tja«, sagte ich, »ich weiß nicht, was man heute als Voyeur so verdient.«

Baltasar seufzte und hielt mir einen Vortrag – ausgerechnet er – über Ernsthaftigkeit im Umgang mit wesentlichen Problemen. Wir befanden uns in einer sehr vergnüglichen Debatte, als es klingelte.

Moritz von Morungen war es, erbost. »Hör mal, du Knalltüte, zuerst besorgst du mir einen klassischen *interruptus*, dann bist du nicht hier, wenn ich wie verabredet komme, und schließlich gehst du nicht ans Telefon. Was ist eigentlich los?«

Baltasar tippte ihm freundlich auf die Brust. »Ach, du wolltest ja gestern abend vorbeikommen. Hatte ich ganz vergessen, macht aber nichts.«

Moritz sah das anders und empörte sich mannhaft, kam aber gegen Baltasars überlegenes Ignorieren nicht auf.

»Also, was willst du?« fragte er schließlich matt.

Baltasar setzte sich wieder auf den Tisch. »Ich brauche deine journalo-kriminelle Mitarbeit für eine Ermittlung«, sagte er.

Ich stand auf, war keineswegs beleidigt und fühlte mich auch nicht abserviert, denn einige Dinge können Profis besser; außerdem hatte ich keine Lust, mir das ganze Wochenende von Matzbachs Bürstenphantom und dem haselmäusigen Voyeur verpatzen zu lassen.

»Dann kann ich ja gehen«, sagte ich. »Ich hab' nämlich manchmal das reaktionäre Bedürfnis nach ein bißchen Privatsphäre.«

Moritz kicherte. »Hat er dich ausgebeutet?«

Ich nickte. Baltasar überhörte und übersah alles und sah mich nachdenklich an.

»Montag«, sagte er, »fahr' ich nach Hannover zur Firma von Haselmaus und nach Dortmund zu seiner letzten Behausung.«

»Herrlich«, sagte ich.

»Wieso?«

»Das garantiert mir ein paar Tage ohne deine Visage.«

Baltasar zuckte die Schultern. »Ich komm' wahrscheinlich am Dienstagfrüh bei dir vorbei.«

Ich klopfte ihm auf die Schulter und boxte Moritz freundschaftlich in den Bauch. »Ich werde mich wappnen. Macht's gut, ihr Kriminellen.«

Schließlich, dachte ich bei der Heimfahrt, was scheren mich eine überzählige Zahnbürste und ein entlassener Textilvertreter? Es ist zwar immer amüsant, Baltasar bei einem seiner abenteuerlichen Projekte zuzusehen, aber ansonsten hielt ich die ganze Sache für unsinnig und belanglos. Zum Glück wußte ich noch nicht, daß sich das bald ändern sollte – es hätte mir sonst womöglich das Wochenende verdorben.

4

Am Dienstag fand Matzbachs Invasion meiner Behausung statt. Er hatte viel zu berichten.

Die Fahrt nach Hannover und Dortmund war nicht besonders einträglich gewesen. Er hatte einige unwichtige Details aus Brockmanns Vorleben erfahren. Übrigens war Haselmaus noch nicht wieder in Tannenbusch gesichtet worden; Baltasar hatte noch einmal mit der alten Dame telefoniert und ihr empfohlen, den Untermieter als vermißt zu melden.

Erfolgreich gewesen war dagegen Moritzens Streifzug durch die Straße am Millionenhügel.

»Ich hatte ihm gesagt«, berichtete Baltasar fröhlich, »er solle doch einfach mit seinem Presseausweis in der Hand durch die Straße wandern, an allen Türen klingeln und den Leuten sagen, er hätte gehört, hier wären in letzter Zeit Fälle von Belästigung durch einen Spanner vorgekommen. Du weißt: Mädchen, die sich beobachtet fühlen, zertretene Blumenbeete unter Schlafzimmerfenstern und so weiter.«

Ich lehnte mich im Sessel zurück, zündete mir eine Zigarette an, um gegen Baltasars Zigarre anzustinken, und nahm einen Schluck Kaffee zu mir.

»Ganz schön dreist«, sagte ich. »Also dafür hast du Moritz gebraucht.«

Baltasar schüttelte den Kopf. »Nicht nur. Natürlich ist es ganz günstig, daß er mit seinem Presseausweis hantieren kann. Aber das ist nicht alles. Ich will da nicht zu früh auffallen.«

Er äußerte sich nicht weiter über diese mysteriöse Bemerkung und fuhr fort. »Er ist ein paarmal dagewesen, weil er nicht immer alle Anwohner angetroffen hat. War zwar Sonntag, aber du kennst das ja: Besuche bei der Schwiegermutter, Wochenendausflüge und so. Egal. Nach und nach hat er die ganze Umgebung abgeklappert. Dabei sind ein paar Sachen rausgekommen. Erstens haben sich einige Leute in der letzten Zeit über einen Spanner beschwert und sogar Anzeige gegen Unbekannt erstattet.«

Er blies mir eine dicke Wolke ins Gesicht. Genießerisch machte er eine Pause. Dann: »Bei der Anzeige ist natürlich nichts rausgekommen. Irgendein Johnny von der Polente war wohl da und hat sich ein paar Notizen gemacht, aber das ist auch alles. Sieh mal.«

Er breitete auf dem Tisch eine vergrößerte Fotokopie aus, Detailausschnitt aus einem Stadtplan.

»Hier«, sagte er und wies auf eine leicht abstrakt S-förmige Straße. »Um diese Häuser herum hat der Unhold sein Unwesen getrieben. Moritz ist zur Sicherheit auch in der weiteren Umgebung gewesen, bei Anliegern anderer Straßen, aber da gab es nichts. Die Leute, die ihn gesehen haben, wohnen hier, hier, hier und hier.«

Mit seinem fetten Finger beschrieb er ein paar Kreise auf dem Plan. Dann schaute er mich an.

»Fällt dir was auf?«

Ich seufzte. »Kannst du mir nicht gleich sagen, was los ist, statt wieder einen sokratischen Dialog mit mir anzufangen?«

Baltasar verzog weinerlich das Gesicht. »Du bist immer so hart zu mir«, beklagte er sich. »Es geht mir um was anderes. Moritz und ich sind unabhängig voneinander zum gleichen Schluß gekommen; nun wüßte ich gern, als zusätzliche Bestätigung, ob dir die Sache auch so offensichtlich vorkommt.«

»Aha.«

Nicht überzeugt beugte ich mich über die Karte. Mit kleinen Kreuzen hatte Baltasar (oder Moritz) die Plätze markiert, an denen der Spanner flüchtig gesehen worden war oder Spuren (zertrampelte Blumen etc.) hinterlassen hatte. Zwei Häuser mit Gärten, in denen er gewesen war, dann eine kleine private Stichstraße, die zwischen zwei Häusern endete, von der aber Garagenzufahrten zu einigen weiteren Häusern führten. Alle diese Gebäude lagen nicht direkt an der S-förmigen Straße, sondern in einem unvollkommenen Kreis um ein fast parkgroßes Gartenareal gruppiert. Danach weitere Häuser mit Gärten (und Kreuzchen), wieder an der Straße.

»Komisch«, sagte ich. »Ich kenne zwar die Straße nicht; außerdem bin ich natürlich kein Fachmann für die Psychologie von Voyeuren ...«

Baltasar unterbrach mich. »Nun red nicht so lange über deine Einwände und Vorbehalte, du Kokettierbolzen.«

»Aber«, fuhr ich mit einer Grimasse fort, »wenn er aus diesen beiden Gärten kommt und weiter oben in den Gärten wieder Spuren hinterlassen hat, dann ist sein logischer Weg nicht über die Straße, sondern durch diesen großen Gartenpark. Und da hat ihn keiner gesehen?«

Baltasar lächelte wohlwollend. »Richtig, mein lieber Watson. Da hat ihn keiner gesehen. Behaupten jedenfalls alle. Merkwürdig ist nur –«, er deutete der Reihe nach auf die ungefähr im Kreis stehenden Häuser – »folgende Tatsache: hier wohnt der Abgeordnete mit den hübschen Töchtern, hier ein älterer Professor mit Frau und einer sehr hübschen Haushälterin, jedenfalls behauptet Moritz das, hier ein einsamer, aber reicher Witwer, der seine Einsamkeit dadurch zu mildern sucht, daß er ein junges Paar in Untermiete genommen hat; die Frau ist ebenfalls ansehnlich. Daneben ein Pelzhändler mit Frau und einer Tochter Anfang Zwanzig. Der Herr mit den Rauchwaren ist sehr geschäftstüchtig; er hat noch eine kleine Einliegerwohnung, die belebt ein Kandidat des Auswärtigen Amts zwischen zwei Auslandsaufenthalten. In dem Haus hier ein Kommunalpolitiker mit Frau und ebenfalls zwei Töchtern, daneben ein Bauunternehmer. Er lebt mit einer jüngeren Frau zusammen, sie sind aber wohl nicht verheiratet. Meine Moral sträubt sich.«

Er machte eine Pause; wahrscheinlich, um mir Gelegenheit zu geben, die abenteuerliche Annahme einer in ihm nicht nur vorhandenen, sondern auch noch sträubbaren Moral zu bedenken.

»Ich bin«, sagte ich gehorsam, »des Staunens voll, o Baltasar.«

Er nickte befriedigt. »Das denke ich mir wohl.«

»Und zwar«, fuhr ich fort, »ob deiner Moral. Ich wußte bis eben nicht, daß du eine solche besitzest.«

»Du weißt«, sagte er, wobei er mich ansah wie ein Vertreter für Hosenträger eine zu überredende Äbtissin, »daß ich zu allen möglichen Exzessen bereit bin, um den Geschmack des Lebens zu erforschen, notfalls sogar zur Moral.« Er lächelte freundlich, etwa wie ein Pferd.

»Nun sag an«, knurrte er dann, »was du von der Belegschaft dieses Villenviertels hältst.«

»Nun ja, was soll ich von ihnen halten? Sie sind offenbar alle recht erfolgreich und zum Teil ausgesprochen zeugungswütig gewesen. Merkwürdig, daß es nur Töchter gibt.«

Baltasar nickte abermals. »Wie wahr«, murmelte er, »aber Töchter sind pflegeleichter als Knaben. Wenn man ein Geschäft hat, müssen Söhne zuerst angelernt werden, damit sie einem zur Hand gehen können, und dann betreiben sie mit Macht die Verdrängung des Vaters; außerdem schleppen sie fremde Frauen an, die man dann duzen muß. Widerlich. Töchter dagegen streicheln abends dem müden Krieger den Staub aus dem schütteren Haar und schaffen, nach einer Periode nächtlichen Streunens, Schwiegersöhne herbei. Denen kann man das Geschäft übergeben, man muß aber nicht; vor allem kann man sie hinauswerfen, wenn sie einem nicht passen, was man mit eigenen Söhnen nur ungern, wenn auch gelegentlich betreibt.«

Ich lauschte mit einer gewissen Verwunderung dieser Abschweifung. »Baltasar«, sagte ich vorsichtig, »mir scheint, du bewegst dich in Vorstellungen des neunzehnten Jahrhunderts.«

Er hob die Hand und wedelte mit ihr. »Ich danke dir«, sagte er friedlich, »für diesen Hinweis. Das neunzehnte Jahrhundert hat mich schon immer gelangweilt. Bring mich nicht noch einmal mit ihm in Verbindung, hörst du?«

»Wieso ich? Ich hab' dich doch nur auf etwas hingewiesen ...«

Er schnaubte. »Wer hat denn mit den Töchtern angefangen?«

»Na, die Bewohner der Villengegend.«

»Ja, aber du hast sie erwähnt. Und du weißt doch, wie ich auf Erwähnungen reagiere.«

»Du nervst mich. Ist es meine Schuld, wenn du aus einem Stichwort eine Anakonda von Assoziationen machst, die sich dann würgend um deinen dicken Hals legt?«

»Du verdrehst die Kausalität«, behauptete er. »Wer verursacht denn die Lawine: der, der sie oben auf dem Berg lostritt oder der, der in ihren Sturz verwickelt wird und sie durch sich selbst anreichert?«

Ich gab auf. Bewaffnete Neutralität ist die einzige Haltung, die gegen Matzbach hilft. Man darf sich nicht in Verwicklungen einlassen; es führt zu nichts.

»Also«, sagte ich matt, »diese Villenbewohner ...«

»Richtig. Wir haben es mit einem extremen Fall zu tun. Der Frauenüberschuß der Republik wurde hier auf die Spitze getrieben. Ich weiß nicht, ob es vertretbar ist, aber es ist nun mal so. Nun muß man sich fragen, woran das liegt. Könnte es ...«

Ich unterbrach ihn verzweifelt. »Hör auf zu spinnen. Bleib bei der Sache.«

Er sah mich verletzt an. »Du trampelst auf meiner zarten Seele herum«, beschwerte er sich.

»Sie wuchert und muß beschnitten werden«, sagte ich höhnisch. »Also, die Villengegend. Wenn es für einen Voyeur eine lohnende Ecke gibt, dann doch bestimmt diesen Fast-Kreis von Häusern.«

Baltasar schien alles andere vergessen zu haben. »Richtig«, sagte er nüchtern. »Eigentlich traumhaft. Vermutlich liegen die meisten Schlafzimmer nach hinten, und hier« – er deutete auf einen Punkt der Karte ungefähr im Zentrum des Garten-Parks – »stehen ein paar Bäume, auf die man hervorragend steigen kann. Wer in einem dieser Bäume sitzt und ein Opernglas bei sich hat, kann bestimmt viele nette Dinge sehen.«

Ich zweifelte. »Vielleicht auch nicht. Immerhin soll es ja Leute geben, die Vorhänge zuziehen oder Rolladen runterlassen, bevor sie sich oder andere ausziehen.«

Baltasar schüttelte den Kopf. »Wozu denn? Klar, wenn man an der Straße wohnt und jeder Nachtwandler reinschauen kann. Aber hier doch nicht. Wenn die Schlafzimmer wirklich alle nach hinten liegen, das heißt, an diesem Garten-Park oder Park-Garten, dann gibt's absolut keinen Grund. Die Bäume in der Mitte sorgen dafür, daß man von keinem Haus aus in ein anderes sehen kann. Bäume haben bekanntlich Krone und Blätter.«

»Vor allem im Sommer«, sagte ich. »Wie aber steht's im Winter?«

Baltasar war irritiert. »Was soll der Winter? Wir haben August. Man kann zwar in Bonn nie von Sommer reden, aber ...«

»Deinen Ausführungen«, sagte ich ein wenig sarkastisch, »entnehme ich, daß es sich bei den Gewächsen im Garten um Laubbäume handelt, weil man auf Nadelbäume nicht so gut klettern kann. Okay. Laubbäume sind aber winters nackt. Also könnte man im Winter in die Nachbarhäuser sehen. Also könnte man sich seit Jahren daran gewöhnt haben, die Fenster zu verrammeln. Und, wegen der Gewohnheit, dann auch im Sommer.«

Baltasar zögerte einen Moment.

»Gut«, gab er zu, »du könntest recht haben. Man kann aber auch davon ausgehen, daß sie sich seit Jahren daran gewöhnt haben, im Winter verschlossen und im Sommer offen zu schlafen. Zwei plausible Annahmen. Wir werden«, sagte er fröhlich, »einen Lokaltermin machen und uns selbst davon überzeugen müssen.«

Ich klopfte auf den Tisch. »Nix da. Wenn du dir einbildest, ich krieche nachts durch fremde Gärten und spioniere Schlafgewohnheiten aus ...«

»Nun reg dich doch nicht so auf. Derart schwierige und diskrete Jobs werde ich dir niemals aufbürden. Dazu muß man sich hurtig und lautlos bewegen können. Ich fürchte, dir geht die notwendige Geschmeidigkeit des Leibes ab; von deiner geistigen Starre nicht zu reden.«

»Aha. Und wer soll's dann machen?«

Baltasar schaute mich verwundert an. »Na, wer wohl? Ich!«

Ich prustete los. »Ach, Dickerchen«, sagte ich, »dich möcht ich sehen, wenn du mit deinen hundertzwanzig Kilo wie ein Satyr durch's Geäst huschst. Ha!«

Er patschte auf seinen Bauch. »Ah«, knurrte er, »du wirst schon sehen. Ich bin ein Gummiball.«

Wir alberten noch eine Weile herum; schließlich verkündete er, er werde in den kommenden Tagen weitere diskrete Nachforschungen anstellen und mich spätestens demnächst wieder informieren.

»Deine unschätzbare Hilfe«, sagte er großzügig, »wird mir zweifellos bei der Erhellung dieses verwickelten Dunkels förderlich sein.«

»Paß auf deine Metaphern auf«, empfahl ich ihm, »sie laufen dir aus dem Zügel. Du bist also nach wie vor wild entschlossen, diese Zahnbürsten-Spinnerei bis zum bösen Ende durchzuziehen?«

»Bis zur Aufklärung dieses finsteren Mordfalls.«

Ich lehnte mich zurück. Ich gebe zu, daß ich verblüfft war. »Wieso Mord? Und wieso Fall?«

»Meine Nase«, erklärte er großspurig, »sagt mir, daß es ein Mord ist, was sich am Schluß erweisen wird. Haselmaus ist ein vorzügliches Opfer. Niemand wird ihn vermissen. Vielleicht hat da jemand den perfekten Mord begangen. Und ich, entschlossen, meine vielfältigen Talente einer weiteren Disziplin zuzuwenden, werde mit kriminalistischem Scharfsinn die Sache klären.«

Ich war einigermaßen enttäuscht. Dann schalt ich mich einen Narren; statt anzunehmen, Baltasar habe noch etwas Wichtiges in der Hinterhand, hätte ich gleich davon ausgehen sollen, daß er mit seiner Nase und seiner Phantasie befaßt war. Seine theatralische Rede konnte nicht verdecken, daß er wirklich nicht mehr wußte als ich.

»So, so. Du willst nun also unter die Kriminalisten gehen?«

Er schüttelte den Kopf. »Du irrst, mein Lieber. Ich bin bereits unter sie gegangen.«

Am Mittwoch konnte ich ungestört arbeiten. Am Donnerstag wurde ich mit meiner Arbeit fertig. Zwischendurch hatte ich nicht mehr an die Affäre gedacht. Am Spätnachmittag, als ich mich dem Gefühl hingeben wollte, etwas erledigt zu haben, fiel mir die Zahnbürste wieder ein. Zu meinem Erstaunen stellte ich fest, daß mich der Fortgang der Ereignisse interessierte, wenn auch vielleicht nur als Denkspiel, das sich am Schluß in völlig harmlose, zufällige Erklärungen auflösen würde. Intellektuell war ich davon überzeugt, daß alles Spinnerei war. Aber ein kleiner Mann in meinem Binnenohr bearbeitete mich hartnäckig. Baltasar Matzbach, der Universaldilettant. In den acht Jahren, seit ich ihn kennengelernt hatte, war ich Zeuge vieler erstaunlicher Vorfälle geworden. Immer wieder hatte er sich mit neuen Dingen beschäftigt und es darin zu einer gewissen Perfektion knapp unterhalb der Grenze des Professionalismus gebracht; wenn ihn dann der Spaß an der Sache verließ, wandte er sich ab und befaßte sich mit dem nächsten Neuen. Das war auch schon vorher so gewesen, aber seine bunte Vorzeit kannte ich nur aus zweiter oder dritter Hand oder aus seinen eigenen Berichten, denen zu mißtrauen mir immer ratsam erschien. Immerhin, der kleine Mann in meinem Binnenohr redete mir beharrlich zu, dem Universaldilettanten zu vertrauen. Warum sollte seine Nase ausgerechnet in dieser Angelegenheit trügen? Und warum sollte sein ausufernder Geist ausgerechnet in der Kriminalistik versagen?

Ich brachte meine fertige Arbeit zur Post und deckte mich kurz vor Ladenschluß in der großen Universitätsbuchhandlung mit Fachliteratur ein: Poirot, Maigret, Lord Peter, Marlowe, Bony, Parodi ... Krimis waren mir immer als subalterne Zerstreuung erschienen, deshalb kannte ich einige der Namen nur vom Hörensagen und die anderen gar nicht. In einer angenehmen Nacht lernte ich sie teilweise kennen und schloß Freundschaften. Freitags war ich wild entschlossen, mich mit der Genealogie der Detektive näher zu befassen, konnte aber einen Bekannten, von dem ich wußte, daß er auf diesem Gebiet weitläufig belesen war, nicht erreichen. Zwischen Dupin und Lupin erwischte mich dann Baltasar, per Telefon.

»Eh, was treibst du?«

Seine Stimme klang irgendwie zerstreut, abgelenkt.

»Ich ergründe deine Vorfahren«, sagte ich.

»Wieso? Liest du Macchiavelli oder die Beschreibungen des Lebens großer Männer?«

Offenbar litt er nicht an Depressionen. Ich teilte ihm freundlich mit, was ich a) las und b) von seiner Selbsteinschätzung hielt. Er ging nicht darauf ein.

»Hör mal«, sagte er, »ich hab' dir einen Brief geschickt.«

»Du hast reichlich extravagante Einfälle. Was steht denn drin?«

»Die Ergebnisse meiner weiteren Forschungen.«

»Und warum kommst du nicht vorbei, oder wir treffen uns irgendwo, und du erzählst es mir? Bist du schüchtern?«

Er kicherte. »Nein, beschäftigt. Ich hab' ein bißchen herumgeforscht, wie gesagt.«

»Bist du durch's Geäst gehüpft, wie vorgesehen?«

»Ja. Sehr inspirierend. Also: keine Rolläden. Und die Schlafzimmer gehen zum Garten. Aber rat mal, was mit den Bewohnerinnen los ist!«

Ich überlegte.

»Na ja«, meinte ich, »sind sie alle so fett und häßlich wie du?«

»Nein«, grunzte er, »schlimmer.«

Ich überlegte abermals. Schließlich fiel mir einer von Baltasars geflügelten Sätzen ein: je blonder desto doof.

»Sind sie alle blond?«

»Ja. Ist das nicht widerlich?«

Ich lachte. »Ziemlich.«

Er räusperte sich. »Ich melde mich hiermit ab«, sagte er. »Ich bin ein paar Tage fort.«

»Was treibst du denn, und wo?«

Er schnalzte mißbilligend mit der Zunge. »Erzähl' ich dir nicht, sonst willst du am Ende mitkommen.«

»Aha. Wann geht's denn los?«

»Morgen früh.«

»In Sachen Haselmaus?«

»In Sachen Haselmaus.«

Ich überlegte. »Du«, sagte ich dann, »ich hab' Durst. Was machst du heute abend?«

»Bin beschäftigt.«

Irgendwie hallte seine Stimme wider, bevor sie in die Telefonleitung fiel.

»Wo steckst du?« fragte ich neugierig.

»Auf dem Klo«, teilte er mir mit. »Hier kann ich ungestört mit dir sprechen. Ich verbinde«, erklärte er hoheitsvoll, »das Notwendige mit dem Üblen.«

Ich bezog letzteres auf mich. »Danke, aber wieso bist du beschäftigt und mußt vom Topf aus telefonieren? Hast du am Ende gar Besuch?«

»Scharfsinniges Kerlchen«, sagte er.

Er schwieg, und ich kicherte.

»Baltasar, Baltasar«, sagte ich dann, »was muß ich von dir hören! Und deine Askese?«

Er hustete. »Alles im Interesse der Sache«, behauptete er. »Ich opfere mich für die Fortschritte der Kriminalistik.«

Leise deklamierte er: »Wacker ficht unser Held, belagert von zwei Blondinen, öffnet die Pforte mit Macht, bringt so die Wahrheit ans Licht.«

Es war mir unmöglich, ein Glucksen zu unterdrücken, das

mir in die Kehle klomm.

»Ei jei«, sagte ich mühsam, »und abermals ei jei. Macht? Nun ja. Wahrheit? Oho. Die Pforte kenne ich unter anderen Bezeichnungen, und sagtest du ficht, mit Verlaub?«

»Ja, mit ch.«

»Und gleich zwei Blondinen? Wo bleibt da die Moral, von der Kondition gar nicht zu reden?«

Kleinlaut behauptete er: »Also, hm, die Tochter geht gleich.«

»Wie? Mutter und Tochter? O diese Abgründe!«

»Du mißverstehst das, teurer Freund. Alles im Interesse der Sache. Die Tochter ist eine Freundin einer der Töchter dieses Abgeordneten, du weißt schon.«

»Baltasar, deine Ausreden werden immer beschaulicher. Und die Mutter?«

»Ist vierzig.«

»Und blond?«

»Ja. Ist das nicht furchtbar? Und sie plant Übles wider mich.«

»Ach nein, du armer Kleiner! Was will sie dir denn Leides tun?«

»Mir droht, fürchte ich, eine schwächende Verminderung meiner Leibesflüssigkeiten.«

»Nein, wie entsetzlich! Und im Interesse der Sache opferst du nicht nur Moral, sondern auch Ästhetik, dein Vorurteil gegen Blonde?«

»Kein Vorurteil. Ich spreche aus Erfahrung. Es ist ein Urteil a posteriori.«

»Auch noch a posteriori! Entzückend!«

Baltasar hustete erneut. »Du Faselhans«, sagte er böse, »du Schmutzfleck auf dem Latz meiner Freundschaften. Mit dir ist ja heute überhaupt nicht zu reden. Fahr dahin! Und lies meine Post. Bis nächste Woche!«

Bevor ich noch weiteren Spott ablassen konnte, hängte er ein. Ich ergab mich grinsend der Lektüre. Eine herrliche Zeit stand mir bevor: Baltasar würde eine Weile verschwinden, statt mich zu behelligen. Mit gutem Gewissen, bester Laune und Büchern begab ich mich früh zu Bett.

5

Die wunderlichen Wege der Bundespost bescherten mir Baltasars Freitagspost am Montag, zusammen mit einem kurzen Schrieb, den er samstags in der Frühe abgelassen hatte, ehe er sich auf seine geheimnisvolle Fahrt begab. Dieser Brief begann mit der Anrede »Elendes Hohngefäß!« und bestand im wesentlichen aus unzusammenhängenden Beschimpfungen übelster Vorzüglichkeit sowie der lakonischen Mitteilung, falls ich Probleme hätte und mit der Lösung des Bürstenrätsels nicht voran käme, sollte ich mich an die Dame wenden.

Ich ahnte Böses, als ich die dickere Freitagspost öffnete. Dem Nach-Brief konnte ich bereits entnehmen, daß im ersten Schreiben Anweisungen zur weiteren Aktivität stecken mußten. So war es. Der Inhalt der Sendung bestand aus: einem kurzen Bericht über seinen ›Lokaltermin‹ und die Beobachtungen und Schlüsse; von Moritz und ihm bisher ermittelten Daten einiger der in den Villen lebenden Personen; Fotokopien aus *Who's Who* und anderen Werken, betreffend einige weitere Personen; Kopien aus älteren Zeitungen oder Zeitschriften zu Personen und Vorgängen; der Anweisung, mich mit Moritz und Edgar ›kurzzuschließen‹ und einige präzise Fragen zu klären; der Aufforderung, bestimmte weitere Personen ausfindig zu machen und zu erforschen. Schließlich teilte er mir noch mit, daß er namens des Statistischen Bundesamtes die Bewohner der Villenstraße auf meinen Besuch als Umfrager vorbereitet habe, und ich solle gefälligst Dienstag und Mittwoch auf diese Arbeit verwenden. ›Anliegend Umfragefragen.‹ Dieser feiste Satan hatte es tatsächlich fertiggebracht, Bundespapier mit Geier aufzutreiben, mehrere offiziös aussehende Fragekataloge zu erstellen und – Höhepunkt seiner Machenschaften – einen auf meinen Namen lautenden Ausweis mit Bild und Stempel beizulegen, demzufolge ich berechtigt war, Fragen zu stellen und Diskretion zuzusichern.

Ich war ein bißchen erschlagen. Als aufgeklärter Staatsbürger weiß ich wohl, daß man, sogar in Bonn, für Geld alles bekommt. Mich erstaunte nicht, daß Baltasar offenbar Adressen kannte, und auch nicht, daß er vermutlich einige größere Lappen für die Kollektion hatte ausgeben müssen, vor der ich nun saß. O nein, das war es nicht. Auch die Anzahl der Gesetze, die er seit Entwenden des abgelaufenen Passes von Haselmaus Brockmann gebrochen oder zumindest touchiert hatte, löste in mir keine Verwunderung aus. Wieso sollte er denn auch mit Gesetzen schonender verfahren als mit den Nerven seiner Freunde? Seine selbstverständliche Annahme, halb Bonn würde sich während seiner geheimen Reise die Schuhe durchlaufen, um kryptische Aufträge zu erfüllen, deren letzten Zweck keiner außer ihm kannte und deren Kontext alle für Unsinn hielten, war keineswegs verwunderlich, sondern typisch Matzbach.

Was mich erschlug war die Tatsache, daß in dem Bundesamtsausweis mein Foto prangte. Es war mir absolut rätselhaft, woher der Dicke das Bild hatte. Es hatte keinen Rand und zeigte mich im Halbprofil von links; das ist der noch erträglichste Anblick dieser Vista. Bei näherer Betrachtung stellte ich fest, daß ich mindestens eine ganze Weile älter geworden war, seit jemand Zelluloid vergeudet hatte, um mich darauf zu bannen. Schließlich kam ich auf den simplen Ursprung des Bildes. Die Augen verrieten es mir: Sie gehörten einem, der knülle war wie eine Beutelratte. Ich schloß daraus, daß Baltasar mit feiner Schere meinen Schädel aus einem größeren Foto herausgeschnitten hatte, das vor einiger Zeit vermutlich bei einem Gelage aufgenommen worden war. Zuerst war ich gerührt, denn Baltasars Zuneigung zu mir mußte schlimmere Dimensionen haben, als ich je hätte erraten können – wie wäre es sonst zu erklären, daß er ein Bild von mir gehortet hatte? Doch war es anders zu erklären, und ich fand die Erklärung sehr bald. Vermutlich hatte ich bei der betreffenden Fete in der Nähe einer weiland Gespielin des Matzbach gesessen und so zufällig Eingang in die Gefilde seiner Nostalgie gefunden.

Und dann die Geschichte mit der Dame. Sie hieß, teilte mir sein Schimpfschrieb mit, Ariane Binder, wohnte in Plittersdorf und hatte Telefon, und an sie sollte ich mich wenden, wenn ich nicht weiter wüßte. Das hieß, daß sie etwas wußte, vermutlich auch, daß Baltasar sie in seine mageren Erkenntnisse und seine opulenten Annahmen eingeweiht hatte. Da ich mich nicht dazu aufschwingen mag, Baltasar des sexuellen Opportunismus zu zeihen, kam ich zu dem Schluß, daß es sich um eine bemerkenswerte Frau handeln mußte.

Wie alle anständigen Menschen hasse ich Montage. Die eigenschaftslose Tatsache des 1. September beflügelte mich keineswegs; nach der Lektüre von Baltasars Post hing ich in den Klauen einer allumfassenden Lustlosigkeit mit besonderer Abneigung gegen kriminalistische Allüren. So neigte ich meinen klugen Kopf über eine überregionale Tageszeitung, doch gedieh mir aus diesem Tun kein Balsam; das Blatt quoll über vom zeternden Unflat des Wahlkampfs. Ich meditierte eine Weile um dieses Phänomen herum, da es zu genauem Anfassen allzu glitschig und ekelhaft ist, handelt es sich doch um eine von Regierung und Opposition – egal, wer gerade wo steht – einmütig veranstaltete Entmündigung der Bürger, die vier Jahre lang ohnmächtig (die vom Volk ausgegangene Macht ist bisher nicht heimgekehrt; es läuft eine Vermißtenanzeige) der beiderseits verantwortungslosen Politonanie haben zusehen müssen; wer die Pfründen angreift, einigt die sonst heillos zerstrittenen Popen gegen sich; bevor man wieder eines der mehreren kleineren Übel wählt, muß man sich wie ein Mündel auch noch Rechtfertigungen und Interpretationen für Vorgänge anhören, die weder zu rechtfertigen sind noch einer Deutung bedürfen, schon gar nicht in derart miesem Stil und verstümmeltem Deutsch.

Solch fröhliche Morgengedanken an die grauen Repräsentanten riefen mir den anderen grauen Vertreter namens Brockmann sowie Baltasars Tiraden gegen die Verwaltung und die Wechselfälle des wirklichen Lebens in Erinnerung. Mit einer Gemütsbeschaffenheit, die ich als dynamische Resignation bezeichnen möchte, ergab ich mich in das Unvermeidliche. Baltasar, der Große, hatte seine Anordnungen erlassen; zweifellos hatte Moritz einen ähnlichen Schrieb bekommen wie ich, und mit einiger

Wahrscheinlichkeit war Baltasar auch auf Ideen verfallen, die es ihm ermöglichten, neben Moritz und mir weitere Handlanger zu rekrutieren. Er hatte Bonn verlassen und erging sich in fernen Landen, wo das auch immer sein mochte, und die halbe Stadt arbeitete während seiner Abwesenheit für seine Spinnereien.

Was Edgar, der Arzt, dabei tun sollte, war mir rätselhaft. Da ich ihn aber zu dieser relativ frühen Stunde ohnehin nicht erreichen konnte – er steckte entweder im Krankenhaus oder schlief sich von demselben aus –, verschob ich eine Klärung der Frage auf unbestimmte Zeit. Moritz hockte in seiner Redaktion und brütete angeblich über wichtigen Berichten.

»Furchtbar«, sagte er, als ich ihn anrief und mich nach seinem Befinden erkundigte, »wirklich furchtbar. Überall diese miesen kleinen Wahlkampfveranstaltungen, zu denen nur Mitglieder der einladenden Partei kommen. Also eindeutig geschlossene Gesellschaften, Privatbünde, sozusagen. Aber man muß sie behandeln, als hätten sie das öffentliche Interesse, das sie annektieren, wirklich verdient. Furchtbar. Und zwischendurch tagt der Ortsverein der Taubenzüchter. Furchtbar. Und jetzt rufst du an. Entsetzlich. Was verschafft mir die ungünstige Ehre?«

»Was wohl?« sagte ich vorwurfsvoll. »Matzbach natürlich.« Moritz seufzte. »Der ungünstige Motzbauch, ja. Ach, es ist ein Kreuz.«

Er äußerte sich nicht näher, daher nahm ich den Faden einige Zentimeter und Sekunden weiter wieder auf.

»Also Matzbach«, sagte ich energisch. »Ich hab' 'nen Brief von ihm gekriegt.«

»Ist das nicht furchtbar?« jammerte Moritz. »Jetzt schreibt er auch noch.«

»Hast du auch so was bekommen?«

»Und ob. Äußerst ungünstige Sache.«

»Wieso?«

»Na, da ist wohl verschärftes Denken angesagt, oder? Und Zeit. Mastbär stiehlt unsere Zeit, während er sich im Grünen verlustiert.«

»Weißt du, wohin er gefahren ist?«

»Keine Ahnung. Der Matzbrocken tummelt sich irgendwo im Geheimnisvollen.«

»Was hast du denn bisher in der Sache angestellt?«

Die Geräusche verrieten mir, daß Moritz sich zurücklehnte und die Füße auf dem Schreibtisch deponierte.

»Ah«, sagte er lustvoll, »wenn ich schon mit dir telefonieren muß, kann ich ja ersatzweise wenigstens bequem sitzen. – Also, was habe ich in dieser Sache angestellt? Ich habe die Leute in Godesberg nach Spannern befragt und komische Antworten gekriegt. Da, wo er bestimmt gewesen ist, will keiner was gemerkt haben. Bei einigen von ihnen hatte ich ganz deutlich den Eindruck, daß sie lügen. Schlechte Lügner, übrigens. Du weißt schon: sie gucken zu Boden, werden rot und so. Ein paar andere waren ganz kalt und ruhig. Zu ruhig.«

Ich räusperte mich. »Ich glaube, lieber Moritz, Baltasar hat dich angesteckt.«

»Wieso dieses?«

»Na ja, ich gehe immer noch davon aus, daß alles Unsinn ist. Wahrscheinlich hast du irgendwelche Leute bei intimen Beschäftigungen gestört, und sie wollten dich schnell loswerden. Deswegen haben sie ›nein‹ gesagt und waren dabei verlegen. Und die anderen haben vielleicht wirklich nichts gesehen. Was du für kalte Lügen gehalten hast, kann doch einfach die lautere Wahrheit sein, oder?«

Er wurde plötzlich ernst und autoritär. »Abgelehnt. Ich habe in den letzten Jahren oft genug mit Leuten zu tun gehabt, die was ausgefressen hatten, hab' im Gericht gehockt und irgendwelche Knallköpfe interviewen müssen; ich weiß, wenn einer lügt. Okay, ich geb' zu, keiner ist allwissend, und sogar ich, I myself, Moritz der Bedeutende, kann mich irren. Aber nicht, wenn ein ganzer Haufen von Leuten gleichzeitig in die gleiche Richtung lügt. Ich hab' bestimmt schon mal 'nen Ganoven für 'nen ehrlichen Kerl und umgekehrt gehalten, aber so eine ganze verabredete Gesellschaft? Nee, mein Lieber, das kannste mir schon abnehmen.«

Ich ergab mich, mindestens zum zweiten Mal an diesem

Morgen. »Na schön. Ich hab' im Moment sowieso nichts Besseres zu tun. Nehmen wir also an, es ist so ...«

Moritz unterbrach mich streng. »So ist es!«

»Okay, okay, Friede! Was haben wir also? Eine graue Maus namens Brockmann, die keiner kennt, keiner mag und keiner vermißt, ist vielleicht verschwunden. Vielleicht hat Haselmaus Spanner gespielt, vielleicht in einer bestimmten Gegend. Vielleicht haben einige Leute ihn gesehen, und vielleicht lügen ein paar andere. Vielleicht lügen sie aber auch nicht, und die anderen wollen sich wichtig machen. Matzbach hat nun aus dem möglichen Verschwinden dieses Typs eine Idee entwickelt. Die lautet: Mord. Ein Mord, für den es kein Motiv gibt, keine Indizien, nicht mal eine Leiche, keinen Täter und keinen Tatort. Toll.«

Moritz gluckste. »Du siehst das ein bißchen eng, Freund. Das Leben ist ein Traum und gänzlich absurd. Wir versuchen nur, eine uns genehme und von uns erfundene Form der Absurdität einzuschieben. Zitat Matzbach. Ende.«

»Prima gesagt. Ich wünsch dir viel Spaß in deinem metaphysischen Sandkasten. Ich weiß noch nicht, ob ich bis zum Ende mitspiele ...«

»Du hast doch eben noch gesagt, du hättest im Moment sowieso nichts Besseres zu tun ...«

»Ja, das gilt für den Moment. Vielleicht fällt mir gleich was Besseres ein, weiß ich noch nicht. Ich seh mal zu. Ich werd mir heut und morgen ein bißchen den Kopf zerbrechen. Hast du heute abend Durst?«

Moritz blätterte in irgend etwas herum.

»Ja«, sagte er dann, »aber dienstlich. Ein Termin. Wollen wir morgen abend Kriegsrat halten?«

Wir verabredeten uns für etwa 21 Uhr in einem Weinlokal. Plötzlich fiel mir noch etwas ein.

»Sag mal, was soll Edgar bei der Geschichte?«

»Warum? Hast du was gegen ihn?«

»Nein, er ist mir viel erträglicher als du. Ich wußte nur bisher nicht, daß er sich für Matzbachs Scherze aktiv interessiert. Sonst hatte er doch immer nur höhnische Kommentare bereit.«

»Na ja, diesmal eben nicht. Baltasar will ihn dabei haben, mehr weiß ich auch nicht.«

»Und was ist mit der Frau?«

»Welcher Frau?«

»Baltasar hat die angebliche Mutter einer angeblichen Freundin einer Tochter eines angeblichen Lügners aufgetan, die angeblich was weiß.«

»Ach so, die. Nee, kenn' ich nicht, ich weiß nur, was Matzbach mir geschrieben hat; daß wir sie notfalls befragen sollen.«

Den Rest des Tages verbrachte ich damit, daß ich Baltasars ausgetüftelten Fragebogen des Statistischen Bundesamts begrübelte. Er enthielt unter anderem eine Gruppe von Fragen zur Freizeitgestaltung, etwa ›Lesen Sie Krimis?‹ oder ›Nennen Sie bitte einige Fernsehsendungen, die Sie in der letzten Woche gesehen haben‹; außerdem ein paar unordentliche Verwirrfragen und eine ganze Seite von hohem Bildungswert: Fragen zu Ausbildung und Erinnerungen beziehungsweise Wertungen der besuchten Institute; Angaben über spezifische Vorlieben wie ›Was ist Ihr liebstes Musikstück?‹; Aufforderungen, nach Diktat des Interviewers bestimmte Sätze zu schreiben, und so weiter. In einigen Fällen erriet ich Matzbachs finstere Absichten, andere Fragen waren eindeutig eingebaut, um den Anschein der amtlichen Untersuchung zu stärken. Einige Fragen allerdings waren mir mehr als rätselhaft und ergaben auch nach langem Denken keinerlei Sinn. Nun ja, es wäre wohl auch zu viel verlangt, wenn man bei einem solchen Unternehmen, das Baltasars ständig kreißendem Hirn entschlüpft war, in jedem Detail Logik finden wollte.

Am späteren Nachmittag rief ich Ariane Binder an und verabredete mich mit ihr für den Abend des Mittwoch. Sie hatte eine sehr erweckende, leicht angerauhte Altstimme und war offensichtlich keineswegs überrascht über den Anruf. Natürlich hatte Baltasar, da sie schon eingeweiht war, sie auch auf mögliche Attacken seiner minderwertigen Freunde vorbereitet.

Anschließend ergab ich mich der Lektüre und wohnte der Aufklärung eines Rätsels bei, in deren Verlauf dem Inspektor Bony merkwürdige Objekte in die Leber gehext wurden.

Kurz vor dem Ende, sozusagen an der spannendsten Stelle, fiel Edgar Römertopf in meine Behausung ein. Er war auf Kaffee und Schach versessen.

Nachdem er mich furchtbar zerfetzt hatte – ich war allerdings, wie ich zu meiner Rechtfertigung anführen möchte, immer noch stark abgelenkt durch die Leber des Inspektors –, betrachtete er mich triumphierend.

»Nun«, sagte er höhnisch, »du Hobbykriminalist von Matzbachs Gnaden, wappne dich gegen den zweiten Schlag.«

Ich betrachtete ihn, wie er da vor mir saß, kurz und stämmig, mit Stupsnase und angewachsenen Ohrläppchen, ein Grinsen in seinem häßlichen Gesicht. Er muß irgendwelche verborgenen Eigenschaften haben, die mir in all den Jahren unserer Bekanntschaft nicht zu entschleiern waren. Sein Ruf (und Spitzname) als Ladykiller bezieht sich jedenfalls nicht darauf, daß ihm als Assistenzarzt der Gynäkologie in einem Bonner Krankenhaus viele Damen auf dem Operationstablett stürben.

Ruhig und beherrscht fragte ich ihn: »Wie machst du das eigentlich, daß sich trotz deines Gesichts ein paar Frauen von dir behandeln lassen? Der Masochismus muß doch weiter verbreitet sein ...«

Er schüttelte den Kopf und grinste erschreckend. »Sie kriegen mich nicht bewußt zu Gesicht, und unser Anästhesist ist ein Schönling.«

»Das erklärt vieles. Was ist mit deinem zweiten Schlag?«

Er zögerte einen Moment, dann gab er sich einen Ruck. »Baltasar behauptet, daß du in seiner Abwesenheit die Ermittlungen leitest, wie er sich auszudrücken beliebte. Ich sage dir das jetzt unter dem Siegel der Verschwiegenheit. Es ist mir etwas unangenehm ...«

»Was? Mit mir zu reden?«

»Das auch, du Dödel. Nein, es geht um ein Berufsgeheimnis.« Er zögerte wieder.

»Hm«, sagte ich, »ärztliche Schweigepflicht?«

»Genau. Ich kann dir, versteh das bitte, nicht sagen, von wem ich das habe. Wenn sich herausstellen sollte, daß an Baltasars Spinnerei etwas Wahres ist, kann das vielleicht nützlich sein. Wenn nichts bei eurer Ermittlung rauskommt, vergiß bitte alles, was ich dir jetzt sage.«

Ich versprach es. Ich muß zugeben, daß er mich neugierig gemacht hatte.

»Gut«, sagte Edgar, »vernimm also und staune. Vorletzten Donnerstag« – das war, dachte ich, der Tag, an dem Baltasar die Zahnbürste fand und Haselmaus zuletzt sein möbliertes Zimmer verließ – »kam abends gegen 8 Uhr ein Mensch in eine der Bonner Notambulanzen. Ich kann dir weder das Krankenhaus noch den Notarzt verraten.«

Er machte eine Pause; offenbar kostete es ihn Überwindung. Ich versuchte, im Geist die Gesetze zu zählen, die im Verlauf des bisherigen Unternehmens ignoriert worden waren. Dann gestand ich mir eine gewisse Überraschung ein; nach so vielen Jahren wurde mir offenbart, daß Edgar Skrupel hatte, oder zumindest etwas in der Art.

Ich versuchte, das Ganze durch Spott zu entschärfen und ihm über die Hürde zu helfen.

»Nun mach schon«, sagte ich unfreundlich, »seit wann brichst du dir ethische Verzierungen ab? Ich hab' immer gedacht, du wärst in deiner Unmoral ein wahrer Puritaner.«

Er faßte sich an die Nase. »Mhm«, machte er, »sagt dir der Name Hartmut L. Burger was?«

Ich mußte einen Augenblick lang überlegen.

»Moment mal, ist das nicht der Kandidat vom Auswärtigen Amt, der da in einem der Häuser wohnt? Sekunde ...« Ich wollte Baltasars Papiere holen, aber Edgar hielt mich fest.

»Ist er«, sagte er. »Wohnt am Millionenhügel in einer Einliegerwohnung in der Villa des Pelzhändlers. Okay. Also, dieser Burger kam gegen 8 Uhr an dem bewußten Donnerstag in die bewußte Ambulanz. Er hatte ein weißes Hemd an, das war aber blutig. Er hatte behauptet, ihm wäre beim Reinigen eines Jagdgewehrs ein Fehler unterlaufen. Sehr originelle Ausrede. Jedenfalls hatte es die linke Schulter erwischt. Er meinte, die

Kugel wäre wohl noch drin. Unter dem Hemd war ein provisorischer Verband, aber voll durchgesuppt. Übrigens war das Hemd ansonsten intakt. Na, der Notarzt hat den Verband vorsichtig abgenommen und ihn dabei gefragt, ob er ein anderes Hemd angehabt hätte, als der Schuß losging. Burger fragt, warum. Der Arzt setzt ihm auseinander, daß Stoffetzen in die Wunde geraten und böse Dinge tun können. Daraufhin sagt Burger, bei dem schönen Wetter und der Hitze hätte er nur eine Hose angehabt. War ja auch schwül an dem Tag, aber es hat fast durchgehend genieselt. Egal. Jedenfalls hat die Blutung schon aufgehört, muß also schon 'ne kleine Weile her sein. Beim Abtasten stellt der Arzt fest, daß die Kugel kurz vor dem Wiederaustritt in der Muskulatur über dem Schulterblatt stekken geblieben ist. Burger meint, er soll sie rausholen, sofort und ohne Narkose, er würde schon die Zähne zusammenbeißen. Wie im Western! Also schön, nach kurzem Hin und Her hat der Arzt das Ding rausgepuhlt, die Wunde gesäubert und verbunden. Dann wollte er dem Kandidaten ein Bett verpassen. Burger hat aber darauf bestanden, wieder nach Hause zu gehen, und man kann ja keinen zwingen, auch wenn's eigentlich nicht zu verantworten ist. Der Arzt sollte ihm nur was Schmerzstillendes geben, und 'nen Zettel für den Hausarzt. Er war wohl ein bißchen blaß um die Nase und klapprig in den Knien, aber sonst noch einigermaßen in Ordnung. Wollte unbedingt die Kugel als Andenken haben. Der Arzt hat ihn rausgebracht, und draußen wartete ein Bekannter von Burger, der hat ihn dann wohl nach Hause gefahren.«

Er lehnte sich zurück und atmete durch.

Ich konnte mir einen Pfiff nicht verkneifen. »Toll«, sagte ich, »wie im Krimi oder im Western. Wo hast du die Story denn her?«

Er breitete die Arme aus. »Der Notarzt ist ein alter Kommilitone von mir. Wir haben vor ein paar Tagen Anekdoten ausgetauscht.«

Er machte ein Gesicht, als hätte er noch etwas auf Lager. Ich betrachtete ihn auffordernd. »Spuck's schon aus!«

Er grinste. »Okay. Also – erstens: der Bekannte, der ihn

gefahren hat, war ziemlich groß und rothaarig.«

Ich überlegte. »Das paßt auf – ah, wie heißt er gleich?«

Diesmal holte ich doch Baltasars Report. »Hier«, sagte ich, »Ewald Kleinsiepe, Verwaltungsbeamter, ungefähr einsfünfundachtzig, achtundzwanzig Jahre, rothaarig. Seine Frau Felicitas, zweiundzwanzig, ungefähr einssiebzig, blond. Das sind die beiden, die bei dem reichen alten Witwer zur Miete wohnen; dem war wohl das Haus zu groß geworden. Pistorius, heißt er, Hermann Pistorius.«

Edgar nickte.

»Komisch«, sagte ich, »wenn das Kleinsiepe war – warum ist er draußen geblieben, statt mit seinem verwundeten Nachbarn reinzukommen?«

Edgar zuckte die Achseln. »Weiß man's? Vielleicht kann er kein Blut sehen. Aber weiter. Zweitens: das Geschoß. Ich habe keine Ahnung vom Schießen; beweisen läßt sich sowieso nichts mehr, weil Burger die Kugel hat. Aber der Arzt ist Hobbyschütze. Er hat das Ding ja in der Hand gehabt, und er ist bereit, heilige Eide darauf zu schwören, daß es sich nicht um Gewehr-, sondern um Pistolenmunition gehandelt hat, und zwar, meinte er, wahrscheinlich um ein amerikanisches Fabrikat, für das man einen Waffenschein braucht, und das auf keinen Fall zum Jagen verwendet wird. Außer zur Jagd auf Präsidenten. Drittens: nach seiner Meinung, seinen Waffenkenntnissen und nach der Art der Wunde schätzt er, daß der Schuß aus etwa drei bis vier Metern Entfernung abgegeben wurde. Das schließt einen Unfall beim Reinigen aus. Es sei denn, jemand anderer hätte gereinigt ...«

Ich hatte ein paar Zweifel. »Ich glaub', du erzählst da schöne Geschichten. Nun mach's mal nicht ganz so dramatisch.«

»Du Spielverderber. Also schön. Der Arzt hat sich die Sache angesehen, durchleuchtet. Eigentlich wollte er wohl noch ein paar Röntgen-Aufnahmen machen, aber der Schußkanal war klar und eindeutig zu sehen. Das Projektil ist von vorn eingedrungen, unter dem Schlüsselbein, vorbei an allen wichtigen Gefäßen und Knochen, und dann etwa fünfzehn Millimeter vor dem Wiederaustritt im Rücken steckengeblieben. Burger wollte alles ganz schnell hinter sich bringen. Also hat der Arzt ihm eine Spritze gegeben und das Ding rausgeholt. Die Sache hat nicht viel länger als eine Stunde gedauert, alles in allem. Burger hatte nicht sehr viel Blut verloren; die Kugel hatte ja keine wichtigen Gefäße verletzt. Wahrscheinlich, meint der Arzt, war die Verletzung ungefähr zwei Stunden alt, als Burger in die Ambulanz kam.«

»Das heißt gegen sechs. Komisch. Wenn man nur wüßte, wo das passiert ist. Irgendwer müßte doch um sechs am Nachmittag was gehört haben!«

Edgar runzelte die Stirn. »Die Welt ist voll von Geheimnissen«, gab er zu bedenken.

»Vielleicht hat niemand etwas hören wollen, oder es ist an einem Ort passiert, wo keiner was hören konnte, oder der Schütze hat einen Schalldämpfer verwendet.«

Ich konsultierte Baltasars Report.

»Ich muß gestehen«, sagte ich, »daß ich Matzbachs Geseire bisher nur überflogen habe, aber – Moment, hier ist es. Hartmut L. Burger, vierunddreißig, ungefähr einsachtzig, dunkelbraunes Haar, Auswärtiges Amt, war Attaché in Südamerika, ist seit acht Monaten wieder in Bonn, die übliche Zwischenetappe vor dem nächsten Auslandsjob. Ah, der aufmerksame Baltasar: ›Hält sich unnatürlich gerade, eventuell Verletzung oder Wirbelsäulenschaden?‹ Matzbach steigt in meiner Achtung, das muß ich zugeben.«

Der Witwer Pistorius, las ich, war seit Anfang August im Urlaub. »Hat offenbar einen Hang zu Weltreisen.«

Edgar knurrte: »Widerliches Hobby, ist mir völlig unverständlich.«

»Jedenfalls war er nicht da. Das heißt, daß die Kleinsiepes im Prinzip zur Zeit das ganze Haus für sich hatten.«

Wir überlegten noch eine Weile hin und her, kamen auch zu vielen phantastischen Einfällen, fanden jedoch nichts, was über die ästhetische Freude hinaus zu einer kriminalistischen Befriedigung geführt hätte. Wir spielten eine weitere Partie Schach, die ich wieder verlor, aber nicht ganz so haushoch, dann verschwand Edgar. Ich las mein Buch zu Ende und beschloß, am nächsten Tag der Beschäftigung mit Matzbachs Anweisungen ein wenig näher zu treten.

6

Umgeben von einem unauffällig-halbtraurigen Anzug klingelte ich gegen 17.15 Uhr an der ersten Tür. Am Ende der mehrfach erwähnten Stichstraße liegt ein kleiner Wendeplatz, auf dem einige Wagen standen. Dahinter befinden sich sechs nebeneinander liegende Garagen. Rechts und links der Garagenfront brechen kleine Plattenwege zwischen Büschen hindurch zu einem unvollständigen Hufeisen auf. Die beiden Wege treffen einander nicht; sie beschreiben jeweils einen Teilkreis und enden an der wildwuchernden Verlängerung des zwischen den Häusern liegenden Parks. An jedem Weg liegen drei Häuser, mit kleinen Vorgärten und ausreichendem Seitenabstand. Insgesamt bildet die Anlage eine Art Hufeisen ohne oberen Abschluß oder ein großes Omega, dessen Fuß die Garagen darstellen.

Ich nahm den linken Weg und begab mich zum ersten Haus. Nach kurzem Warten öffnete sich die Tür halb; Baltasars Beschreibungen zufolge mußte die halböffnende Dame Frau Morken selbst sein. Ich lächelte gewinnend und trat einen halben Schritt zurück. Das ist ein alter Vertretertrick, und er wirkt fast immer. Nahezu automatisch ging die Tür weiter auf. Ich nannte meinen Namen, erinnerte an das Telefonat, das mein ›Vorgesetzter‹ in der vergangenen Woche geführt hatte, und erkundigte mich, ob ich auch nicht ungelegen käme. Frau Morken bat mich hinein.

Sie erschien mir zerbrechlich: eine zierliche, blonde Frau im frühen Mittelalter, ein wenig blaß unter dem dezenten Makeup, das vor allem um die Augen herum die Falten nur unvollkommen verdeckte. Wir gingen durch die weitläufige Diele, in der eine lebensgroße Nachbildung der Venus von Milo in grünem Marmor stand, in das riesige Wohnzimmer. Man war aus dem Gröbsten heraus: sündhaft teure Orientteppiche von insgesamt mehr als 50 Quadratmetern, ein offener Kamin mit einer uralten, echten Platte, eine schwere Sitzgruppe unbestimmten Alters – eine ähnliche hatte ich vor nicht allzu langer Zeit in einem noblen Antiquitätenladen gesehen; der Preis war hoch in den fünfstelligen Zahlen gewesen –; einige wunderschöne alte Bauernschränke und Eichenregale; an einer Wand ein echter Manet, an einer anderen eine Reihe von Diplomen und Auszeichnungen, dem geschätzten Freund, Kollegen und Mitarbeiter Morken gewidmete Fotos bedeutender Politiker und so weiter. Jenseits des riesigen, einteiligen Fensters lag die überdachte Veranda, dahinter der Garten oder Park, den ich nun zum ersten Mal mit eigenen Augen sah.

In Anbetracht des angenehmen Wetters bat Frau Morken mich auf die Veranda und entschuldigte sich dann für einige Minuten. Ob ich mit ihr einen Kaffee trinken wollte oder etwas anderes vorzöge?

Während sie den Kaffee zubereitete, betrachtete ich den Garten. Er senkte sich von der linken, oberen Reihe der drei Häuser ein wenig zur rechten Reihe hin; die Entfernung zu den gegenüberliegenden Häusern – oder besser: Villen – mochte etwa 100 Meter betragen. Von den jenseitigen Häusern war nicht viel zu sehen; etwa auf der Hälfte der Entfernung standen hohe Bäume, die ein phantasievoller Mensch vor langen Jahren ohne Rücksicht auf gegenseitige Verträglichkeit oder passendes Ansehen gepflanzt hatte: eine Trauerweide, eine chinesische Sequoia, eine Buche, eine Roßkastanie und eine Eiche. Die Rasenfläche war überall von bunten Beeten durchbrochen. Zweifellos war es möglich, nachts ungesehen von jedem Haus zu jedem anderen zu gelangen; die Bäume, einige Büsche und die zum Teil hochbewachsenen Beete boten ausreichend Schutz gegen jegliches Licht, das der Mond oder erleuchtete Fenster werfen könnten.

Ich nahm den ersten Fragebogenblock aus meiner Tasche und legte ihn samt einem Füller und einem Kuli auf den Verandatisch. Dabei beschäftigte mich ein anderes Problem, das Baltasar als rhetorische Frage in seinen Report aufgenommen hatte, ohne es jedoch beantworten zu können. Ein Mitglied des Bundestages ohne Bewachung in diesen unruhigen Zeiten war noch erklärbar, denn nicht jeder Hinterbänkler schwebt unaufhörlich in Lebensgefahr, und Emil Morken, MdB, trat nie sonderlich in Erscheinung. Der Bildbericht jener Illustrierten, durch den Haselmaus Brockmann auf den Abgeordneten und seine Töchter aufmerksam geworden war, war der erste und einzige, der je über Morken erschienen war – soweit wir wußten. Aber Baltasars Bericht enthielt keinerlei Hinweis auf Personal, und mir erschien es zumindest überraschend, daß die Frau eines Abgeordneten selbst Türen öffnet und Interviewern eigenhändig Kaffee zubereitet.

Als Frau Morken sich gesetzt und den Kaffee eingeschenkt hatte, hielt ich meinen kleinen Vortrag, dessen Umrisse ebenfalls Baltasars Hirn enthüpft waren.

»Das Statistische Bundesamt«, log ich wacker, »versucht, mit diesem sorgfältig zusammengestellten Fragenkatalog verschiedene Komplexe zu erfassen. Zum einen geht es um eine Art generelles Stimmungsbild in der Bevölkerung. Unabhängig« – setzte ich lächelnd hinzu, – »von den anstehenden Wahlen.« Frau Morken lächelte ebenfalls und nickte. Aha, dachte ich, erste Runde gewonnen.

»Zweitens soll festgestellt werden, ob es eine allgemeine Übereinstimmung zwischen Bildung, Einkommen, sozialem Status und Ansichten gibt. Wissen Sie«, sagte ich vertraulich, »hinterher werden Sie dann Ergebnisse lesen wie etwa: verheiratete Akademiker mit Segeljachten bevorzugen Kaffee auf der Veranda und die Farbe lila, während ledige Arbeitnehmer Bier im Dunklen und einen Mallorca-Urlaub sowie verschärftes Demonstrationsrecht billigen.«

Diesmal lachte sie beinahe.

»Ich werde Ihnen eine Reihe persönlicher Fragen stellen, die zu beantworten ich Sie bitte. Sie können sich darauf verlassen, daß alle Daten nur sachlich ausgewertet und anschließend vernichtet werden. Indiskretionen sind ausgeschlossen.«

Sie nahm eine Zigarette aus dem Päckchen, das neben ihrer Hand lag. Ich gab ihr Feuer und lehnte mich zurück.

»Außerdem«, sagte ich wie beiläufig, »ist vorgesehen, daß alle Mitglieder eines Haushalts befragt werden, und zwar getrennt voneinander, um gegenseitige Beeinflussungen auszuschließen.«

Sie sah mich ein wenig befremdet an.

»Sehen Sie«, erklärte ich, »das hat mehrere Gründe. Einige Fragen laufen schon beinahe auf ein kleineres Quiz hinaus, und wenn diese Fragen nicht von jedem Befragten unabhängig beantwortet werden, sind die Ergebnisse natürlich verfälscht. Weiterhin gehen die Verfasser des Fragebogens davon aus, daß bestimmte Themen in vielen Familien kontrovers sind. Daß, zum Beispiel, Väter ihren Kindern das Taschengeld kürzen, wenn die Kinder andere Meinungen vertreten als den Vätern lieb ist. Diese Unterschiede sind aber wichtig, weil auch das Alter der befragten Personen eine Rolle spielt.«

Nach kurzem Geplänkel begann ich mit Baltasars Camouflage-Verhör. Die erste Überraschung stellte sich bald ein. Im ersten Teil – Name, Geburtsort, Geburtsdatum etc. –, der von Baltasar meiner Meinung nach nur zur Wahrung der Form angelegt worden war, erfuhr ich Erstaunliches.

Eva Morken stammte aus einem kleinen Dorf in der Nähe von Eger und war die einzige Tochter der Ahrenborns.

»Ach«, sagte ich überrascht, »sind Sie mit Ihren Nachbarn verwandt?«

Sie nickte. »Meine Eltern.«

Professor Dr. med. Arno Ahrenborn wohnte gleich nebenan, im zweiten Haus der linken Reihe, und stand natürlich als nächster auf meiner Interviewliste.

Hinterher bildete ich mir ein, in ihrer Stimme wäre ein Unterton gewesen, aber ich war viel zu überrascht, um darauf zu achten. Warum eigentlich? Es kommt ja vor, daß man neben den Eltern oder Schwiegereltern wohnt. Etwas störte mich, aber ich wußte nicht, was es war.

Wir kamen zum Fragenteil. Nach kurzer Zeit wurden wir unterbrochen. Die jüngere der beiden Töchter kam nach Hause und wollte sich zu uns setzen. Frau Morken bat sie jedoch, uns wegen des Quiz-Charakters der Befragung alleinzulassen, bis sie gerufen würde. Schmollend verzog sie sich, ein hübsches, schlankes, gebräuntes Mädchen von 18 Jahren mit schulterlangem, blondem Haar.

Die meisten Fragen erschienen mir unbedeutend, andere nicht. Ich bemühte mich aber, nach meinem anfänglichen Fehler in allen Fällen, bei denen es um etwas gehen könnte, was für Baltasars ›Ermittlungen‹ interessant war, scharf auf eventuelle Reaktionen, Zögern, Untertöne oder ähnliches zu achten. Eine derartige Frage lautete:

›Manchmal wird in der Bevölkerung Kritik an zu lascher oder sanfter Strafverfolgung laut. Sind Sie dafür, daß Straffällige härter angefaßt werden?‹ Eine Ja-Nein-Antwort, die Frau Morken ohne zu zögern mit Ja beantwortete.

›Ich nenne Ihnen einige Taten und die Straf-Mittelwerte, die in den letzten Jahren verhängt wurden. Sagen Sie mir bitte jeweils, ob Sie das Strafmaß für angemessen, zu mild oder zu streng halten.‹

Es folgte eine längere Liste in bewußt unordentlicher Reihenfolge; weder alphabetisch noch nach Strafmaß noch nach vermeintlicher Schwere der Tat sortiert, fragte ich Frau Morken nach ihrer Meinung über etwa 20 ›Aktionen‹. Bei den meisten überlegte sie kurz und gab dann eine klare Antwort; so befand sie, daß Wirtschaftsverbrechen schärfer und kleiner Diebstahl milder behandelt werden sollten. Bei ›sittlicher Belästigung, etwa durch Voyeure‹ weiteten sich für einen Sekundenbruchteil ihre Pupillen; sie hatte sich jedoch gut in der Gewalt und antwortete ohne merkliches Zögern, aber auch ohne Hast, daß sie dies nicht als Straftat im eigentlichen Sinne betrachte, falls nicht andere Delikte, wie Beschädigung fremden Eigentums, damit verbunden wären.

Schließlich kamen wir zu dem Blatt, auf das die Interviewten nach Diktat eigenhändig Sätze schreiben sollten. Die meisten Sätze enthielten irgendeine knifflige Rechtschreibung oder Zeichensetzung oder Fremdwörter; einige waren einfach absurd. Was immer Baltasar gedacht hatte, als er einen Schreiner namens Hrabal eine Werkstattür öffnen und später Schwierigkeiten mit dem Sägeblatttremolo haben ließ, mochte der Himmel wissen.

Auch die Behauptung, ›wenn Reptilien Erbsen von der Erpeler Ley erben, essen sie sie sicherlich nicht, sondern verprassen sie lieber mit einem Erpresser vom Parnass‹, ist nicht ganz ohne innere Sinnlosigkeit.

Insgesamt dauerte die Aktion fast vierzig Minuten. Dann kam Tochter Iris an die Reihe. Sie maulte zwischendurch über den Unsinn des ganzen Unternehmens, weigerte sich schnippisch mindestens eine halbe Minute lang, ›mit Jan, Jean, Gianni, Geoffrey, Juan, James, Django und Jerome jüngst in Lloret zur Jause und in Pyöngjang zum Jagen‹ gewesen zu sein und hielt weder Ärzte noch Abgeordnete oder Kaufleute, wohl aber Diplomaten für angesehene Vertreter eines angesehenen Berufs. Die politische Berichterstattung der Medien erschien ihr unerträglich. Insgesamt hatte ich den Eindruck von politischem Desinteresse, allgemeiner Unreife, nicht sehr bedeutender Intelligenz und blondem Haar. Sehr befriedigt über die Bestätigung meiner Vorurteile beendete ich die zweite Befragung.

Danach wartete ich bei einem weiteren Kaffee und einem Cognac darauf, daß die restlichen Familienmitglieder einträfen. Die ältere der beiden Töchter, Ines, 20, ebenfalls blond, kam glücklicherweise bald. Sie hatte den Nachmittag mit nicht näher bezeichneten Freunden verbracht und machte einen gesunden, gut durchbluteten und irgendwie satten Eindruck. Während Iris mit einer Ehrenrunde gerade die Oberprima (Dreizehn, heißt das) erreicht hatte, war Ines seit drei Monaten von einem Aufenthalt in den USA zurück und wollte im Oktober ihr Studium beginnen. Auch sie hatte die obligatorische Ehrenrunde gedreht. Sie wollte, wie sie betonte, auf keinen Fall und um keinen Preis Jura studieren (was ich vernünftig finde) und bis zum Freiwerden eines Studienplatzes in Kunstgeschichte die Mongolische Sprache erlernen, weil man damit so schön angeben kann (was ich empörend finde), und außerdem »gibt es da mindestens einen Tibeter und einen Mongolen in der Uni.« Ansonsten war sie schnell und weniger aufmüpfig als ihre jüngere Schwester, wenn auch nicht wesentlich beeindrukkender. Beide Schwestern waren hübsch, mit angenehmen Gesichtszügen, vollen Lippen, schmalen Nasen, blond, schlank und sportlich, und gänzlich nichtssagend.

Während ich noch Ines befragte, erschien der Abgeordnete Emil Morken, grüßte kurz und von fern; seine Frau erklärte ihm, was los sei, dann zog er sich, ohne etwa seine Frau oder die Töchter geküßt oder gestreichelt zu haben, in sein Arbeitszimmer zurück.

»Lästig«, sagte er, als er schließlich Platz nahm und mich betrachtete, wie man eine Schmeißfliege beschaut. »Aber es muß ja wohl sein. Machen Sie bitte schnell.« Ein drahtiger, dunkelhaariger Mann, Jahrgang 1934, aus dem nämlichen Dorf bei Eger; gesund, sportlich und gebräunt – diese Abgeordneten haben Möglichkeiten, sich fit zu halten, die dem normalen Menschen verschlossen sind –, etliche Falten, interessant angegraute Schläfen, eine breitere Nase als die anderen Familienmitglieder, der Mund schmal und fast verkniffen, das Kinn nicht sehr betont. Seine eisgrauen Augen waren kalt und verschlossen; er erledigte die Fragen blitzschnell, schrieb mit gelangweiltem Gesicht alle Sätze nieder, die ich diktierte, stand dann auf, nickte kurz und ging – kein Händeschütteln, kein Wort, nichts. Ein durchaus unsympathischer Mann, kalt, berechnend, im Zweifelsfall niederträchtig – das war mein Eindruck. Ich gebe zu, daß es ungerecht ist, jemanden nach einem ersten, schnellen Eindruck zu beurteilen, aber verglichen mit dem Vater erschienen mir plötzlich die Töchter wie Himmelsgeschöpfe und die Mutter unvergleichlich anmutig und von mächtiger Herzenswärme.

Es war ungefähr acht Uhr, als ich die Morkens verließ. Sehr geschickt hatte ich auf der Veranda einen Kugelschreiber vergessen, um am nächsten Tag noch einen Vorwand zu haben, das Haus abermals aufzusuchen. Ich weiß nicht, was mich dazu bewegte, wahrscheinlich wußte ich es auch nicht in dem Moment, in dem ich den Kuli vergaß.

Ich kalkulierte, daß es mindestens halb zehn, wahrscheinlich später wäre, bis ich die drei Bewohner des Ahrenbornschen Hauses befragt haben würde, dann noch die beiden Kleinsiepes;

meine Verabredung mit Moritz um 21 Uhr war nicht zu schaffen.

Aus Baltasars Report wußte ich, daß die junge Dame, die mir die Ahrenbornsche Tür öffnete, die Haushälterin war, Susanne Weber hieß, 24 war sowie blond und hübsch, aber das sah ich auch selbst.

»Sie wünschen?«

Ich erklärte, um was es ging. Sie nickte und bat mich herein; dann wartete ich eine kleine Weile in der Diele. Verglichen mit dem Luxus im Haus Morken war das Domizil des Professors karg und kalt. Die weitläufige Diele war ordentlich, aber rein funktionell eingerichtet.

Die Haushälterin erschien wieder. »Kommen Sie bitte mit«, sagte sie.

Ich ging hinter ihr her, durch einen Korridor, in dem ein Teppich die Schritte dämpfte, bis wir zu einem großen Raum kamen.

»Die Herrschaften speisen«, sagte sie. Irrte ich mich, oder war da eine kleine Ironie?

»Der Herr Professor meint, Sie möchten in seinem Arbeitszimmer warten. Kann ich Ihnen etwas anbieten? Es ist gerade Tee fertig ...«

Ich nahm dankend an; man kann ja, wenn man in einer Wüste wie Bonn lebt, nie genug trinken. Während sie den Tee holte, sah ich mich um. So ähnlich hatte ich mir das Arbeitszimmer eines Professors der Mikrobiologie vorgestellt. Bücher über Bücher an den Wänden, ein von Papieren überhäufter Schreibtisch, in einer Ecke eine Glastür zu einem kleinen, wahrscheinlich hermetisch verschlossenen und sicheren Minilabor; die zahllosen Geräte, die dort standen, lagen oder hingen, konnte ich bestenfalls als irgendwie medizinisch oder irgendwie biologisch, jedenfalls irgendwie wissenschaftlich einstufen; meine Kenntnisse reichten gerade aus, um mit Sicherheit ein Mikroskop zu identifizieren.

In der Mitte des Arbeitszimmers stand eine Art Trophäenschrank: ein Glaskasten, der sich etwa zwei Meter über einen gemauerten Sockel erhob und ausreichend geräumig war, um sieben Skelette zu bergen. Der Kasten verfügte über eine Schiebetür mit Sicherheitsschloß; ich konnte natürlich nicht widerstehen, aber die Tür war verschlossen. Die Skelette standen, gestützt von hauchdünnen Metallstäben, wie Wanderer bei einer Diskussionspause im Forst.

Ich stand noch immer andächtig vor den Skeletten, als die junge Dame mit dem Tee erschien.

»Mögen Sie Skelette?« fragte sie, während sie das Tablett auf einen Beistelltisch neben dem großen Schreibtisch stellte.

Ich runzelte die Stirn. »Na ja, nur mit Senf«, sagte ich leichthin.

Sie kicherte. »Sagen Sie das nicht dem Herrn Professor; er liebt sie.«

»Muß nett sein, so ein gemütliches Tête-à-Tête mit Knochen, in lauschiger Dämmerstunde bei einem Schoppen.«

Während sie sich lächelnd über den Teetisch beugte und mir eine Tasse eingoß, genoß ich den Vorzug, mich beim Anblick erfreulicher Beine in einem kurzen Rock von den Skeletten zu erholen.

»Arbeiten Sie schon lange hier?«

Sie sah mich über die Schulter an. »Warum?«

»Ach, nur so. Ich muß Sie übrigens auch interviewen.«

Sie richtete sich auf und warf ihr halblanges Haar mit einer energischen Kopfbewegung zurück.

»Das«, sagte sie halblaut, mit einem vorsichtigen Blick zur Tür, »schlagen Sie sich wohl besser aus dem Kopf.«

»Wieso?«

»Ich glaube kaum, daß der Herr Professor damit einverstanden ist.«

Ich war ein wenig verwundert. »Warum sollte er nicht?«

»Sie werden schon sehen.«

»Wie auch immer, es ist meine Aufgabe, alle Mitglieder des Haushalts zu befragen, und eigentlich sind alle gesetzlich zur Auskunft verpflichtet.«

In diesem Moment betrat der Professor das Zimmer. Er war ein großer, stattlicher Mann mit vollem, grauem Haar und einem kantigen Gesicht. ›Ein Cäsarenkinn‹, dachte ich bei mir, und mir fielen Aufnahmen von Mussolini ein, bevor er in seinen letzten Tagen zu verfallen begann. Mit einer Handbewegung entließ er die Haushälterin, mit einer anderen deutete er auf den Stuhl, der vor seinem Schreibtisch stand. Als wir beide saßen, getrennt durch Tisch und Papiergebirge, streckte er die Hand fordernd aus und sah mich aus sehr kalten, fast unnatürlich hellen blauen Augen an.

»Ihren Dienstausweis bitte!«

Fast ein Befehl, fast im Kasernenhofton. Ich zog Baltasars Kunstwerk aus der Tasche und reichte es ihm wortlos. Er studierte den Wisch kurz und konzentriert, dann gab er ihn mir zurück.

»Also schön, was wollen Sie?«

Ich hielt meine kleine Rede, wie bei Morkens. Er verzog keine Miene, und ich gab schnell den Versuch auf, durch leichte Scherze Sympathie oder Einvernehmen zu heischen.

Er lehnte sich zurück, legte die Hände zusammen und schloß die Augen, während ich sprach. Seine Finger waren lang und dünn, haarlos; schließlich sah er mich an und knurrte:

»Nun gut, fangen Sie an. Aber machen Sie schnell.«

Ich bemühte mich, seiner Aufforderung nachzukommen. Er strahlte eine eisige Kälte aus; ich konnte ihn mir sehr gut als makabren Sensenmann, in Schiefer geschnitzt, in der kalten Diele vorstellen. Als wir zum Diktatteil kamen, runzelte er die Brauen und meinte: »Ich kenne die deutschen Rechtschreibregeln; wozu dieser Unsinn?« Aber er schrieb, schnell und flüssig. Die ganze Aktion dauerte kaum mehr als 25 Minuten. Dann erhob er sich und sah mich auffordernd an.

Ich stand ebenfalls auf, nahm einen letzten Schluck von dem kalten Tee und sagte höflich:

»Ich wäre Ihnen sehr dankbar, wenn Sie mir nun mitteilen könnten, wo ich mich mit Ihrer Frau unterhalten kann.«

»Nichts da«, sagte er barsch. »Es muß Ihnen reichen, daß ich Ihren sinnlosen Bogen ausgefüllt habe. Ich darf Sie ersuchen, mein Haus umgehend zu verlassen.«

Ich schluckte; eine Reihe gehässiger Bemerkungen trippelten

ungeduldig auf meiner Zunge, ehe ich sie schluckte. In meiner Rolle als Befrager durfte ich mich nicht benehmen, wie ich mich sonst benommen hätte.

»Darf ich Sie darauf hinweisen«, sagte ich mühsam höflich, »daß ich angewiesen bin, alle Mitglieder eines Haushaltes einschließlich des Personals, falls vorhanden, zu befragen, und daß Sie im Prinzip gesetzlich verpflichtet sind, derartige Erhebungen durch Ihre Antworten zu unterstützen?«

Er hob die Brauen.

»Sie sollten nicht mit mir argumentieren, junger Mann«, sagte er geringschätzig. »Ich habe Ihnen gesagt, daß die Sache für Sie und mich erledigt ist. Wenn Sie Wert darauf legen, können Sie ja mit einem gerichtlichen Vernehmungsbefehl, oder wie immer das heißen mag, zurückkommen.«

Ich sah ihm ruhig in die Augen.

»Darf ich vielleicht Ihre Frau dazu hören?«

»Meine Frau wird Ihnen das gleiche sagen wie ich. Leben Sie wohl.«

Er verließ das Zimmer; Sekunden später tauchte die Haushälterin wieder auf.

»Darf ich Sie hinausbegleiten?« fragte sie tonlos.

Ich folgte ihr schweigend durch den Korridor. Sie trat einen Schritt vor die Haustür; als wir draußen standen, fragte sie leise:

»Kriegen Sie Ärger, wenn Sie nicht alle Interviews bekommen?«

Ich nickte und sagte ebenso leise: »Wahrscheinlich.«

Sie zögerte einen Augenblick, dann sah sie mich an und murmelte: »Wenn es Ihnen hilft – tut mir leid, wegen drinnen –, ich habe Donnerstag meinen freien Tag ...«

Leise verabredeten wir uns für ein Café in Bonn. Dann bedankte ich mich und ging zum nächsten Haus.

Villa Nummer Drei gehörte dem pensionierten Witwer Hermann Pistorius, der sich seit einiger Zeit auf einer längeren Auslandsreise befand. Um seine Einsamkeit zu bevölkern, hatte er ein junges Ehepaar als Mieter aufgenommen, Ewald und Felicitas Kleinsiepe.

Ein großer, kräftiger Mann mit feuerrotem Schopf öffnete mir die Tür.

»Herr Kleinsiepe?« fragte ich, mit meinem gewinnenden Lächeln, das Baltasar gelegentlich als die ›mundgewordene Idiotie‹ bezeichnet; dabei trat ich den berühmten halben Schritt zurück und nannte meinen Namen.

»Ah, Sie sind der Interviewer, nicht wahr? Da ist ja letzte Woche telefoniert worden. Kommen Sie rein.«

Während wir die Treppe zur ersten Etage hinaufstiegen, erkundigte ich mich nach Herrn Pistorius.

»Nee, der ist schon 'ne ganze Weile weg. Keine Ahnung, wann der wiederkommt.«

Felicitas Kleinsiepe saß im geräumigen Wohnzimmer und folgte mit Hingabe einer Fernsehsendung. Sie trug eine beinahe durchsichtige Bluse ohne Unterlage und einen nicht mehr modernen, aber überaus panoramischen Ultrakurzrock; blonde Locken, dunkelrot lackierte Finger- und Fußnägel (sie war barfuß), dezentes Make-up zur Betonung des Kirschmundes und der strahlenden blauen Kuhaugen. Herr Kleinsiepe schaltete das Fernsehen aus und bot mir Bier oder Wein oder Obstsaft an; ich entschied mich für letzteren.

Als wir mit Getränken um den Couchtisch versammelt saßen, zog ich meine Papiere aus der Aktentasche und legte sie auf den Tisch. Dann hielt ich zum dritten Mal die kleine Rede. Frau Kleinsiepe sah ihren Mann an und strahlte. »O ja, Schatz, laß mich zuerst, bitte.«

Ich hatte den Eindruck, daß Herr Kleinsiepe mich ungern mit seiner Frau allein ließ. Allerdings verstand ich bald, daß sich dieses Gefühl nicht gegen mich richtete, oder jedenfalls nicht in erster Linie. Ich bin weder so schön noch so charmant, daß Männer in meiner Gegenwart das Bedürfnis verspüren, ihre Frauen zu verstecken.

Als Monsieur den Raum verlassen hatte, nahm ich meinen Füller zur Hand und sah meine Gesprächspartnerin an. »Frau Kleinsiepe«, sagte ich, »zuerst einige Fragen zur Person ...«

»Sagen Sie ruhig Felicitas zu mir«, gurrte sie, »und meine Freunde nennen mich Felly.« Dabei fuhr sie sich mit der Zunge über die Lippen. »Wie heißen Sie denn mit Vornamen?«

Ich räusperte mich und befestigte im Geiste die Brünne. »Gnädige Frau«, sagte ich artig, »ich glaube, wir sollten diese trockene Amtshandlung nicht durch persönliche Verzahnungen hemmen.«

»Oh«, sagte sie und machte ganz große Augen. Die Wirkung hielt lange genug an, daß ich mit der Befragung beginnen konnte. So erfuhr ich, daß sie 22 Jahre alt war, Realabschluß hatte und mit dem Namen Weber auf die Welt gekommen war. Als ich sie erstaunt ansah, nickte sie und deutete auf die Wand, in allgemeiner Richtung des Hauses des Professors Ahrenborn.

»Meine Schwester«, sagte sie. »Aber Susanne ist schon alt«, setzte sie hinzu, »über vierundzwanzig.«

Ich grinste. »Tja, gestatten Sie, daß ich Greis Ihnen weitere Fragen stelle?«

»Bei Männern ist das was anderes«, sagte sie strahlend. »Männer über dreißig sind viel – besser.« Sie warf einen Blick aus dem Fenster.

»Besser? Wie meinen Sie das?« Ich konnte es mir nicht verkneifen.

Sie kicherte. »Ach, eben so, dies und das, vor allem das.« Dabei strahlte sie mich schon wieder an.

Die Befragung gestaltete sich ein wenig mühsam. Zwischendurch winkte sie mir mit ihren niedlichen Zehen zu; später nahm sie das rechte Bein auf die Couch und setzte sich beinahe auf den rechten Fuß, was die sichtbaren Beine bis zum geblümten Baumwollslip verlängerte. Irgendwie kriegte ich den Bogen voll. Beim Diktat verwendete sie meinen Füller und lutschte gelegentlich daran, während sie mit großen Augen auf den nächsten Satz wartete.

Schließlich rief sie ihren Mann; mit einem gehauchten »War nett, hoffentlich sehen wir uns mal wieder«, verließ sie den Raum. Ihr Mann sah verärgert hinter ihr her.

Bei ihm ging alles schneller. Er war 28 und nach dem Abitur zur Post gegangen. Welche Sorte Unter-, Ober-, Neben- oder Queramtsrat oder -mann er war, weiß ich nicht mehr; ich habe die byzantinischen Verästelungen deutscher Hierarchien nie durchschauen können. Felicitas arbeitete ebenfalls, als Sekretärin in einem Ministerium. Deshalb konnten sie sich die große Etage in der Villa leisten, zwei Autos und die teure und häßliche Ledergarnitur, auf der wir saßen.

Kurz nach zehn bedankte ich mich und verließ das Etablissement. Kurz vor elf gesellte ich mich zu Moritz, der in der vereinbarten Weinstube in der Altstadt am Tresen hing und grinste. Ich klopfte ihm auf die Schulter und entschuldigte mich pro forma für meine Verspätung. Er winkte ab.

»Macht nichts«, sagte er leise, »ich habe mich sehr gut amüsiert.«

»Worüber?«

Er legte den Finger auf seine Lippen und deutete mit einer leichten Neigung des Kopfes nach links, wo drei sehr prominente ehemalige (oder immer noch) Jusos miteinander ernsthaft politisch Tacheles redeten.

»Abenteuerlich«, murmelte er. »Meine Seele schmerzt, wenn ich daran denke, daß die da mal wirklich was zu sagen haben sollen.«

Ich bestellte eine Karaffe Elbling, lauschte mit einem halben Ohr ebenfalls und erzählte zwischendurch leise, was sich an diesem Abend auf dem Godesberger Millionenhügel zugetragen hatte.

»Irgendwie«, murmelte ich, »habe ich das Gefühl, ich war im Kino. Das ist alles ein bißchen dick.«

Ich drehte mich halb um und sah, wie in diesem Moment ein alter Freund, Afrikaner, das Lokal betrat. Ich stieß Moritz an, wies mit dem Kopf auf die Drei und sagte sehr laut: »Ah, there goes my favourite nigger.«

Drei Köpfe rotierten, Schultern zuckten, Gesichter wurden in ungläubiger Empörung verkniffen; Luft wurde geholt, wahrscheinlich für eine Grundsatzrede über die Dritte Welt. Inzwischen drehte Freund Hussein sich zu mir um, grinste und breitete die Arme aus.

»Ah«, sagte er, »my favourite imperialist!«

Damit fielen wir einander um den Hals. Ich stellte ihm den

wiehernden Moritz vor. Mit einem kleinen Seitenblick auf die verdutzten Drei sagte ich:

»Wenn du die da nicht kennst, stelle ich sie dir auch nicht vor. Es handelt sich um ideologische Chauvinisten, in deren Kopf kein Platz für schwarzen Humor ist.«

»Ah«, sagte Hussein, »typische Krauts, wie?«

Wenn sie sich nun wenigstens gewehrt hätten; aber sie zogen es ganz einfach vor, nichts zu hören, und wandten sich wieder ihren Gläsern und ihrem Gewäsch zu.

Wir redeten eine kurze Weile über Dinge, die sich seit unserer letzten Begegnung verändert hatten oder gleich geblieben waren; Hussein goß ätzenden Hohn über die jüngsten Äußerungen eines Sprechers der Union zu afrikanischen Fragen und bemerkte, ein Interview mit einem verantwortlichen Menschen des Auswärtigen Amts zur deutschen Afrikapolitik müßte mit einer bestimmten Frage beginnen, und zwar »Warum hat die Bundesrepublik keine Afrikapolitik?«, versprach, mich demnächst zu besuchen und verabschiedete sich, weil zwei Bekannte, mit denen er verabredet war, eintrafen und sich an einen Tisch setzten.

»Ach ja«, sagte Moritz wehmütig und schon leicht angeschlagen, »Bonn hat den Vorteil, daß man hier schneller seine Illusionen verliert als an anderen Orten, wo man nicht dauernd irgendwelche Kanaillen am Tresen sieht.«

Es war laut genug; trotzdem kam keine Reaktion.

Später, als sie genug hatten, ließen sie den Mann hinterm Tresen drei Wagen der Bereitschaft des Bundestags für die Abgeordneten X, Y und Z bestellen, zahlten und gingen.

»Unser Geld«, sagte Moritz düster und weinerlich.

Inzwischen hatten wir einen kleineren Kriegsrat gehalten; ich hatte ihm erzählt, daß mir der Professor und die Nymphe wie Kinofiguren, der Abgeordnete wie ein Gangster und die ganze Stimmung irreal vorgekommen sei. Ich bat ihn, seine diversen Informationskanäle anzuzapfen, um wenigstens über Morken etwas zu erfahren.

Er kicherte. »Werd ich. Ich bin morgen sowieso mit einem Kollegen vom Funk verabredet, der ist Spezialist für Polit-

Klatsch. Von dem hab' ich ein paar günstige Stories gehört ...«
Dann erzählte er eine lange Geschichte von einem Abgeordneten der Union, gegen den hinter den Kulissen eine Untersuchung vorbereitet wurde.

»Ich glaub', er weiß es, aber keiner sagt ihm was, und natürlich sagt jeder allen anderen was. In Bonn hält ja nichts und niemand dicht, wie allgemein bekannt ist. Dieser günstige Umstand erleichtert das Leben und die Arbeit ungeheuer und macht außerdem Spaß. Im Moment versuchen alle Seiten, alles mögliche zu vertuschen. Nach den Wahlen ist verschärfte Hetzjagd angesagt. Wird lecker. Aber sonst läuft jetzt auch schon genug. Zum Beispiel ...«

Dann kam die Geschichte von einem illustren SPD-Mann mit sehr akademischem Titel, hohem Parteiamt und Sprachfehler. »Den hab' ich vor einiger Zeit auf 'ner Fete getroffen; er wollte die Gastgeberin anmachen. Hat aber nicht geklappt. Jedenfalls ist er bis morgens um vier dagewesen und hat ganz schön zugeschlagen. Hat sich richtig sauber einen geballert. Als er gehen wollte, hat irgendwer ihn gefragt, ob er 'n Taxi will. Sagt er: ›Nein, danke, mein Fahrer wartet unten.‹ Seit abends um neun. Manchmal glaub' ich, römische Sklaven sind von ihren Besitzern besser behandelt worden als die Werktätigen heute von ihren sogenannten Vertretern. Aber der Knacker ist sowieso ein Bock; greift allen unter die Röcke und nagelt alles, was sich nicht wehrt. Auf 'ner andern Fete neulich war's schon ganz gemütlich, da hat er mit einer scharfen Frau getanzt. Plötzlich greift er ihr, auf der Tanzfläche, und wir konnten's alle sehen, in die Bluse und sagt: ›Sehr schön. Gehn wir nachher zu mir?‹ Wir waren alle ein bißchen baff; ich meine, der Mann will ja doch gewählt werden. Die Tante war aber clever. Greift ihm in die Hose und sagt: ›Herr Prof, das reicht mir nicht.‹ Darauf kriegt er 'ne Bombe und rauscht raus. Wir haben applaudiert und uns totgelacht.«

Nachdenklich nahm er seinen letzten Schluck, rülpste und sagte: »Du siehst, sie sind alle gleich, beide Seiten. Was soll man eigentlich wählen? Eigentlich macht sogar der Kandidat die Sache nicht negativ einfach. Auswandern ...« Er wollte mir noch etwas Wichtiges erzählen, konnte sich aber durch den Alkohol hindurch nicht mehr erinnern, was es war. Wir verabredeten ein Telefonat für den nächsten Morgen, dann wankte Moritz von hinnen. Ich durfte seine nicht eben kärgliche Rechnung begleichen. Dafür leistete ich mir ein Taxi nach Hause. Leider steht mir der Bereitschaftsdienst des Bundestags nicht für Fahrten zur Verfügung.

Ich beendete diesen Dienstag mit einer gewissen Nachdenklichkeit. Ich muß zugeben, daß ich allmählich an Matzbachs Nase zu glauben begann. Etwas war faul, aber andererseits war alles viel zu theatralisch.

7

Den Mittwochvormittag verbrachte ich mit Denken, mit großem D. Das ist ein Verfahren, welches bei den meisten Leuten dann einreißt, wenn es dafür zu spät ist. Ich wußte nicht, ob es vielleicht schon zu spät war; jedenfalls bemühte ich mich, die Eindrücke des gestrigen Tages zu verarbeiten. Die ziemlich ausgefallenen Verhaltensweisen und die allseitige Verschwägerung, die verschiedenen Reaktionen auf Stichfragen und Stichwörter, dazu meine nicht sehr weitgehende Kenntnis von Baltasars Überlegungen bei der Zusammenstellung des Fragebogens beschäftigten mich.

Am Nachmittag versuchte ich mehrmals vergebens, Moritz zu erreichen, der mir irgend etwas Dringendes erzählen wollte. Nach dem sechsten Versuch gab ich auf und machte mich auf den Weg. Ich fuhr mit der legendären U-Bahn (überirdisch) nach Bonn, wanderte zu meinem Wagen, den ich nachts lieber hatte stehen lassen, warf das an der Scheibe prangende Autogramm der Parksündersammler in den Gully und fuhr wieder zurück nach Godesberg.

Kurz vor vier klingelte ich noch einmal bei Morken. Frau

Morken öffnete mir die Tür und lächelte fast freundlich. »Verzeihen Sie die erneute Störung, gnädige Frau«, sagte ich, »aber ich habe, glaube ich, bei Ihnen etwas vergessen.«

Sie nickte. »Moment bitte!«

Es dauerte nur Sekunden, dann kam sie mit meinem Schreibutensil zurück. »Hier bitte. Kommen Sie voran?«

»Ja. Sie wissen ja, wie lange es dauert, bis ein Fragensatz ausgefüllt ist, aber ich komme ganz gut voran.« Ich zögerte; dann sagte ich: »Leider sind nicht alle Kandidaten so kooperativ wie Sie und Ihre Familie.«

Sie runzelte die Stirn und blickte nach rechts.

»Richtig«, sagte ich und deutete mit einem Neigen des Kopfes auf das Nachbarhaus. »Ihr Herr Vater hat leider nicht zugelassen, daß ich Ihre Mutter und Frau Weber befrage.«

»Tut mir leid«, sagte sie, und ich glaubte es ihr. »Mein Vater ist kein sonderlich ... Na ja, man kann mit einigen Leuten besser zusammenleben als mit ihm. Hoffentlich haben Sie mit den anderen keine Probleme – oder sind Sie etwa gestern abend fertig geworden?«

»Nein, leider noch nicht. Jedenfalls danke ich Ihnen nochmals für Ihre Freundlichkeit.«

Sie lächelte. »Oh, bitte sehr. Ich wünsche Ihnen, daß Sie keine weiteren Probleme haben.«

Diesmal nahm ich den rechten Weg und ging bis zum Ende. Das dritte Haus in dieser Reihe gehörte dem Pelzhändler Grossek. Anders als die sonstigen Anwohner hatten die Grosseks die erste Etage unterteilt und die eine Hälfte zu einer Mietwohnung gemacht, in der seit einiger Zeit der angeschossene Hartmut Burger wohnte.

Ich fand zwei Klingelknöpfe an der Tür und schellte zunächst bei Grossek. Es war zwar noch früh, aber die Tochter war zu Hause. ›Die nächste Blondine‹, dachte ich, ›und der Tag ist noch so lang.‹

Barbara Grossek, 21, studierte Betriebswirtschaft und wollte später einmal das große Geschäft ihrer Eltern samt der bereits existierenden und noch zu gründenden Filialen übernehmen.

Sie war ein wenig größer und kräftiger als die anderen Blondinen der Umgebung; außerdem erschien sie mir intelligenter als zumindest einige der anderen.

Sie bat mich auf die Terrasse und machte Kaffee; dann schritten wir zur Befragung. Ich konnte keine besondere Reaktion auf irgendeine Frage erkennen; ob sie vielleicht bei einem der Sätze nach Diktat reagiert hatte, würde Baltasar selbst auswerten dürfen. Kurz nach halb fünf waren wir schon fertig.

Ich lehnte mich in den bequemen Korbsessel zurück.

»Schön haben Sie's hier«, sagte ich. Der Parkgarten wirkte aus dieser Ecke noch besser als aus der anderen, die ich gestern gesehen hatte.

Sie nickte und blickte zu den durch das Laub der Bäume schimmernden Häusern hinüber. »Ja«, meinte sie, »vor allem sieht man die Nachbarn nicht dauernd.«

Ich grinste. »Das klingt, als wären Sie ganz froh darüber.«

»Das können Sie nehmen, wie Sie wollen.«

»Ich fand sie eigentlich alle ganz nett, bis auf ...« Ich machte eine kleine Pause.

Sie sah mich scharf an. »Bis auf wen?«

Dann schaute sie wieder weg; ich konnte die Richtung nicht so genau sehen, aber ich glaube, sie blickte auf das Haus der Kleinsiepe beziehungsweise des abwesenden Herrn Pistorius.

»Na ja«, sgte ich vorsichtig, »die Tussi da drüben übertreibt's ein bißchen.« Auf den Busch klopfen heißt das, glaube ich.

Barbara Grossek verzog den Mund. »Bißchen ist gut«, murmelte sie.

Bevor sie aus der redefreudigen Stimmung in eine andere geraten konnte, setzte ich hinzu: »So was kann wohl ziemlich ärgerlich sein ...«

Sie kaute auf der Unterlippe. »Sie sind mir ja fast sympathisch«, sagte sie dann. »Die meisten Männer fallen prompt auf diese Nymphomanin rein.«

Mit dem Fingerspitzengefühl, das mir manchmal eigen ist, bemerkte ich, daß in ihr eine Jalousie runterging und wechselte das Thema.

»Merkwürdig ist ja auch der Professor.«

Sie warf mir einen mehrdeutigen Seitenblick zu. »Wie kommen Sie darauf?«

»Nun«, sagte ich gedehnt, »ich will nicht über Ihre Nachbarn lästern ...«

»Ach, stellen Sie sich nicht an, wir sind unter uns!«

Ich nahm die Aufforderung an und erzählte ihr vorsichtig von meinem Besuch im Hause Ahrenborn.

Sie verzog das Gesicht und nickte heftig. »Er ist ein absoluter Widerling. Ich glaube nicht, daß seine Frau in ihrer ganzen Ehe einmal gelacht hat. Seine Kinder wahrscheinlich auch nicht.«

Ich blickte sie verwundert an.

»Kinder? Ich dachte, Frau Morken wäre das einzige Kind ...«

»Wie man's nimmt. Der Herr Abgeordnete ist ein Pflegesohn. Ich weiß nicht, wieso, aber irgendwie sind seine Eltern in der letzten Kriegszeit umgekommen, und die Ahrenborns haben ihn großgezogen.«

Ich pfiff leise. »Die Eheleute Morken sind also Pflegegeschwister? Das könnte man ja fast als Adoptivinzest bezeichnen.«

Sie lachte und sah mich beinahe aufmerksam an. »Hören Sie mal, wie sind Sie denn an diesen dämlichen Interviewer-Job gekommen? Man könnte den Eindruck kriegen, daß Sie mehr im Kopf haben, als man dazu braucht.«

Selbstbewußtes Mädchen, dachte ich; dann beschloß ich, ein nicht ganz kalkulierbares Risiko einzugehen.

»Ach«, sagte ich wegwerfend, »von irgendwas muß man ja leben.« Nach einer kleinen Kunstpause setzte ich hinzu: »Ich hab' Sprachen studiert und wollte immer *den* großen Roman schreiben; bisher hat's aber leider nur zu ein paar Krimis unter Pseudonym gereicht. Sie wissen schon, Heftchen. Zwischendurch muß man an die Floppen denken ...«

Sie rümpfte die Nase. »Scheiße, so was, ne?« sagte sie unverblümt.

Damit fiel sie aus der Sprache der Kaufmannstochter in die der Studentin. »Krimi is' überhaupt gut. Hör mal, wenn du hier mit dem Interviewen fertig bist...«

Dann merkte sie, was passiert war, und brach ab. »'tschuldigung. Ist mir so rausgerutscht.«

Ich nickte. »Kann passieren, macht aber nichts. So lange bin ich noch nicht aus der Uni raus. Ich heiße Gisbert.«

»Okay, Gisbert. Also, wenn du hier fertig bist, dann – nee, andersrum. Wenn du schon mal Krimis geschrieben hast, traust du dir dann zu, wenn dir jemand 'ne wirre Geschichte erzählt, die vielleicht ein Krimi ist, da irgendwie was draus zu machen? Ich meine, nicht was zu schreiben, sondern vielleicht mit 'n bißchen Phantasie auszuklamüsern, was hinter komischen Einzelheiten stecken könnte?«

Ich tat, als müßte ich überlegen.

»Kann sein. Ich meine, es kommt natürlich drauf an. Nee, also das würde ich auf jeden Fall gern mal versuchen. Vielleicht kommt dabei ja tatsächlich mal ein vernünftiger Krimi raus, nicht irgendwas, was man an den Haaren herbeigezogen hat. Worum geht's denn?«

Plötzlich war sie wieder halb verschlossen.

»Ach«, murmelte sie, »ich glaub', ich bin einfach zu vertrauensselig. Schließlich kenn ich dich ja gar nicht.«

Ich sah sie von der Seite an, räusperte mich und sagte halblaut: »Das können wir gern ändern...«

Sie betrachtete mich forschend und rieb sich dabei die wohlgeformte Nase. Dann lächelte sie plötzlich. »Warum eigentlich nicht?« Sie musterte mich, aber es war nicht unangenehm. »Zieh dir bloß nicht so 'nen komischen Anzug an, wenn...«

»Ah«, sagte ich, »für den Job hier muß ich. Ich versprech dir feierlich, für unser erstes Rendezvous treib' ich ausgewaschene Jeans auf.«

Sie nickte. »Du mußt wahrscheinlich heute noch ein bißchen interviewen?«

»Mhm. Wann kommen denn deine Eltern?«

»Meistens gegen sieben.«

»Und der Herr Untermieter? Wie heißt er doch gleich...«

»Ach«, sagte sie, »der schöne Hartmut. Der ist da. Er ist irgendwie krank. Ich weiß nicht, was er hat, jedenfalls war er schon länger nicht zur Arbeit und kommt nicht mehr in den Garten runter.« Es klang geringschätzig, vielleicht auch ein wenig bitter.

»Na ja«, sagte ich, »dann werde ich gleich mal bei ihm mein Glück versuchen, und anschließend nebenan. Für deine Eltern komme ich später wieder. – Wieso wohnst du eigentlich zu Hause?«

»Warum nicht? Ich kann hier tun und lassen, was ich will, und keiner macht mir Vorschriften.«

»Und was ist das für 'ne wilde Kriminalstory, die du mir erzählen willst?«

»Ach, hier rings rum. Irgendwas ist hier faul, und zwar schon ziemlich lange. Aber das führt jetzt zu weit. – Komm, ich bring' dich zum schönen Hartmut.«

Wir gingen ins Haus. Von hinten sah ich die Haare, das knappe weiße T-Shirt, die knappen weißen Jeans, und erfreute mich an der Geometrie.

»Hör mal«, sagte ich, als wir in der Diele angekommen waren, »wann sehen wir uns?«

Sie blieb stehen und überlegte. »Warte mal – morgen ist Donnerstag, da kann ich nicht. Freitag, ja; Freitag geht. Freitag abend?«

»Paßt mir. Wollen wir sagen, gegen acht?«

»Okay, wo?«

Wir machten ein Restaurant als Treffpunkt aus. Ich nahm sie bei den Ohren und küßte sie auf die Nase.

»Freitag ist mein Freu-Tag«, sagte ich dabei.

In der oberen Etage angekommen, klopfte sie an eine Zwischentür und rief: »Hartmut! Besuch vom Statistischen Bundesamt!«

Dann zwinkerte sie mir zu und ging wieder nach unten.

Der Mann vom AA trug ein Flanellhemd, Jeans mit Bügelfalten und Sandalen. Ein paar Zentimeter größer als ich, schlank, dunkelbraunes Haar, Typ Latin Lover, ein schwerer Siegelring an einem seiner sorgfältig manikürten Finger. Er machte einen etwas nervösen Eindruck und hielt sich unnatürlich gerade.

Ich sagte meinen Spruch auf, erinnerte ihn daran, daß er in der vergangenen Woche angerufen worden war, und er bat mich in seine Wohnung.

Im Wohnzimmer forderte er mich auf, Platz zu nehmen, bot mir etwas zu trinken an und entschuldigte sich überaus korrekt, als er in die Küche ging, um die Getränke zu holen.

Trotz des heißen Tages war das Fenster geschlossen; ein sanfter Blumenduft im Raum wies darauf hin, daß es offen gewesen war. Mit einem schnellen Blick stellte ich fest, daß das Fenster nur wenig links versetzt über der Terrasse lag, auf der Barbara Grossek und ich bis eben gesessen hatten.

Er kam aus der Küche zurück, mühsam balancierte er in der rechten Hand ein Tablett mit zwei Gläsern, Eiswürfeln in einem Becher, einer Flasche Sprudel und einer Flasche Fruchtsaft. Ich sprang auf, um ihm zu helfen; natürlich ganz aus Versehen berührte ich dabei kurz seine linke Schulter. Er stöhnte leise.

»Tut mir leid«, sagte ich zerknirscht, »habe ich Ihnen weh getan?«

Er winkte ab und sah mir zu, wie ich das Tablett auf dem Tisch deponierte.

»Nicht der Rede wert«, sagte er. Dann, als Erklärung: »Ich bin vor einiger Zeit ungeschickt die Treppe hinuntergefallen; das Schlüsselbein ist angebrochen.«

»Oh, das tut mir aber leid«, sagte ich bedauernd. »Ich kenne das, es ist scheußlich. Ich hatte so was auch mal. Bei mir hat es eine Weile gedauert, bis ich mich wieder richtig bewegen konnte. Haben Sie's schon lange?«

Er ging nicht näher darauf ein. »Ein paar Wochen«, sagte er vage. Dann setzte er sich. »Also, schießen Sie los!«

In den nächsten Minuten erfuhr ich, daß er 34 Jahre alt war, sowie Einzelheiten über seine Ausbildung, sein Jurastudium, die Bewerbung für den erhöhten Dienst am Vaterland im Auswärtigen Amt, seinen Aufenthalt in einem Andenstaat und ein paar andere Dinge.

Die Fragen beantwortete er schnell und flüssig; zwischendurch wirkte er jedoch einige Male unkonzentriert und zerfahren. Als wir beim Diktatteil waren, hörten wir plötzlich einen

Schlüssel in seinem Türschloß. Ich sah, wie er die Lippen zusammenkniff. Dann hörte man trippelnde Schritte, ein helles »Hallo Schätzchen!«, und Frau Kleinsiepe stand im Raum.

Natürlich standen wir beide auf; Gentlemen wissen, was sich einer Dame gegenüber gehört. Sie blickte leicht erstaunt. »Ach, der nette Herr Interviewer«, sagte sie dann freundlich. »Da störe ich ja wohl. Ich komme dann vielleicht nachher noch mal. Tschühüs.«

Schwups, und weg war sie. Wir setzten uns wieder. Burger mied meinen Blick und fragte nur:

»Wo waren wir gerade?«

Um halb sechs klingelte ich am mittleren Haus, bewohnt vom Kommunalpolitiker und Mitglied des Bonner Stadtrats Werner Treysa und seiner Familie. Zu meinem Entsetzen öffnete ein weiteres Wesen in Blond das Portal. Ich sagte meinen Spruch auf und wurde in den Salon gebeten.

»Ich bin allein zu Hause«, sagte sie bedauernd. Es handelte sich um Tochter Ulrike, blond, schlank, in Tenniskleidung und barfuß, 19 Jahre alt. »Mein Vater macht im Moment natürlich Wahlkampf; er ist mit ein paar Assen von der Bundespartei unterwegs, Pfoten schütteln. Meine Mutter hilft ihm dabei, und meine Schwester ist vorige Woche zu einer Freundin an die Nordsee gefahren.«

»Nun ja«, sagte ich bedauernd, »das ist natürlich schade. Ich sollte die Fragebogen komplett erledigen ...«

Sie blickte auf die Papiere, die ich bereits auf den kleinen Couchtisch gelegt hatte.

»Mhm«, machte sie, »also, mich können Sie ruhig interviewen. Bei den anderen wird das schwierig.«

»Wann werden die anderen denn wieder vorhanden sein?«

Sie überlegte. »Inge kommt, glaube ich, Ende nächster Woche zurück. Und meine Eltern? Die tauchen zur Zeit periodisch nachts auf und verschwinden früh morgens wieder. – Kann ich Ihnen irgendwas zu trinken anbieten?«

Ich bat um Kaffee, und sie verschwand in der Küche. Wie die anderen Villen war auch dieses bescheidene Domizil weitläufig angelegt; die Inneneinrichtung war vergleichsweise bürgerlich, wenn auch längst nicht so karg wie im Haus des Professors. Solider Luxus ohne Extravaganzen, an den Wänden geschmackvolle, aber sicherlich erschwingliche Drucke älterer Maler. Der Polstersessel, in dem ich halb lag, war sehr bequem, aber ebenfalls weder besonders neu noch besonders teuer. Alles in allem machte dieses Wohnzimmer einen eher gemütlichen und vernünftigen Eindruck.

Gemütlich und vernünftig war auch das Interview. Ulrike Treysa hatte gerade Abitur gemacht und wollte im Wintersemester in Bonn mit dem Studium der Evangelischen Theologie beginnen.

»Sind Sie religiös?«

»Nee, aber alles, was mich interessiert, ist dicht, Numerus clausus, Sie wissen schon; vielleicht gefällt es mir am Ende sogar, oder ich mach' es, bis irgendwo anders ein Platz frei wird.«

Im übrigen war sie offen, natürlich und ein wenig vertrauensselig. (Vielleicht liegt es an mir, wer weiß? Baltasar behauptet, meine Dackelaugen machten es jeder verkappten Großmutter unmöglich, mir einen Dackel oder ein Vertrauen nicht zu übergeben.) Bei der Frage nach sittlicher Belästigung, etwa durch einen Voyeur, kicherte sie.

»Komisch, daß Sie gerade danach fragen.«

»Wieso?«

Sie lehnte sich zurück und blickte durch das Fenster auf den Garten. »Na, vor ein paar Wochen ist hier nachts so 'n Johnny rumgeturnt. Ich glaub', der war schon älter.«

Ich bemühte mich, mir nichts anmerken zu lassen, und grinste. »Es gibt ja auch kaum eine Ecke, wo es sich mehr lohnt als hier.«

Sie schaute mich fragend an.

»Ich meine, in allen Häusern nette junge Damen in Blond; das macht bestimmt mehr Spaß als vor den Fenstern eines Altenwohnheims.«

»Ich glaube, daß Sie da grundsätzlich recht haben, aber der Mann hatte offenbar andere Vorlieben.«

»Wieso? Ich meine, was für Vorlieben, und wie können Sie das so sicher sagen?«

Sie kicherte wieder. »Ach wissen Sie«, sagte sie, wobei sie allerdings ein klein wenig rot wurde, »wenn Sie es nicht weitersagen ...«

Ich versprach ihr hoch und heilig, wie ein Grab zu schweigen. Sie hatte anscheinend etwas gesehen und kam sich wichtig vor, durfte es aber nach den Maßstäben des Hauses nicht erzählen. Jedenfalls klang mir die Einleitung so.

»Meine Schwester«, sagte sie, »hat 'nen Freund. Ich weiß nicht, wo sie den aufgetan hat. Inge hat manchmal 'nen Hau. Jedenfalls ist der Typ so'n ekelhafter Bodybuilder, wissen Sie, irrsinnige Muskeln, immer ein blödes Lächeln, wahnsinnig freundlich und absolut schwachsinnig. Inge meint, er wär' aber ganz gut bei Kondition. Na ja, an dem Abend war sonst keiner da, und da taucht also der Bizeps hier auf. Inge wollte mir eine Kinokarte spendieren, die hab' ich dann auch dankend angenommen und so getan, als wollte ich weggehn. Dann hab' ich einen kleinen Spaziergang durch die Umgebung gemacht, und ... Sind Sie sicher, daß Sie das nicht schockiert? Ich meine, wir sind ja modern und reden über alles, aber ich weiß nicht, Sie sind wohl schon ein bißchen älter ...«

Die Naivität und das zweifelhafte Kompliment sorgten dafür, daß ich mich am Kaffee verschluckte. Nachdem ich mich freigehustet hatte, sagte ich:

»Also, keine Sorge, so alt bin ich nun auch wieder nicht.«

Sie nickte ernsthaft und erzählte weiter. »Na, jedenfalls bin ich um das Haus herum in den Garten geschlichen, leise und immer hinter den Büschen, für alle Fälle. Ich wollte doch sehen, wie das mit der Kondition ist ... Inges Fenster waren zu, aber sie hatte das Licht an. Also bin ich auf die Weide da hinten geklettert, mit 'nem Fernglas. Ich war ganz leise, für alle Fälle. Zufällig donnerten auch noch gerade ein paar Hubschrauber durch die Luft. Tja, und dann hab' ich ein bißchen geguckt. Mann, da war was los. Plötzlich hör' ich irgendwas knacken, hab' mich ganz vorsichtig umgeschaut, und da seh' ich den Typ in der Eiche sitzen. Das heißt, es war ja schon ziemlich dunkel, ich hab' natürlich nur so Umrisse gesehn. Sah so aus, als ob er in die andere Richtung schaut. Ich hab' dann ganz vorsichtig alle erleuchteten Fenster beobachtet. Ich kann Ihnen sagen, ich hab' nie gewußt, was hier nach Einbruch der Dunkelheit los ist. Eine von den Morkens, ich weiß nicht ob Ines oder Iris, war zu weit weg, hatte Männerbesuch. Die Kleinsiepes waren auch dabei, und die Pallenbergs, und alle mit Licht. Aber der Kerl hat eindeutig woanders hingeschaut, und zwar zu den Ahrenborns. Der Professor stand, seine Frau saß und weinte, und er hat offenbar mit ihr furchtbar rumgezetert, jedenfalls konnte ich immer nur sehen, wie sein Mund auf und zu ging, und so knappe, harte Handbewegungen, Gesten, und zwischendurch hat er sich immer ans Ohr gefaßt, das macht er, wenn er nervös oder aufgeregt ist. Ringsum die schönste Live-Mache, und der Kerl hockt im Baum und glotzt den Ahrenborns beim Streiten auf die Mäuler.«

Sie machte eine Pause und schüttelte den Kopf, als könnte sie es noch immer nicht verstehen.

»Na ja. Ich hab' dann gehustet, nur so ganz leise. Da ist er furchtbar zusammengezuckt, hat sich umgedreht, mich gesehen, wahrscheinlich auch nur in Umrissen, und schwups, runter vom Baum, quer durch den Garten, und hinten bei Kleinsiepes durch die Büsche, weg.« Sie kicherte wieder.

Ich schüttelte den Kopf, grinste aber dabei und sagte mit vorwurfsvoller Stimme: »Na, hören Sie mal, wenn einer ein Voyeur ist, dann ja wohl Sie!«

Sie zog die Nase kraus und sah mir in die Augen. »Ts, ts«, machte sie dabei, »wieso Voyeur? Ich wollte doch nur mal sehen, wie es meiner Schwester geht. Und da das meine eigene Schwester ist, darf ich doch wohl, oder?«

Gegen diese Logik konnte und wollte ich natürlich nichts einwenden. Ich fragte also nur: »Und wie kommen Sie darauf, daß der Mann älter war?«

»Ich hab' ihm natürlich hinterhergeschaut, mit dem Fernglas, und er mußte unter ein paar hellen Fenstern vorbei.«

Ich dachte an Baltasars Aufklärungs-Mission und fragte weiter: »Dick oder dünn?«

»Dünn. Warum fragen Sie?«

»Nur so, interessiert mich. Ich kenne einen, der so was schon mal macht, aber der ist fett.«

Sie lachte. »Nee, also fett war der nicht. – Übrigens muß irgendwer weiter oben an der Straße ihn auch gesehen haben. Ein paar Tage später war nämlich ein Zeitungsfritze hier. Der hat erzählt, jemand, natürlich durfte er keinen Namen nennen, hätte eine Anzeige gemacht, und er hätte davon erfahren, und ob wir sehr belästigt worden wären. Da waren aber meine Eltern und die liebe Inge dabei, deshalb konnte ich natürlich nichts erzählen.«

»Na ja«, sagte ich, »Sie leben ja offenbar in einer lustigen und aktiven Nachbarschaft.«

»Kann man sagen. Aber die meisten sind ganz okay, bis auf ein paar.«

Ich hatte das Gefühl, auf eine brauchbare Quelle gestoßen zu sein, deswegen riskierte ich weitere Fragen. »Könnte ich mir denken«, sagte ich, wie nachdenklich. »Der Professor drüben war jedenfalls ganz schön unangenehm zu interviewen. Mit seiner Frau durfte ich gar nicht erst reden, auch nicht mit der Haushälterin.«

Sie schüttelte den Kopf, machte aber ein verstehendes Gesicht. »Glaub' ich gern. Frau Ahrenborn ist ein ganz armes Schwein. Traut sich kaum mal in den Garten, in die Stadt schon gar nicht. Und mehr als ›Guten Tag‹ kann man mit ihr auch nicht reden. Dann verschwindet sie sofort. Ganz armes Schwein. Außerdem ist sie, glaub' ich, ziemlich krank.«

Sie bat mich um eine Zigarette.

»Die Haushälterin ist ganz nett, anders als ihre Schwester. Die ist nämlich scharf wie Knofel. Und Herr Kleinsiepe ist ziemlich eifersüchtig. Irgendwann bringt er die noch mal um, glaub' ich, oder einen von ihren wechselnden Beschälern. Neulich, so vor zwei Wochen, hat's hier mal geknallt, spät nachmittags. Ich dachte schon, jetzt hat er sie erwischt, aber da war bei Kleinsiepes nur das große Fenster geplatzt. Aber sonst sind alle ganz brauchbar. Die Morkens, zum Beispiel, bis auf den Vater. Mein Vater kann nicht gut mit ihm, das ist klar, das ist die andere Partei. Außerdem ist er ein ziemliches Ekel. Die Grosseks sind ruhig und lieb, und die Pallenbergs neben uns, beziehungsweise er und seine Lebensgefährtin, na ja, er ist ein alter Freund von meinem Alten. Wenn Morken und Ahrenborn nicht wären, und die Kleinsiepe-Schnepfe, dann wär' es hier richtig friedlich. Der alte Pistorius ist süß. Den haben Sie nicht kennengelernt, oder? Der ist ja auf Achse. Ein ganz lieber, alter Mann, echt ruhig und so, 'n richtiger lieber Opa. Vor 'n paar Wochen wollte er die Kleinsiepes schon mal rausschmeißen, weil dauernd wegen ihr Theater war. Dann war irgendwas mit Morken und Ahrenborn, jedenfalls haben die beiden mit Frau Kleinsiepe und Pistorius 'ne Art Konferenz gemacht. Kurz danach ist er in Ferien gefahren. Mal gespannt, wie das wird, wenn er wieder hier ist.«

Hier hatte ich also die Inkarnation der Wochenendzeitungen vor mir. Sie plapperte und plapperte; ich erfuhr tausend Dinge über Leute, die ich nicht kannte und von denen ich noch nie etwas gehört hatte. Zwischendurch versuchte ich vorsichtig, mit ein paar Fragen wieder in diese sechs Villen zu kommen, aber dabei kam nichts mehr heraus.

Als wir endlich den Bogen voll hatten und ich mich mit Dank verabschiedete, war es bereits kurz nach sieben. Ich bat nach einem Blick auf meine Uhr darum, ein Ortsgespräch führen zu dürfen. Wohlweislich stellte ich mich so, daß die kleine Klatschbase nicht etwa sehen konnte, welche Nummer ich wählte. Außerdem verzichtete ich darauf, meinen oder den Namen von Ariane Binder zu nennen, der ich nur kurz mitteilte, daß es ein wenig später werden könnte.

Gegen Viertel nach sieben klingelte ich bei Pallenberg. Hier ging alles sehr schnell. Karl Pallenberg, 49, Bauunternehmer, war ein massiger Mann, dessen Hände zeigten, daß er durchaus noch selbst mit anpackte, obwohl er mittlerweile über 100 Leute beschäftigte. Er hatte vor etwa 20 Jahren diese sechs Häuser gebaut. Fragen zu alten Beziehungen mit Nachbarn gehörten leider nicht zum Katalog. Er war zweimal verheiratet gewesen und beide Male erfolgreich geschieden worden; beide

Frauen waren wieder verheiratet, Kinder hatte es nur in der ersten Ehe gegeben, und die waren mittlerweile alt genug, so daß er keine Alimente mehr zu zahlen hatte. Finanziell, körperlich und geistig gesund, das war mein Eindruck, und vor allem ganz normal.

Er lebte seit einiger Zeit mit seiner ehemaligen Mitarbeiterin Gudrun Lorenz zusammen. Eine stämmige Frau, üppig und blond, fröhlich, mit schneeweißen Zähnen, 34 Jahre alt; sie hatte kurze Zeit die Buchhaltung in Pallenbergs Unternehmen geleitet und überprüfte noch immer alle wichtigen Abrechnungen; dreimal pro Woche verbrachte sie jeweils den Vormittag in seinem Büro. Auch sie war geschieden. Im Vergleich zu einigen der verdrehten Akademiker, mit denen ich in den beiden vergangenen Tagen zu tun gehabt hatte, erschienen mir beide äußerst sympathisch, normal, aktiv, weder weinerlich noch versponnen. Sie waren sehr schnell bei der Ausfüllung der Fragebögen, zwischendurch bekam ich noch einen Teller mit Schnittchen hingestellt, und als ich ging, gegen halb neun, bedankte ich mich herzlich, und zwar ehrlichen Herzens.

Als ich wieder vor der Tür des Grossekschen Hauses stand, hoffend, nun die Eltern zu erwischen, fand ich einen Zettel an der Klinke. Die Handschrift kam mir bekannt vor, bis ich mich stumm einen Trottel schimpfte: es war die Handschrift von Barbara Grossek, die ich ja am Nachmittag beim Diktat kennengelernt hatte. Die Nachricht war kurz und lakonisch: ›Alles ausgeflogen, Theaterabo. Bis Freitag. B. G.‹

Seufzend stieg ich in meinen Wagen und überlegte, ob ich allen Ernstes einen dritten Abend opfern sollte, um Baltasars verfluchte Bögen zu füllen.

Kurz vor neun fand ich in Plittersdorf einen Parkplatz fast genau vor dem Haus, in dem Ariane Binder wohnte. Sie hatte eine hübsch geschnittene, aber nicht allzu große Mietwohnung im Parterre des Hauses, das um die Jahrhundertwende gebaut war und hohe Decken aufwies, von denen vor Jahren irgendein Verbrecher den Stuck abgeschlagen hatte, weil er ihm wohl unmodern vorgekommen war.

Ihr Blond war schon von einigen Silberfäden durchzogen, die zu färben sie für überflüssig hielt. Sie leitete die Bonner Pressestelle eines bedeutenden Wirtschaftsverbandes, ungewöhnlich für eine Frau in diesen männlich kontrollierten Kreisen, und ich machte eine entsprechend respektvolle Bemerkung.

»Nur tote Fische schwimmen mit dem Strom«, sagte sie mit einem unterdrückten Lächeln.

»Mao Tse-tung«, gab ich zur Antwort, ebenfalls lächelnd.

Das Lächeln stand ihr gut, und die kleinen Falten in ihrem Gesicht erschienen mir als schön. Das Gesicht empfand ich als fast klassisch geschnitten und ausdrucksvoll: leicht gebogene Brauen, eine hohe Stirn, grüne Augen, eine gerade Nase, volle geschwungene Lippen und ein kräftiges, aber nicht aufdringliches Kinn – ich entschloß mich zu einer Frechheit.

»Ich bin ein wenig unschlüssig, Madame«, sagte ich.

»Inwiefern?« Sie zündete sich ein dünnes, schwarzes Zigarillo an. Es paßte gut zwischen ihre schlanken, schmucklosen Finger.

»Nun, ich erkenne mit Überraschung an, pardon, daß Baltasar einen vorzüglichen Geschmack besitzt. Da er aber ein widerliches Geschöpf ist, fällt das Kompliment umgekehrt reziprok gegen Sie zurück.«

Sie lachte und prüfte, ob der Tee schon stark genug war. »Ihrer Äußerung entnehme ich, daß Sie und Baltasar gute Freunde sind. Er sagte, bevor er verschwand, daß ein mickriges Kerlchen mit Blähnabel auftauchen und Schmähreden gegen ihn sabbern würde, daran könnte ich Sie erkennen.«

Ich klopfte gelassen auf meinen bescheidenen Wanst. »Blähnabel? Na schön. – Entschuldigen Sie meine Neugier, aber ich möchte Sie gern fragen, wie Baltasar an Sie geraten ist und was Sie mit seiner kriminellen Ermittlung zu tun haben. Ich habe ihn jedenfalls so verstanden, daß Sie informiert sind, und daß ich Sie auf dem laufenden halten soll.«

Sie nickte und strich sich mechanisch einige Haare aus der Stirn. »Das ist zunächst ganz einfach. Als Ihr gemeinsamer Freund Moritz seine angebliche Recherche über diesen Voyeur machte, war meine Tochter gerade bei Morkens zu Besuch. Sie ist mit Iris befreundet, der jüngeren der beiden Töchter. Sie sind in der gleichen Klasse. Ihr Freund war offenbar zuerst bei allen anderen gewesen und kam zuletzt zu Morkens, zu einer Zeit, als Evelyn, meine Tochter, nach Hause wollte. Sie hat ihn wohl gefragt, ob er sie mitnehmen könnte, und er hat sie nach Hause gefahren.«

Sie goß den Tee in die beiden hauchdünnen Täßchen und bot mir Zucker und Sahne an.

»Auf dem Heimweg hat meine Tochter wohl – sie ist nämlich gar nicht so dumm – durch geschicktes Fragen herausbekommen, daß es gar nicht um einen Artikel ging. Darauf brachte sie Herrn von Morungen mit zu mir.«

»Sagen Sie nicht Herr von Morungen«, bat ich, »ich erkenne ihn dann gar nicht wieder.«

Sie überging den Einwand. »Das hat mehrere Gründe. Evelyn hatte vor ein paar Wochen den Eindruck, daß im Haus Morken etwas nicht so ist, wie es sein sollte. Da ich Frau Morken schon sehr lange kenne, habe ich meiner Tochter einige Dinge erzählt, die ich über die Familie weiß und die man nicht unbedingt erzählen muß, wenn die interessierte Tochter noch klein ist. Evelyn ist eine begeisterte Krimi-Leserin und hat sich natürlich, als Herr von Morungen sich verplapperte, sofort eine wilde Geschichte ausgedacht, die passiert sein könnte.«

»Ah«, sagte ich begeistert. »Moritz, die Plapperschlange! Deshalb hat er nichts erzählt; er hat sich bestimmt geschämt.«

»Das kann gut sein. Jedenfalls hat Evelyn ihn mit in die Wohnung gebracht, und weil er ohnehin einen Fehler gemacht hatte, hat er mir dann die ganze Geschichte von der Zahnbürste und dem grauen Männlein erzählt.«

Sie lehnte sich zurück und grinste spitzbübisch. »Ich fand die Geschichte unwiderstehlich; ich glaube, ich habe schrecklich gelacht. Herr von Morungen wollte dann ein Versprechen von mir, sozusagen unter Pressekollegen, daß ich nichts weitersage. Er war richtig erleichtert, als ich ihm gesagt habe, daß ich dazu bereit wäre, aber nur unter einer Bedingung.«

»Welche Bedingung?«

»Ach, wissen Sie, diese Zeiten sind so grau und mechanisiert, daß ein phantastischer Farbtupfer richtig erfrischend ist. Ich habe ihm gesagt, ich würde schweigen, wenn er mich mit dem Erfinder des Zahnbürstenkomplotts bekanntmacht. Daraufhin hat er Baltasar angerufen und ihm gesagt, er hätte schrecklich wichtige Informationen und Baltasar müßte sofort kommen. Na ja, nach einer halben Stunde tauchte Herr Matzbach auf, und Moritz hat sich ganz schnell verdrückt. Wir haben dann hier, mit Evelyn, bis in die Nacht gesessen und geredet. Schließlich haben wir uns für den vorigen Freitagabend verabredet.«

Sie blies eine lange Rauchfahne an die hohe Decke. »Ein bemerkenswerter Mann«, sagte sie. »Kennen Sie ihn schon lange?«

»Ungefähr sieben Jahre.«

»Wirklich bemerkenswert. Ich dachte immer, die Sorte wäre ausgestorben. Vielleicht irre ich mich, aber das wird sich herausstellen. Jedenfalls jetzt, nach der kurzen Zeit, habe ich das Gefühl, daß er vieles von dem verkörpert, was dieser Epoche fehlt.«

»Ja«, sagte ich sarkastisch, »er hat alle Macken, die spätestens im Mittelalter verboten wurden.«

»Seien Sie doch mal ernst. Er weiß so viel, denkt nicht in Schablonen, paßt in keine Schublade. Außerdem ist er auch noch zärtlich, und er liebt seine Freunde.«

Plötzlich schaute sie aus dem Fenster. Mit dem mir eigenen Feingefühl merkte ich, daß ihr die Offenheit unangenehm war, und daß etwas sie überwältigt hatte. Um es zu entschärfen, sagte ich halblaut:

»Ich weiß, daß er seine Freunde – wie sagten Sie? Jedenfalls schlägt er mich häufig.«

Sie lächelte und sah mich wieder an. »Sie haben ja Takt«, meinte sie, halb erstaunt. »Danke. Jedenfalls füllt er sofort jeden Raum aus, in dem er sitzt.«

»Kein Wunder«, bemerkte ich, »bei so viel Fett.«

»Unsinn. Ich meine das auch – wie soll ich sagen, innerlich? Dagegen hilft nur eins: man muß es akzeptieren; das versuche ich im Moment. Oder man wehrt sich mit Sarkasmen, wie Sie.«

Ich stand auf, ging um den Tisch herum, nahm ihre Hand, küßte ihre Fingerspitzen, ging zurück und setzte mich wieder.

Sie sah mich verwundert an. Ich breitete die Arme aus. »Madame«, sagte ich, »wie sollte ich eine schöne Frau nicht lieben, die Gutes über meinen Freund Baltasar sagt?«

Sie wollte etwas sagen, schluckte es dann aber hinunter und beugte sich vor. »Na schön«, sagte sie, wobei sie auf den Tisch klopfte, »hören wir mit den Albernheiten auf und kommen wir zur Sache.«

Danach hörte ich eine Geschichte, die sie Baltasar schon erzählt hatte. Sie war mit Eva Morken, die damals noch Ahrenborn hieß, in die Schule gegangen. Die beiden Mädchen hatten sich angefreundet. Gelegentlich war sie auch im Haus der Ahrenborns gewesen.

»Aber nur ungern. Damals wohnten sie noch in Bonn. Das Haus in Godesberg ist erst so neunzehnhundertsechzig, genau weiß ich's nicht mehr, gebaut worden. Ich habe mich nie wohl gefühlt bei ihnen. Zu Hause war Eva ganz anders als bei mir oder wenn wir gemeinsam irgendwas unternommen haben. Das war wie ein riesiger, düsterer Schatten.«

Der Schatten war der Vater, Professor Arno Ahrenborn. Er hielt Evas Mutter wie eine Leibeigene, die keine eigenen Gedanken und kein eigenes Gefühl haben durfte.

»Woher das kommt, weiß ich nicht. Frau Ahrenborn ist, glaube ich, sechs Jahre jünger als er. So um die siebenundfünfzig heute. Das heißt, sie wäre ungefähr Jahrgang dreiundzwanzig. Soweit ich weiß, haben die Ahrenborns im Frühjahr einundvierzig geheiratet, und Eva ist im Juli zur Welt gekommen. Sie können sich das selbst ausrechnen. Frau Ahrenborn war siebzehn, er dreiundzwanzig, als es passiert ist, und das neunzehnhundertvierzig in einem Kaff in der Nähe von Eger. Ich glaube, er war so ein kleines Genie, hat mit siebzehn Abitur gemacht – eine Klasse übersprungen – und neunzehnhundertvierzig, mit gerade dreiundzwanzig, sein medizinisches Examen. Dann ist er wohl an dieses kleine Landkrankenhaus gegangen, in der Nähe von Eger.«

Was sie wußte, hatte sie von Eva, und die wiederum wußte nur, was ihre Mutter ihr gelegentlich verstohlen erzählt hatte. Vom Vater war nichts zu erfahren. Er war hart und kalt.

»Später hat Frau Ahrenborn praktisch aufgehört zu reden und sich ganz in sich selbst zurückgezogen. Ich glaube, daß sie schon seit vielen Jahren in einem Zustand ist, den man eigentlich nur als sehr krank bezeichnen kann. Natürlich kann niemand etwas machen, denn der Herr Professor hat ja, wie alle guten Leute dieser Art, seine hochgeschätzten Kollegen, die ihm jederzeit blindlings unterschreiben, daß seiner Frau nichts fehlt, und daß, selbst wenn die Tochter sich zu einer Anzeige oder etwas Ähnlichem hinreißen ließe, die Tochter wohl an Halluzinationen leiden muß. Außerdem kann Eva nichts unternehmen.«

Nun kam die zweite Phase des Terrors. Eva erinnerte sich dunkel an ihre ersten Jahre; irgendwie, wie es bei Kindern sein kann, verwischten sich aber die ersten Erinnerungen. So konnte sie zwar noch genau sagen, daß ein großes Haus in einem Wald lag, und in dem Haus arbeitete ihr Vater, und irgendwann hat alles gebrannt und sie sind geflohen, aber in welchen Abständen sich alles abspielte, war ihr nicht genau erklärlich. Die Flucht muß Anfang 1945 erfolgt sein, es war kalt und verschneit.

In der Nähe hatte es immer einen älteren Jungen gegeben, Emil, den Eva widerlich fand.

»Sie weiß nicht genau, wann sie erfahren hat, daß Emils Vater Pfleger in diesem Krankenhaus war. Emil war offenbar nicht besonders empfindsam. Er muß mit seinem Vater und Ahrenborn, den er ›Onkel Arno‹ nannte, gelegentlich auf die Jagd gegangen sein. Das hat er später mal selbst erzählt, auch, daß er früh selbst schießen durfte und mit einem Gewehr umgehen konnte. Jedenfalls ist Evas früheste Erinnerung an ihn, daß er vor ihren Augen einen lebenden Regenwurm geröstet und Frösche mit einem Strohhalm aufgeblasen hat, bis sie geplatzt sind. Den Regenwurm mußte Eva dann essen; Emil hat ihr die Nase zugehalten, bis sie den Mund aufmachte, um Luft zu schnappen. Wie alles zusammenhängt, hat sie wohl nie herausbekommen, aber auf der Flucht war Emil plötzlich dabei; seine Eltern waren offenbar umgekommen. Später haben Ahrenborns Emil offiziell adoptiert. Eva hat ihren Pflegebruder immer gehaßt; er muß sie oft malträtiert haben, war wohl ein kleiner Sadist. Später hat er dann Jura studiert. Als ich mich mit Eva anfreundete, war er nur selten im Haus. Er hatte zwar keine eigene Bude in Bonn und wohnte zu Hause, aber er kam immer spät und ging früh, weil er mit seinem Pflegevater wenig zu tun haben wollte.«

Sie machte eine kleine Pause und schenkte Tee nach.

»Eva und ich haben neunundfünfzig gemeinsam Abitur gemacht, in Bonn. Ich weiß noch, wie sie gejubelt hat. ›Jetzt komme ich endlich aus dem Kerker‹, das hat sie, ich weiß nicht wie oft, gesagt. Am Tag nach dem Abitur wollten wir zusammen einen Ausflug machen, aber sie ist nicht gekommen. Ich konnte sie auch nicht erreichen. Außerdem hatte ich selbst genug Probleme. Bei mir zu Hause sah es nur wenig besser aus. Ich habe nach dem Abitur meine Sachen gepackt und bin ausgezogen. Damals war das noch schwerer als ein paar Jahre später, aber vielleicht einfacher als heute, jedenfalls was Arbeit angeht. Ich hatte nebenher Maschine und Steno gelernt und noch vor dem Abi versucht, eine Stelle als Sekretärin zu finden. Ich wollte zwei oder drei Jahre arbeiten und sparen, um hinterher studieren zu können.« Sie schwieg nachdenklich, und ich versuchte, mir vorzustellen, welche Mühsal und Not das 1959 für ein achtzehnjähriges Mädchen gewesen sein mußte.

»Mit meinen Leuten wollte ich nichts mehr zu tun haben, ich habe sie auch nie mehr gesehen. Ich hatte schon vorher, dabei haben mir ein paar Klassenkameradinnen mit ihrem Taschengeld geholfen, übrigens auch Eva, ein winziges möbliertes Zimmer gemietet. Eva wußte, wo sie mich finden konnte. Ungefähr eine Woche später tauchte sie abends bei mir auf. Sie war völlig gebrochen. Es hat eine ganze Weile gedauert, bis ich sie so weit hatte, daß sie sprechen konnte. Dann hat sie mir ihre Horrorgeschichte erzählt.«

Am Tag nach dem Abitur hatte der Vater sie in sein Arbeitszimmer befohlen. In Anwesenheit der schweigenden, tränenüberströmten Mutter erklärte er ihr, daß sie sozusagen umgehend ihren unangenehmen Pflegebruder Emil zu heiraten hätte. Zunächst war sie wie betäubt. Dann weigerte sie sich und sagte, sie wolle studieren, dazu hätte sie schließlich ihr Abitur gemacht, und außerdem wäre sie viel zu jung, und letzten Endes sei Emil ihr widerlich. Ahrenborn ließ sie ruhig ausreden und blieb kalt. Das sei alles beschlossene Sache, und sie sei noch keine 21, also unmündig. Natürlich könne sie umgehend das Haus verlassen – ohne einen Pfennig. Er sei ein einflußreicher Mann mit vielen Verbindungen, und was immer sie versuche, er würde es zu verhindern wissen. Außerdem drohte er damit, ihrer Mutter – die sie liebte – das Leben zur Hölle zu machen.

»Eva war – ist – leider nicht so stark wie ich. Ich will mich nicht loben, mißverstehen Sie mich nicht. Vielleicht hätte ich in ihrer Situation auch nicht anders gekonnt. Immerhin ging es ja nicht nur um totalen, unwiderruflichen Rausschmiß ohne Pfennig. Da war die Drohung mit der hilflosen Mutter, und vor allem hat Eva ja immer unter dem Schatten ihres Vaters gestanden. Von klein an ist es ihr systematisch unmöglich gemacht worden, einen gegen ihn gerichteten Willen zu entwikkeln. Und er war natürlich schlau. Ein Jahr später, nachdem sie vielleicht ins Leben, in die Uni hineingerochen und andere Leute kennengelernt hätte, wäre es ihm wahrscheinlich nicht mehr gelungen, sie derart – ja, plattzuwalzen. Abends kam dann das Gespräch mit Emil.«

Emil stand ein halbes Jahr vor dem juristischen Examen. Eva erfuhr nur, daß auch ihm der sofortige Entzug aller Mittel angedroht worden war. Und da mußte noch etwas sein, mit dem er unter Druck gesetzt wurde, aber das erfuhr sie nie genau. Jedenfalls war Emil gleichzeitig eiskalt und wütend. Sie wußte, daß er sie ebensowenig leiden konnte wie sie ihn; dazu kam, daß er im Verlauf seines Studiums mehrere Affären gehabt hatte und zur fraglichen Zeit mit einer Kommilitonin enger befreundet war.

»Diese sogenannte Aussprache hat in ihrem Zimmer stattgefunden, wobei ihr Emil klarmachte, daß Ahrenborn ein überwältigendes Druckmittel gegen ihn in der Hand hätte. Das

Geld wäre ihm nicht so wichtig; er würde zwar das Studium unterbrechen und eine Weile arbeiten müssen, bis er den zweiten Anlauf zum Examen machen könnte, aber das würde er wohl in Kauf nehmen. Es wäre etwas anderes. Eva hat wohl versucht, ihn danach zu fragen, aber er hat nichts gesagt. Sie hat es nie herausbekommen, in all den Jahren nicht, soweit ich weiß. Emil hat darauf bestanden, daß es keine Alternative gäbe. Dann hat er gemeint, die Verlobung könnte man ja, wenn es denn schon sein müßte, gleich vollziehen. Dann hat er sie, unter dem Dach der Eltern, in ihrem eigenen Zimmer vergewaltigt. Ich weiß nicht, wieviel Gewalt dazu nötig war; wahrscheinlich war Eva viel zu durcheinander und angeekelt, als daß sie sich noch irgendwie hätte wehren können. Anschließend hat sie ein paar Tage mit Fieber im Bett gelegen, dann ist sie abgehauen und zu mir gekommen. Sie ist einige Wochen in dem kleinen Zimmer geblieben. Ich hatte tagsüber immer Angst, daß sie abends, wenn ich nach Hause kam, fort sein könnte, aber sie ist geblieben.«

Ich zündete mir eine weitere Zigarette an. Mir war sehr kalt. Ariane saß da, ganz ruhig, aber ihre Augen waren verschleiert. Sie trank einen Schluck Tee und räusperte sich.

»Ich habe alles mögliche versucht, aber sie war für nichts zu gewinnen. Sie wissen schon: Polizei, Anzeige gegen Vater und Pflegebruder, zumindest wegen Vergewaltigung – nichts. Dann ist ihre Periode ausgeblieben; Emil hatte einen Volltreffer gelandet. Als sie sicher war, ist sie morgens mit mir aus dem Haus gegangen. Sie war ganz ruhig. Sie hat sich von mir verabschiedet; alles Reden war umsonst.« Sie nahm ein weiteres Zigarillo und paffte eine Weile, schweigend.

»Ein paar Wochen später flatterte mir eine Hochzeitsanzeige mit Einladung ins Haus. Ich habe ihr einen Brief geschrieben, in dem ich ihr sagte, daß mein Herz und mein Dach jederzeit für sie da seien; sie könne aber nicht von mir erwarten, daß ich jemals einen Fuß über die Schwelle ihres Hauses setzte; frühestens nach der Scheidung. Nicht ganz acht Monate später kam Ines auf die Welt.«

Ich drückte meine Zigarette aus und holte tief Luft. »Mein

Gott«, sagte ich, »das ist ja eine gräßliche Geschichte. Nicht, daß ich etwa an Ihren Worten zweifle, aber wir haben das Zwanzigste Jahrhundert! Das ist doch wie ein Hintertreppenroman von Karl May.«

Sie nickte; um ihren Mund war ein sehr bitterer Zug. »Wo fängt für Sie das Zwanzigste Jahrhundert an? Auschwitz? Vietnam? Kambodscha? Archipel Gulag? Oder bei der Mondlandung und den Hungerkatastrophen?«

Ich hob hilflos die Hände. »Was soll ich dazu sagen? Sie haben natürlich recht, aber trotzdem ...«

Nach längerem Schweigen sagte sie: »Der saubere Emil ist heute ein geehrtes Mitglied des Bundestags. Irgendwie haben die beiden sich wohl arrangiert. Über die Umstände der zweiten Zeugung weiß ich nichts; bevor Evas Tochter Iris auf die Welt kam, hatten wir uns eine ganze Weile aus den Augen verloren. Das lag auch an mir; ich habe damals bei einer Betriebsfeier einen Fehler gemacht, der heute Evelyn heißt ... Mein damaliger Vorgesetzter; er war sehr anständig und hat die ganze Zeit anstandslos gezahlt. Er wollte mich sogar heiraten.«

Sie blickte konzentriert in den Aschenbecher.

»Na ja, einen Teil der Sache hatte ich Evelyn in den vergangenen Jahren so nach und nach erzählt. Irgendwann wollte sie natürlich wissen, wieso sie keinen Vater hat. Inzwischen hat sie ihn mal kennengelernt und hat doch lieber wieder keinen. An dem Abend mit Baltasar habe ich dann die ganze Geschichte erzählt, zum ersten Mal in all den Jahren. Sie können sich denken, daß meine Tochter entsetzt war. Es war sehr hilfreich, daß Baltasar dabei war. Er kann sehr geschickt beruhigen und ausgleichen.«

»Ah ja«, sagte ich. Und hatte das Gefühl, es war an der Zeit, das Gespräch wieder auf ein anderes Niveau zu bringen. »Beruhigen und ausgleichen, sehr interessant. Mich regt er meistens furchtbar auf.«

Danach berichtete ich ihr, was ich in den beiden Tagen herausgefunden hatte. Abgesehen von einem allgemeinen Gefühl des Widerwillens gegen bestimmte Personen und einigen undeutlichen Verdachtsmomenten hatten wir natürlich nichts.

Wir beschlossen, uns am Wochenende noch einmal zusammenzusetzen.

»Bis dahin«, sagte ich, »hoffe ich, von der Haushälterin oder von Barbara Grossek noch etwas zu erfahren.«

»Oder von Evelyn«, sagte sie. »Die ist jetzt ganz wild darauf, den Vater ihrer Freundin aus dem Verkehr zu ziehen. Sie versucht, im Haus Morken irgendwas herauszubekommen.«

»Sie soll aufpassen«, sagte ich warnend.

»Ich glaube, das sollten wir alle. – Na ja, vielleicht ist bis zum Wochenende Baltasar wieder da.«

»Wo steckt der eigentlich?«

»Oh«, sagte sie, »hat er Ihnen nichts gesagt?«

»Er hat geheimnisvolle Andeutungen abgesondert und behauptet, wenn er mir was sagte, wollte ich am Ende mit, und das wäre ihm zuviel.«

»Er ist unterwegs, um die Geschichte der Familie Ahrenborn zu recherchieren.«

»Hätte ich mir denken können, nach allem, was Sie darüber erzählt haben. Ich wüßte zu gern, was das für ein Druckmittel sein soll, mit dem der Professor seinen Pflegesohn zur Heirat gezwungen hat. Oder haben soll.«

»Eben. Ich weiß schon längst nicht mehr, ob ich Eva alles glauben kann. Vielleicht ist sie damals auf eine geschickte Lüge hereingefallen. Andererseits kann ich mir nun wirklich nicht vorstellen, daß der Herr Abgeordnete ihr seinerzeit etwas vorgespielt haben soll.«

»Was mir auch merkwürdig vorkommt«, sagte ich, »ist die Tatsache, daß hinterher alle in die Häuser da oben gezogen sind.«

»Angeblich wieder unter Zwang. Ahrenborn hat wohl beide Häuser gekauft beziehungsweise bauen lassen und dann Emil gezwungen, in das zweite Haus zu ziehen. Mit Eva hat er sich nie wieder abgegeben; die war für ihn als Problem mit der Hochzeit erledigt, und als Mensch hat sie nie für ihn existiert. Wenn für ihn überhaupt je ein Mensch existiert hat.«

»Seltsam, daß so einer ausgerechnet Mediziner wird.«

»Vielleicht aus Sadismus. Er ist ja Mikrobiologe und Toxikologe. Sein Interesse gilt, glaube ich, mehr den Giften und ihren Wirkungen als den Menschen, die darunter leiden. Seine praktischen Veranstaltungen an der Uni bestehen, soviel ich weiß, hauptsächlich daraus, daß er Mett vergiftet und seine Studenten das Zeug essen läßt, um herauszufinden, wie Mägen auf welches Gift reagieren. Ansonsten forscht er.«

Ich nickte. »Paßt hervorragend. Woher wissen Sie das?«

»Das hat mir Eva im Lauf der Zeit erzählt. Vor Jahren war ich auch mal kurz mit einem Mediziner liiert, der bei ihm studiert hatte.«

»Sind Sie noch mit Eva befreundet?«

»Nein, nicht mehr so richtig. Ich sehe sie alle paar Monate mal, im Theater oder in der Stadt; manchmal besucht sie mich auch, vielleicht einmal im Jahr. Ich bin wirklich nie bei ihr gewesen, obwohl sie mich oft eingeladen hat. Sie sagt, die Beziehungen zu ihrem Mann seien nichtexistent; man lebt so nebeneinander her im Haus Morken, und manchmal erledigt man seine Bedürfnisse außer Haus, diskret, und keiner weiß vom anderen Genaues. Ziemlich schmierige Sache, finde ich. Jedenfalls tun sie einander nichts Böses, anders als die Ahrenborns.«

Als ich gegen Mitternacht aufbrach, war Evelyn noch nicht da.

»Keine Sorge zur Besorgnis«, meinte die Mutter, »sie ist alt genug.«

»Mißverstehen Sie mich nicht«, sagte ich, »darum geht es nicht. Ich würde ihr nur empfehlen, vorsichtig zu sein, solange sie darauf besteht, die Geschichte Morken/Ahrenborn zu erforschen.«

8

Den Donnerstag als ereignislos zu bezeichnen, wäre übertrieben; andererseits ereignete sich nichts, was die Affäre weitergebracht hätte.

Nachmittags traf ich Susanne Weber wie verabredet im Café. Sie setzte sich kaum, machte einen nervösen und gehetzten Eindruck, blickte sich dauernd um und sagte, sie könne nicht bleiben. Sie bat um meine Telefonnummer und teilte mir atemlos mit, daß sie bei Ahrenborn gekündigt habe. Sie wolle sich krankschreiben lassen und ein paar Tage verschwinden; ob sie mich am Wochenende anrufen könnte?

Kurzerhand nahm ich sie am Arm – ich mußte sie fast zwingen –, brachte sie zu meinem Wagen in der Tiefgarage und fuhr dann mit ihr aus Bonn hinaus. Sie starrte die ganze Zeit aus dem Fenster und sagte kein Wort. Auf freiem Gelände, zwischen den Feldern nördlich von Bonn, hielt ich auf einem kleinen Weg und stellte den Motor ab. Niemand war uns gefolgt.

Ich klopfte ihr sanft auf die Schulter.,

»Nun reden Sie ruhig«, sagte ich leise. »Ich tue Ihnen nichts, und niemand ist uns gefolgt. Bevor Sie anfangen, will ich Ihnen noch sagen, daß ich nichts mit Umfragen zu tun habe.«

Sie starrte geradeaus, durch die Windschutzscheibe, nirgendwo hin. Ihre Hände waren zu Fäusten geballt.

»Sind Sie von der Polizei?« fragte sie atemlos.

Ich schüttelte den Kopf, was sie nicht sehen konnte. »Nein«, sagte ich, »ich bin so was ähnliches wie ein Privatdetektiv.«

Natürlich hoffnungslos übertrieben, aber immerhin nicht ganz falsch. Ruckartig wandte sie mir das Gesicht zu und öffnete den Mund, um etwas zu sagen; dann verlor sie die Beherrschung und brach in hemmungsloses Schluchzen aus. Ich hütete mich davor, etwas zu sagen oder zu tun; ich ließ sie weinen. Nach mehreren Minuten wurde sie allmählich ruhiger.

»Danke«, sagte sie schließlich, als ich ihr ein großes Taschentuch aus meiner Jacke reichte.

Sie putzte sich die Nase, wischte die Tränen fort und gab mir das Tuch wieder. Dann lachte sie verlegen und streckte die Hand aus.

»Geben Sie es mir«, bat sie, »ich werd' es waschen.«

Ich steckte das Tuch weg und winkte ab. »Macht nichts. Nun erzählen Sie mal.«

»Also«, begann sie zögernd, »ich muß Ihnen ja wohl vertrauen, nachdem ich so umgefallen bin.«

Ich hob die Hand. »Hören Sie«, sagte ich, »ich möchte zwar sehr gern wissen, was los ist, aber Sie müssen nicht, wenn Sie nicht wollen. Vielleicht fällt es Ihnen leichter, wenn zuerst ich Ihnen etwas erzähle.«

Ich berichtete ihr kurz und unter Auslassung etlicher Dinge, daß wir – ein paar Leute – einen Mann vermißten, und daß seine Spur irgendwo auf dem Millionenhügel endete. Das stimmte so zwar nicht, aber egal.

»Wir haben noch nicht sehr viel herausbekommen, aber ein paar Dinge sind da oben reichlich merkwürdig. Was wir bis jetzt haben, reicht nicht aus, um damit zur Polizei zu gehen. Sobald wir mehr wissen, werden wir die Sache natürlich aus der Hand geben, aber im Moment würden die uns nur auslachen.«

Sie nickte. »Okay«, sagte sie. Dann begann sie zu sprechen.

»Als ich vorgestern abend mit Ihnen rausgegangen bin, muß der Professor uns belauscht haben. Das wußte ich natürlich nicht, sonst hätte ich noch leiser geredet. Gestern war alles ganz normal. Frau Ahrenborn hat in ihrem Zimmer gesessen und abwechselnd gelesen und aus dem Fenster gestarrt; zwischendurch hat sie ein paar Patiencen gelegt. Ich habe das Haus saubergemacht, gekocht, den Tisch gedeckt; dann, nach dem Mittagessen, hat Frau Ahrenborn sich hingelegt. Der Professor war den ganzen Morgen in seinem Arbeitsraum oder in dem kleinen Labor; Sie haben es ja gesehen. Beim Mittagessen hat er seine Frau einmal angeschrien. Ich habe das gut hören können.«

»Essen Sie nicht mit den Ahrenborns?«

»Nein, ich esse in der Küche. Ist mir auch lieber ... Nach dem Mittagessen ist er also wieder in sein Arbeitszimmer gegangen. Ich nehme an, er bereitet alles mögliche für das Wintersemester vor. Ich war nachmittags in der Stadt, einkaufen. Abends, nach dem Essen, klingelte das Telefon. Ich habe abgenommen. Da war jemand mit verstellter Stimme dran. Sie kam mir bekannt vor, aber ich weiß nicht, wer es war. Jedenfalls sollte ich den Professor holen, es wäre wichtig. Der Professor ist an den Apparat gegangen. Ich habe den Tisch abgeräumt und dabei mit halbem Ohr gehört, wie er ein paar Mal ›Ja‹ und ›Muß das sein?‹ und ›Das ist natürlich böse‹ gesagt hat. Danach ist er wieder in seinem Arbeitszimmer verschwunden. Ich habe noch einen Nacht-Tee für Frau Ahrenborn vorbereitet und bin dann auf mein Zimmer gegangen, um ein bißchen zu lesen oder fernzusehen. Irgendwann habe ich gehört, wie unten sein Arbeitszimmer aufging. Sie wissen, es geht zum Garten. Ich habe etwas gehört, wie ein Flüstern, aber der Fernseher lief in meinem Zimmer. Sehr viel später, so gegen elf, kurz nachdem ich den Apparat ausgeschaltet hatte, habe ich wieder was gehört. Ich hatte noch Licht an, habe es ausgemacht und bin ans Fenster gegangen, ganz vorsichtig. Jemand ist aus dem Arbeitszimmer vom Professor gekommen und durch den Garten verschwunden. Es war natürlich dunkel, und ich habe nicht viel sehen können, deshalb kann ich es nicht beschwören, aber er ist nach links gegangen, und von der Figur her könnte es Herr Kleinsiepe gewesen sein, mein nicht besonders lieber Schwager Ewald.«

»Eine Zwischenfrage, wenn ich darf. Ist so was oft vorgekommen, nächtlicher Besuch durch den Garten?«

»Ja – nein – ich weiß nicht. Ich habe schon gelegentlich das Gefühl gehabt, daß jemand nachts etwas mit dem Professor bespricht oder sich unter dem Fenster rumtreibt, aber sicher bin ich nie gewesen.«

Um ihr Mut zu machen, und weil es der Wahrheit entsprach, sagte ich: »Sie schildern die Sache aber sehr genau.«

Sie lächelte. »Ich habe ein gutes Gedächtnis. – Also weiter. Heute morgen wollte ich nach dem Frühstück aus dem Haus gehen, heute war ja mein freier Tag. Wir haben ausgemacht, daß ich an meinen freien Donnerstagen erst morgens aus dem Haus gehe, falls Unvorhergesehenes passiert, damit notfalls noch schnell etwas besorgt werden kann. Der Professor forderte mich auf, in sein Arbeitszimmer zu kommen. Als ich drin war und die Tür hinter mir zugemacht hatte, hat er mir gesagt, ich könnte heute unmöglich gehen, er brauche mich. Ich habe ihm gesagt, daß mir das nicht paßt, weil ich verabredet wäre. Darauf zieht er ein komisches Gesicht und sagt: ›Ach ja, mit dem Interviewer.‹ Ich hab' natürlich einen kleinen Schreck gekriegt, und er hat mich scharf angesehen. ›Ich habe Ihnen ausdrücklich gesagt, ich wünsche nicht, daß Sie dem Menschen irgendwelche Auskünfte erteilen.‹ Wie er das sagte, das klang so wie ein Schäferhund, der kurz knurrt und gleich zubeißen wird. Dann hat er sich vor den Glaskasten gestellt, seine Skelette angeschaut und dabei halblaut gesagt, als ob er mit Knochen spricht, aber es ging mich an: ›Es gibt da ein paar Leute, die ihre Nasen zu tief in Sachen stecken, die sie nichts angehen.‹ Ich habe ihn gefragt, ob er mich meint, und was er damit sagen will. Plötzlich macht er ein Zeichen zum Fenster. Ich hab' nur eine kurze Bewegung draußen gesehen, und da war jemand, aber der Professor stand so, daß ich durch ihn hätte durchgukken müssen, um was zu sehen. Wer auch immer draußen war, er ist jedenfalls sofort wieder verschwunden. Der Professor dreht sich um, schaut mich an, mit seinen eiskalten Augen, und meint: ›Ich würde mich anschließend gern länger mit Ihnen darüber unterhalten, damit Sie meine Beweggründe verstehen. Würden Sie bitte zehn Minuten auf Ihr Zimmer gehen und warten? Ich komme dann gleich zu Ihnen oder klingle, sobald ich fertig bin. Ich habe noch etwas zu erledigen.‹

Ich bin dann auf mein Zimmer gegangen. Natürlich habe ich aus dem Fenster geschaut, aber unten war nichts zu sehen. Wenn jemand draußen gewesen ist, dann war er jetzt wieder weg, oder der Professor hatte ihn reingeholt, während ich auf dem Weg nach oben war. Ich überlegte natürlich, was das alles soll. Nach ungefähr einer Viertelstunde höre ich Schritte auf der Treppe, und der Professor steckt den Kopf in mein Zimmer. ›Ich muß Sie leider bitten, sich noch etwas zu gedulden‹, sagt er und zieht den Schlüssel ab. Bevor ich begreife, was er will, hat er meine Tür von außen zugesperrt und den Schlüssel abgezogen. ›Ich bin in etwa einer halben Stunde wieder hier. Sie können ruhig schreien, es wird Sie niemand hören. Sie wissen ja, daß um diese Zeit keiner da ist. Haben Sie bitte Geduld.‹ Und da saß ich.«

»Ist denn um diese Zeit wirklich niemand da?«

Sie runzelte die Stirn. »Nein. Herr Morken ist unterwegs. Frau Morken hatte ich in die Stadt gehen sehen. Die Mädchen sind beide früh aus dem Haus gegangen, die hatte ich auch gesehen. Pistorius ist verreist, meine Schwester und mein Schwager arbeiten, und auf der anderen Seite ist auch niemand da. Grosseks sind im Geschäft, Treysas machen Wahlkampf, Inge Treysa ist verreist, Ulrike Treysa spielt am Donnerstag um diese Zeit Tennis. Das weiß ich, weil ich sie schon mal begleitet hab'. Pallenberg ist sowieso tagsüber nicht da, und die Lorenz ist Donnerstagvormittag bei ihm in der Buchhaltung.«

»Also genau die passende Zeit für so was. Halt – was ist mit Burger?«

»An den habe ich auch gedacht, der ist ja im Moment immer zu Hause. Ich bin ans Fenster gegangen, weil ich sehen wollte, ob er vielleicht sein Fenster drüben offen hat und mich hört, wenn ich schreie. In dem Moment kommt unten der Professor aus seinem Arbeitszimmer und steht auf dem Rasen, und neben ihm steht Burger. Der Professor deutet auf mein Fenster, Burger nickt, und beide gehen fort, zur anderen Seite.«

»Das ist ja eine schöne Sache«, sagte ich. »Was haben Sie denn gedacht?«

Sie holte tief Luft. »Was soll ich gedacht haben? Ich hatte irrsinnige Angst. Sie können das bestimmt nicht verstehen und halten mich für hysterisch, aber ich habe geglaubt, wenn er zurückkommt, bringt er mich um.«

Sie schüttelte den Kopf.

»Inzwischen weiß ich natürlich, daß alles Quatsch ist. Tagsüber, mitten in Bonn, wird keiner umgebracht, aber ich hatte trotzdem höllische Angst. Der Professor ist mir absolut unheimlich.«

Ich schaute ihr in die vom Weinen geröteten Augen. »Ich glaube nicht«, sagte ich dann langsam, »daß das alles Quatsch ist. Verraten Sie mir, wie Sie dann rausgekommen sind?«

Sie lächelte. »Weiß ich selbst nicht so genau. Das heißt, ich weiß es schon, aber ich wundere mich immer noch, wieviel Schwein ich dabei gehabt habe.«

»Warum sind Sie nicht einfach aus dem Fenster geklettert? Das ist zwar ein bißchen hoch zum Springen, aber Sie haben doch bestimmt schon mal ’nen Film gesehen, in dem jemand aus seinem Bettlaken ’nen Strick macht ...«

»’türlich. Geht aber nicht. In dem Haus gibt’s ’ne Klimaanlage, die mit einer Diebstahlsicherung zusammenhängt. Wenn die Anlage läuft, kann man Fenster nur mit ’nem bestimmten Schlüssel öffnen, und den hat der Professor. Ich hab’ alles versucht, aber das Fenster war nicht aufzukriegen. Und diese Dreifachverglasung kriegen Sie auch nicht mit ’nem Schuh kaputt.«

Ich stieß einen Pfiff aus. »Mensch, Mädchen, das ist ja eine teuflische Kiste.«

Sie nickte. »Ich hab’ mich unheimlich konzentriert. Dann ist mir ein Einfall gekommen. Ich hab’ alles Wichtige in eine Tasche gepackt – Geld, Sparbuch, Ausweise und so – und dann meinen alten Wecker genommen. Sie kennen doch diese alten Blecheier, oder? Ich bin damit zum Waschbecken gegangen, hab’ ihn voll Wasser laufen lassen und mit aller Kraft in den eingeschalteten Fernseher geworfen. Es hat einen tollen Knall gegeben, und alles hat gestunken. Das Licht ging nicht mehr an. Kurzschluß. Wenn kein Strom mehr da ist, geht natürlich auch die Alarmanlage nicht. Dann hab’ ich das Fenster aufgemacht, meine Tasche rausgeworfen und bin hinterher. Ich hab’ mich am Fensterbrett festgehalten und hängen lassen, damit der Abstand nicht so hoch ist. Dann hab’ ich versucht, ein bißchen zu schaukeln, und ich hab’s irgendwie geschafft, unten in einem kleinen Strauch anzukommen, neben dem Arbeitszimmerfenster.«

Ich war beeindruckt. »Alle Achtung. Ein bißchen kompliziert, aber gut gemacht.«

Sie lächelte etwas verschämt. »Ja, nicht wahr? Ich hatte eine irrsinnige Angst, daß mich doch noch jemand schnappt. Aber keiner hat mich gesehen. Ich bin wie eine Irre zur nächsten Telefonzelle gerannt und hab’ ein Taxi bestellt. Dann bin ich gleich bis nach Bonn gefahren.«

»Sagen Sie mal, hätte Ihnen nicht Frau Ahrenborn helfen können?«

»Die hat er bestimmt auch eingesperrt. Außerdem kann die sowieso nichts mehr tun. Die hat er so fertiggemacht über die Jahre, die ist nur noch Gemüse.«

Ich überlegte angestrengt. »Anzeige wegen Freiheitsberaubung? Lohnt sich nicht, da kann er sich rausreden, das wäre ein Versehen gewesen mit dem Schlüssel. Und sonst haben wir nichts in der Hand. Wenn Sie davon überzeugt sind, daß er Sie umbringen will ... Ich glaube es Ihnen natürlich, aber die Polizei?«

Sie machte eine wegwerfende Handbewegung. »Ich bin selbst gar nicht mehr so sicher, ob ich nicht einfach durchgedreht habe.«

»Sie haben im Café gesagt, Sie hätten gekündigt?«

»Ja. Ich habe einen Brief auf dem Nachttisch liegen lassen.«

»Ich muß schon sagen! Für durchgedreht haben Sie noch an sehr viele Dinge denken können.«

Sie wirkte irgendwie ganz zufrieden, als sie sagte: »Muß ja alles seine Ordnung haben, nicht wahr? Man kann ja nicht einfach abhauen ... Deswegen will ich mich jetzt krankschreiben lassen.«

Ich ließ den Wagen wieder an.

»Gut. Ich bringe Sie zu einem Freund. Dann sehen wir weiter – nein, warten Sie. Wenn Sie recht haben, könnte doch irgendwer irgendwo warten. Ist zwar unwahrscheinlich, aber sicher ist sicher.«

Wir fuhren zu einem kleinen Ausflugslokal im Vorgebirge. Von dort rief ich Römertopf in seinem Krankenhaus an. Vorsichtshalber nahm ich Susanne mit in die Telefonzelle.

»Was willst du denn schon wieder?«

»Hör mal, Doc, kannst du ganz dringend weg?«

Er fluchte. »Eigentlich nicht, du Saftsack. Was ist denn los?«

»Ziemlich wichtig, in der besagten Angelegenheit. Wahrscheinlich geht es um ein Leben, das müßte dich als Arzt doch reizen. Außerdem eine Dame, also ein klarer Fall für einen Gynäkologen.«

Das Angenehme an guten Freunden ist, daß sie notfalls funktionieren.

»Wirklich wichtig?«

»Edgar, bei was soll ich schwören?«

Ich hörte ihn im Hintergrund murmeln. Dann meldete er sich wieder. »Okay, der Kollege übernimmt. Wo steckst du?«

Ich war besonders vorsichtig. »Ich kann mir nicht vorstellen, daß jemand mithört, aber für alle Fälle. Weißt du, wo wir in unserer grünen Jugend bei gutem Wetter manchmal zu einem Sonnenuntergangswein gesessen und furchtbar gefressen haben?«

»Mein Gott, machst du es dramatisch. Natürlich weiß ich das. In 'ner halben Stunde ungefähr.«

Wir setzten uns in eine Ecke, von der aus wir eine gute Übersicht hatten, und bestellten ein wenig zu essen. Susanne Weber hatte verständlicherweise keinerlei Appetit, aber ich bestand darauf, daß sie futterte.

Als Edgar endlich kam, setzte er sich kopfschüttelnd zu uns. Ich stellte die beiden einander vor.

»Du machst dir einen schönen Tag und frißt rote Grütze, und ich laß alles stehen und liegen, um dir dabei zuzusehen.«

Ich gab ihm einen gerafften Überblick über den Stand der ›Ermittlungen‹ und die Ereignisse, die Susanne Weber widerfahren waren. Er schnalzte mit der Zunge und starrte in seinen Kaffee.

»Tolle Sache, richtig wie bei Django oder Bogey, he? Tja, was machen wir?«

Ich wandte mich an Susanne Weber. »Sind Sie einverstanden damit, daß wir Sie an einen Ort bringen, wo niemand Sie findet? Sie müßten allerdings ein paar Tage dableiben und dürften keinen Kontakt mit der Außenwelt aufnehmen.

Sie nickte langsam. »Das würde mir wahrscheinlich nicht schaden.«

Ich wandte mich wieder an Edgar. »Hast du einen Rezeptblock dabei?«

»Wozu denn nun das schon wieder?«

»Falls alles ein Irrtum ist, sollten wir die weitere berufliche Laufbahn der Dame nicht durch grundlose Kündigungen ohne

Einhaltung des Termins belasten ...«

Er seufzte und zog ein Papier mit Klinikstempel aus der Tasche. »Was soll ich schreiben? Irgendwas Besonderes?«

Ich schüttelte drohend die Faust vor seiner Nase. »Nun mach schon. Muß was Glaubhaftes sein, was zu Gynäkologe paßt. Schreib meinetwegen: ›Mindestens drei Wochen arbeitsunfähig wegen geronnener Dotter in den Eierstöcken‹ oder sonstwas.«

Das hatte immerhin den Erfolg, daß Susanne Weber zum ersten Mal richtig lachte.

Edgar schrieb irgendwas auf und gab mir den Zettel.

»Ich schick ihn dann an die bewußte Adresse«, sagte ich zu ihr. »Was nun?«

»Zahlen«, sagte Edgar vernünftig.

Ich winkte den Kellner herbei.

Als wir auf dem Parkplatz standen, kratzte Edgar sich den Kopf. »Denkst du«, fragte er vorsichtig, wobei er sich umschaute, »was ich denke?«

»Ich denke schon.«

Er nahm Susanne Weber am Arm. »Sie fahren mit mir«, sagte er. Zu mir gewandt, setzte er hinzu: »Du fährst hinter uns her, bis ich falsch rechts abbiege. Da bleibst du, bis ich wiederkomme.«

Ich nickte, holte ihre Tasche aus meinem Wagen und verabschiedete mich von Susanne Weber. Sie küßte mir zum Abschied die Wange.

»Danke«, sagte sie. »Hoffentlich geht alles gut, und ich kann mich mal revanchieren.«

Dann fuhren wir in wilder Schlenkerfahrt durch die Voreifel. Gelegentlich waren Wagen hinter uns. Wahrscheinlich alles harmlose Verkehrsteilnehmer, aber sicher ist sicher. Irgendwann bog Edgar jäh rechts ab, und zwar an einer Stelle mit Abbiegeverbot, in einen Feldweg hinein. Ich hielt ebenfalls an und versperrte die Zufahrt. Nach einer Weile raste ein Wagen vorbei, in dem zwei Männer saßen. Sie sahen mich nicht, denn ich stand mit meinem Wagen halb hinter einem Gebüsch, in der ersten Kurve des Feldwegs. Edgar, das wußte ich, würde durch den Wald fahren, dann dem Weg in einem weiten Bogen nach rechts folgen, die Straße, die wir gekommen waren, überqueren und weit jenseits, auf der linken Seite der Bundesstraße, Susanne Weber auf einem Bauernhof deponieren, den vor Jahren Bekannte gekauft hatten, die aus der Stadt hinauswollten.

Die beiden Männer in dem vorbeirasenden Wagen konnte ich zwar ebensowenig erkennen wie sie mich, aber ich hatte das undeutliche Gefühl, daß einer von beiden der Professor war. Wenn das stimmte, war es mir allerdings schleierhaft, wie er uns gefunden hatte. Zwei Stunden später tauchte Römertopf wieder auf, allein; er hupte und brauste zurück nach Bonn. Ich folgte ihm in gemächlichem Tempo.

Als ich bei ihm ankam, hatte er bereits Kaffee gebraut. Ich hatte in der Zwischenzeit noch eine Schrecksekunde erlebt. Plötzlich war der Wagen mit den beiden Männern wieder hinter mir gewesen. Er kam näher und näher, und erst im letzten Moment setzte er zum Überholen an, statt mich zu rammen. Ich kannte keinen der beiden Insassen, wie ich feststellte, als sie an mir vorbeirauschten.

Ich berichtete es Edgar.

Er schlürfte Kaffee und schaute mich dabei vorwurfsvoll an. »Ich glaube«, sagte er, »es ist höchste Zeit, daß Baltasar zurückkommt und die Sache wieder selbst in die Hand nimmt. Du machst das alles ein bißchen melodramatisch. Glaubst du wirklich, daß der Professor die Kleine killen wollte?«

Ich nickte. »Kommt dir vielleicht komisch vor, aber ich bin fest davon überzeugt. Frag mich bloß nicht nach dem Grund. Wenn ich wirklich einen Grund wüßte, wäre ich längst bei der Kripo.«

Mit einer gewissen düsteren Befriedigung betrachtete mich Edgar. »Es wird dich freuen, zu hören, daß Moritz gleich auftaucht.«

Ich wunderte mich. »Wieso sollte mich das freuen?«

»Weil er finstere Neuigkeiten hat. Er hat mich eben angerufen, kurz bevor du hier eingetrudelt bist.«

Er wollte nicht mehr sagen. Ich brauchte allerdings nicht allzu lange zu warten. Moritz war ausnahmsweise pünktlich.

»Ihr günstigen Kaffeebären, zum Gruße allerseits!«

Moritz stürzte in die Wohnung; Edgar hatte die Tür aufgelassen. Gierig goß er, fast noch im Stehen, einen Topf Kaffee durch seinen Schlund und gab ein Geräusch von sich, das nach der Ursache ein Rülpsen, nach der Lautstärke aber ein Röhren war.

»Es tut sich was«, verkündete er dann.

»Hast du's ihm schon gesagt?«

Edgar verneinte.

Moritz strahlte mich an. »Die kleine Grossek, Barbara, ist verschwunden.«

Ich war nicht so erfreut, wie er offenbar erwartet hatte. »Das trifft mich«, sagte ich. »Sie ist ganz nett, und wir sind für morgen verabredet. Dabei wollte sie mir den Stoff für einen auf dem Millionenhügel spielenden Krimi erzählen.«

Moritz machte mindestens fünfmal aha. Dann sagte er: »Hast du etwa Feuer gefangen, alte Ratte?«

»Nein, dreimal nein, fürwahr. Sie ist, wie gesagt, ganz nett, und sie hat mir wilde Geschichten versprochen. Aber wenn nette Menschen verschwinden, ist das viel schlimmer, als wenn ich einen von euch mal 'ne Weile nicht sehe. – Was ist denn passiert?«

»Na, vor ein paar Stunden klingelte es in der Redaktion. Ich war dran, also bin ich rangegangen. Seitdem hab' ich versucht, euch zu erwischen, ihr ungünstigen Zigeuner. Na ja, egal. Es war Vater Grossek, völlig aufgelöst. Ich hab' natürlich zuerst so getan, als wäre mir der Name unbekannt, und dann langsam geruht, mich zu erinnern, daß ich ihn vor einigen Tagen wegen eines Voyeurs interviewt hatte. Er war froh, mich an der Strippe zu haben. Er hat sowohl Zeter als auch Mordio geschrien, und die Polizei wollte von der Sache nichts wissen und meinte, wenn jemand einen Tag nicht auftaucht, wär das noch kein Grund zur Beunruhigung. Manche Leute bleiben jahrelang verschwunden, und hinterher tauchen sie auch nicht wieder auf.«

»Moritz«, mahnte Edgar, »die Logik!«

»Fiesling. Also: Die Herrschaften samt Tochter waren gestern abend im Theater. Das berühmte Godesberger Gastspiel-

Abonnement. Sie ist mit den Eltern zusammen rausgegangen, und im Gedränge vor dem Eingang plötzlich verschwunden. Seitdem ist sie futsch, ohne ein Wort, ohne ein Telefon. Dabei ist das Telefon schon so lange erfunden.«

Ich seufzte. »Toll. Und? Leute verschwinden eben. Vielleicht hat sie 'nen Freund getroffen, den sie den Eltern nicht demonstrieren will, oder sie wollte 'ne Sause machen und ist unter die Räder eines libidinösen Schubs geraten ...«

Diesmal unterbrach Edgar mich. »Deine Bilder! Außerdem fällt das in mein Gebiet, und ich sage dir hiermit feierlich: Mir sind aus meiner gynäkologischen Tätigkeit sowie aus Theorie und Praxis der verschiedenen Verhaltensweisen keine libidomäßig relevanten Räder geläufig. Außer, natürlich, bei Cadillacfetischisten.«

Mir fiel plötzlich Burger ein. »Haltet mal eben eure Klappen«, sagte ich, »ich muß denken.«

Edgar und Moritz sahen einander an.

»Da wollen wir armen dummen Trottelchen nicht stören«, sagten sie unisono. »Sollen wir gehen?«

»Nee, zuhören. Reimt euch mal folgendes zusammen. Ich sitze mit Barbara Grossek auf der Terrasse. Sie erzählt mir, daß in der Nachbarschaft etwas faul ist und daß sie mir mehr erzählen will. Wenn nun jemand, bei dem etwas faul ist, zugehört hätte, was würde er dann tun?«

»Nun«, sagte Edgar, »wenn wirklich was faul ist, und er hat was gehört, dann wird er vermutlich nachdenken, ob sie was wissen kann. Wenn nicht, okay, es sei denn, er gerät in Panik. Wenn er zu dem Schluß kommt, daß sie was wissen könnte, was er verheimlichen will, dann wird er versuchen, sie daran zu hindern, es weiterzusagen. Oder es überhaupt zu wissen. Klar?«

»Klar«, bestätigte Moritz. »Ich bewundere dich.«

»Empfindsamen Dank«, sagte Edgar. »Aber wie kommst du darauf, daß jemand was gehört haben könnte?«

»Burgers Wohnzimmerfenster geht auf die Terrasse. Er wohnt im ersten Stock. Als ich zu ihm kam, war das Fenster zu, aber das Zimmer roch nach Blumen.«

»Vielleicht hat er eine alte Vase unter der Couch.«

»Moritz, sei mal ernst. Unter deinem Sofa riecht es bestimmt nicht nach Blumen. – Also, er hätte lauschen können. Er war nervös.«

»Wäre ich auch, wenn du mich interviewen wolltest.«

Moritz hatte seinen unernsten Tag, wie meistens sonntags bis samstags.

»Weshalb war er nervös? Das kann natürlich tausend Gründe haben, aber eigentlich müßte er ja gut ausgeruht sein und also ein dickes Nervenkostüm haben, er hat ja lange genug nicht mehr gearbeitet. Dann ist diese Tussi reingekommen, die Kleinsiepe.«

Moritz unterbrach mich wieder; er war wirklich in Hochform. »Ein geiler Ofen, die Alte«, sagte er anerkennend.

Edgar stöhnte und stand auf. »Ich hole ein gebrauchtes Spültuch«, sagte er, »und werde dich knebeln, du elender Sabberbeutel.«

Moritz hob grinsend die Hände. »Friede. Ich werde schweigen wie die menschliche Vernunft angesichts eines unnützen Sonderangebots.«

Ich machte weiter, als wäre nichts geschehen. »Sie hat einen Schlüssel zu Burgers Wohnung. Ihr Mann ist eifersüchtig. Vor einiger Zeit hat es mal geknallt, und zwar hat es sich wie ein Schuß angehört, aber es war nur das Wohnzimmerfenster bei Kleinsiepes geplatzt. So sagte mir die jüngere Tochter von Treysa, eine perfekte Plapperschlange.«

Edgar legte die Stirn in Falten. »Und Burger taucht mit einer Schußwunde aus einer Pistole auf. Hast du davon noch was gesehen?«

»Nee, er hatte ein Flanellhemd an.«

»Mitten im Sommer? Heiße Sache.«

»Ja, aber man sieht natürlich keinen Verband dadurch. Ich habe ihn, ganz aus Versehen versteht sich, an der linken Schulter berührt; das hat ihm wehgetan, und er hat mir was von einem Sturz und dem Schlüsselbein erzählt.«

»Nicht von einem Unfall bei der Reinigung eines Jagdgewehrs?«

»Nein. Er konnte ja nicht wissen, daß ich die Variante kenne.«

Edgar überlegte. »Wußte die Treysa-Tochter, wann der Knall war?«

»Nicht genau.«

»Schade; das wäre natürlich hilfreich.«

Ich rührte heftig in meiner Kaffeetasse. »Ich hab' ganz was anderes. Ich glaube, die Villen da oben haben alle Doppel- und Dreifachverglasung. Kann da ein Fenster einfach so platzen?«

Moritz grunzte. »Nicht freiwillig. War vielleicht zufällig ein Erdbeben, oder ist ein Satellit abgestürzt? Nichts, oder?«

Ich hatte einen Vorschlag. »Konstruieren wir mal folgendes – es ist allerdings ein bißchen abenteuerlich: Kleinsiepe ist eifersüchtig. Er weiß, daß seine Frau alle möglichen glitschigen Pfade berutscht; das weiß die ganze Nachbarschaft. Es wissen auch ein paar Leute, daß es bei Kleinsiepes deswegen dauernd knallt. Aber sie macht es nicht so offensichtlich, daß man ihr mehr nachsagen kann als: sie tut was. Wenn sie Burgers Schlüssel hat, fällt das früher oder später auf. Davon hat aber keiner gesprochen. Es gab zwar Andeutungen, daß sie was mit Burger am Hals hat oder er mit ihr, aber nicht einmal Barbara Grossek hat das so deutlich gesagt. Und wenn sie häufiger mit einem eigenen Schlüssel in seine Wohnung geht, dann müssen das doch die Grosseks, denen das Haus gehört und die da wohnen, am ehesten merken. Oder? Sie hat den Schlüssel also wohl noch nicht so lange.

Jetzt die Konstruktion. Kleinsiepe kommt früher nach Hause als angenommen. Er findet in seinem Wohnzimmer Burger und die Tussi vor, heftig in *action*. Er sagt was und wird vielleicht ausgelacht. Jedenfalls holt er seine Pistole und ballert. Er ist etwas größer als Burger. Du, Edgar, hast gesagt, nach Aussagen deines Kollegen ist der Einschuß tiefer als der gedachte, wenngleich nicht mehr erfolgte Austritt der Kugel. Sie können also nicht gestanden haben. Möglicherweise hat Kleinsiepe auf Burger geschossen, während dieser am Boden lag. Dann hat er einen Schreck gekriegt und ins Fenster gefeuert, um ein Argument für den Knall zu haben.«

Edgar verzog das Gesicht. »Nicht sehr gut. Vielleicht hat er auf Burger geschossen, als Burger aufgestanden war, hat ihn aber verfehlt und das Fenster getroffen. Burger macht einen Hechtsprung und wird vom zweiten Schuß am Boden erwischt.«

»Und beide kommen so schnell hintereinander, daß Ulrike Treysa, die einen Knall hört und das Fenster zu Bruch gehen sieht, nur von *einem* Knall spricht«, sagte ich. »Anschließend kriegt Kleinsiepe einen Schrecken. Er und seine Frau verbinden Burger notdürftig und überlegen, was zu tun ist. Sie stellen bald fest, daß der Blutverlust nicht sehr groß ist; vielleicht hat Burger gezetert, aber man hat ihn nicht sofort zum Arzt gebracht. Vielleicht haben sie dann ein Gentlemen's Agreement geschlossen, wenn man das so nennen kann. Die Tussi kriegt 'nen Schlüssel und darf Burger jederzeit, äh, überlappen; dafür erzählen die beiden keinem, daß Kleinsiepe schon mal unkontrolliert in der Gegend rumballert.«

Edgar nickte langsam. »Eigentlich eine befriedigende Hypothese«, sagte er. »Sex and Crime, und überhaupt alles, was der Mensch so braucht. Die Hypothese hat nur einen unklaren Punkt.«

Ich schüttelte den Kopf. »Sie hat bestimmt noch mehr unklare Punkte, aber das ist der wichtigste: Besitzt Kleinsiepe eine Pistole?«

Moritz grunzte abermals. »Darf ich mal was sagen?«

»Nur zu, wenn's nicht wieder nur Gewäsch ist.«

Er richtete sich auf. »Der dumme, geschwätzige Moritz hat nämlich inzwischen recherchiert und über einige Personen was rausgekriegt. Unter anderem über Kleinsiepe. Er besitzt einen Waffenschein und eine Pistole.« Triumphierendes Grinsen, dann wieder Schweigen.

»Was hast du denn noch rausgekriegt?« wollte Edgar wissen.

Moritz winkte ab. »Alles zu seiner Zeit. Macht doch erst mal weiter. Ich hör' euch so gern beim Denken zu, oder wie immer man das nennen soll.«

»Okay«, sagte ich. »Also weiter. Nehmen wir an, es wäre so. Das erklärt aber die anderen Dinge nicht. Wieso sollte man deshalb Barbara Grossek aus dem Weg schaffen? Und vergessen wir nicht den Professor, der die Weber einsperrt.«

Wir redeten hin und her, mal einer, mal zwei, mal alle durcheinander. Schließlich kamen wir, wenn auch mit unguten Gefühlen, zu der Folgerung, daß wir in der Sache Barbara Grossek praktisch nichts unternehmen und daß wir im übrigen die restlichen Einzelteile nicht in eine sinnvolle Beziehung zueinander setzen konnten.

»Kennst du einen vernünftigen Menschen bei der Kripo?« fragte ich schließlich Moritz.

»Ja, also, relativ vernünftig. Warum?«

»Wie, meinst du, wird er reagieren, wenn du ihm die Story so erzählst, wie sie sich uns im Moment darbietet?«

»Das kann ich dir sagen. Er wird herzlich lachen.«

»Wahrscheinlich. Versuch's trotzdem mal.«

Moritz schnitt eine Grimasse. »Okay, Boß. Ich werd's versuchen. Aber versprich dir bloß nichts davon.«

»Ich werd' mich bemühen. Sag mal, du hast vorhin behauptet, du hättest noch was herausgefunden?«

»Na ja, herausgefunden ist zuviel gesagt. Es gab vor Jahren Gerüchte über Treysa. Er soll mal versucht haben, Pallenberg einen städtischen Bauauftrag zuzuschanzen. Es stellte sich nämlich raus, daß Pallenbergs Angebot bei der Ausschreibung das beste war, daher hat er den Auftrag bekommen. Die Konkurrenz hat damals wohl gemeint, er hätte Wind von ihren Angeboten gehabt, denn er hat seines als letzter eingereicht. Aber die Sache ist komplett im Sand verlaufen.«

»Wie schön«, sagte Edgar. »Ich glaube, es ist uns allen lieber, wenn nicht zu den unlösbaren Problemen, mit denen wir uns heute herumgeschlagen haben, noch ein weiteres kommt. Hoffentlich ist Baltasar bald wieder da. Ich hab' keine große Lust mehr, diesen Zirkus stellvertretend für ihn zu inszenieren. Er ist auf die Schnapsidee gekommen, also soll er sehen, wie er damit fertig wird.«

Spät abends rief Moritz mich noch an. »Hör mal«, sagte er unwirsch, »du Affenarsch, ich hab' mit Ziegler gesprochen.«

»Wer ist Ziegler?«

»Ludwig Ziegler, Kripo. Er hat nicht sehr laut gelacht, aber immerhin. Er wird dich am Montag anrufen, um die Sache von dir zu hören. Du siehst, er hat es eilig. Er meint, er hätte genug Dinge zu erledigen, die nicht so aussähen, als wären sie von Bekloppten erfunden.«

»Na ja, immerhin. Danke dir einstweilen.«

»O bitte, war mir kein Vergnügen. Fahr unwohl.«

Der Freitag schleppte sich mühsam dahin. Ich traute mich nicht aus dem Haus, weil ich damit rechnete, daß möglicherweise Barbara Grossek auftauchte oder anrief.

Am Nachmittag hatte ich mich so weit unter Kontrolle, daß ich mit Hilfe von Papier und Bleistift anfing, die Puzzlestückchen zu sortieren. Das half mir aber nicht sehr viel. Ich konnte sie nicht einmal zählen, weil ich nicht sicher war, ob das eine oder andere Stückchen zum Puzzle gehörte oder nur zufällig am Wegesrand herumlag.

Abends begab ich mich in das Restaurant, in dem ich mich mit Barbara Grossek verabredet hatte. Natürlich war ich viel zu früh. Ich trank eine Karaffe Wein und wartete. Natürlich wurde ich immer nervöser.

Plötzlich kam mir ein anderer Einfall. Vom Münzfernsprecher im Eingang des Restaurants aus konnte ich alle sehen, die kamen oder gingen, brauchte also keine Angst zu haben, etwas zu verpassen. Ich rief Hussein an; zu meiner Erleichterung war er zu Hause.

»Hör mal«, sagte ich, »du mußt mir einen Gefallen tun.«

»Was ist denn los?«

»Du steckst doch da in so einer Import-Export-Kiste, oder?«

»Ja, immer noch.«

Ich bat ihn, sich unauffällig, aber möglichst schnell und umfassend umzuhören, und zwar besonders in den halbseidenen Kreisen, ob jemand etwas über den Rauchwarenhändler Albert Grossek wußte. Wenn schon alle anderen untersucht wurden, warum dann nicht auch er? Einer der Vorteile eines weitläufigen Bekanntenkreises in Bonn liegt darin, daß man fast alles von irgendwem oder über irgendwen herausbekommen kann.

Hussein knurrte. »Wie heißt der?«

Ich buchstabierte, und er schrieb mit.

»Ich will's mal versuchen. Was ist halbseiden?«

»Unsauber, Untergrund. Leute, die ein Kilo Marihuana in einen Teppich wickeln, den sie nicht einführen dürfen, und beides nach Bonn schaffen.«

Er lachte. »Ah, du redest von meinen Freunden. Ich ruf' dich an.«

»Danke, mein Lieber. Aber spätestens bald.«

»Spätestens Montag.«

Barbara Grossek kam nicht. Gegen Mitternacht verließ ich das Restaurant. Ich war besorgt. Später hatte ich Mühe, einzuschlafen. Als ich gerade eingeschlafen war, so gegen vier Uhr morgens, klingelte mich das Telefon wach.

Wer war's? Natürlich Baltasar.

»Hallo, Kleiner, ich bin wieder da.«

»Das freut mich. Konntest du mir das nicht morgen früh sagen?«

Er lachte. »Jetzt ist morgen früh. Oder meinst du: später?«

»Ah bah. Wann sehen wir uns?«

»Zum Mittagessen im Hause Binder?«

»Mit Vergnügen. Bis alsdann.«

»Schlaf lecker.«

Und siehe da: die Last der Verantwortung war von mir genommen; ich schlief wie ein Engelein. Fast.

9

Feist und gnädig thronte er im Morgenrock auf dem Sofa.

»Hallo Buddha«, sagte ich, nachdem mich Evelyn, die ich bei dieser Gelegenheit kennenlernte, in die Wohnung gelassen hatte.

»Ihr habt euch gut dekoriert«, erklärte ich der Allgemeinheit. Ariane Binder hockte, angetan mit einem Sari, auf dem Tisch, ließ die Beine baumeln und blies den Rauch ihres Zigarillos in allgemeine Richtung Matzbach. In der Ecke, neben dem Fenster, fläzte sich Moritz in ausgefransten Jeans auf einem ältlichen Stuhl, der bedrohlich knackte. Zu guter Letzt erblickte ich Edgar, häßlich und adrett wie immer: Er stand, die Hände auf dem Rücken verschränkt, vor einem reichlich abstrakten Bild, dessen Farbtupfer die umgebende Tapete zu vergröbern schienen.

»Ich fühle mich wie ein Eindringling, der das Idyll aus der Balance bringt«, sagte ich, immer noch in der Tür stehend.

Evelyn gab mir einen kleinen Schubs, damit sie auch in den Raum konnte.

»He, seid ihr alle aus Gips?«

Endlich raffte sich jemand zu einer Antwort auf. Ariane Binder deutete auf einen freien Sessel und sagte: »Setzen!«

Ich blieb stehen. »Was ist denn los?«

Baltasar zog geräuschvoll den Inhalt seiner Nase hoch. »Wir haben gerade«, intonierte er, wobei er seinen Oberkörper unrhythmisch vor und zurück bewegte, »von deinen gestrigen Schandtaten gehört und sind entsetzt.«

Ich setzte mich. »Hallo, allerseits«, sagte ich laut und munter, »ihr Petzer und Verleumder. Du hast gut reden, Dicker. Erst erfindest du eine Zahnbürste, mit der niemand etwas zu tun haben will, dann zwangsverpflichtest du uns alle, mit ihr die Ritzen zu kratzen, aus denen die Zeit ins Kraut schießen könnte, während du deinen Leichnam durch fremde Gefilde chauffierst, und schließlich kommst du zurück, nachdem wir alle Arbeit getan haben, und statt uns herzlich zu danken, gießest du den übelriechenden Inhalt deines Kübelmauls über mein armes Haupt. Weh!«

Frau Binder lachte hell, verließ den Tisch, kam zu mir herüber und streichelte mein Sünderhaar.

»Armer Kleiner«, sagte sie, »schlimm, so was.« Dann schloß sie Baltasar, Edgar, Moritz und mich mit einem Rundumblick in die Arme ihres Geistes und sagte: »Ich kann euch alle sehr gut leiden. Ihr seid ausnahmslos völlig verrückt.«

»Vor allem jeder einzelne«, sagte Edgar.

Baltasar saß nach wie vor völlig ungerührt und ohne sich im mindesten aus seiner Pose zu begeben auf dem Sofa. »Berichten!« sagte er.

Ich prustete. »Nix da, du Unhold. Erst mal berichtest du. Wo hast du eigentlich gesteckt?«

»Ich habe gearbeitet«, behauptete er.

Zu meinem Erstaunen bestand er nicht darauf, zunächst von mir beziehungsweise uns Einzelheiten zu erfahren. Das mag auch daran gelegen haben, daß Ariane, Edgar und Moritz ihn sicherlich schon eingehend über ihre und oberflächlich über meine Funde informiert hatten. Er holte tief Luft und setzte zu einem Monolog an, der im Original etwa eine halbe Stunde dauerte. Ich kann ihn unmöglich wiedergeben; hier also ein geraffter Bericht. Ich erlaube mir, dabei manche Verfluchungen wider mich auszulassen, desgleichen eloquente Abschweifungen und Verzerrungen, die für Baltasar so charakteristisch sind wie das Ei für die Henne, die aber nicht zur Sache gehörten.

Während ich mich noch der Illusion hingab (und Baltasar deshalb verfluchte), die Hauptlast der ›Ermittlungen‹ zu tragen, hatte Edgar einige Tage am Telefon verbracht. Baltasar hatte sich in die Idee verbissen, daß Haselmaus Brockmann umgenietet worden sei und daß der Anlaß dazu vielleicht länger in der Zeit zurückläge; daß es also notwendig sei, die Vorgeschichte der Personen zu eruieren. In einigen Fällen waren die groben Umrisse nicht allzu schwer herauszufinden – Kleinsiepe, Pallenberg, Treysa und Grossek hatten die meiste Zeit ihres Lebens in oder bei Bonn verbracht. Es mußte also ausreichende Möglichkeiten geben, etwas über sie zu erfahren. Darauf setzte Baltasar Moritz an, dessen zahllose Verbindungen früher oder später alles Wissenswerte zumindest in Umrissen zugänglich machen sollten.

Schwieriger war es im Fall Ahrenborn, und damit auch Morken. Es war natürlich Baltasars fixe Idee, daß ein ehrbarer Professor der Medizin und ein Mitglied des Deutschen Bundestags schwarze Flecken in der Vorzeit angesammelt haben könnten, aber er war nun mal in Reiselaune, also beschloß er, die Schauplätze ihres Vorlebens aufzusuchen. Diesen Beschluß hatte er bereits gefaßt (und die Durchführung eingeleitet), bevor Ariane ihm die Gruselgeschichte über die erzwungene Ehe ihrer Freundin Eva erzählte.

Einige Daten – Geburt, Ausbildung, erste Tätigkeiten usw. – waren leicht zu beschaffen; sie ließen sich Publikationen und Jahrbüchern entnehmen.

Hier nun begann Edgars Telefonitis. Mehr noch als alle anderen Berufsgruppen bilden die Mediziner eine Art Mafia. Mit der wiederholten Rede bei Abnehmen des Hörers auf der Gegenseite: »Römertopf in Bonn; guten Tag, Herr Kollege« öffneten sich Informationskanäle, die im Zweifel einer polizeilichen Untersuchung verschlossen blieben. Von Mediziner zu Mediziner weitergereicht, machte Edgar zwei ehemalige Kommilitonen des stud. med. Ahrenborn ausfindig. Natürlich gab es noch mehr ehemalige Kommilitonen, aber diese beiden waren darüber hinaus mit Ahrenborn zusammen in einer schlagenden Verbindung gewesen und hatten ihn auch nach dem Ende des Studiums noch einige Male gesehen.

Beide praktizierten noch; der eine in Frankfurt, der andere in Bayreuth. Edgar teilte ihnen telefonisch mit, daß einige ehemalige Mitarbeiter und Schüler des verehrten Professors Ahrenborn beizeiten begönnen, eine Festschrift zu seinem 65. Geburtstag im Jahre 1982 zusammenzustellen; zu diesem Zweck sei ein kurzer biographischer Abriß unumgänglich, und ob die geschätzten Herren Kollegen bereit wären, da sie den Festschriftkandidaten noch aus der gemeinsamen Studienzeit kannten, ihre Erinnerungen zur Verfügung zu stellen? Selbstverständlich waren die Herren bereit, zumal Edgar ihnen Namensnennung zusicherte. In den nächsten Tagen, vermutlich am Wochenende, wenn es ihnen recht sei, käme dann ein Mitarbeiter namens Matzbach bei ihnen vorbei; er sei kein Mediziner, aber als Journalist und Autor bereit, die technische und stilistische Seite der Festschrift zu bearbeiten ...

An dieser Stelle konnte ich mir zwei Unterbrechungen des Monologs nicht verkneifen.

»Sag mal, schlagende Verbindung – ich kann mich nicht erinnern, bei ihm einen Schmiß gesehen zu haben. Und wer ist denn auf die Idee mit der Festschrift gekommen?«

Edgar übernahm die Antwort auf die zweite Frage.

»Baltasar natürlich. Das heißt, wir haben zusammen überlegt, wie man es anstellen kann, daß seine alten Kollegen sich über ihn möglichst offen äußern, ohne ihm was davon zu sagen. Beide haben heilig versprochen, selbstverständlich nicht mit ihm Kontakt aufzunehmen, damit bei der Festschrift die Überraschung um so schöner wird.«

»Was den Schmiß angeht«, sagte Baltasar vorwurfsvoll, »er hat einen, aber du hast Perlmutt auf der Netzhaut. Der Schmiß sitzt genau in einer Falte, ein kleines Stückchen links von seinem Mund. Du sorgfältiger Rechercheur, du.«

Na schön; weiter im Text. (Übrigens, um Mißverständnissen vorzubeugen: den Schmiß hatte Moritz entdeckt.)

Der zweite Teil der Telefonaktion unter Kollegen betraf Haselmaus Brockmann. Edgar durchforstete die Ärzteschaft von Dortmund und Hannover. »Guten Tag, Herr Kollege. Ich habe hier einen Patienten namens Brockmann, der einige merkwürdige Symptome zeigt, die auf (es folgt ein graecolatinischer Fünfzehnsilbler) hindeuten. Ich komme aber mit der Anamnese nicht sehr weit, da der Patient sich nur undeutlich erinnert. Allerdings meint er, er wäre vor Jahren einmal von der Firma Soundso aus bei Ihnen gewesen. Er ist nicht sicher, aber der Vertrauensarzt der Firma habe, meint er, geheißen wie Sie. Ach, Sie sind es nicht? Ja, an die Firma habe ich mich kürzlich schon gewandt, aber die hat heute einen anderen Vertrauensarzt, vor allem eine andere Personalabteilung, und die alten Unterlagen sind vor einigen Jahren bei einem Schwelbrand vernichtet worden …«

In Hannover fand sich niemand, in Dortmund immerhin ein Zahnarzt, der Brockmann vor drei Jahren behandelt hatte. Er hatte, als Baltasar diesen Bericht abgab, bereits Aufnahmen und einen kurzen Report an Edgar geschickt.

Soweit Edgar und sein Telefon. Baltasar hatte schon kurz nach Beginn seiner Suche, als er den abgelaufenen Paß stibitzte, einen anderen Entschluß gefaßt, der mit seiner Reiselust zu tun hatte. Er beschaffte sich, ohne mir etwas zu sagen, ein Einreisevisum in die Tschechoslowakei, das er wider Erwarten schnell und problemlos erhielt. Über Frankfurt und Bayreuth, wo er die beiden Ärzte überfiel, fuhr er nach Eger und von dort zu verschiedenen kleinen Dörfern, die in der Vorgeschichte einiger Personen eine Rolle spielten. Zwar rechnete er damit, niemanden mehr zu finden, der sich an wen auch immer erinnerte, da der deutschsprachige Teil der weiland dort lebenden Bevölkerung geflohen, umgesiedelt oder umgekommen war; er hoffte jedoch wie üblich auf die mit ihm verbündete Göttin des Zufalls.

»Vor meiner Abreise habe ich noch ein Dutzend Briefe geschrieben, in einer meinen Onkel Brockmann betreffenden Erbschaftsangelegenheit, an das Rote Kreuz und andere Institutionen, die sich mit der Suche nach Kriegsvermißten befassen. Ich hoffe, daß in meinem Domizil Antworten liegen. Außerdem habe ich natürlich, denn ich bin ein pflichtbewußter Mensch, meinen Kummerkasten für die beiden nächsten Nummern fertiggemacht. Wahrscheinlich liegen schon wieder Berge von Problemchen da rum.«

Für Evelyn war der Punkt offenbar neu. »Was ist das für ein Kummerkasten, Baltasar?«

Er strahlte sie an. »Ich«, sagte er großväterlich, »bin Frau Griseldis.«

Sie kicherte und nannte den Namen der Zeitschrift.

»Genau«, sagte ich, »dort verbricht Baltasar Griseldenbach Woche für Woche unqualifizierte Ratschläge. Nicht alle Briefe hat er selbst erfunden, nur die meisten.«

»Ist das wahr, ja?«

Baltasar schüttelte verweisend sein Kinn. »Nein. Im Schnitt gibt es bis zu tausend Zuschriften pro Woche. Ein Team in der Redaktion sortiert sie vor, bearbeitet sie und beantwortet einen Teil. Die meisten sind Standardfragen, dumm, oder Scheinprobleme, und zu den meisten gibt es Standardantworten. Ich kriege dann immer so um die fünfzig, die entweder besonders ausgefallen sind oder von besonders allgemeiner Bedeutung. Davon suche ich vier oder fünf raus, die abgedruckt werden, mit meiner psychologisch feinfühligen Antwort; zu den anderen diktiere ich die Antworten auf ein Band, die dann in der Redaktion abgeschrieben und als Briefe verschickt werden. Zufrieden?«

Evelyn wollte natürlich noch mehr wissen, aber ich mischte mich ein.

»Verzeihung«, sagte ich mit einem Blick zur Tochter des Hauses, »aber ich glaube, du solltest uns erst mal ein bißchen mehr über deine Reise erzählen.«

Baltasar hustete. »Nun habe ich schon eine halbe Stunde geredet, und mein Licht ist dir noch immer nicht genug?«

»Quatsch, Licht. Du hast ein bißchen über Vorbereitungen gelabert. Ich würde gern wissen, was bei deiner Tour rausgekommen ist.«

Evelyn verzog enttäuscht das Gesicht. »Na schön«, sagte sie schmollend, »dann mach' ich jetzt das Essen fertig.«

Baltasar zuckte mit den Schultern. »Meinst du«, sagte er herablassend, »wenn ich etwas wirklich Wichtiges entdeckt hätte, hätte ich das nicht schon längst herausposaunt?«

Moritz stöhnte und kam mir zu Hilfe. »Vielleicht«, schlug er vor, »ist dein von Schwemmgut, Lektüre und anderen Schadstoffen verstopftes Gehirn nicht in der Lage, die richtigen Schlüsse aus unwichtigen Dingen zu ziehen. Berichte also, o günstiger Mastbauch, auf daß wir es wissen.«

Matzbach schnaufte und sah Ariane weinerlich an. »Hörst du, wie meine lieben Freunde, die ich an meinem Busen genährt und mit meinem Herzblut getränkt habe, hörst du, wie sie mit mir umgehen? Ist das nicht widerlich? Ach, die Welt ist schnöde.«

Frau Binder wedelte mit einem Zipfel ihres Saris vor seiner fleischigen Nase herum. »Ich finde«, sagte sie spöttisch, »daß deine lieben Freunde ganz recht haben. Ich wüßte nämlich auch gern, was du gefunden hast.«

»Aha, eine Verschwörung. Nun gut, ihr werdet schon merken, was ihr davon habt. – Also, zuerst die beiden Ärzte. Sie haben mir übereinstimmend erzählt, Ahrenborn sei clever und kalt gewesen, aber ein Mediziner mit Zukunft. Aus der Studentenzeit war nicht viel zu berichten – die üblichen Gelage, Streiche, Fechtereien, Bordellbesuche und so. Die erste ernsthafte Arbeit, abgesehen vom Famulieren, hat Ahrenborn in seiner Heimat verbracht, diesem kleinen Dorf bei Eger. Dort gab es ein Landkrankenhaus, mitten im Wald, mit einem alten, schon etwas senilen Chef. Ahrenborn war der einzige Assistent, abgesehen von einem sehr tüchtigen Pfleger namens Morken, der beinahe Arzt hätte sein können, bis auf ein paar fehlende Papiere. Die beiden Kommilitonen haben Ahrenborn dort unabhängig voneinander mehrmals besucht. Dann wurden sie ins Feld bestellt. Der eine als Truppenarzt an die Ostfront, der andere mit einer Sanitätsabteilung nach Italien. Der aus Bayreuth sagt, er hätte sich bei seinem letzten Besuch ein wenig gewundert. Er hatte in Italien, als da die Sache zu schwimmen anfing, eine kleine Verletzung abbekommen und eine Weile in der Heimat verbracht. Anfang 1944 ist er bei Ahrenborn vorbeigefahren, der immer noch in seinem Krankenhaus saß. Der Chef war inzwischen völlig vertrottelt, so daß Ahrenborn praktisch allein war und tun und lassen konnte, was er wollte. Übrigens hatte Ahrenborn einen Bruder bei der Gestapo; vielleicht hat er dafür gesorgt, daß Ahrenborn an diesem Krankenhaus bleiben konnte und weder wechseln noch an die Front mußte. Na ja, egal. Jedenfalls hat der eine Kollege sich gewundert. Ahrenborn hatte nicht sehr viel zu tun, und als der Kollege Anfang vierundvierzig bei ihm war, war ein Teil des Krankenhauses belegt mit russischen Kriegsgefangenen. In der Nähe war ein Lager.«

Matzbach machte eine Pause, bedeutungsschwer.

Ich wollte etwas sagen, aber Moritz war schneller.

»Komisch«, sagte er, »russische Kriegsgefangene? Ich denke, die haben unsere Ahnen damals zu Millionen verrecken lassen oder gleich umgelegt. Außerdem hat es doch bestimmt, wenn überhaupt, Sanitätsstellen im Lager gegeben ...«

Baltasar nickte. »Kluges Kerlchen. Der Kollege meint, er

hätte sich gewundert, unter anderem, weil er Ahrenborn nicht gerade für einen Apostel der Humanität gehalten hätte. An Ahrenborns Frau erinnert er sich kaum; sie war ein verhuschtes Wesen, eine Person, die man vergißt, sobald sie stumm den Tee aufgetragen hat. Die Aussagen des anderen sind im übrigen ähnlich. Der Pfleger hat beide beeindruckt. Er war älter als Ahrenborn, und die beiden waren dicke Freunde, per Du. Die Kollegen hatten beide den Eindruck, daß Morken der stärkere von beiden war, und daß Ahrenborn viel um seine Ratschläge gab. An die Tochter erinnern sich beide kaum, dafür aber an den Sohn von Morken. Beide sind offenbar bei ihren diversen Aufenthalten mit Morken und Ahrenborn in den weitläufigen Waldungen auf die Jagd gegangen. Immer, sie wußten allerdings nicht mehr, wie oft insgesamt, aber immer sei der Junge dabeigewesen. Sie schilderten ihn als einen aufgeweckten, kräftigen Burschen, der kaltblütig genug war, aus kurzer Entfernung einen Keiler zu erledigen, nachdem einer der Gäste ihn verfehlt hatte und das Tier auf – ich glaube, es war der aus Frankfurt, also, auf den aus Frankfurt losging.

Nach dem Krieg haben sie sich dann aus den Augen verloren, eine ganze Weile jedenfalls, und die alten Beziehungen nicht wieder aufgenommen. Sie haben sich schon mal auf Kongressen getroffen oder Publikationen von Ahrenborn gelesen, aber beide hatten eigentlich keine große Lust, ihn unbedingt wiederzusehen.«

An dieser Stelle kam Evelyn wieder und verkündete, es sei angerichtet. Wir gingen ins Eßzimmer, wo für alle sechs gedeckt war, und nahmen ein nahrhaftes Mahl, das aus Gemüsesuppe und Spaghetti mit Schinken und Backpflaumen bestand. Beim Essen berichtete Baltasar weiter, allerdings häufig mit vollem Mund und vielen Abschweifungen. Deshalb der Rest nun wieder gerafft.

Von Bayreuth fuhr er in die CSSR. Alle Erhebungen über Brockmann waren ergebnislos, da keine Unterlagen aus der Sudetendeutschen Zeit mehr zugänglich waren und keiner in der Gegend, aus der Brockmann stammte, sich an etwas erinnern konnte, soweit Baltasar überhaupt Leute fand, die bereit waren, Auskunft zu geben.

Besser sah es in Ahrenborns Heimat aus. Hier wohnten noch ein paar alte Böhmen, die sich, wenn auch ungern, an die Zeit des tausendjährigen Jahrzwölfts und des Protektorats erinnerten. Man zeigte ihm den Wald, in dem einst das Krankenhaus gelegen hatte. Es war im Februar 1945 bis auf die Grundmauern niedergebrannt, ohne daß ein Grund dafür bekannt geworden wäre. Allerdings hatte wohl kaum jemand nach Gründen gesucht. In der Nähe befand sich ein Anfang der 50er Jahre errichtetes Denkmal, das an die 137 Helden der brüderlichen Roten Armee erinnerte, die zwischen 1943 und 1945 hier an Verwundungen und unheilbaren Krankheiten gestorben waren.

Edgar, der die ganze Zeit geschwiegen hatte, während Moritz und ich gelegentlich überflüssige Bemerkungen machten, sagte an dieser Stelle plötzlich: »Hundertsiebenunddreißig in zwei Jahren? Ganz schön viel für so'n kleines Krankenhaus.«

Baltasar ging nicht darauf ein. Fortsetzung seines Berichts: Es gab – wie schon der Bayreuther Kollege erwähnt hatte – in diesem Krankenhaus eine hermetisch abgeschlossene Abteilung, in der Patienten mit ansteckenden Krankheiten lagen. Ahrenborn hatte sie als Argument für die Anwesenheit russischer Gefangener überhaupt angeführt; er hätte sich bereit erklärt, ansteckende Krankheiten in dieser Station zu behandeln, damit nicht das ganze Lager und möglicherweise die ganze Umgebung angesteckt würden.

Einer der alten Landleute berichtete, Ahrenborn hätte um 1943 mit Hilfe von Reichsgeldern ein Krematorium errichten lassen, wenn auch nur ein kleines, das direkt an das Krankenhaus angebaut wurde. Hier konnten auch Verstorbene eingeäschert werden, die in der näheren Umgebung gewohnt und diese Bestattungsform vor ihrem Tod verfügt hatten.

»Den Rest«, sagte Baltasar, »erzähl' ich euch nach dem Essen.«

Diese für ihn unübliche Rücksichtnahme auf schwache Mägen ließ mich Schlimmes befürchten. Als wir später wieder im

Wohnzimmer saßen, bei Kaffee und Zigaretten, fuhr er fort:

»Der Rest ist schnell erzählt. Irgendwann im Sommer vierundvierzig hat sich im Wald hinter dem Krankenhaus eine Tragödie abgespielt, von der keiner mehr etwas ganz Genaues wußte – es war ja eine Sache der Deutschen. Jedenfalls waren Soldaten darin verwickelt und Ahrenborns Bruder, der Gestapo-Mann. Es hat ein paar Tote gegeben, der Gestapo-Mann war auch dabei, und deshalb herrschte ein paar Tage lang mächtiges Durcheinander. Einer der Alten sagte, in der deutschsprachigen Zeitung sei damals ein Bericht erschienen, aber die Fortsetzung, die Aufklärung, habe man nie erfahren. Er wußte nicht mehr viel – wie gesagt: Affäre der Deutschen. Danach lief alles normal weiter. Im Krankenhaus wurde gestorben und eingeäschert, und das ging bis Anfang fünfundvierzig. Im Februar ist dann alles abgebrannt. Damals ging ja sowieso alles durcheinander. In der Nähe des Krankenhauses fand man hinterher den Pfleger Morken, erschossen; von den anderen hat man nie wieder etwas gehört. Als ich erzählte, daß Ahrenborn heute Professor ist, hat das keinen verwundert. Er sei ein guter Arzt gewesen, angeblich. Natürlich hat keiner ihn je selbst konsultiert, er war ja Deutscher. – Der Leiter des Kriegsgefangenenlagers hat sich kurze Zeit später erschossen, als die Amerikaner kamen. Und Ahrenborn hat neunzehnhundertfünfzig eine medizinische Dissertation über Reihenuntersuchungen an Patienten vorgelegt, die an ausgefallenen Formen einer bestimmten, riskanten Virusinfektion litten. Seine Habilitation, ein paar Jahre später, war über ein ähnliches Thema.«

Er faltete die Hände über dem Bauch, aber die Geste war sehr ungemütlich. »Nun rechnet mal zwei und zwei zusammen.«

Natürlich hatten wir schon gerechnet und waren zu den gleichen, unerfreulichen Ergebnissen gekommen. Baltasar winkte ab, als ihm das Durcheinander zu laut wurde.

»Silicium«, schrie er. »Ihr benehmt euch wie eine Horde von Knallhamstern.« Etwas ruhiger setzte er hinzu: »Das ist im Moment alles müßig; da hängen zu viele leere Flaschen in den Luftschränken.«

Manchmal drückt er sich merkwürdig aus.

»Außerdem, wer will das beweisen? Okay, vielleicht hat er experimentiert; unsere Ahnen waren zu der Zeit ja sehr eifrig auf dem Gebiet. Das müßte man aber beweisen. Okay, vielleicht hat er die Klinik angesteckt und Morken umgelegt. Aber warum? Vielleicht war's auch sonst jemand. Vielleicht hat er seine alten Unterlagen, nach einer geziemenden Schamfrist, zu akademischen Titeln verarbeitet. Aber warum ist er im Februar abgehauen? Zu der Zeit war die Gegend noch fest in deutscher Hand, und erst nach der Kapitulation sind die Amis gekommen, nicht die Russen. Und was ist das für eine Geschichte mit den Leichen im Wald? Zu viele Fragen.«

Er blickte mich an. »Später mehr dazu. Ich habe hier das Kommando. Was hast du zu melden? Schämst du dich nicht, wie in einem amerikanischen Krimi durch die Stadt zu rasen, Mädchen auf Bauernhöfen zu deponieren und jedes Telefon für abgehört zu halten?«

Ich war ein wenig gekränkt, obwohl ich ihm natürlich recht geben mußte. Wir palaverten den halben Nachmittag, ohne zu einem Ergebnis zu kommen. Schließlich warf ich Matzbach seine Fragebögen in den Schoß und empfahl mich. Ich hatte die Nase voll; angesichts der Rätsel, Halbantworten und offenen Fragen vergaß ich für kurze Zeit sogar meine Besorgnis über das Verschwinden von Barbara Grossek. Abends fiel sie mir wieder ein, aber nichts, was ich hätte tun können.

Ich verbrachte einen ruhig-unruhigen Sonntag. Keiner ließ sich blicken oder von sich hören. Inzwischen hatten aber die Zufälle, mit denen Matzbach verbündet ist, zu spielen begonnen, das wußte ich nur noch nicht.

Am Montag früh um neun schrillte das Telefon. Ich nahm unausgeschlafen ab, denn ich war erst gegen halb fünf über einem Buch eingeschlafen.

»Ja?«

»Ich.«

Eindeutig Matzbach. Er schwieg eine Sekunde, und ich hörte Stimmen im Hintergrund.

Dann sagte er unfroh: »Du Schlafmütze wirst jetzt sofort aufstehen, dich anziehen und bei mir erscheinen.«

»Das meinst du«, sagte ich. »Ich werde nichts dergleichen tun, wenn nicht ein dringender Grund vorliegt. Dieses bezweifle ich aber. Du hast bestimmt wieder eine Zahnbürste zuviel an Bord, oder?«

Er schnaufte. »Mein Lieber, ich wollte es dir erst später sagen, aber da du dem armen alten Baltasar ja nichts glaubst, sag' ich es dir gleich, damit du auch kommst. Heute früh wurde Barbara Grossek gefunden.«

Ich schluckte. »Tot?«

»Ja, und zwar schon länger. Ich habe im Moment das Vergnügen, Moritz und den verantwortlichen Herrn von der Kripo um mich herum zu sehen.«

»Ah ja«, sagte ich. »Moritz hat ja mit ihm mal gesprochen. Da hat er aber nur gelacht, oder?«

Baltasar grunzte. »Jetzt lacht er nicht mehr. Jetzt will er wissen, was wir wissen. Kommst du nun, oder müssen wir dich mit der grünen Minna abholen?«

Als ich bei Matzbach ankam, erfuhr ich die Einzelheiten. An der Bundesbahn-Strecke zwischen Godesberg und Bonn oder, genauer, zwischen Friesdorf und den östlichen Ausläufern von Kessenich, ziehen sich, nur selten von Häusern unterbrochen, Gärten hin. Es sind nicht eigentlich Schrebergärten, aber so etwas ähnliches. In dieser Gegend ist der Bahndamm richtig schön und hat eine leichte F. J. Degenhardt-Atmosphäre. Einige der Gärten sind ziemlich wild; viele machen den Eindruck, schon vor langer Zeit aufgegeben worden zu sein. Sommers wächst es dort mächtig, und man weiß, wenn man vorbeifährt oder, soweit möglich, zwischen den Gärten Pfadfinder spielt, nicht so recht, ob die Formen des Wachstums geplant oder zufällig sind.

Ein Gartenbesitzer war nach längerem Sommerurlaub wieder in der Heimat eingetroffen. Da ihm zum Wiederbeginn seiner Arbeit noch einige Tage blieben, hatte er sich am frühen Morgen dieses Montags zu seinem Garten begeben, der wahrlich wild ins Kraut geschossen war.

»Der reine Zufall«, sagte der Kommissar griesgrämig. »Im Prinzip hätte die Leiche da liegen können, bis ein Archäologe in dreihundert Jahren vielleicht dort angefangen hätte zu buddeln.«

Der Gartenbesitzer hatte einen unangenehmen Geruch wahrgenommen. Er kam aus der Gegend zwischen dem Bahndamm und seinem Komposthaufen, der knapp an der Grenze des Grundstücks lag. Was immer dort passierte, konnte nur er feststellen, denn jenseits des Bahndamms erstreckte sich Brachland, eine wilde Wiese; diesseits – vom Garten aus gesehen – ein Grundstück, dessen Besitzer vor einigen Monaten gestorben war und dessen Erben bisher kein Interesse gezeigt hatten.

»Wenn der Mörder, die Mörder oder die Mörderin das gewußt hätten, dann hätten sie die Frau zehn Meter weiter nach Norden auf der anderen Seite des Damms gelassen, und wir hätten sie nie gefunden.«

Der Anblick war nicht sehr schön. Der Mann hatte die Polizei benachrichtigt und sich dann mühsam wieder nach Hause begeben. Es war allerdings noch einigermaßen zu erkennen, daß die tote Frau gewisse Ähnlichkeiten mit dem Bild der seit ein paar Tagen vermißten Barbara Grossek aufwies. Man konnte dem Vater die Identifizierung leider nicht ersparen.

»Sie wird im Moment obduziert«, sagte der Kommissar. »Dann werden wir genau wissen, wann und wie sie gestorben ist. Es sah aus wie ein Schuß, aber die Äußerlichkeiten können von Hunden oder Krähen verändert worden sein.« Er war ein wenig grau im Gesicht; Bonn ist zwar reich an Geschöpfen, die infolge der Inaktivität ihres Gehirns Beamtenbezüge kassieren und somit der Definition des klinischen Todes genügen, aber Gewaltverbrechen sind doch seltener als beispielsweise in New York.

»Nachdem Sie nun alle versammelt sind«, sagte er mürrisch, »wüßte ich gern, was Sie sich eigentlich einbilden und was los ist.«

Er steckte sich eine Zigarette in den Mundwinkel; als ich ihm Feuer geben wollte, winkte er ab.

»Danke, ich betrüge meine Lunge.«

Ich war erstaunt, zu hören, wie präzise Baltasar berichten konnte, wenn er nur wollte. Kann, wenn er will, obwohl ich bezweifle, daß ich es jemals wieder erleben werde. Er brauchte etwa eine Viertelstunde, um alles, was er, Moritz, Edgar und ich in den letzten Wochen herausgefunden hatten, klar und verständlich vorzutragen, ohne Abschweifungen und Zierat.

Nach etwa zwei Minuten verbarg der Kommissar seine Augen hinter den Händen und stützte die Ellbogen auf den Tisch. Als Baltasar fertig war, blickte er uns der Reihe nach an und wiegte den Kopf hin und her.

»Einen Teil«, sagte er halblaut, »hat mir der da« – er wies auf Moritz, der übernächtigt in der Ecke saß – »schon erzählt. Haben Sie sonst noch etwas dazu zu ergänzen, meine Herren?«

Wir verneinten.

Edgar blickte auf seine Uhr. »Herr Ziegler«, sagte er, »brauchen Sie mich unbedingt hierbei, oder kann ich ...?«

Der Kommissar winkte müde. »Gehen Sie in Ihr Krankenhaus und bringen Sie nicht zu viele Patienten um«, sagte er. »Mich meuchelt die Geschichte.«

Baltasar heuchelte Anteilnahme. »Welche, Herr Ziegler? Diese, oder die Weltgeschichte, oder welch andere meinen Sie?«

Der Kommissar gab keine Antwort. Er wartete, bis Edgar gegangen war, dann sagte er: »Also, wir wollen jetzt nicht über die kleinen Dinge reden, die zusammen schon ein paar hübsche Jährchen auf Staatskosten ergeben. Der geklaute Paß, der gefälschte Dienstausweis, Amtsanmaßung, Täuschung, Hausfriedensbruch und so weiter. Nein, ich will mich nicht aufregen. Alles zu seiner Zeit.«

Baltasar unterbrach ihn, kalt. »Sie vergessen, daß Sie mir zugesagt haben, unsere Aussagen zur Kenntnis zu nehmen, ohne die Umstände zu bedenken, unter denen wir an die Fakten gekommen sind. Denken Sie bitte daran!«

Der Kommissar runzelte die Stirn, sagte aber nichts dazu. »Also, was haben wir? Nichts. Einen verschwundenen grauen Mann, eine überzählige Zahnbürste, Vermutungen über das

Vorleben eines angesehenen Professors, weitere Vermutungen über das Vorleben eines Bundestagsabgeordneten, Klatsch über diverse Eheschließungsverfahren – nichts. Das einzig Greifbare ist dieser Schuß auf, wie heißt er, Burger, obwohl auch da Ihre Folgerungen rein hypothetisch sind und sich durch nichts beweisen lassen. Außerdem kann ich den Schuß zunächst nicht zur Kenntnis nehmen, denn Ihre Kenntnis beruht auf dem Bruch der ärztlichen Schweigepflicht, und Sie haben mich wiederum verpflichtet, nichts zu wissen.« Er formte mit den Händen eine Hohlkugel. »Nichts drin«, sagte er, wobei er mit dem Kinn auf diese Kugel deutete, »nur unverifizierte Vorgänge und unbeweisbare Vermutungen.«

Er deutete auf das Telefon und wandte sich an Matzbach. »Darf ich?«

Baltasar legte die Hand auf den Apparat. »Unter einer Bedingung«, sagte er.

Der Kommissar verzog den Mund. »Sie gehen mir auf die Nerven, Matzbach«, sagte er grimmig.

Baltasar hob die Brauen. Er sah sehr arrogant aus. »Sie vergessen Ihre Schule, Ziegler«, sagte er kalt.

Der Kommissar zündete sich nun doch seine Zigarette an und stieß eine große Wolke aus. »Hören Sie«, sagte er heiser, »Sie wissen, daß Sie gesetzlich verpflichtet sind ...«

Baltasar unterbrach ihn. »Sie hören zu«, sagte er hart. »Ich lege Ihnen einen Haufen unbeweisbarer Hypothesen hin, die nur deshalb unbeweisbar sind, weil wir armen Amateure nicht einfach das BKA anrufen und Informationen anfordern können. Wenn Sie in dieser Sache weiterkommen, dann nur, weil wir Ihnen genug Stoff gegeben haben, mit dem Sie arbeiten können. Schweigen Sie also über ihre sogenannten gesetzlichen Verpflichtungen. Wir haben schon wesentlich mehr getan, als irgendein Gesetz verlangt. Oder erlaubt. Wir nehmen Ihnen praktisch die Arbeit ab. Dafür könnten Sie wenigstens höflich genug sein, mich in meiner eigenen Wohnung mit ›Herr Matzbach‹ anzureden. Oder haben Sie vielleicht schon irgendwas Positives getan? Ist der vor zwei Wochen von seiner Vermieterin als vermißt gemeldete Brockmann vielleicht von Ihnen gefunden worden? Im Gegenteil: Sie haben gelacht, als Moritz Ihnen letzte Woche mitteilte, daß eine Barbara Grossek verschwunden ist.«

Ziegler schluckte. »Darf ich Ihr Telefon benutzen, Herr Matzbach? Ich würde gern feststellen, ob sich im Fall Brockmann etwas getan hat, und einige andere Dinge.«

Baltasar grunzte und schob ihm den Apparat hin. Der Kommissar rief einen seiner Mitarbeiter an, diktierte ihm eine Liste mit Namen – Ahrenborn, Morken, Kleinsiepe, Pistorius, Grossek, Treysa, Pallenberg, Brockmann – mit der Bitte um schleunige Beschaffung von Dossiers. Dann ließ er sich mit einem anderen Beamten verbinden, den er nach der Behandlung der Vermißtenanzeige Brockmann fragte. Schließlich gab er Baltasars Telefonnummer durch mit der Aufforderung, ihn dort umgehend anzurufen, sobald Neuigkeiten oder der Obduktionsbefund vorlägen.

Baltasar tat so, als gehe ihn das alles nichts an. Er holte sich ein Buch aus dem nächststehenden Regal und begann, interessiert zu lesen.

Der Kommissar starrte Löcher in die Luft. Er trommelte auf der Tischplatte, dann räusperte er sich.

»Ich möchte mich entschuldigen, Herr Matzbach«, brachte er hervor.

Baltasar klappte das Buch zusammen und lächelte freundlich. »Was nun?« fragte er.

Ziegler grinste plötzlich. »Sie sind 'ne Nummer«, sagte er kopfschüttelnd.

Baltasar verzog keine Miene. »Kann ich also weiter mit Ihrer loyalen Mitarbeit rechnen?« fragte er.

Ziegler schnappte nach Luft. »Jetzt hören Sie mal«, sagte er, »wenn Sie ...«

In diesem Moment klingelte das Telefon. Baltasar nahm grinsend ab.

»Matzbach. – Moment.«

Er reichte Ziegler den Hörer. Der knurrte ein paar Unverständlichkeiten in die Muschel, sagte »Danke« und legte wieder auf.

Nachdenklich blickte er zum Fenster.

»Hm«, sagte er, »also um's kurz zu machen: Barbara Grossek ist nach erster Analyse etwa hundert Stunden tot. Genaueres wird sich bei weiteren Untersuchungen herausstellen. Das könnte heißen: zwischen Mittwoch abend und Donnerstag mittag. Todesursache wahrscheinlich ein Kleinkaliberprojektil, das aus kurzer Entfernung ins Herz geschossen wurde.«

Baltasar nickte. »Wieso wahrscheinlich?« fragte er dann.

»Nun«, erwiderte Ziegler, »sie hat außerdem eine Schädelfraktur. Es wird sich noch zeigen, ob sie vielleicht schon daran so gut wie gestorben ist. Vielleicht hat man sie bewußtlos schlagen wollen, um sie in Ruhe erschießen zu können.«

Baltasar nickte abermals ruhig. »Sie wissen«, sagte er freundlich, »daß Kleinsiepe eine Pistole besitzt?«

Ziegler knurrte: »Ich weiß sogar, welches Fabrikat. Und ich sage Ihnen weiterhin, daß eine ballistische Untersuchung des Projektils bereits läuft. Nur, damit Sie nicht fragen müssen. Ich sag's Ihnen auch so.«

Er stand auf. »Wenn Sie wollen«, sagte er dann, zu Baltasar gewandt, »kommen Sie mit.«

Baltasar stand ebenfalls auf. »Wohin?«

»Ich will mich ein wenig auf dem Millionenhügel umsehen, zum Beispiel bei Kleinsiepe. Ich möchte seine Pistole untersuchen.«

»Das ist sicherlich ein guter Einfall, Herr Kommissar«, äußerte er zuvorkommend, »und dürfte Ihrer Karriere förderlich sein. Ich zöge es allerdings vor, Sie nicht zu begleiten.«

Ziegler ignorierte die Beleidigung. »Warum?«

Baltasar verschränkte die Arme über der Brust. »Weil ich glaube, daß es besser ist, wenn ich dort nicht offiziell herumlaufe. Man könnte mich erkennen, falls es irgendwann wirklich zur Sache kommt und wir wieder alles allein machen müssen, weil die Polizei nicht spurt.«

Der Kommissar war mittlerweile jenseits der Empfindlichkeiten.

»Wie Sie wünschen«, sagte er kalt.

Moritz erhob sich gähnend. »Ich nehme an«, sagte er, »Sie

haben nichts dagegen, daß sich die Presse an Ort und Stelle informiert?«

Ziegler musterte ihn. »Bei Ihrem Gesicht kann ich Ihnen nichts abschlagen. Kommen Sie. Meine Herren!«

Er verbeugte sich knapp vor Baltasar und mir und ging.

Moritz blieb kurz stehen und sah Baltasar fragend an.

Baltasar runzelte die Stirn. »Alles, was du kriegen kannst«, sagte er leise. »Fotokopien, Dossiers, was auch immer.«

Moritz nickte und verschwand ebenfalls.

»Baltasar«, sagte ich, »ich muß dich loben. Furchtlosigkeit im Angesicht einer Amtsperson.«

»Bah«, sagte er.

»Trotzdem versteh ich dich nicht. Wieso willst du denn jetzt nicht mitfahren?«

»Bist du dusselig!«

»Das erzählst du mir in deinem freundlichen Tonfall schon seit etwa sieben Jahren. Antworte doch einfach mal!«

»Na schön, aber nur, weil du's bist.«

Er setzte sich und packte eine Dose Streichhölzer am Schiebekragen. Während er aufzählte, legte er immer ein Hölzchen beiseite.

»Erstens: Entweder hat Kleinsiepe sie umgenietet oder nicht. Wenn er es war, zweitens: Entweder sie verhaften ihn, weil sie es beweisen können, oder nicht. Drittens: Wenn sie ihn verhaften, packt er entweder aus oder nimmt alles auf sich. Wenn er alles auf sich nimmt, ist die Sache für die Polizei erledigt. Oder glaubst du im Ernst, sie suchen dann weiter nach der Vergangenheit des Herrn Ahrenborn und dem Verschwinden des Herrn Brockmann?«

»Okay, nehmen wir an, sie verhaften ihn, weil die Kugel aus seiner Knarre kam. Warum willst du denn dann nicht dabei sein? Glaubst du immer noch, du findest deinen Bürstenhalter?«

»Mhm. Paß mal auf. Kleinsiepe kann es nicht gewesen sein.«

»Wieso nicht? Er – das nehmen wir ja an – hat doch schon mal geschossen, auf Burger.«

»Ja, klar. Vielleicht hat er auch die Grossek erschossen. Aber nur als Instrument. Er hat kein Motiv.«

»Das behauptest du! Vielleicht hat er aber eins. Eins, das dich überrascht und der Polizei genügt.«

»Das könnte sein, würde aber nicht bedeuten, daß es das wahre ist. Sieh mal, ich habe noch viele Hölzchen. Barbara Grossek will dir etwas erzählen, Stoff für einen Krimi; sie meint, irgendwas ist faul in Hamlets Käserei. Ihr habt aber doch ausgiebig über Frau Kleinsiepe gesprochen, oder jedenfalls einigermaßen ausgiebig. Meinst du nicht auch, daß sie mehr gesagt hätte, wenn die faule Sache mit Kleinsiepe zu tun gehabt hätte? Weiter. Burger, wahrscheinlich, hat euch belauscht. Er erzählt es weiter – wem? Burger selbst kann nur wenig direkt mit der Sache zu tun haben. Okay, er könnte vielleicht schießen, aber weder die Leiche schleppen noch ihr den Schädel einschlagen. Dazu fehlt ihm mit seiner Schulterverletzung vermutlich noch die Kraft. Nehmen wir also an, er hat etwas erzählt. Wem? Frau Kleinsiepe? Oder Ahrenborn? Mit Ahrenborn hat er ja am nächsten Morgen konferiert, unter dem Fenster von Susanne Weber. Ahrenborn hat dabei auf das Fenster gedeutet, und Burger war so dezent gekommen, daß man annehmen muß, er wollte nicht gesehen werden – von Zeugen? Hinterher hat er sich offen mit Ahrenborn auf der Wiese gezeigt. Ahrenborn wußte, daß zu diesem Zeitpunkt niemand da war, vor dem man sich verstecken mußte – außer Susanne. Die war aber eingesperrt und konnte aller Voraussicht nach nicht entwischen. Sie war also kein Risiko. Daher sagte er Burger, daß er unbesorgt mit ihm über den Rasen gehen könne, und deutete auf das Fenster. Vielleicht hat er gesagt: ›Ich habe sie eingesperrt, sie läuft uns nicht weg, das erledigen wir später.‹ Und am Abend vorher, ziemlich spät, hatte Ahrenborn, meint jedenfalls Susanne Weber, mit Kleinsiepe konferiert. Und mit einem telefoniert, der zuerst seine Stimme verstellt hatte, den sie aber irgendwie zu kennen glaubte. Hat er vielleicht mit Burger telefoniert, der ihm sagte, die Barbara Grossek weiß was? Oder mit Kleinsiepe, der ihm sagte, meine Frau sagt, Burger sagt, die Grossek weiß was? Und er sagte daraufhin zu Kleinsiepe, komm nachher vorbei, oder zu Burger, komm morgen früh? Nee, nun reim dir das mal alles zusammen. Ich kann es nicht. Aber ich bin sicher, daß Kleinsiepe, wenn er wirklich geschossen hat, nur ein Instrument war.«

Ich überlegte, kam aber auch nicht zu einer plausiblen Alternative. »Meinst du nicht«, sagte ich schließlich, »daß vielleicht Ahrenborn selbst ...? Oder, warum nicht, Morken?«

Er schüttelte sich. »Wie kannst du nur an so was denken? Pfui. Was Morken angeht: In welchem Staat der Welt muß ein Parlamentsabgeordneter seine Morde eigenhändig ausführen? Dazu gibt es doch die Leibwache und die Ordnungsdienste der Parteien und so. Und die würden eine Leiche bestimmt nicht ausgerechnet schräg gegenüber vom Bundestag an einem Bahndamm ablegen. Und Ahrenborn? Der hat doch ganz andere Möglichkeiten, Mann, als 'ne simple Kugel. Der hätte sie wahrscheinlich mit irgendeinem unbekannten Virus vergiftet, oder sie in Salzsäure aufgelöst, oder sonst was, aber auf keinen Fall erschossen und am Bahndamm deponiert. Nein, ich bin ziemlich sicher, das war Kleinsiepe.«

»Vielleicht auch eine der diversen Frauen«, schlug ich vor; »Madame Kleinsiepe zum Beispiel.«

»Wie soll die, ohne große Spuren zu hinterlassen, die Leiche zum Bahndamm kriegen? Sie könnte zwar geschossen haben, aber dann muß ihr jemand beim Tragen geholfen haben, und damit sind wir wieder bei Kleinsiepe.«

Da kam mir der ganz tolle Einfall. »Und wenn«, sagte ich tückisch, »einfach ein Passant sie überfallen, betäubt, vergewaltigt, erschossen und zum Bahndamm geschleppt hat?«

Baltasar saß da, ruhig und unendlich überlegen. »Unmöglich«, sagte er ganz einfach. »Völlig unmöglich. Das wäre ein unwahrscheinlicher Zufall.«

»Unwahrscheinlich vielleicht, aber doch nicht unmöglich.«

»Unmöglich, sage ich. Aus zwei Gründen. Erstens ist sie praktisch beim Verlassen des Theaters verschwunden – sagen die Eltern. Wenn man ein Theater verläßt, vor allem in Godesberg, verschwindet man nicht einfach so. Da ist der Theaterplatz, und der ist ziemlich groß. Das ist nur erklärbar, wenn ein Bekannter oder ein Nachbar plötzlich auftaucht und sagt:

›Hast du ’nen Moment Zeit? Es ist wahnsinnig dringend und geht ganz schnell.‹«

Ich stimmte zögernd zu. »Könntest recht haben. Und was ist dein zweiter Grund?«

»Oh«, sagte er, »das ist der eigentlich wichtige. Es wäre, wie ich sagte, ein unwahrscheinlicher Zufall. Und das ist unmöglich, denn bekanntlich arbeiten unwahrscheinliche Zufälle immer zu meinen Gunsten.« Sprach’s und schwieg.

Ich saß da, verdattert. Schließlich brachte ich heraus: »Okay, okay, quod erat demonstrandum. Was tun wir jetzt?«

Er grinste. »Nimm’s nicht so schwer, mein Junge. – Wir werden jetzt warten, bis Moritz uns weiter informiert. Ich werde meinen Kummerkasten weiterführen, die Post ist reichlich, und du wirst dir ein gutes Buch nehmen. Das könnte dir nicht schaden. Du kannst natürlich auch nach Hause fahren und die Fortsetzung verpassen.«

Ich schmierte mir einige Brötchen, braute neuen Kaffee und vertiefte mich resignierend in *Das Prinzip Hoffnung*. Baltasar las seine Kummerpost und kicherte gelegentlich. Später las er mir einen besonders hübschen Brief vor, nachdem er schnell eine Antwort skizziert hatte.

»Hör mal. Eine nette Tussi, könnte mit deiner Frau Kleinsiepe verwandt sein.«

Ich protestierte. »Laß das Possessivpronomen weg, sie ist nicht meine Frau Kleinsiepe!«

»Okay, Friede. Nun lausch, vernimm und staune!

›Liebe Frau Griseldis. – Ich bin 19, ziemlich hübsch und Sekretärin. Mein Chef, 39, ist sehr attraktiv, mit einer netten Frau verheiratet, sie haben zwei süße Kinder. Im Januar muß er zu einem Kongreß nach Barcelona. Ein Freund von ihm hat in der Nähe einen Bungalow, in dem er anschließend noch ein paar Tage verbringen will. Seine Frau will dann die Kinder nicht allein lassen. Er hat mich jetzt eingeladen, mit ihm dorthin zu fahren und den Rest der Zeit mit ihm im Bungalow zu verbringen. Mein Problem ist nun: bis dahin sind noch fast fünf

Monate. Wie soll ich mich bis dahin meinem Chef gegenüber verhalten? Ich möchte keinen Skandal, außerdem mag ich seine Frau sehr gern. Andererseits möchte ich die intimen Beziehungen zu ihm, die sehr befriedigend sind, fortführen, und zwar am liebsten öfter als wie bisher einmal die Woche. Und natürlich würde ich gern mit ihm nach Spanien fahren. Was soll ich bloß tun? Ich bin so verzweifelt. Bitte helfen Sie mir! Ihre X.Y.‹«

Ich lachte schallend. »Die hat Probleme! Ist ja entzückend.«

Baltasar grinste. »Wir leben«, sagte er feierlich, »in würdelosen Zeiten, in denen das Unterste zuoberst gekehrt ist und die Ordnung des Himmels nicht länger geachtet wird.«

»Wohl wahr«, sagte ich. »Was hast du ihr geantwortet? Und kommt das in die Zeitung, oder als Brief?«

»Das«, sagte er entschieden, »kommt ungekürzt in die Zeitung, sonst lege ich den Griffel nieder. Meine Antwort:

›Liebe X.Y. – Da Ihre Entscheidung innerlich schon feststeht, möchte ich mich nicht mit Ihnen auf moralische Diskussionen einlassen; da wären Sie mir wohl ohnehin überlegen. Nur so viel: Wenn Sie nicht mit Ihrem Chef nach Spanien fahren, sollten Sie sich einen neuen Job suchen. Da Sie aber wohl nach Spanien fahren wollen, empfehle ich Ihnen, die Pille oder sonst etwas zu nehmen. Erstens entkrampft das ein Büroverhältnis ungemein. Zweitens wären eventuelle Kinder bestimmt nicht so süß, bei der Mutter. Drittens wären Sie in dem Fall im Januar vielleicht im vierten Monat, und das kann einem das schönste Wochenende und den potentesten Chef versauen. Am besten fahren Sie allein nach Spanien. Sie können ja die Schreibmaschine mitnehmen, als Ersatz. Schicken Sie mir eine Ansichtskarte. Ihre Verzweiflung sollten Sie lieber ’runterschlucken. Sie werden daran nicht sterben, sie ist nämlich kein Gift.‹ Na?«

»Sehr treffende Bemerkungen, Euer Liebden. Ich stelle fest, unsere Demokratie bietet zahllose Möglichkeiten, durch unqualifiziertes Gerede Geld zu verdienen.«

»Ja, nicht wahr? Nur sind unsere Minister viel besser bezahlt als ich.«

Er wühlte weiter, ich las weiter. Eine ganze Weile später erfüllte sich seine Rede von den ihn begünstigenden Zufällen auf geradezu unheimliche Weise. Er stieß einen schrillen Pfiff aus.

»Na, so was! Das ist ja unglaublich. He, hör mal:

›Liebe Frau Griseldis! – Sie werden sich vielleicht über meinen Brief wundern, aber ich bin eine alte, einfache Frau, und ich weiß nicht, was ich machen oder an wen ich mich sonst wenden soll. Seit vielen Jahren bin ich mit einem netten, gleichaltrigen Mann befreundet. Er heißt Pistorius und wohnt in Godesberg. Mitte September wollten wir gemeinsam in den Süden fahren. Vor vier Wochen schrieb er mir, er hätte in seiner Nachbarschaft merkwürdige Dinge herausgefunden. In den nächsten Tagen würde ich von ihm einen verschlossenen Brief in einem anderen Umschlag bekommen, den sollte sich, falls ihm etwas zustößt, der Polizei übergeben. Dann habe ich nichts mehr von ihm gehört. Zuerst habe ich mir keine Sorgen gemacht, denn er hat nie sehr viel geschrieben, meistens zweimal im Monat. Aber als der angekündigte Brief nicht kam, habe ich mir doch Sorgen gemacht. Ich habe ein paarmal bei ihm angerufen. Schließlich habe ich dann mit einer jungen Frau gesprochen, die bei ihm im Haus wohnt, ich glaube, zusammen mit ihrem Mann. Sie sagte, er wäre verreist. Das konnte ich nicht glauben, denn er hätte mir doch etwas gesagt. Ich habe dann noch einige Tage auf ihn gewartet, weil ich dachte, vielleicht ist er wirklich verreist, dann schickt er mir bestimmt eine Karte, um sich zu entschuldigen; aber bisher ist nichts gekommen. Ich weiß jetzt wirklich nicht, was ich machen soll, und ich bin sicher, ihm ist etwas zugestoßen. Können Sie mir raten? Soll ich damit zur Polizei gehen? Oder meinen Sie, ich werde nur ausgelacht? Bitte antworten Sie mir schnell!‹ Was sagst du dazu?«

Ich war längst aufgestanden und sah ihm über die Schulter, während er las, weil ich es zunächst nicht glauben konnte. Dann setzte ich mich auf das Sofa.

»Das ist nicht zu glauben«, sagte ich schwach. »Pistorius, der nette alte Witwer. Jetzt wird es ganz kompliziert.«

Wir dachten eine Weile nach. Baltasar zündete sich eine seiner Zigarren an.

»Also, den Brief, den er schicken wollte, hat sie nicht bekommen. Vielleicht ist er verloren gegangen, das kommt natürlich vor. Vielleicht konnte er ihn aber nicht mehr abschicken.«

Er stürzte sich mit Feuereifer auf die Sache. Ich versuchte, ihn zu bremsen, obwohl ich das gleiche dachte wie er.

»Vielleicht ist er ja tatsächlich ohne die alte Dame weggefahren.«

»Du bist tadelnswert«, sagte Baltasar vorwurfsvoll. »Deine Einwände kommen immer zum falschen Zeitpunkt.«

Er kaute auf einem Bleistift herum, dann sog er wieder an seiner Zigarre.

Schließlich, nach längerem Schweigen, sagte er: »Hilft nichts. Entweder er lebt und macht Ferien. Dann müßte aber irgendwer mal von ihm Post bekommen haben, oder nicht? Na ja, nicht unbedingt. Aber gehen wir mal davon aus, er hat was rausgekriegt. Was, spielt zunächst mal keine Rolle. Dann haben sie ihn vielleicht auch umgebracht. Wer, spielt zunächst auch keine Rolle. Wer immer ihn auf dem Gewissen hat, hat zweifellos dafür gesorgt, daß der geplante zweite Brief nicht mehr existiert, falls er je existiert hat. Danach brauchen wir wohl kaum zu suchen.«

Hier irrte Baltasar fürchterlich, aber das erfuhren wir zu spät.

»Was tun, was tun?«

Er war offenbar unschlüssig. Schließlich faltete er den Brief zusammen und steckte ihn ein. Er nahm den Umschlag hoch und las die Anschrift.

»Die Dame wohnt in der Nähe von Wesel. Hm, das sind ungefähr zwei Stunden, zweieinhalb, bis ich sie gefunden habe. – Gut. Muß wohl sein. Wir werden jetzt noch warten, bis Moritz sich meldet und berichtet. Dann machen wir Pläne, und dann fahre ich nach Wesel. Ich will die alte Dame selbst dazu befragen.«

Ich nickte. »Das wird das beste sein«, sagte ich matt. »Ich gestehe, daß mich die Sache mitzunehmen beginnt.«

Zu meiner Überraschung kam diesmal kein schlimmer

Scherz. »Mich auch, mein Lieber«, sagte er. »Ich glaube kaum, daß ich jetzt noch sinnvoll werde arbeiten können. Spielen wir Schach?«

Zwei Stunden später klingelte Moritz Sturm. Baltasar öffnete. Unser Chefreporter stürzte ins Zimmer, ein wenig bleich.

»Die nächste Leiche«, sagte er atemlos und ließ sich in einen Sessel fallen.

»Wer?« Baltasar und ich, unisono.

»Ratet mal!«

Manchmal ist der Hang zu makabren Scherzen allzu weitgehend, aber unaufhaltsam.

Baltasar schwieg. Ich machte natürlich den Fehler, zu raten. »Noch ein Grossek?«

Moritz schüttelte den Kopf.

Baltasar blickte mich verweisend an und sagte: »Nun denk mal scharf, du Trottel.«

»Wieso? Schafft man durch Denken eine Leiche aus der Welt?«

»Nein, aber man identifiziert sie.«

»Mach mir das mal vor.«

Er gab sich enttäuscht. »Ich dachte, du wärst nach unserem vorigen Denken schon längst drauf gekommen. Ich hab drauf gewartet.«

Ich war sprachlos und Moritz offenbar auch. Er machte den Mund auf und zu; schließlich sagte er: »Da schnall ich ab. Nun sag's schon, Dicker.«

Baltasar stemmte die Hände in die Hüften. Empört sagte er: »Also, ihr lernt ja auch nichts, wenn man euch was vormacht, wie? Die Leiche dürfte Ewald Kleinsiepe heißen.«

Moritz sackte in sich zusammen. »Ich geb's auf«, sagte er schwach, »das stimmt. Wie kommst du darauf?«

»Logik, elementare Logik, mein lieber Watson. Unter der Voraussetzung, daß er nicht der eigentliche Urheber des Mordes an Barbara Grossek ist, wird sein Tod unvermeidlich. Gleichzeitig stützt er endgültig die besagte Hypothese. Na, immer noch nicht?«

Ich schüttelte stumm den Kopf.

Baltasar setzte sich und zündete seine nächste Zigarre an. »Also«, sagte er, »es ist irgendwas faul. Es muß ziemlich faul sein, um einen Mord zu rechtfertigen beziehungsweise als Ausweg zu eröffnen. Barbara Grossek weiß was; sie stirbt. Kleinsiepe erschießt sie, nehme ich an, und bringt sie an den Bahndamm. Kleinsiepe selbst ist zu einfach, um so böse Dinge zu tun. Er kann vielleicht im Jähzorn oder aus Eifersucht schießen, aber nicht kalt – es sei denn, er wird dazu gezwungen. Wer immer ihn zwingt, ist der eigentliche Mörder. Wenn nun Kleinsiepe gefaßt wird, was sicher ist, sobald die Leiche gefunden wird, könnte er ja auspacken. Rausreden kann er sich nicht, denn, wenn er es war, dürfte er seine Pistole verwendet haben, und das kann man beweisen. Also muß er stumm bleiben. Er ist bestimmt nicht der Typ, der einem langen Verhör standhält, dazu ist er zu impulsiv. Ergo haben sie ihn umgelegt.«

Moritz grinste. »Falsch. Er hat sich eine Kugel in den Mund geschossen und vorher einen Abschiedsbrief geschrieben.«

Baltasar zog die Brauen hoch. »Interessant. Berichte mal.«

»Also, paß auf. Wir sind auf den Hügel gefahren. Kleinsiepes Wagen stand da rum. Auf Klingeln hat keiner geöffnet. Im Haus, meine ich. Wir haben von Morkens aus telefoniert, das heißt, der Kommissar.«

Baltasar hob die Hand. »Moment. Wer war bei Morkens zu Hause?«

»Nur die Mutter, Frau Morken. – Der Kommissar hat bei der Post angerufen. Dort haben sie ihm gesagt, Kleinsiepe sei seit Donnerstag krank. Dann hat er bei Frau Kleinsiepe angerufen, in ihrem Ministerium. Sie möchte sofort nach Hause kommen. Sie war ungefähr zwanzig Minuten später da. Hat zwar zuerst dumm geguckt, aber schließlich hat sie die Tür aufgemacht. Oben, im Wohnzimmer, lag Kleinsiepe und war hinüber. Auf dem Tisch lag ein Brief.«

Moritz grinste triumphierend und holte ein Stück Papier aus der Tasche. Er entfaltete es und reichte es Baltasar. »Ich habe«, sagte er stolz, »im Büro des Kommissars in einer hektischen Minute eine Kopie geklaut.«

Wir beugten uns über das Papier. Wir lasen.

›Am Mittwoch, nach dem Theater, habe ich Barbara Grossek abgepaßt. Ich war schon lange in sie verschossen, und sie hat mich immer aufgereizt. Wir sind in den Kottenforst gefahren; dort wollte ich sie zwischennehmen. Ich habe nichts zustande gebracht. Sie hat mich verhöhnt. Da erschoß ich sie.‹

Die Schrift war nicht ganz sicher, die drei letzten Wörter waren ziemlich verkrakelt.

Baltasar nickte langsam. »Erzähl weiter«, sagte er.

Moritz räusperte sich. »Na, die Kleinsiepe hat 'nen hysterischen Anfall gekriegt, nicht ganz unverständlich bei dem Anblick. Der Kommissar hat ihr nur noch den Zettel hingehalten und sie gefragt, ob das die Schrift von ihrem Mann sei. Sie hat genickt, das war's eigentlich schon. Dann haben sie noch den Wagen aufgemacht; im Kofferraum war Blut. So viel zu deiner Theorie, Matzbach.«

Baltasar schwieg und dachte offensichtlich nach, jedenfalls wackelten seine Ohren. Dann griff er zum Telefon und rief den Kommissar an.

Dem Gespräch, beziehungsweise der hörbaren Hälfte, entnahmen wir, daß der Kommissar den Fall damit als beendet ansah. Ein Mörder, ein Geständnis – was will man mehr? Baltasar bedankte sich und legte auf.

»Trottel«, sagte er erbost. »Ihr seid auch Trottel. Ich will euch noch zwei Dinge zu knacken geben, ehe ich nach Wesel fahre. Ah, vorher noch eine Frage, Moritz. Wo ist Frau Kleinsiepe jetzt?«

»Der Polizeiarzt hat ihr ein Beruhigungsmittel gegeben; sie ist jetzt bei Pallenberg. Die Lorenz ist montags zu Hause.«

Baltasar rümpfte die Nase. »Na fein«, sagte er, »Also, ihr zwei Schwachköpfe, folgendes: Wo arbeitet Frau Kleinsiepe?«

Ich übernahm die Antwort. »In einem dieser widerlichen Kästen an der B 9, Höhe Friesdorf. Was ist das, Justizministerium? Jedenfalls da unten.«

»Okay. Wollen wir wetten, daß ihr Schreibtisch vor einem Fenster steht, das nach Westen geht, zur B 9 und zur Bahn hin? – Zweiter Punkt. Ich habe gestern einen netten Sonntag mit der Auswertung der Fragebögen gehabt. Vielleicht solltet ihr zwei euch die Dinger auch noch mal ansehen.«

Er stand auf, betrachtete uns mißmutig und ging zur Tür. »Ich fahre jetzt, ich kann euch nicht mehr sehen. Zieht alles hinter euch zu, wenn ihr diese heiligen Hallen verlaßt. Cheerio.«

Moritz schaute mich an. »Was geht hier eigentlich vor? Was will er in Wesel?«

Ich zeigte ihm den Brief der alten Dame; Moritz seufzte.

»Das wird ja immer komplizierter. Was ist denn das wieder für eine Geschichte? Liegt etwa noch irgendwo eine Leiche rum?«

Ich winkte ab. »Das kann sein, wird sich aber finden, oder auch nicht. Was mich interessiert, ist, was Matzbach nun schon wieder entdeckt hat.«

Ich fischte aus dem Stapel den von Kleinsiepe ausgefüllten Bogen. Wir beugten uns über ihn und verglichen ihn mit dem Geständnis.

»Na ja«, sagte Moritz, »sein Schlußbrief ist ein bißchen verkrakelt, aber dafür muß man Verständnis haben. Wenn man sich gleich 'ne Kugel durch den Kopf schießen will, ist für Schönschrift ein ungünstiger Moment. – Was hat sich Baltasar da bloß für Sätze ausgedacht!«

Ich verglich. Die Schrift war eindeutig die gleiche. Kleinsiepe hatte beim Diktat einige Fehler gemacht, die im Geständnis nicht auftauchten, obwohl die Wörter ähnlich waren. Ansonsten konnte ich nichts entdecken. Und die Schreibfehler beziehungsweise das Vermeiden der gleichen Fehler konnten einfach daran liegen, daß er sich nach dem Diktat hingesetzt hatte, um festzustellen, wie manche Wörter denn nun tatsächlich geschrieben wurden. Jedenfalls war das meine Erklärung.

Moritz schlug sich plötzlich vor den Kopf. »Ah«, sagte er, »jetzt weiß ich, worauf er mit dem Schreibtisch hinaus will.«

Das wußte ich auch, aber es brachte mich nicht wesentlich weiter.

»Das ist klar«, sagte ich. »Wenn ihr Schreibtisch so steht, daß sie nach Westen aus dem Fenster sehen kann, kann sie vielleicht den Bahndamm sehen. Sie wird aus der Entfernung bestimmt keine Einzelheiten sehen können, aber wenn man etwa davon ausginge, daß sie weiß, wo die Leiche gelegen hat, könnte sie auf jeden Fall sehen, wenn an der Stelle größere Dinge stattfinden, Polizeiaufläufe zum Beispiel.«

»Das heißt«, sagte Moritz nachdenklich, »sie könnte zum Beispiel telefonieren und irgendwem sagen, Barbara Grossek ist gefunden worden.«

»Ja«, sagte ich. »Ihrem Mann, zum Beispiel. Männe, das Spiel ist aus, mach Schluß. Oder Baltasars mysteriösem Drahtzieher. Dem Bescheid sagen, daß man die Leiche gefunden hat, und der geht zu Kleinsiepe, zwingt ihn, den Brief zu schreiben, und schießt ihm eine Kugel in den Mund.«

Moritz nickte. »So könnte es gewesen sein. Das Geständnis ist unwahrscheinlich. Oder glaubst du etwa ...?«

»Nee. Kann kaum sein. Kleinsiepe war auf seine Frau wahnsinnig eifersüchtig. Selbst, wenn er sich für ihre vielen Eskapaden revanchieren will, wird er deswegen kaum die Nachbarstochter nehmen und sie schon gar nicht erschießen, bloß weil er keinen hochkriegt. Und sie wäre bestimmt nicht gerade mit ihm in den Kottenforst gefahren.«

»Also«, sagte Moritz düster, »hat Baltasar mal wieder recht. Bloß kann das keiner beweisen, und die Polizei ist mit der Geschichte zufrieden, so wie sie ist. Nein, wie sie aussieht. Was hat Matzbach bloß noch alles in dem Geständnis gesehen?«

Wir zerbrachen uns den Kopf, kamen aber zu keinem Ergebnis. Schließlich vertagten wir uns auf den nächsten Morgen.

10

Ich verbrachte einen angenehmen Abend im Hause Binder, in Gesellschaft von Mutter und Tochter. Evelyn war ein wenig darüber enttäuscht, daß es ihr bisher nicht gelungen war, durch vorsichtige Fragen aus ihrer Freundin Iris Morken etwas herauszubekommen. Wir versuchten, sie mit dem Hinweis zu trösten, daß Iris wahrscheinlich nichts wüßte; für Evelyn war es jedenfalls nicht sehr erfreulich, ihre Freundin verdächtigen zu müssen, im Besitz eines finsteren Geheimnisses zu sein, und ebenso unerfreulich, nicht dahinter zu kommen.

Meine Hoffnung, daß Baltasar vielleicht im Verlauf des Abends auftauchen und Neuigkeiten verbreiten würde, erfüllten sich nicht. Gegen Mitternacht fuhren wir nach Hause.

Am nächsten Morgen tauchte Moritz nicht auf; er rief nur kurz an.

»Nix Neues«, sagte er, »ich bin unterwegs. Ich melde mich vielleicht am Nachmittag.«

Ich muß gestehen, daß mir die ganze Sache immer unheimlicher wurde.

Erstens ist es etwas anderes, ob man einen Krimi liest, in dem irgendwelche Leute umgebracht werden, die es nur auf Papier gibt, und in dem Verbrecher in Umlauf sind, deren Wirklichkeit sich auf Wörter beschränkt, oder ob plötzlich um einen herum tatsächlich Schüsse fallen, selbst wenn man sie nicht hört. Zweitens macht es einen Unterschied, ob man ein hartgesottener Detektiv ist oder ein nur zufällig über solche Dinge stolpernder Zivilist. Und drittens beschäftigte mich die Angelegenheit so sehr, daß ich kaum dazu kam, an etwas anderes zu denken oder etwas anderes zu tun; dabei hatte ich genug anderes zu erledigen, schließlich ist mein Vorrat an freier Zeit auch nicht unbegrenzt, und manchmal muß ich Geld verdienen, damit ich Baltasar zum Kaffee einladen kann.

Ich konnte wirklich nicht ahnen, daß noch am selben Tag, an diesem Dienstag, an den ich vermutlich bis an mein Lebensende denken werde, alle offenen Fragen geklärt wurden und einige Leute, darunter auch ich, von einem nicht unerklärlichen Gruseln befallen wurden.

Nachmittags tauchte Matzbach auf. Er war fröhlich und guter Dinge, und er brachte einen Stoß Papier mit.

»Also«, sagte er, nachdem er den ersten Schluck Kaffee absorbiert hatte, »ich habe Post bekommen.«

»So, so«, sagte ich, »wer schreibt dir denn?«

Er hörte nicht hin. »Außerdem«, knurrte er, »habe ich was gelesen.«

»Nein, sag bloß. Du gibst dich ausgesucht verfeinerten Genüssen hin, neuerdings.«

Er blähte einen Moment die Wangen auf. »Halt doch mal dein Maul.« Dann zog er die Fotokopie eines alten Zeitungsartikels aus dem Papierstapel.

»Hier«, sagte er kommandofroh, »lies das!«

Ich las. Es war ein Ausschnitt beziehungsweise die Kopie eines Ausschnitts einer Zeitung aus dem deutschsprachigen Randgebiet des weiland Protektorats Böhmen und Mähren. Darin stand zu lesen, daß sich im Wald von Z., in der Nähe des kleinen Krankenhauses, eine blutige Tragödie abgespielt habe. Zwei ehemalige Ostfrontsoldaten, die beide schwer verwundet worden waren und langsam wieder genasen, die beide aus der Nähe stammten, hatten sich auf einer ärztlich verordneten Wanderung befunden. Der eine von beiden, Klaus B., habe seit seiner schweren Kopfverletzung die Sinne nicht wieder in der richtigen Reihenfolge zur Verfügung; er sei verwirrt, gänzlich abwesend, unfähig zu den einfachsten Handlungen, unfähig auch zur Sprache, aber harmlos. Der andere sei von mehreren schweren Bauchoperationen genesen und kümmere sich ein wenig um seinen Kameraden. Franz R. tue dies – habe dies getan –, da die Ärzte es für möglich hielten, daß sich bei Bewegung und Verrichtung normaler Tätigkeiten der Geisteszustand des Klaus B. wieder bessere.

Der Bericht war richtig schön dramatisch aufgebaut. Nach dem armen Versehrten und dem aufopfernden Kameraden kam nun eine heimatduselige Schilderung des Waldes und des zarten Emil M., Sohn des rechtschaffenen Pflegers im Krankenhaus, welch zartes Knäblein am nämlichen Tage im Wald zu lustwandeln sich nicht enthalten mochte. Den Knaben sehend, zerbrach in Franz R. alles, was den deutschen Soldaten sonst stählt, und er entbrannte, o Opfer seines armen Geschicks, gedrückt von der Last der Entbehrungen ob des Vaterlands und einer russischen Kugel, entbrannte also jäh in heftigem Verlangen nach diesem Knäblein. Er ließ seinen Kameraden Klaus B. hilflos stehen und stürzte sich auf den zarten Emil M., diesem ein Leides zu tun. Von dem Gezeter und Gemenge drang mancher Laut in die Waldestiefen, und nahe bei dem verruchten Orte erraffte sich Alfred A., der zufällig anwesende Bruder des Arztes Arno A., dem leidenden Sohn des Pflegers in seines Bruders Hospital beizustehen. Doch vernehmet, denn es kömmet schlimmer. Bei Näherung des Alfred A., der seinen machtvollen Schritt mit machtvollem Rufen mehrte, zog der entfesselte Soldat ein Terzerol aus seinem Busen (vermutlich eine 08) und erschoß den mutigen Retter. Dann erging er sich weiter an dem Knaben. Der Schuß alarmierte nun den Vater des Jungen und den Arzt, die unter Zu-Hülfe-Nahme eines Jagdgewehres den Schauplatz erstrebten und dort nämliches grauses Bild erspähten. Da der Soldat alsbald abermals zum Pistol faßte, erschoß der Vater den sich an seinem Sohne labenden Wüstling.

Den armen verwirrten Kämpfer nahmen sie mit ins Krankenhaus, wo sie ihn pfleglich behandelten, bis die Polizei ihn und die zweierlei Leichname zu holen kam.

»Mann«, sagte ich bewundernd, »das ist ja eine Postille! Wo hast du die denn aufgetrieben?«

Baltasar zuckte mit den Schultern. »Ach«, sagte er, »jede Landsmannschaft hat ihr Archiv, und außerdem gibt es noch eine ganze Reihe anderer Archive und Bibliotheken ... Damit ist der gelegentliche Nutzwert der Landsmannschaften augenfällig, nicht wahr?«

Ich sprach ihm meine tiefe Bewunderung aus. »Aber was willst du damit anfangen?«

Er hob die Hand. »Das ist noch nicht alles.«

Eine der angeschriebenen Institutionen hatte ihm geantwortet. Dem Schreiben zufolge müsse sein vermißter Onkel Klaus Brockmann keinesfalls als vermißt gelten, denn er sei nicht vermißt. (»Aha«, sagte ich, »der Stil der Gazette gefällt mir viel besser als das hier.«) Dieser habe nämlich 1944 an der Ostfront eine Kopfverletzung erlitten, sei zunächst im Lazarett A., später im Hospital B. behandelt worden, wobei man ihm eine kleine Silberplatte in den Schädel setzte, und anschließend in die Heimat entlassen worden, allerdings unter Aufsicht, da eine gewisse Verwirrung nicht abgeklungen sei. Man könne allerdings nicht ausschließen, daß er in den Wirren bei Kriegsende umgekommen sei; ebenso möglich sei aber eine gelungene Flucht in den Westen. Diese Frage möchte man noch einer anderen Stelle stellen, und zwar ... Mit freundlicher Hochachtung sowie vorzügl. Grüßen.

»Mensch«, sagte ich begeistert, »das ist schon toll. Aber typisch. Am Schluß hatten sie nichts mehr zu essen und keine Munition, aber die medizinischen Akten, die haben sie aufgehoben. Wahnsinn!«

»Was machst du aus der Sache?« fragte er.

Ich seufzte. »Baltasar, du hast schon wieder diesen ekelhaften sokratischen Tonfall. Was mach' ich aus der Geschichte? Tja, eine wilde Geschichte.«

»Ist das alles?«

»Ich weiß mal wieder nicht, worauf du hinauswillst.«

»Du Dummerchen.« Baltasar blickte mich mitleidig an.

Ich gab mir einen Ruck. »Was stört dich an der Sache? Daß ein entlassener Soldat im Wald einen Jungen anfällt? Okay, das klingt ein bißchen wild; wahrscheinlich hätte er nicht unbedingt bis in den Wald gehen müssen – aber es ist nicht unmöglich. Auch die anschließende Ballerei ist ziemlich wild, aber möglich.«

Baltasar ächzte. »Ich sehe schon«, sagte er traurig, »die Mitarbeit meiner Freunde erschöpft sich. Sie verschaffen mir Daten, die auszuwerten sie zu dumm sind, und wenn ich Daten herbeischaffe, vernebeln die lieben Kerlchen mit ihrem Geschwätz den Kosmos. Idiot!« brüllte er, »wie ist das mit der Psychologie, du Denkferkel?«

Ich wehrte ab. »Ich betrachte mich«, sagte ich kühl, »als deinen Korrektor. Des Erfindens unendlich verwickelter Theorien ist dein Kopf beeindruckend fähig; das gebe ich gern zu. Mein Job dabei, wenn du es so platt sehen willst, ist der

Einwand. Ich bin der Äußerer vernünftiger Einwände.«

»Ha, ha, ha«, machte Baltasar. »Vernünftige Einwände! Du brichst mir das Zwerchfell.« Er sah mich zweifelnd an.

»Ich gebe zu«, sagte ich, indem ich fortfuhr, als hätte ich seinen Ausbruch nicht gehört, »daß ich manchmal das Gefühl habe, du zählst zwei und zwei zusammen und erhältst sechs. Das kann durchaus daran liegen, daß du noch irgendwo eine dritte Zwei siehst, die mir verborgen ist. Ich gehe aber einfach davon aus, daß du dir in den Kopf gesetzt hast, ein bedeutender Kriminalist zu sein. Und wie ich dich kenne, du Universaldilletant, wird es dir früher oder später gelingen. Dann werde ich den Hut vor dir ziehen und ergriffen schweigen. Bis dahin, Freund, erlaube, daß ich dir die ganz dämlichen Fragen stelle oder Antworten gebe, die dir der geschätzte Kommissar Ziegler vielleicht auch gäbe, wenn du ihm den Zirkus auftischtest.«

Baltasar grinste. »Weiß ich doch«, sagte er überraschend freundlich, »aber mach trotzdem mal weiter.«

Ich mußte ebenfalls grinsen. »Na gut. Also, ich sehe ein gewisses Problem. Wenn jemand so völlig unkontrolliert auf Knaben abfährt, dann erscheint es mir unwahrscheinlich, daß er dies erst in vorgerückten Jahren bei einem Spaziergang in einem Wald entdeckt.«

Baltasar nickte und hob stumm den Daumen für Erstens.

»Zweitens«, sagte ich, »bin ich kein Mediziner, aber es erscheint mir als ungewöhnlich, daß jemand, der eine oder mehrere schwere Bauchoperationen hinter sich hat, in einem unbequemen Wald Gewalt gegen einen, wie wir gehört haben, kräftigen Knaben anwendet. Der Morken war ja wohl nicht so zart, wie die Postille ihn macht. Drittens: Selbst wenn die beiden ersten Punkte nicht so sind, wie ich sie jetzt sehe, bleibt das Problem des verwirrten Kameraden. Die Ärzte werden dem Soldaten wahrscheinlich gesagt haben, gehen Sie mit dem Kameraden spazieren, im Moment ist er blöd, aber harmlos, und vielleicht kommt er in der gewohnten Umgebung seiner Kindheit wieder zu sich. Dann kann ich mir nicht vorstellen, daß jemand vor den Augen eines Kumpels, der sich vielleicht eines

Tages daran wird erinnern können, wenn er wieder normal ist, fremde Knäblein vergewaltigt. Viertens: Selbst wenn es so wäre, wenn er sich also unter den obwaltenden Umständen auf den Jungen stürzt, kann ich mir nicht vorstellen, daß er den herbeieilenden Alfred Ahrenborn erschießt und anschließend weitermacht, einfach so. Er muß doch genau wissen, daß der Schuß gehört wird – also wird er die Beine in die Hand nehmen.«

Baltasar strahlte mich an. »Siehst du«, sagte er, »es geht ja doch. Und fünftens?« Er reckte den kleinen Finger der Rechten provozierend gen Himmel.

»Nun«, sage ich, »fünftens müssen die beiden Soldaten irgendwo in der Nähe untergebracht gewesen sein, da sie zu Fuß durch den Wald marschiert sind. Wenn sie schon länger da waren, dürfte der Betreffende gewußt haben, daß da ein Krankenhaus in der Nähe ist, daß man ihn hören wird, und daß der Junge wahrscheinlich zu dem Krankenhaus gehört.«

Baltasar nickte und schwieg.

»Du meinst«, fragte ich, »daß dieser verwirrte Klaus B. deine Zahnbürsten-Haselmaus Brockmann ist?«

Baltasar hob die Schultern. »Sieht so aus«, sagte er. »Brockmann hatte eine Kopfverletzung, war verwirrt und wurde ›unter Aufsicht‹ oder wie das da heißt, in seine Heimat entlassen. Er stammt aus einem Kaff, das vielleicht zwanzig Kilometer von dem Krankenhaus entfernt ist. Ich halte die Wahrscheinlichkeit für gering, daß da zur gleichen Zeit viele Klaus B.s mit Kopfverletzungen und geistiger Verwirrung rumgelaufen sind.«

Er stand auf und begann, auf und ab zu gehen. »Ich hab' da noch eine andere These«, sagte er.

»Schieß los!«

»Paß mal auf: Wir wissen nicht viel über Ahrenborns Bruder, außer, daß er Gestapo-Mann war. Und wir haben keine Möglichkeit, festzustellen, ob man Pistolenschüsse, die in dem Wald abgefeuert wurden, im abgebrannten Krankenhaus hätte hören können. Im, wohlgemerkt. Glaub ich nämlich fast nicht. Nehmen wir an, sie – Ahrenborn und Morken – wären draußen gewesen. Zum Beispiel« – sagte er gedehnt – »am Krematorium.

Spielt keine Rolle, was sie da tun, wir haben auch da nur Vermutungen. Nehmen wir nun an, plötzlich tauchen die beiden ehemaligen Soldaten auf und sehen etwas, was sie nicht sehen sollen. Unser Professor, das wissen wir, ist eiskalt. Der wußte vierundvierzig längst, daß das Reich nicht mehr lange existieren würde, und daß er in einem nachfolgenden Staat nur dann sinnvoll würde leben können, wenn er eine weiße Weste hatte. Vielleicht hat auch Morken die ganze Sache ausgetüftelt, denn der soll ja von beiden der dominierendere Partner gewesen sein. Ahrenborn ist nie in der Partei gewesen; wahrscheinlich reichte ein Bruder bei der Gestapo. Nun nehmen wir mal folgendes an.«

Er machte eine Pause, schüttelte den Kopf und sagte: »Es klingt alles ziemlich an den Haaren herbeigezogen, und wahrscheinlich stimmt es nicht, aber nehmen wir's mal an. – Also, Ahrenborn und Morken kalkulieren: Früher oder später bricht alles zusammen, dann sitzen wir hier vielleicht nicht mehr in Deutsch-Böhmen, sondern in der Tschechei oder wie immer der Staat dann heißen mag. Wir können also sowieso nicht bleiben. Wohin? Von der einen Seite kommen die Russen, von der anderen die Amerikaner und Engländer. Logischerweise lieber nach Westen abhauen; wir kennen zu viele ehemalige russische Kriegsgefangene ... Bruder Alfred ist ein mittelhohes Tier bei der Gestapo und wahrscheinlich ›überzeugt‹. Wenn er überlebt, könnte er hinterher irgendwann den Mund aufmachen, und er weiß genau, was wir hier in den letzten Jahren gemacht haben. Irgendeine Form von gerichtlichem Nachspiel dürfte die braune Epoche auf jeden Fall haben, sei es seitens der Kriegssieger, sei es seitens eines Nachfolgestaats. Also – Bruder Alfred muß weg.«

»Meinst du, Ahrenborn wäre ausreichend kalt für einen Brudermord?«

Baltasar sah mich strafend an. »Wenn ich mir ansehe, was er mit seiner Frau und seiner Tochter gemacht hat, und mit seinem Pflegesohn, und wahrscheinlich mit Morken, und noch mit ein paar anderen, dann trau' ich ihm alles zu. Und vergiß nicht die russischen Gefangenen! – Weiter. Also, Bruder Alfred muß weg. Vielleicht, wie gesagt, stammt die Überlegung von Morken, der ja bis über die Kiemen mit in die Geschichte verwickelt war. Vielleicht hatten die beiden sich das schon lange überlegt und nur auf eine unauffällige Gelegenheit gewartet. Jetzt tauchen also plötzlich die beiden Soldaten auf. Vielleicht haben sie was gesehen, vielleicht aber auch nicht; jedenfalls beschließen Ahrenborn und Morken: das ist die Gelegenheit. Sie legen Bruder Alfred und den einen der beiden Soldaten um und denken sich die passende Geschichte dazu aus. Söhnchen Emil durfte vielleicht ein Gewehr halten, damit er auch mitspielt, oder« – er verzog das Gesicht – »er durfte sogar selbst schießen.«

»Du solltest«, sagte ich, »Gruselgeschichten schreiben – aber du hast was vergessen. Wieso legen sie nicht auch den zweiten Soldaten um?«

»Ah«, sagte Baltasar, »das ist doch offensichtlich. Ahrenborn ist Arzt, wie gut oder schlecht auch immer. Er hat mit einiger Sicherheit sehr schnell gesehen, daß der andere ein harmloser Idiot ist, zumindest zu dem Zeitpunkt, und daß man ihn in keine blutrünstige Geschichte tätig einbauen kann. Und eine verirrte Kugel, die den verwirrten Zuschauer zufällig trifft, würde die Geschichte belasten. Sie wäre ein Moment des Zweifels, denke ich. Anders herum, so wie es gewesen sein könnte, ist der arme Verwundete natürlich ein tolles Argument und ein Geschenk des Himmels. Er macht die Geschichte glaubwürdig.«

Ich lachte. »Für dich vielleicht«, sagte ich, »du hättest Friseur oder Perückenmacher werden sollen. Ich kenne keinen, der so viele einzelne Haare ohne Wurzeln aus der Luft herbeiziehen und zu einem so sinnlosen Netz verknüpfen kann. Wem willst du das erzählen? Oder gar beweisen?«

Baltasar setzte sich wieder. »Tja«, sagte er, »das ist richtig. Aber« – er richtete sich auf und wölbte die Brust – »man muß der fortschreitenden Entvölkerung des Millionenhügels Einhalt gebieten.«

»Wieso? Wir sind uns doch alle einig darüber, daß der Globus allzu dicht bevölkert ist.«

Baltasar hustete. »Wohl, wohl. Ich bin aber eher für Zurückhaltung bei der Zeugung. – Burger angeschossen; Barbara Grossek erschossen; Kleinsiepe erschossen; Brockmann ist ohne jeden Zweifel ebenfalls da oben ums Leben gekommen. Und Pistorius ist tot.«

Ich war erschlagen. »Woher weißt du das, oder willst das wissen? Hast du in Wesel etwas Neues erfahren?«

Baltasar schüttelte den Kopf. »Nein. Ich hab nichts Neues erfahren, aber sehr scharf nachgedacht. Das heißt, ich hab schon was Neues erfahren, aus einem der Briefe, die Pistorius an die alte Dame geschrieben hat.«

Er wühlte in seinem Papierhaufen und hielt mir einen Brief vor die Nase, danach einen weiteren.

»Hier«, sagte er, »schreibt Pistorius, er hätte einen interessanten Menschen kennengelernt. ›Den ehemaligen Buchhalter meines Nachbarn Pallenberg, du weißt, der Bauunternehmer.‹ Der Buchhalter ist einundsechzig und arbeitet nicht mehr. Er fährt manchmal ins Kasino nach Bad Neuenahr. Rente bezieht er offenbar noch nicht. ›Ich möchte wissen, wovon er lebt.‹ Der Brief ist ungefähr zwei Monate alt. Im nächsten heißt es, vor etwas sieben Wochen: ›Ich habe den Buchhalter, von dem ich Dir neulich geschrieben habe, eingeladen. Er kann sehr amüsant plaudern. Nach einer halben Flasche Cognac fing er an, mir sehr interessante Geschichten zu erzählen. Davon demnächst mehr.«

Baltasar machte eine Pause.

»Ich war gesten abend noch bei Moritz. Ihm ist eine Idee gekommen, beziehungsweise, er hat sich dunkel an etwas erinnert. Wir sind dann in seine Redaktion gefahren, nachts, und haben die Zeitungen der letzten Monate durchgeblättert.« Er schob mir zwei Fotokopien hin. Es handelte sich um kurze Meldungen. ›Offensichtlich unter Alkoholeinfluß versuchte gestern nacht der 61jährige Albert W. aus Bad Godesberg, die Fahrbahn der Konrad-Adenauer-Brücke oberhalb der Rheinaue zu überqueren. Gegen 1 Uhr morgens wurde er von einem unbekannten Wagen erfaßt und gegen das Geländer geschleudert. Albert W. war sofort tot. Er hinterläßt keine nahen Verwandten. Eventuelle Zeugen werden gebeten, sich bei der Polizei zu melden.

Ich blickte auf. »Ist das der Buchhalter?«

Baltasar nickte. »Lies weiter«, sagte er.

Der andere Artikel war noch kürzer.

›Gegen 1 Uhr nachts wurden die Anwohner der Reichsstraße am Ortsausgang Röttgen, Richtung Meckenheim, unsanft aus dem Schlaf gerissen. Ein in Richtung Meckenheim fahrender Wagen war von der Fahrbahn abgekommen und frontal gegen einen Baum gefahren. Der Polizei, die gegen 1 Uhr 20 erschien, erklärte der Fahrer, der 49jährige Karl P. aus Bad Godesberg, er habe einem Reh ausweichen wollen. Der Unfallwagen hat nur noch Schrottwert.‹

Ich nickte nachdenklich. »Richtig. Pallenberg hat mir was über seinen neuen Wagen und einen Unfall erzählt. – Soll ich mir das jetzt wieder zusammenreimen?«

Baltasar nickte ebenfalls und hob dozierend den Finger. »Und«, sagte der hoheitsvoll, »vergiß nicht: die unwahrscheinlichen Zufälle sind immer mit mir, nie gegen mich!«

Ich überlegte laut.

»Wovon lebt dieser Buchhalter, wenn er nicht arbeitet und keine Rente bezieht, aber gelegentlich nach Neuenahr ins Kasino fährt? Hat er ein System? Und was für interessante Geschichten hat er Pistorius erzählt? Hat vielleicht mal wieder jemand gelauscht? Kleinsiepes wohnen im selben Haus ... Nehmen wir an, Pallenberg hat mal etwas Böses getan. Der Buchhalter hat davon erfahren. Er erpreßt Pallenberg. Pallenberg zahlt; damit überbrückt der Buchhalter die Zeit bis zur Rente. Vielleicht hat er zuviel verspielt und will mehr. Pallenberg hat die Nase voll. Außerdem erfährt er irgendwie, daß sein lieber, alter Kumpel angefangen hat zu tratschen. Also lädt er ihn zu einem Umtrunk ein, fährt ihn auf die Adenauer-Brücke, zwingt ihn auszusteigen und überfährt ihn. So ungefähr?«

Baltasar klopfte auf den Tisch. »So ungefähr! Na, was meinste?«

»Du spinnst. Wir sind doch nicht in Chicago zur Prohibition. Außerdem: Wie kommt Pallenberg dann so schnell nach Röttgen?«

Baltasar betrachtete mich mißmutig. »Wir sind in Bonn im Jahre neunzehnhundertachtzig, das ist viel schlimmer. Und die Fahrt nach Röttgen spielt überhaupt keine Rolle. Die Leiche wurde, steht hier, gegen ein Uhr gefunden. Wenn dieser Albert W. schon länger tot gewesen wäre, hätte es im Bericht gestanden. Er muß also noch warm gewesen sein. Der Unfall in Röttgen war ebenfalls gegen eins, und die Polizei kam um ein Uhr zwanzig. Laß den Unfall um zehn nach eins passiert sein und den Mord auf der Brücke um zehn vor eins. In zwanzig Minuten bin ich nachts dreimal von der Adenauer-Brücke in Röttgen.«

»Baltasar«, sagte ich händeringend, »wem willst du diesen hanebüchenen Unsinn erzählen? Die Polizei will Beweise, und du kannst ja wohl kaum vorhaben, du ungeheuer loyaler Staatsbürger, die Gesetze eigenhändig zu verteidigen, oder?«

»Nein«, sagte er, »keineswegs.«

Er wirkte irgendwie unheimlich selbstzufrieden.

»Was willst du denn dann?« fragte ich. »Dir und mir demonstrieren, daß die Republik so finster ist, wie du immer behauptest, oder was?«

»Nein«, sagte er, »keineswegs.«

»Nein, keineswegs, nein, keineswegs«, sagte ich erbost. »Was denn? Was soll der Zirkus?«

Er kicherte. »Du kannst dich ja richtig echauffieren, Jungchen. Toll! Sag mal: wenn du einen überfährst ...«

»Tu ich nur manchmal; ich bin ja nicht du.«

»Psst. Also, falls du einen überführest, und du stelltest fest, an deinem Auto seien Kratzer, Dellen, Blutspuren – was machst du?«

»Waschen.«

»Damit kriegst du die Kratzer und Dellen nicht weg.«

»Ich würde«, sagte ich laut, »*mich* waschen und zur Polizei gehen.«

»Ah, bah. Du kannst nicht zur Polizei gehen. Was machst du?«

Ich war verstockt. »Nach Rußland emigrieren und Dissidenten überfahren.«

Baltasar seufzte resigniert. Eindringlicher sagte er: »Wenn du dieses Totfahren geplant hast, hast du dir auch vorher überlegt, daß du Spuren beseitigen mußt. Ist dir das notfalls dein Auto wert?«

Ich dachte an meine Rostlaube. »Immer.«

»Okay. Was denkst du über einen absichtlichen Unfall mit einer plausiblen Ausrede? An einer Stelle, wo solche Unfälle häufiger passieren, und die weit genug von dem Ort entfernt ist, an dem du deinen Kumpel überfahren hast?«

Ich gab ihm zweifach recht. »Erstens ist es möglich. Zweitens werde ich es genau so machen, wenn du mir weiter in dieser Form auf die Erbse gehst.«

Er lachte. »A propos Erbse«, sagte er dann. »Ich habe ja ein paar Gründe gehabt, als ich dich diese Umfrage machen ließ, mit den schönen Sätzen von Erbsen auf der Erpeler Ley und so.«

»Aha«, sagte ich, »ich finde es ermutigend, von dir zu erfahren, daß meine Tätigkeit nicht gänzlich irrsinnig war. Was hast du dir denn gedacht?«

»Oh, Verschiedenes. Ich wollte nicht nur die Rechtschreibkenntnisse unserer Mitmenschen testen, obwohl auch dieses ein gräßliches Ergebnis gebracht hat. Ein paar Sachen waren die reine Ablenkung, einige andere nicht. Deine Eindrücke zu Reaktionen auf das Stichwort ›Voyeur‹ waren ja mager genug, aber immerhin. Viel interessanter ist das Stichwort ›Erpresser‹, in dem Erbsensatz.«

»So, so.« Ich war immer noch ungehalten. »Welche nobelpreisträchtigen linguistischen Erkenntnisse hast du denn daraus gezogen?«

Er grinste. »Schlechte Laune? Das gibt sich – sieh mal.«

Er kramte die Fragebögen aus seinem Papierberg und deutete jeweils auf die bestimmten Stellen. »Hier«, sagte er. »Das ist Frau Morken. ›... verprassen sie lieber mit einem Erpresser vom Parnass.‹«

Ich bekam schlagartig gute Laune. »Du kannst dich«, sagte ich freundlich, »bei mir bedanken. Ich hab' mir natürlich gedacht, daß du mit dem ›Erpresser‹ etwas beabsichtigst. Deswegen habe ich in allen Fällen geschickt diktiert, damit es auch wirkt.«

»Das«, sagte er, »hatte ich gehofft. Wie hast du diktiert?«

»Nun, ganz einfach: ›... verprassen sie lieber mit einem‹, Pause, dann, wenn die Kandidaten ›einem‹ geschrieben hatten, weiter ›... Erpresser vom Parnass‹.«

»Brillant, Watson«, sagte er. »Meine Überlegung war, wie du wohl inzwischen rausgekriegt hast, daß da etwas mit Monete und Pressionen im Gang war. Also, dachte ich in meinem klugen Kopf, bau dir ein Spiel zusammen, das so glaubwürdig ist, daß sie es wirklich für ein Spiel halten. Dann leg eine Mine an eine Stelle, an der bestimmt niemand mehr eine erwartet, weil alle sich über den Satz amüsieren oder nachzählen, ob sie auch überall genug ›s‹ geschrieben haben. Hier, Frau Morken: der Wortabstand zwischen ›einem‹ und ›Erpresser‹ ist wesentlich größer als zwischen allen anderen Wörtern. Das große E ist verkrakelt, das r völlig verunglückt. Im übrigen hat sie eine saubere, gut ausgeschriebene Schrift.«

Er blätterte weiter. »Herr Kleinsiepe, Gott hab' ihn selig. Eine schlimme Kinderschrift. Komisch, wie viele Erwachsene nie eine ausgeprägte Schrift bekommen.«

»Besser«, sagte ich, »eine leserliche Kinderschrift als deine Charakterklaue.«

»Wie?« fragte er empört. »Ich habe eine schöne Schrift!«

»Ja«, sagte ich, »wenn man einem hinkenden Känguruh Tinte unter die Füße schmiert, sieht das hinterher so aus wie deine Schrift.«

Er überhörte es. »Kleinsiepe hatte Probleme mit seinen ›s‹, ›ss‹ und ›ß‹, wie man sieht – hier, ›verpraßen‹, zum Beispiel. Den ›Erpresser‹ hat er richtig geschrieben., Aber das ist, in seinem ganzen Diktat, immerhin diese komplette Din-A-4-Seite, das einzige Mal, daß er etwas durchgestrichen hat, und zwar heftig.«

Tatsächlich war nach ›Erp‹ der erste Schriftzug abgebrochen;

er hatte die drei Buchstaben dann dick durchgestrichen und neu begonnen.

»Weiter. Burger. Typische beamtete Steilschrift. Er hat sich ganz gut unter Kontrolle. Siehst du was?«

Ich sah den Satz aufmerksam durch. Kein Krakeln, kein Streichen, aber –

»Hier«, sagte ich aufgeregt; es begann mich zu packen. »Vergleich mal ›Erbse‹, ›Erpeler‹ und ›Erpresser‹. Bei den beiden ersten Wörtern sind ›E‹ und ›r‹ verbunden; bei ›Erpresser‹ ist das ›r‹ ein klein bißchen abgespalten, so, als ob er da neu angesetzt hätte.«

Baltasar klopfte mir auf die Schulter. »Und hier Pallenberg. Der ist offenbar richtig zusammengezuckt. Er schreibt zwar nicht schön, aber leserlich und gerade. Nur der ›Erpresser‹ sackt nach dem ›E‹ unter die Schreiblinie. Das ist das einzige Wort auf der ganzen großen Seite.«

Er lehnt sich triumphierend zurück. »Na?«

»Sehr schön, Baltasar«, sagte ich. »Aber was beweist das?«

Er knurrte. »Du immer mit deinen administrativen Einwänden.«

Ich grinste. »Hast du sonst noch was aus den Fragebögen entnehmen können?«

Er fischte ein paar andere aus dem Haufen. »Oh ja, reichlich. Was den ›Erpresser‹ angeht, scheinen die anderen, vor allem die Töchter, nichts zu wissen. Aber die Orthographie...! Möchte wissen, was die heute in der Schule lernen.« Kopfschüttelnd blätterte er. »Hier. Drei Handschriften in dem ganzen Haufen sind interessant.«

Ich wunderte mich, ich weiß nicht, zum wievielten Mal. »Bist du neuerdings auch unter die Graphologen gegangen?«

»Das«, sagte er bescheiden, »gehört zu meiner enzyklopädischen Bildung. – Hier, der Herr Bundestagsabgeordnete Morken. Die Schrift ist im Prinzip ausgeschrieben, hat aber einige Brüche.«

Er deutete auf drei oder vier Wörter. Dann erklärte er mir mysteriöse Zusammenhänge zwischen Schwüngen, Auf- und Abstrichen und was der Dinge mehr sind.

»Böhmische Dörfer«, sagte ich, »was soll das alles heißen?«

Er lachte. »Böhmische Dörfer ist gut, bei den Geburtsorten unserer Helden. – Kurz gesagt, der Mann ist einerseits beherrscht und ziemlich gefühllos, andererseits unsicher, so, als stünde er unter Druck.«

Er überlegte. »Kann sein«, sagte er dann langsam, »daß das eine vorübergehende Sache ist. Er hat ja im Moment Wahlkampf. Sein Listenplatz ist sicher, aber die Sache ist natürlich anstrengend. Man müßte das mit älteren Schriftproben vergleichen. Egal.«

Er nahm das nächste Blatt.

»Der Professor. Ich habe selten eine so, nein, ich muß mich verbessern, ich habe noch nie eine so völlig leere Schrift gesehen. Es gibt viele Leute, die ›drucken‹, aber die haben alle irgendwelche Charakteristika dabei, zum Beispiel zwischendurch ein geschwungenes ›e‹ oder ›l‹. Hier ist nichts. Einige Buchstaben sind zwar nicht ›gedruckt‹, sondern sogar verbunden, aber sie sagen absolut nichts aus. Das einzige, was sich der Schrift entnehmen läßt, ist, daß dieser Mann absolut kontrolliert ist, keine unbedachte Aktion startet, und immer eiskalt bleibt. Man könnte fast den Eindruck bekommen, daß er sogar an seiner Schrift gearbeitet hat, damit niemand darin etwas lesen kann.«

Er schüttelte den Kopf und legte den Bogen beiseite. Dann nahm er den dritten in die Hand und betrachtete mich aufmerksam.

Natürlich erkannte ich die Schrift, ich hatte ja gesehen, wer sie geschrieben hatte.

»Nanu«, sagte ich überrascht, »ausgerechnet die Tussi? Was ist denn an der Schrift so toll? Eine abgrundtiefe Dummheit?«

Baltasar schniefte. »Nur deine Dummheit«, sagte er unhöflich, »versetzt in der Form Berge, daß man hinterher in ein Loch fällt. – Frau Kleinsiepe hat eine ausgesprochen schwungvolle Schrift und eine einwandfreie Orthographie. Sie ist ihrem Mann weit überlegen. Hier, und hier, das sind die beiden interessantesten Züge. Sinnlichkeit und Durchsetzungsvermögen.« Er lehnte sich zurück.

Ich starrte auf den Bogen. »Na«, sagte ich zögernd, »Sinnlichkeit ist nicht sehr überraschend, denke ich. Und Durchsetzungsvermögen? Was heißt das? Daß sie alle Männer ins Bett kriegt, die sie haben will, oder was?«

Baltasar betrachtete eine Fliege, die am Fenster krabbelte. »Nee«, sagte er dabei, »sie ist clever, und es macht ihr nichts aus, daß man sie für eine dumme Tussi hält. Wahrscheinlich profitiert sie davon. Ich bin nicht sicher, ob ...«

Er sprach den Satz nicht aus. Ruckartig stand er auf und blickte auf die Uhr. »Hm«, machte er, »gleich zwölf. Kann ich mal telefonieren?«

Er wählte eine mir unbekannte, relativ kurze Nummer und ließ sich mit Kommissar Ziegler verbinden.

»Herr Ziegler?« sagte er. »Matzbach. Haben Sie ein paar Minuten Zeit? – Ja, es ist wichtig. Ich habe die nächsten beiden Leichen für Sie. – Wie? Nein, ich spinne nicht mehr als Sie. – Was? Oh, das ist sehr interessant. Es könnte natürlich sein, aber bisher hat Grossek mit meinen Leichen nichts zu tun. – Ja, natürlich, Millionenhügel. Okay. Bis gleich, Wiederhören.«

Er strahlte mich an. »So«, sagte er fröhlich, »das große Finale kann losgehen.«

»Was«, fragte ich, »ist mit Grossek los?«

»Ha, ha«, machte Baltasar, »das wüßtest du gern, wie? Also, Ziegler ist gar nicht so doof. Der hat sich doch gestern Dossiers bestellt, das hast du ja mitgekriegt, nicht wahr? Dabei hat er alle möglichen Dinge angefordert und wohl ziemlich schnell bekommen, einschließlich Zoll- und Steuersachen. Alle einzelnen Unterlagen ergeben keinen Sinn, aber zusammen wird ein Strick draus. Sie verhaften ihn gerade.«

Er schüttelte den Kopf. »Und das ein paar Tage, nee, einen Tag, nachdem er vom Tod seiner Tochter erfahren hat! Die arme Frau. – Offenbar hat Grossek erstens gestohlene Pelze angenommen, umgearbeitet und verkauft, und zweitens unter der Hand aus dunklen Quellen seltene Tierfelle bezogen und weiterverarbeitet, deren Einfuhr und Verarbeitung verboten ist, weil die Tiere unter Schutz stehen, um sie vor der Ausrottung zu retten.«

Er machte eine Pause.

»Nett«, sagte er dann, »und alles mitten im friedlichen Bonn. – Ich darf noch mal, ja?«

Diesmal rief er Ariane an. Ich wunderte mich, daß sie an einem Dienstag nicht im Büro war; hinterher erfuhr ich warum.

»Ariane? Spinn deine Fäden, und grüß mir Evelyn. Aber seid vorsichtig! Wir sehen uns wie besprochen. Bye-bye.«

»Was ist das nun wieder für eine Sache?« fragte ich. »Ich verstehe nur noch sehr wenig von dem, was sich ereignet.«

»Das«, sagte Baltasar gönnerhaft, »ist ein allgemein metaphysischer Zustand.«

Ohne weitere Bemerkungen telefonierte er abermals. Diesmal rief er in der Eifel an, bei unseren Freunden auf dem Bauernhof, und erkundigte sich nach Susanne Weber. Er sprach kurz mit ihr und bat sie, sich bereitzuhalten, ich würde sie gleich abholen.

»Wozu«, fragte ich verzweifelt, »soll ich die Weber abholen?«

Baltasar stemmte die Fäuste in seine speckigen Hüften. »Weil ich«, sagte er, »nicht warten werde, bis die nächste Leiche anfällt.«

»Aha. Nun bin ich viel klüger. Wer ist denn die nächste Leiche?«

»Oh, entweder Frau Morken oder Frau Ahrenborn oder Frau Kleinsiepe. Letztere ist zwar eine unwahrscheinliche Leiche, aber man kann nie wissen.«

»Das ist auch so ein weiser Satz, der mir bedeutende Erhellung bringt. Kannst du mir vielleicht sagen, worum es geht?«

Baltasar packte seine Papiere zusammen. »Spute dich«, sagte er grob. »Es gibt zwei Möglichkeiten. Entweder funktioniert der Kommissar, dann ist die ganze Affäre heute abend vorbei und wir werden ein Festessen veranstalten. Oder er spurt nicht, dann nehmen wir die Sache endgültig in die Hand. Ich werde ihm etwas über Pistorius, den Buchhalter, Herrn Pallenberg und einen Unfall in Böhmen berichten.« Er trat mir freundschaftlich in den Bauch. »Mach dir nichts draus. Es läuft schon ein Alternativplan. Wenn du dich beeilst, kannst du gegen halb drei mit der Weber hier sein. Beziehungsweise in Bonn. Wir treffen uns, sagen wir um drei, Ecke Poppelsdorfer Allee – Meckenheimer Allee. Wenn ich nicht da bin, fahr um den Block, bis ich komme.«

Er gab mir noch einige Anweisungen, die ich stumm entgegennahm. Schließlich sagte ich, nun wirklich verzweifelt:

»Okay. Ich verstehe überhaupt nichts, aber es soll so sein, wie Ihr befehlt, Herr. Aber was mach' ich, wenn du inzwischen verhaftet oder zufällig überfahren wirst, oder sonst was?«

Er ging zur Tür und drehte sich kaum um, als er sagte: »Sorg dich nicht; du weißt, die Zufälle sind mit mir!«

Zähneknirschend machte ich mich auf die Fahrt in die Eifel.

11

Als wir an der vereinbarten Ecke eintrafen, war es kurz vor drei. Baltasar war nicht da.

Ich begann, mein Mobil um die Poppelsdorfer Allee zu steuern, immer im Carré. Susanne Weber, die auf dem Rücksitz saß, wurde nach und nach nervös.

Sie lüftete den schwarzen Schleier, der von dem altertümlichen Hütchen vor ihr Gesicht hing.

»Hoffentlich ist ihm nichts passiert«, sagte sie ängstlich. Sie hielt Ausschau nach allen Seiten.

»Keine Sorge«, sagte ich munterer als ich mich fühlte. »Hoffentlich ist er niemandem zugestoßen.«

Sie quälte sich ein Lächeln ab.

Endlich, nach mindestens zehn Umrundungen, tauchte Baltasar unter den Bäumen der Meckenheimer Allee auf. Er plumpste auf den Sitz neben mir und begrüßte Susanne.

Abrupt dirigierte er mich zu einem halb auf dem Venusberg gelegenen Parkplatz. »Aussteigen«, sagte er kurz. »Wir fahren jetzt mit meinem Wagen weiter.«

Sein schwerer, alter Haifisch stand drohend in einer Ecke.

»Warum?« wollte ich überflüssigerweise wissen.

Er vernichtete mich mit einem Blick.

»Dein Wagen«, sagte er zähnefletschend, »ist auf dem Millionenhügel schon mal gesehen worden. Es ist zwar unwahrscheinlich, aber sicher ist sicher.«

Zum Glück fuhr er nicht selbst; das ist immer ein Terrorunternehmen. Während ich wartete, daß die Karre sich aufbockte, blickte ich ihn von der Seite an. Er verzog keine Miene.

»Berichten! sagte ich, wobei ich seinen Kommandoton nachahmte.

»Äh«, sagte er verdrossen, »alles Kacke. Der Kommissar ist doch ein Trottel.«

Sein Gesicht hellte sich auf, und er sah zuerst Susanne, dann mich fröhlich an. »Das heißt, meine lieben Kleinen«, sagte er, »daß wir alles selbst machen dürfen.«

Ich seufzte. »Erstens: wohin soll ich fahren? Zweitens: was ist los?«

Baltasar gab Anweisungen; als ich mich in den Verkehr auf der Trierer Straße eingefädelt hatte, verschränkte er die Arme vor dem Wanst und berichtete.

»Also, zuerst das Kurze und Lange über die Firma Grossek. Dies am Anfang, weil es uns eigentlich nicht interessiert. Aus mir unbekannten Gründen ist gestern abend, nein, heute ist ja schon Dienstag, also, am Sonntagabend ein Zöllner, der Herr sei mit ihm, auf einen merkwürdigen Einfall gekommen. Er sitzt an einem winzigen Grenzübergang an der belgischen Grenze, irgendwo da hinten bei Monschau, noch ein Stück südlich, ich hab' den Namen vergessen. Jedenfalls ein Übergang, wo im letzten Jahrhundert nie kontrolliert worden ist; die winken ja normalerweise alles durch, erst recht an einem späten Sonntagabend; es war fast Mitternacht oder drüber. Manchmal sitzt dann da überhaupt keiner mehr, sogar bei den unsrigen, obwohl die da sonst immer wahnsinnig gründlich sind. Beamtenprinzip: Selbst wenn man nichts tut, man hat da zu sein. – Okay. In den schlimmsten Terroristenzeiten sind da wohl schon mal ein paar Autos angehalten und untersucht worden, Jahre her. Der Zoll und der Grenzschutz sind bei so was ja auch von einer säumigen Intelligenz. Wenn so was los ist, ein Attentat oder derlei, kontrollieren sie mit Vorliebe

Enten, Käfer und andere Autos, die nicht aussehen, wie ein gutes Bürgerauto aussehen soll. Meistens haben die Insassen auch noch Bärte und lange Haare, pfui. Wie wir wissen, sind Terroristen allerdings meistens adrett angezogen, gut rasiert und fahren, um nicht aufzufallen, Benz oder BMW. Deswegen werden ja auch so viele von ihnen an den Grenzen der Bundesrepublik geschnappt. Typischer Behördenschwachsinn!«

Um seinen Worten Nachdruck zu verleihen, kurbelte er das Fenster herunter und spuckte auf die unschuldige Straße, sofern, heißt das, in Bonn etwas unschuldig sein kann.

»Am Sonntag also durchbrach ein Grenzer oder Zöllner, ich weiß nicht genau, sämtliche diesbezüglichen Vorschriften. Erstens kontrollierte er überhaupt. Zweitens sonntags. Drittens bei Nacht. Und viertens einen adrett gekleideten Mann in einem Benz.« Er kicherte. »Der Beamte wird bestimmt degradiert und strafversetzt.«

Jetzt zündete er sich eine Zigarre an; ich kurbelte mein Fenster herunter.

»Weiter. In dem Wagen saß ein freundlicher Libanese. Er hatte gute Papiere. Der Beamte wollte den Kofferraum sehen; daraufhin versuchte der Mann, weiterzufahren. Das geht natürlich nicht. Ein paar Kilometer weiter, in der Gegend kann man nicht sehr schnell fahren, und vor allem nur in sehr wenige Richtungen, hat man ihn geschnappt. Sie haben eine Weile gebraucht, bis sie die Zwischendecke im Kofferraum aufkriegten. Waren sehr hübsche Pelze drin, und einige Päckchen Heroin. Zufällig hat der Fahrer dieses Wagens, der natürlich von nichts wußte, in den letzten Jahren regelmäßig Aushilfslöhne für Lagerarbeiten von Herrn Grossek kassiert, und zwar keine schlechten.«

Er schüttelte den Kopf.

»Grossek wollte es zu gut machen, eine illegale Sache legal verkleiden, damit sie nicht auffällt. Wäre auch wahrscheinlich nicht aufgefallen, wenn nicht der Grenzbeamte diesen schrecklichen Fehler gemacht hätte. Und wenn nicht der Libanese die Nerven verloren hätte. Im Dunkel an der Grenze hätte der Beamte wahrscheinlich gar nichts im Kofferraum gesehen. Und wenn nicht Ziegler die verschiedenen Informationen, die alle für sich interessant, aber unwichtig sind, zusammengesetzt hätte.«

Er paffte und befahl mir, auf einen links vor uns auftauchenden Parkplatz zu fahren.

»Was sollen wir hier?« fragte ich.

»Abwarten. – Also weiter. Ich habe dem Kommissar natürlich heftig gratuliert. Er hat sich anständig bedankt und gemeint, irgendwie hätten wir ihn ja in die Richtung geschubst, aber er wäre natürlich auch von selbst drauf gekommen. Bah. Dann habe ich ihm die Pistoriusbriefe und die Zeitungsausschnitte über die Unfälle gezeigt und ihn gefragt, ob er zwei und zwei zusammenzählen könne. Daraufhin hat er fürchterlich gelacht und gesagt, das wäre ja wohl wieder eine von meinen Zahnbürstenphantasien. Ob er sonst noch was für mich tun könne? Ich habe ihn gebeten, festzustellen, was mit Pallenbergs Unfallwagen passiert ist. ›Okay‹, sagte er, ›ich schulde Ihnen ja was, wenn's auch Blödsinn ist.‹ Die Streifenbeamten, die den Unfall aufgenommen haben, wußten natürlich nichts. Die Polizisten, die die nächste Schicht hatten, waren am folgenden Tag an der Unfallstelle vorbeigefahren und hatten gesehen, wie der Wagen von einem Abschleppfahrzeug hochgenommen und weggebracht wurde. Sie konnten sich auch noch an den Namen der Firma erinnern. Ziegler hat also dort angerufen, und die sagten, sie hätten die Karre zum Schrottplatz bei Buschdorf gebracht. Also ist Ziegler seufzend mit mir und einem Beamten von der Spurensicherung zum Schrottplatz gefahren.«

Er grunzte.

»Aber zuerst lachen. Bah. Jedenfalls, Pallenberg hatte einen weißen Diesel gefahren, einen Dreihunderter, glaube ich. Den haben wir ziemlich schnell gefunden; ein paar Leute waren gerade dabei, alles auszubauen, was noch nicht ausgebaut war. Der Wagen war vorn natürlich völlig zermatscht, aber keine Beule ist vollkommen. Der Spurensicherungsmensch hat sich die Sache angesehen, zuerst nur so, dann plötzlich genauer, und dann hat er was gefunden, irgendwo auf der Innenseite eines großen Knicks. ›Chef‹, sagt er zu Ziegler, ›ich schätze, da haben wir was.‹ Darauf hat Ziegler einen zweiten Wagen kommen lassen, die haben das betreffende Stück aus dem Auto herausgeschweißt, und wir sind zurückgedonnert. Der Beamte hat ein bißchen von seinem Fund abgekratzt. Ziegler hat noch gewartet, bis der andere die Sache unterm Mikroskop hatte und meinte, das wäre Blut und Näheres später; dann ist er aufgebrochen, um Pallenberg hochzunehmen. Hat sich wieder herzlich bei mir bedankt, und irgendwas gebrummelt wie: ›Die Fahndungserfolge der Polizei kommen oft nur durch Mitwirkung der Bevölkerung zustande.‹ Ich habe ihn ausgelacht, gefragt, von welcher Fahndung er da redet, und ob er jetzt vielleicht bereit sei, sich mit mir um die wirklichen Verbrecher zu kümmern. Daraufhin hat er wieder mal gelacht, mir gönnerhaft auf die Schulter geklopft und gemeint, ich hätte jetzt zweimal Glück mit Schüssen ins Blaue gehabt, aber nun sollte ich ihn in Ruhe lassen und aufhören, aus reiner Niedertracht Professoren und Abgeordnete zu verdächtigen. Ich hab ihn gefragt, ob er bereit wäre, die weiteren anfallenden Leichen auf seine Kappe zu nehmen. Und, was er in Sachen Pistorius tun wolle. Er meinte, der alte Herr Pistorius würde sich schon melden, wenn er von seiner Reise zurückkäme; weitere Leichen könne ich mir abends im Fernsehen angucken, und im übrigen solle ich jetzt verschwinden, denn er wollte eine Verhaftung vornehmen. Soweit, so gut. Jetzt bin ich hier, und wir werden die Sache auf meine Weise erledigen.«

Ich holte tief Luft. Susanne Weber saß hinten und schwieg. Ich hatte ihr auf der Fahrt die weiteren Ereignisse geschildert, so daß sie bei Beginn von Matzbachs Monolog ungefähr soviel wußte wie ich. Sie hatte sich vermutlich in ihr Schicksal ergeben.

»Und was ist deine Weise?« fragte ich.

Baltasar blickte nach hinten auf Susanne. »Haben Sie den Schlüssel?«

Sie nickte. Natürlich hatte sie noch einen Hausschlüssel zur Villa Ahrenborn.

Baltasar schaute auf die Uhr. Es war fast Viertel vor vier. »Er müßte gleich kommen«, sagte er halblaut.

»Wer?« fragte ich.

Wir standen vor einem der zahllosen medizinischen Institute der Universität.

»Trottel«, sagte Baltasar, »Ahrenborn natürlich.«

»Wieso natürlich?«

»Er hat dienstags um sechzehn Uhr, auch in den Semesterferien, eine allgemeine Besprechung mit seinen Doktoranden. Hier.«

Ich kniff die Augen zusammen. »Na und? Willst du ihn überfallen?«

Baltasar seufzte wieder. »Ach, du bist ein … Nein, ich sag's nicht, es ist eine Dame anwesend. Ich will nur sehen, ob er tatsächlich kommt, dann kann's losgehen. Sonst müssen wir eine etwas riskantere Alternative durchführen.«

Ich drohte ihm mit geballter Faust.

»Wenn du nicht bald erzählst, was du vorhast, mach ich Grießklöße aus dir.«

Dann packte er seinen Plan vor uns aus. Die Darlegung des Plans brauchte nur wenige Minuten; als Baltasar fertig war, pfiff ich leise durch die Zähne.

»Sehr interessant, wirklich. Hausfriedensbruch, Einbruch, Diebstahl, Verletzung der Intimsphäre, Nötigung, Freiheitsberaubung – ich bin kein Jurist, aber wenn ich lange überlege, fallen mir noch ein paar Namen dazu ein. Hast du uns schon eine Fürstensuite im Kittchen reserviert?«

Baltasar grinste. »Du vergißt, die Zufälle sind immer mit mir. Da wir Erfolg haben, wird Kommissar Ziegler sich befördern lassen und uns nichts anhängen.«

»Wie im Krieg«, sagte ich böse. »Im Frieden wird man ja wenigstens noch gefragt, ob man sich vielleicht freiwillig melden will. Ich fühle mich ganz krank.«

Susanne sagte nichts. Ich fragte sie:

»Was meinen Sie dazu?«

Sie kicherte plötzlich. »Mir ist eigentlich alles recht; Hauptsache, es passiert was.«

»Sie sind, glaube ich, genau so kindisch wie Baltasar. Dicker, wie ich dich kenne, hast du bestimmt noch ganze Scharen von Hilfstruppen postiert, nicht wahr?«

»Natürlich. Wirst du alle noch zu Gesicht bekommen. – Ah, da ist Ahrenborn. Das ist gut. Dann können wir den sicheren Plan durchführen.«

Ich schaute unauffällig in die Richtung, wo Ahrenborn seinen Wagen parkte und ausstieg. Wir standen weit genug entfernt, außerdem nicht auf dem institutseigenen Parkplatz.

»Welchen sicheren Plan?«

»Den hab ich dir doch eben geschildert.«

»Ah«, sagte ich begeistert, »das ist der sichere Plan? Wunderschön. Tu mir einen Gefallen, behalt den riskanten für dich, ja? Dieser hier reicht mir völlig. Was gehört denn zum anderen? Bomben? Baltasar an der Spitze der GSG 9? Ich als Kamikaze? Oder was?«

»Halt doch dein dummes Maul. – Jetzt geht er rein. Schön. Warten wir noch ein paar Minuten.«

Wir warteten schweigend. Ahrenborn kam nicht wieder heraus. Baltasar klatschte mir seine fette Pfote auf den Oberschenkel. »Fahr mal langsam auf den Institutsparkplatz, so, daß du zwischen dem Eingang und Ahrenborns Karre stehst, und dann laß den Motor laufen.«

Wortlos gehorchte ich. Ich kurvte geschickt zwischen Hauswand und Professorenwagen durch und hielt an. Baltasar öffnete vorsichtig die Tür und rutschte aus dem Auto. Ich war erstaunt, daß so viel Masse durch einen so engen Spalt ging, ohne zu quietschen.

Er kniete kurz zwischen den beiden Wagen. So, wie wir standen, konnte ihn keiner sehen. Dann zwängte er sich wieder durch die halboffene Tür und sagte:

»Los!«

»Was hast du gemacht?«

Ich fuhr in einem kleinen Bogen über den Parkplatz und steuerte die Ausfahrt an; dabei blickte ich kurz zurück. Beide Vorderreifen am Auto des Professors waren platt.

»Ei ja«, sagte ich, »Beschädigung fremden Eigentums. Oder ist das, weil Kriegszustand, Sabotage?«

Baltasar bemerkte nichts dazu. »Ab nach Godesberg«, knurrte er.

»Schön, wenn man sich auf seine Freunde verlassen kann«, sagte ich höhnisch.

Er nickte. »Und seien sie noch so dumm.«

Baltasar ließ mich einen kleinen Umweg fahren.

»Aha«, sagte er, als wir in eine Nebenstraße einbogen, die zu Füßen des Millionenhügels ins Nichts verläuft, »die Luft ist rein. Sonst wäre Moritz hier.«

»Natürlich«, sagte ich. »Wer auch sonst? Moritz. Vielleicht mit einer kleinen Flak?«

»Hör mal«, sagte Baltasar ärgerlich, »wenn das alles deine spezielle Form von Humor, meinetwegen Galgenhumor, ist, na fein. Andernfalls kannst du aussteigen, und ich mach die Sache ohne dich.«

Ich bohrte in der Nase, als hätte ich nichts mit dem Rest der Welt zu tun. Das Ergebnis meiner Stollenforschungen schnipste ich ihm auf den Schoß.

»Da«, sagte ich, »nix aussteigen. Ich will doch wenigstens, wo ich nun schon bis über beide Kiemen in deiner Jauche stecke, sehen, wie du untergehst. Und wenn es mich die bürgerlichen Ehrenrechte kostet.«

In der Stichstraße, die zu den sechs Villen führte, standen zwei mir reichlich bekannte Wagen.

»Wo sind die Ganoven?«

Baltasar stieg aus und winkte uns. Susanne Weber und ich folgten.

Wir gingen zu Morkens Haus. Evelyn Binder öffnete und ließ uns ein. Die große Fensterfront des Wohnzimmers war verhängt, man konnte weder hinaus- noch hineinsehen. Im Wohnzimmer saßen Ariane Binder, Frau Morken, ihre beiden Töchter, Ulrike Treysa, dazu Edgar und Moritz und ein mir unbekannter mittelgroßer Mann, unauffällig und dunkelhaarig.

»Prima«, sagte Baltasar. »Alles da. Wer ist denn noch im Geviert?«

Ariane stand auf. Sie wies vage aus dem Fenster. »Frau Grossek ist zu Aussagen auf der Polizei. Treysas sind im Wahlkampf, desgleichen Herr Morken. Vor etwa einer Stunde war die Polizei da und hat bei Pallenberg die Lorenz abgeholt. Die Kleinsiepe ist gleich mitgefahren. Wir sind allein – bis auf Frau Ahrenborn.«

Baltasar rieb sich die Hände. »Und?« fragte er, und dabei sah er Frau Morken an.

Erst jetzt fiel mir auf, daß sie unnatürlich blaß war. Ihre Hände öffneten und schlossen sich. Ariane Binder kniete sich vor sie auf den Teppich.

»Eva!« sagte sie bittend.

Frau Morken stand auf. »Gut«, sagte sie leise. »Besser ein Schrecken und ein Ende als dieser Dauerterror.«

Evelyn hatte die wichtigste Vorarbeit geleistet; sie hatte Ines und Iris auf ihre Seite gebracht. Ich bewunderte den Mut und die Überredungs- oder Überzeugungskünste des schmächtigen blonden Mädchens. Sie brachte offenbar die gleiche Energie auf wie ihre Mutter. Die beiden Töchter hatten Frau Morken überredet, mitzumachen, nachdem sie selbst überzeugt waren.

»Okay«, sagte Baltasar. »Moritz, du fährst die Mädchen zu Ariane. Da bleibst du, bis Edgar mit den anderen kommt. Dann hängst du dich an Ziegler.«

Er reichte ihm einen kleinen Gegenstand; sah aus wie ein winziges Walkie-Talkie. »Du weißt, was du zu sagen hast, nicht wahr?«

Moritz nickte. Alle Blasiertheit war von ihm abgefallen. Ich glaube, zum ersten Mal, seit ich ihn kenne, wäre er nicht imstande gewesen, selbst wenn er gewollt hätte, dumme Sprüche zu klopfen.

Baltasar wandte sich an Frau Morken. »Ich habe ganz schnell noch eine Frage«, sagte er halblaut. »Erinnern Sie sich an Ihren Onkel Alfred?«

Eva Morken zögerte. »Ja, aber nur sehr undeutlich. Ich glaube, ich konnte ihn nicht leiden.«

»Haben Sie je mit Ihren Eltern oder Ihrem Mann über ihn gesprochen?«

»Nein. Ich hab es irgendwann einmal versucht. Ich meine, daß heißt, irgendwo in meinem Kopf habe ich eine dunkle Erinnerung daran, daß – wie soll ich sagen? Ich glaube, Alfred und Emil haben viel zusammen unternommen, aber Emil wollte nie darüber sprechen, auch nicht, nachdem wir – uns arrangiert hatten.«

Baltasar deutete eine knappe Verbeugung an; Frau Morken lächelte gequält.

Alles um mich herum geschah wie in einem Fiebertraum. Offenbar wußten alle Personen, welche Schritte sie auf dieser seltsamen Bühne zu tun hatten. Ich schloß mich an, gleichzeitig betäubt und hungrig.

Wir gingen aus dem Haus, alle dicht nebeneinander. Moritz nahm Evelyn an der Hand und legte den Arm um Ines Morken. Ulrike Treysa und Iris Morken folgten ihnen.

Vor Ahrenborns Tür blieben alle stehen, wie auf Kommando. Baltasar nahm Susannes Arm und sagte leise:

»Bitte!«

Susanne Weber zog den Hausschlüssel aus der Tasche und schloß die Tür auf. Langsam, als müßte sie sich überwinden, die Schwelle noch einmal zu betreten, ging sie hinein. Baltasar folgte, dann Ariane und Eva Morken, Edgar, der dunkelhaarige Mann, zum Schluß ich. Susanne ging stumm den Korridor entlang, bis sie vor einer Tür stehen blieb. Sie klopfte.

»Frau Ahrenborn?«

Drinnen rührte sich etwas, aber sehr schwach.

»Frau Ahrenborn? Ich bin's Susanne. Ihre Tochter Eva ist bei mir. Dürfen wir eintreten?«

Sie legte das Ohr an die Tür. Dann drückte sie die Klinke hinunter – nichts.

Sie blickte Baltasar an. »Abgeschlossen, aber Frau Ahrenborn ist drin.

»Wo könnte der Schlüssel sein?« fragte Matzbach.

Sie zuckte mit den Schultern. »Den hat der Professor wahrscheinlich in der Tasche.«

Ahrenborn war ein vorsichtiger Mensch; sogar die Zimmertüren waren mit Sicherheitsschlössern versehen.

Baltasar räusperte sich. »Na schön«, sagte er dumpf. »Oder gibt's eine andere Möglichkeit?«

Der dunkelhaarige Mann trat vor. »Darf ich mal sehen?« fragte er.

Er untersuchte das Schloß kurz, dann richtete er sich auf. »Geht«, sagte er, »aber es dauert ein bißchen.«

Baltasar trat zur gegenüberliegenden Flurwand zurück. »Platz!« sagte er und winkte mir.

Wir nahmen Anlauf und warfen uns gleichzeitig gegen die Tür. Beim dritten Versuch splitterte etwas, beim vierten sprang die Tür auf.

Frau Ahrenborn saß in einem Sessel in Fensternähe. Zum ersten Mal sah ich sie: eine kleine, zierliche Frau mit unendlich gequälten Augen, weit jenseits ihrer 57 Jahre gealtert. Susanne ging zu ihr hin.

»Frau Ahrenborn«, sagte sie, »wie geht es Ihnen?«

Frau Ahrenborn sah sie an, ganz langsam, und murmelte etwas. Eva Morken kniete neben dem Sessel nieder. »Mutter!« sagte sie. Plötzlich riß die Selbstbeherrschung wie ein überdehntes Seil. Schluchzend legte sie den Kopf auf den Schoß ihrer Mutter.

Etwas wie ein verwundertes Leuchten geisterte für Sekundenbruchteile über das Gesicht der alten Dame. Sie bewegte die Hand, als wollte sie ihre Tochter streicheln. Dann war alles wie weggewischt, und sie saß wieder da wie vorher. Baltasar zupfte Edgar am Ärmel. Der nickte und ging vorsichtig um die Gruppe der sitzenden und knienden Frauen herum. Er bewegte die Hand vor Frau Ahrenborns Augen. Dann faßte er vorsichtig ihren linken Arm und streifte den lockeren Ärmel des Kleids hoch.

»Sie steht unter Strom«, sagte er, als er sich aufrichtete. Er blickte finster und deutete auf zahllose Einstiche. »Und zwar voll. Ich weiß nicht, was es ist, aber das allein reicht schon aus, um dem Professor die Approbation und die Lehrerlaubnis zu entziehen. Mindestens. Es sei denn, sie täte es selbst, aber das glaube ich nicht.«

Das große Aufgebot erwies sich als überflüssig; Baltasar hatte befürchtet, die Frau könnte aus Angst vor ihrem Mann nur unter Einsatz aller Überredungskräfte von ehemaliger Haushälterin, Tochter und alter Freundin der Tochter dazu gebracht werden, das Haus zu verlassen. Ahrensborns üble Vorsorgemaßnahmen fielen zu seinen Ungunsten aus. Frau Ahrenborn war absolut unfähig, irgendeinen Willen zu äußern. Edgar nahm sie auf die Arme und trug sie zu seinem Wagen; Frau Morken und Susanne Weber packten ein paar wichtige Dinge in eine kleine Tasche.

Das Arbeitszimmer des Professors war nicht verschlossen. Wozu auch? Gab es darin etwas, was niemand sehen sollte?

Ich hatte selbst in dem Raum gesessen – mir war nichts aufgefallen. Baltasar wartete, bis Susanne Weber wieder ins Haus kam.

»Wo ist der Safe?« fragt er.

Stumm ging sie an uns vorbei ins Arbeitszimmer. Aus einem Regal nahm sie einige große Bücher, medizinische Nachschlagewerke. Dahinter war eine Holzverkleidung, bestehend aus quadratischen Platten. Sie nahm eine der Platten heraus; sie ließ sich mühelos aus den Fugen entfernen. Ein kleiner Safe war zu sehen. Das heißt, die Tür eines kleinen Safes.

Baltasar winkte dem dunkelhaarigen Mann. Der ging langsam zur Wand.

»Baltasar», sagte ich, »wer ist das?«

Der Mann drehte sich um und grinste. Baltasar legte den Finger auf seine wulstigen Lippen.

»Wenn du«, sagte er dabei, »keinen Namen kennst, kannst du dem Kommissar keinen Namen nennen. Klar?«

Ich schwieg. Der Mann streckte die Hand aus.

»Erste Rate«, sagte er dabei.

Baltasar drückte ihm etwas in die Hand; es raschelte wie Banknoten.

Der Mann steckte es ein und widmete sich dem Safe.

Ich blieb und sah ihm zu, während Baltasar durch den Korridor zurückging. Ich hörte ihn leise mit Frau Morken und Ariane reden. Dann hörte ich jemanden den Telefonhörer abnehmen und wählen. Frau Morken verlangte ihren Mann, der offenbar bei einer Versammlung war und erst zum Apparat geholt werden mußte. Es dauerte eine Weile; dann hörte ich sie sagen: »Emil? Ich bin's. Es ist was passiert, mit Mutter. Du sollst Vater sofort im Institut abholen und herkommen. Ja, ich weiß, daß du eine Versammlung hast, aber es geht um eure Köpfe. Ja. Sofort.«

Ohne Abschiedswort hängte sie ein. Es wurden noch einige Worte gewechselt, die ich nicht verstehen konnte, dann fiel die Haustür ins Schloß. Baltasar kam langsam ins Arbeitszimmer und grinste mich an.

»Na«, sagte er, »was macht das Adrenalin?«

Ich knurrte nur, hatte etwas wacklige Knie.

Der dunkelhaarige Mann drehte sich um. »Können Sie vielleicht mal die Klappe halten?«

Wir schwiegen. Baltasar zog ein Foto aus der Tasche und hielt es mir vor die Nase. Wenn meine Kenntnisse mich nicht trogen, handelte es sich um eine fotografische Kopie der Röntgenaufnahme eines Oberkiefers.

Ich zuckte mit den Achseln und sah Baltasar fragend an. Er deutete – wobei es wegen des Wurstfingers nicht ganz einfach war, festzustellen, was er meinte – auf einen Punkt ziemlich am Ende des Knochens. Dort war etwas, das wie ein kleiner Knubbel aussah. Man mußte allerdings – ich sage ›man‹ und meine mich als Nicht-Mediziner – mit der Nase darauf gestoßen werden, um überhaupt etwas zu sehen.

Ich sagte nichts, versuchte, mir nicht den Kopf zu zerbrechen, und starrte abwechselnd in Baltasars grinsende Visage und auf den Rücken des Mannes an der Wand.

Plötzlich klickte etwas. Der dunkelhaarige Mann drehte sich grinsend um und streckte die Hand aus.

»Zweite Rate«, sagte. Der Safe ist offen.

Baltasar drückte ihm wieder etwas in die Hand. Der Mann legte spöttisch die Fingerspitzen an die Schläfe. Baltasar begleitete ihn zur Haustür.

»So«, sagte er, als er zurückkam, »jetzt sind wir unter uns.«

Er blickte auf die Uhr. »Hm, das gibt uns ungefähr eine Stunde – wenn Morken sofort aufgebrochen ist. Er ist in Köln, setzte er hinzu. »Wenn Moritz sich an die Absprache hält, sind wir genau im Zeitplan.«

Er setzte sich auf eine Kante des großen Schreibtischs. Ich räusperte mich mehrmals, denn ich hatte einen dicken Kloß in der Kehle.

»Baltasar«, sagte ich beschwörend, als mein Hals endlich frei war, »lieber guter Baltasar, bis hierher kenne ich deinen Plan. Er ist von einer frivolen Leichtfertigkeit, die nur noch durch den Dusel übertroffen wird, den du dabei hast. Woher hast du den Safeknacker?«

Baltasar lächelte. »Ts, ts. Frag nicht zu viel. Man hat für alles seine Leute.«

Ich suchte mir einen Stuhl. »Was ist mit dem Foto?«

Er wedelte damit in der Luft herum. »Das«, sagte er, »ist der Oberkiefer von Klaus Brockmann, auch Haselmaus genannt. Aufgenommen in Hannover, oder war es Dortmund, vor mehreren Jahren.«

Er legte den Kopf schief und starrte einen Punkt in der Luft an.

»Der Knubbel ist eine Art Verwachsung. Nach Auskunft eines Kieferorthopäden kann so was durch Ungeschicklichkeit des Arztes bei einer Operation verursacht werden. In diesem Fall und nach bloßer Ansicht des Bildes meinte der Medicus jedoch, es sei eine angeborene oder in der Kindheit durch dies oder jenes ausgelöste Sache.«

»Prächtig. Dann wissen wir's ja. Und was sollen wir damit anfangen?«

Baltasar steckte das Bild wieder weg. »Ich mach diese Sache hier sehr gern mit dir«, sagte er lobend. »Du verbirgst deine Dummheit wenigstens hinter dem Versuch eines gewissen Sarkasmus. Zwar bleckt die Angst deine Zähne, aber das ist immer noch besser als Moritz; der würde jetzt sein Herz auf dem Boden schleifen lassen.« Er zündete sich eine neue Zigarre an.

»Ich danke dir für die lieblichen Reden«, sagte ich. »Deine Freundlichkeit ist, ich möchte fast sagen, anbiedernd. Paß auf, daß du nicht auf deiner Schleimspur ausrutschst. Oder soll ich nach einem Wischlappen suchen und sie wegwischen?«

»Spar dir das. – Ach, ich habe ganz vergessen dir zu sagen, wo unser Freund Burger steckt.«

Mir war die ganze Zeit so unwohl gewesen; nun wußte ich, warum. Bei der Aufzählung der anwesenden oder abwesenden Personen in diesem Hufeisen von Villen war der Name Burger nicht gefallen. Ich war zu nervös gewesen, um es zu bemerken, aber offenbar hatte mein Unterbewußtsein alles mitbekommen.

»Er hat heute früh«, sagte Baltasar selbstgefällig, »unter der wachsamen Beobachtung eines anderen lieben Freundes von mir, den du aber nicht kennst, sein Bankkonto geplündert, sich per Taxi nach Köln-Wahn bringen lassen und einen Flug nach Lima angetreten, über Frankfurt und so weiter.« Er kaute auf der Zigarre. »Offensichtlich hat er keine Nerven, der Junge; eigentlich eignet er sich dann nicht nur nicht als Verbrecher, sondern erst recht nicht für den diplomatischen Dienst. Stell dir mal vor, er wird als Geisel genommen und irgendwo ein paar Tage festgehalten? Der dreht ja durch, der Arme.«

Ich konnte mir ein Grinsen nun doch nicht mehr verkneifen. Langsam wich unter dem wohltätigen Einfluß von Baltasars Geschwätz die Beklemmung aus meiner Kniekehle.

»Lieb von dir. Er würde deine Sorge um sein Wohl sicher zu schätzen wissen«, sagte ich.

Baltasar versenkte eine Pfote in seiner unförmigen Jackentasche und warf mir ein Objekt zu. Ich fing es auf; es war ein Glasschneider.

»Mach doch mal ein bißchen den Skelettkasten auf«, sagte er. »Ich schau' mir inzwischen den Safe an.«

Ich fertigte ein akkurates Loch um das Schloß der kleinen Schiebetür, drückte – ich bin kein Profi – das ausgeschnittene Glasstück nach innen, sah es fallen und schob die Tür auf. Zugleich hörte ich einen Pfiff.

Baltasar hielt einen Stoß von Papieren in der Hand. »Schön«, sagte er strahlend, »sehr schön. Das bringt's. Dafür« – und er blickte mich vorwurfsvoll an – »gehe ich notfalls freiwillig ein paar Jahre in die Kiste.«

»Was hast du gefunden?« Mir war nun alles egal – wenn schon, denn schon.

»Ruhe!« sagte er.

Er setzte sich an den Schreibtisch und überflog seine Fundstücke.

Nach einer Weile, während derer ich die Buchtitel verständnislos gelesen und das kleine Labor besichtigt hatte, winkte er mich zu sich.

»Hier. Das sind die wichtigen Dinge. Erstens: Ein Konto in Zürich. Bestand sechsstellig. Zweitens: Ein Dollarkonto und eine Adresse in Buenos Aires. Bestand des Kontos ebenfalls sechsstellig. Wo hat der die Floppen her? Oha. Drei gleichlautende Zettel, unterzeichnet von Pallenberg, Treysa und Grossek. Text: ›Im Falle des Ablebens von Professor Ahrenborn verzichte ich auf jeglichen Anspruch gegen seine letztwilligen Erben. Desgleichen verpflichte ich mich, beim Ableben des genannten Professor Ahrenborn einen in meinem Besitz befindlichen, versiegelten Brief zu vernichten.‹ Unterschrift. Das erklärt vieles.«

Ich widersprach entschieden. »Das erklärt überhaupt nichts. Kannst du mir sagen ...«

»Nun warte doch ab. Du wirst alles bald erfahren, Dummerchen. Du muß nur die Nerven behalten und dem lieben alten Baltasar vertrauen.«

Er blätterte weiter, ohne mich anzusehen. Ich hielt einen Augenblick die Luft an; dann gab ich auf.

»Aha«, sagte er, »das habe ich gesucht. Letztwillige Verfügung.« Ratsch, und das gute Büttenpapier war auf.

»Die heiligsten Güter des Abendlandes«, murmelte ich.

Baltasar schnob und las. »Bla bla bla ... verfüge ich, daß meine beiden Häuser in Godesberg, Adresse usw., verkauft werden sollen. Nach Auszahlung des Pflichtteils an meine Tochter Eva Morken soll der gesamte Restbetrag einschließlich aller sonstigen Vermögenswerte (Anlage siehe unten nach dem Stand vom 1. August 1980) in den Besitz von Frau Felicitas Kleinsiepe geborene Weber übergehen.‹ – Ich glaub, mich streift ein Bus.«

Mich streifte er auch.

Baltasar faltete die Papiere zusammen und steckte sie ein.

»Leckere Sache«, sagte er. Dann stand er auf und ging zum Safe. Er verschloß ihn nicht, sondern lehnte die Tür nur an. Das Holzpaneel paßte noch davor. Er stellte die Bücher wieder ordentlich hin.

Dann kam er zu mir. »Wir müssen jetzt tapfer sein, Fräulein«, sagte er höhnisch. »Ist das Ihre erste Entbindung?«

Ich kratzte meinen Bart. »Wenn ich nicht wüßte, daß du lebensmüde bist, würde ich dich jetzt danach fragen.«

Er ging zum Skelettschrank und musterte die Skelette. Eines, das letzte in der Reihe, fiel auf: die Schädeldecke fehlte. Er nahm den Kopf von dem Haltegerüst und hielt ihn in der Hand.

»Ach, armer Yorick«, sagte er, »nun werde ich nie erfahren ...« Er sprach den Satz nicht zu Ende.

Wir warteten. Gegen sechs Uhr hörten wir ein Auto scharf bremsen und Türen zuknallen. Baltasar griff in seine unförmige Tasche und holte zwei weitere Objekte heraus. Das erste war ein Walkie-Talkie. Er drückte einen Knopf und fragte leise: »Moritz, alles an Bord?«

Nach kurzem Knistern kam die Antwort. »Alles an Bord. Viel Glück.«

Er ließ den Apparat eingeschaltet und verstaute ihn in einem Papierkorb.

Das zweite Objekt reichte er mir. Es war ein Revolver. »Notfalls«, sagte er leise, »einfach in die ungefähre Richtung halten und abziehen.«

Er klopfte auf seine Tasche. Da wußte ich, daß er selbst auch noch einen hatte.

Die Haustür ging auf, und Ahrenborn und Morken stürzten herein.

Ich habe lange überlegt, ob ich dieses Finale in Einzelheiten aufschreiben soll. Meine Adrenalinstöße, das Geifern des Professors, Morkens jähen Zusammenbruch, Baltasars eiskalte Ruhe und unerschütterliche Arroganz – ich habe mich dagegen entschieden. Vieles ist nur noch wie ein Traum, weil alles zu schnell ging und jede Einzelheit zu schwer wog. Es hätten Tage sein können, aber es war nur eine halbe Stunde.

Baltasars entscheidende Frage kam gleich zu Beginn.

Als die beiden in das Arbeitszimmer stürzten, bat er sie höflich, unter Hinweis auf die – allerdings zitternde – Knarre in meiner Hand, sich zu setzen. Dann wandte er sich an Morken.

»Wie«, fragte er ruhig, »kann ein intelligenter Mann und Jurist sich so lange von einem Ungeheuer erpressen lassen? Natürlich ist Ihre Karriere hin, Herr Morken, aber sonst?«

Morken starrte ihn an.

»Wo ist meine Mutter?« war alles, was er sagte.

Ahrenborn fleschte die Zähne.

»Ihrer Mutter geht es gut«, sagte Baltasar. »Sie ist, zum ersten Mal seit neunzehnhundertvierzig, in Gesellschaft freundlicher Menschen.«

Der Professor stand auf. »Hören Sie«, sagte er drohend, »ich will jetzt sofort wissen, was dieses Affentheater in meinem Haus bedeutet. Andernfalls werde ich ...«

Baltasar stand vor ihm, und ich hatte bis dahin nie gewußt, daß dieser fette Mann sich so schnell bewegen kann und so viel unabweisbare Autorität ausstrahlt.

»Sie werden überhaupt nichts«, sagte er mit einer Stimme, die so eisig war, daß es mir den Rücken hinunterlief. Morken zuckte zusammen.

»Sie werden überhaupt nichts, Sie Experimentalmediziner, Massenmörder, Erpresser und Sadist. Setzen Sie sich. Oder nein, schauen Sie sich lieber Ihren Safe an.«

Der Professor ging mit abgehackten Schritten zur Wand, schob die Bücher beiseite und sah den offenen Safe, leer. Dann setzte er sich wieder.

Baltasar wandte sich an Morken. (So habe ich es in Erinnerung, ungefähr. Vielleicht war bis dahin schon viel Zeit vergangen.) »Ein kleiner Junge«, sagte er, fast mitleidig, »der im Wald seinen Onkel erschießt, handelt in Notwehr. Man muß sich nicht von einem Erwachsenen mißbrauchen lassen, und man braucht keine Strafe zu fürchten.«

Morken begann plötzlich zu zittern.

Und wenn der andere Onkel den kleinen Jungen später

zwingt, seinen eigenen Vater zu erschießen, dann begeht nicht der kleine Junge ein Verbrechen, sondern der Onkel, der ihn auf diese Weise an sich ketten will.«

Was folgte, war allzu melodramatisch und in meiner Erinnerung allzu verwischt, als daß ich es eingehend schildern könnte. Baltasar erzählte, wie Morken Alfred Ahrenborn erschoß, der sich an Morken vergehen wollte; wie Soldaten zufällig Zeugen wurden; wie Ahrenborn Morkens Vater dazu brachte, den einen der beiden zu erschießen, den anderen aber nicht, weil er harmlos war und seine Mitwirkung bei einer Gewalttat unglaublich gewesen wäre; wie Ahrenborn das Krankenhaus niederbrannte und den Jungen zwang, seinen eigenen Vater zu erschießen, um einen Mitwisser weniger und einen Sklaven mehr zu haben; wie Ahrenborn die gräßlichen Experimente mit kriegsgefangenen Sowjetsoldaten hinterher nutzbringend auswertete; wie er von Pallenbergs Bestechungen erfuhr, durch die dieser an öffentliche Aufträge kam und Bauland erwerben konnte, bevor einer außer ihm wußte, daß es Bauland war; wie Treysa sich hatte bestechen lassen; wie Ahrenborn zufällig hinter Grosseks Geschäfte kam; wie er alle drei bluten ließ, ihnen später etwas von einem Mord erzählte, den er angeblich begangen hätte, und ihnen leere Blätter in versiegelten Umschlägen als Pfand gab. (Das war Baltasars Genie: eine reine Vermutung, die sich hinterher als richtig herausstellte.) Wie er Pallenberg angeleitet hatte, seinen ehemaligen Buchhalter beiseite zu schaffen. Und wie er sich nach Jahren der Härte gegen sich selbst von einer jungen, raffinierten Frau in Geheimnisse einführen ließ, die er zuvor nie gekannt hatte, jenseits von Bordellbesuchen und kurzen Zwangsbegattungen seiner unglücklichen Frau; wie er plötzlich den damals verwirrten, verwundeten Soldaten wiedererkannte, der sich erinnert hatte. Brockmann mußte sterben. Und der arme, eifersüchtige Kleinsiepe, der Burger angeschossen hatte und durchdrehte, als Barbara Grossek vage Gedanken äußerte. Ahrenborn hatte Barbara Grossek mit Kleinsiepes Pistole erschossen und mit Kleinsiepe zusammen zum Bahndamm gebracht. An eine Stelle, die Frau Kleinsiepe von ihrem Büro aus sehen konnte. Als sie sah, daß dort Polizei auftauchte, rief sie Ahrenborn an. Der ging zu Kleinsiepe, diktierte ihm den Brief und zwang ihn, sich eine Kugel durch den Kopf zu schießen.

»Das«, sagte Matzbach finster, »war Ihr ganz großer Fehler, der Brief. Ich habe ihn genau gelesen und gesehen, daß Kleinsiepe ihn nicht selbst abgefaßt haben konnte. Sie haben, Herr Ahrenborn, Vokabeln und Umschreibungen verwendet, die Kleinsiepes Horizont weit überstiegen. Er hätte nie geschrieben, daß er Barbara Grossek abgepaßt hat, in sie verschossen ist, und daß er nicht imstande war ... Er hätte, wenn er es wirklich getan hätte, geschrieben, daß er sie abgeschleppt und daß er keinen hochgekriegt hat. Da habe ich Ihre Handschrift erkannt, im übertragenen Sinn. – Und was Sie mit dem armen kleinen Brockmann gemacht haben?«

Ahrenborn blieb stumm. Baltasar ging zu den Skeletten und nahm den Kopf ohne Schädeldecke heraus.

»Hier«, sagte er. »Die Decke mußte weg, weil Brockmann eine kleine Silberplatte im Kopf hatte. Das wäre vielleicht aufgefallen. Da Sie ein intelligenter Mann sind, haben Sie alle Zähne ausgebrochen, denn vielleicht hätte man ihn an Füllungen oder Teilprothesen erkennen können.«

Er warf ihm das Kieferfoto hin.

»Sie haben eines übersehen, weil Sie kein Kieferorthopäde sind. Hier« – er faßte in den Kopf hinein und fühlte – »ist der kleine Knubbel. Ein unveränderliches Merkmal.«

Mir wird heute noch schlecht, wenn ich an den nächsten Satz denke, der ganz langsam kam und tropfte und fiel und platzte.

Ich kann ihn nicht wiederholen. Ahrenborn hatte in den Sommerferien eine Versuchsreihe mit Freiwilligen weiterlaufen lassen, die infiziertes Mett aßen, um die Wirkung bestimmter Viren zu testen. Sie hatten es für Schweinemett gehalten.

»Nur das Skelett«, sagte Baltasar. »Was ich nicht weiß, ist, was Sie mit dem armen, alten Pistorius gemacht haben.«

Morken war inzwischen nur noch ein Wrack. Er lachte gellend. »Fragen Sie ihn ruhig«, schrie er, »fragen Sie ihn. Fragen

Sie ihn, wieso er vor einem Monat, als ich zuletzt hier unten war, nur fünf Skelette besaß, und jetzt sind es sieben.«

Irgendwann klopfte Ziegler ans Fenster und beendete die Horrorshow.

Ich weiß noch, daß wir lange nach Mitternacht in irgendeiner Kneipe in Bonn hingen. Baltasar, Moritz, Edgar, Ariane, Evelyn, Susanne Weber und ich. Sogar der Kommissar war zwischendurch kurz bei uns gewesen.

Ich glaube, die meisten von uns haben nur noch gelallt. Irgendwann tauchte Hussein auf. Er wollte mir erzählen, daß dieser Pelzhändler irgendwelche dunklen Geschäfte machte, aber das wußten wir ja schon.

Schließlich deklamierte Matzbach: »Ein Jammer ist nur, daß ich nun nie erfahren werde, woher diese verdammte Zahnbürste war.«

Der Barmann drehte sich um.

»Mann«, sagte er. »Sie sind ja fast schon wieder so besoffen wie damals. Jetzt erkenne ich Sie. Sie waren doch an dem Abend hier, als dieser irre Vertreter seine Zahnbürstenkollektion an die Gäste verschenkt hat, oder?«

Die Schatten-schneise

»Er trieb einen kleinen Finsternishandel.«

Georg Christoph Lichtenberg, *Sudelbrevier*

»... y la vida no es noble, ni buena, ni sagrada.«

Federico García Lorca, *Oda a Walt Whitman*

[Und das Leben ist nicht edel, noch gut, noch heilig.]

»What is the moral? Who rides may read.
When the night is thick and the tracks are blind
A friend at a pinch is a friend indeed,
But a fool to wait for the laggard behind.
Down to Gehenna or up to the Throne,
He travels the fastest who travels alone.«

Rudyard Kipling, *The Winners*

[Was ist die Moral? Wer reitet mag lesen.
Wenn die Nacht undurchdringlich ist und die Wege versacken,
ist ein Freund, wenn es eng wird, ein wahrer Freund,
aber ein Trottel, wer auf den Nachzügler wartet.
Hinab zur Hölle oder hinauf zum Thron,
am schnellsten reist, wer allein reist.]

1

Kurz nach fünf wurde der Himmel schwarzgrau; Martin Krollmann löschte die Arbeitsleuchte und öffnete das Oberlicht. Der Raum stank – heiße Kunststoffassungen, Schweiß, Farben und Tusche. Gegen zwei hatte es kurz geregnet; ein paar Tropfen fielen vom Fensterrahmen auf die schräge Arbeitsplatte, neben das letzte Blatt. Schwarzweiße Illustrationen zu einer dicken Anthologie literarischen Horrors; Krollmann brachte das Ergebnis der Nacht in Sicherheit. Neben dem überfrachteten Rolladenschreibtisch wand sich das weiße Kabel des Sammelsteckers kaum erkennbar über den Teppich. Martin haßte Schlangen; er verzog das Gesicht und schüttelte sich. Nachtfantasie überlappte die Einrichtung. Auf der Staffelei sahen seine müden Augen einen Teil des Umschlagbilds für den Band. Mit grellem lumineszierenden Scharlach gemalte Krebsspinnen krochen aus dem Rachen und attackierten das Zäpfchen; den Rest – ein aufgerissener, gallegefüllter Mund, in Panik und Ekel verzerrt, dahinter der deformierte Kopf – gab Krollmanns Gedächtnis dazu.

Am fahlschwarzen Nordosthimmel zwinkerte ein Helikopter über dem Verteidigungsministerium. Martin reckte den Kopf in die späte Nacht. Die Luft war frisch, trotzdem sommerweich. Südwestwind; er kam von den Feldern zwischen Flerzheim und Buschhoven und durchquerte einen

Ausläufer des Kottenforsts. Krollmann atmete tief. Der Himmel war gerade hell genug, um den Widerschein der wenigen Lichter und Laternen von Volmershoven zu schlukken und Bäume und Felder zu einer vagen schwarzen Masse zu machen.

Ohne Licht ging Krollmann ins Bad, eine halbe Treppe unter dem Dachstudio. Er erleichterte seine Blase, hielt dann einen Moment den Kopf unter den Kaltwasserhahn. Aus der fast schwarzen Küche, noch eine halbe Treppe tiefer, holte Martin eine Flasche Guinness und stieg wieder zum Studio hinauf.

Vor drei Jahren, mit achtundzwanzig, hatte er das Häuschen billig gekauft. Inzwischen bedauerte er das. Damals war es ihm als gute Investition des von der gegnerischen Versicherung gezahlten Schmerzensgelds erschienen – nach dem Motorradunfall. Immer wieder, wenn er sich mit seiner Lage beschäftigte, stellte er die gleiche Rechnung auf: Hätte er irgendwo auf dem Land ein Obergeschoß billig gemietet, statt soviel für Material beim selbstdurchgeführten Umbau des alten Häuschens auszugeben, dann hätte er, zusammen mit den sonstigen Ersparnissen, beinahe schon die für den Flug und die Behandlung nötige Summe zusammen. Aber der wichtigste Faktor in der Gegenrechnung blieb: Damals hatte er nicht wissen können, daß ein Jahr nach dem Unfall amerikanische Ärzte eine Operationsmethode entwickeln würden, die immerhin eine fünfzigprozentige Chance auf Besserung, wenn nicht sogar komplette Wiederherstellung bot.

Das Backsteinhaus stand außerhalb von Volmershoven in einem Waldausläufer unmittelbar an den Gleisen der Bahnstrecke Bonn-Euskirchen. Es hatte – mit dem kleinen Garten – vierzigtausend Mark gekostet und ausgesehen wie eine Kombination aus Bahnwärterhäuschen (unten) und Müllhalde (oben). Nach den Umbauten, die etwa fünfzehntausend Mark für das Material verschlungen hatten, sah es aus wie ein ältlicher Kuhstall mit aufgepfropftem Treibhaus. Wasser, Strom, Installationen, Wände, Zwischendecken, das zur Hälfte gläserne Dach – Krollmann konnte es aushalten und dort arbeiten. Platz gab es reichlich. Über der Grundfläche von fünfzig Quadratmetern hatte Martin eine Art Tiefparterre als Keller und Materiallager ausgebaut; auf halber Treppe ein Vorratsraum; dann Küche und geräumige Wohn-Schlaf-Bibliothek; eine halbe Treppe höher das Bad (die Zwischenetagen jeweils rechts vom Treppenhaus), darüber das große Studio. Er lehnte sich an die Schreibtischkante, gähnte, trank sein Guinness aus der Flasche und blickte durch das schmale Fenster in der hochgezogenen Südwand, die das Glasdach trug. Auf dem schaukelnden Zweig vor dem Fensterbrett hockte eine Elster; sie riß den Schnabel auf und schien den Wind zu verschlingen. Zwischen den Baummassen sickerte lichteres Grau auf die Gleise, ein halbhelles V in der Finsternis.

Der Wagen kam von rechts, von der Hauptstraße her. Mit Standlicht hoppelte er über den vor Jahrzehnten einmal befestigten Feldweg, nur für Anlieger und landwirtschaftlichen Verkehr. Unter den Bäumen wurde er abgebremst. Drei Türen öffneten sich. Das Standlicht erlosch. Drei Männer, von der Innenbeleuchtung umrissen, stiegen aus und gingen zum Wagenheck. Die zweite Innenlampe glomm auf; es war ein Kombi. Die Männer hantierten an etwas auf der Ladefläche herum. Dann zogen sie die Ladung heraus. Einer warf die Heckklappe zu. Sie verschwanden unter den Bäumen, traten auf die Gleise.

Krollmann duckte sich, als einer der Männer mit einer Stablampe die Umgebung absuchte. Erst etwa eine Minute später hob er wieder vorsichtig den Kopf.

Sie hatten den Körper auf ein Gleis gelegt, die Beine nach

Norden, gespreizt, den Kopf nach Süden. Einer der Männer bückte sich und tastete an dem Liegenden herum; der zweite stand unter den Bäumen, der dritte ließ auf eine Geste des ersten hin die Lampe aufblitzen. Der Liegende hatte die Augen geschlossen. Der Tastende war mit der Untersuchung der Taschen fertig; er hielt etwas hoch. Die Lampe erlosch; die Innenbeleuchtung des Wagens ging wieder an, als die Türen geöffnet wurden. Der Kombi fuhr ein paar Meter, setzte mehrfach vor und zurück – der Weg war an dieser Stelle etwas breiter –, wendete schließlich ganz und fuhr unter die Bäume. Dort blieb er stehen.

Krollmann kaute auf der Unterlippe. Seine Knie waren weich. Er schaute auf die Uhr. In wenigen Minuten würde der erste Zug von Bonn Richtung Meckenheim und Euskirchen kommen. Unter den Bäumen stand der Wagen mit den drei Männern. Sie warteten. Er hatte keine Waffe und war kein Held. Er hatte nicht einmal Telefon. Und der Mann da unten war vielleicht längst tot.

Als der Zug etwa zwanzig Meter zu weit endlich stand, war der Wagen unter den Bäumen verschwunden. Die Elster landete auf dem Zweig, legte den Kopf schief und blickte zum Zug, bis dort fuchtelnde Gestalten erschienen. Dann öffnete sie den Schnabel und flatterte in den Himmel, der rosa geworden war.

Die Tochter des Botschafters der Andinischen Republik hielt sich für bestens gestylt und ero-dynamisch fast optimal strukturiert. Unter der schmiegsamen Oberfläche steckte ein eiserner Kern – eher sogar stählern; gestählt durch all die Jahre widersprüchlicher Erziehungsversuche. Der Vater hatte es im Guten versucht, wie er meinte; dann ihrer Ansicht nach im Besseren, indem er aufgab. Die Mutter, vor vier Jahren am Arm eines spanischen Architekten entschwunden nach langwierigen Probeläufen mit italienischen Modisten, französischen Pferdezüchtern und mindestens einem amerikanischen Jazztrompeter, hatte solcherlei Verantwortung immer gern und freimütig delegiert, an Ammen, *nurses*, Gouvernanten, Leiterinnen von Internaten, Direktricen von Pensionaten. Die meisten der Damen, befand Rocío, waren weniger Pädagoginnen als vielmehr katholische Nebelwerfer gewesen. Immerhin, der ständige Wechsel der Bezugspersonen, des Aufenthaltsorts, der Institute und Mitzöglinge hatte ihre Selbständigkeit ebenso gefördert wie ihre generelle Geringschätzung der Erdbevölkerung. Ihr Zynismus war jedoch passiv und äußerte sich nur selten. Meistens hielt man sie für ein besonders apartes, helles, gebildetes und anpassungsfähiges Mädchen.

Ein Teil davon war Routine. Mimikry – Überleben durch äußerliche Anpassung an die Umgebung, ohne jeden inneren Kompromiß. Das polierte Parkett eines Diplomatenempfangs, der Kopilotensitz in der Cessna ihres Vaters, der Asphalt europäischer Landstraßen bei gelegentlichen Ausbrüchen per Anhalter (mit vier Kreditkarten, zur Sicherheit), Bohnerwachs-Schlafsäle in Internaten, Gras am Boden des Pfadfinderzelts, Tanzflächen, Bowlingbahnen, Asche und Bierlachen auf einem Kneipenboden, sie nahm alles mit der gleichen Selbstverständlichkeit, schien immer genau in die Umgebung zu passen und war doch immer sie selbst. Auch hier war es so, in dieser schäbigen Studentenbude im Bonner Norden. Er hieß Carsten; ihre dunkelroten Fingernägel kontrastierten befriedigend mit seiner dunklen Körperbehaarung, und sie haßte sein Laken, das aus irgendeinem widerlichen synthetischen Material bestand. Befriedigung, widerlich, unwichtige Regungen des Moments, der wie alles flüchtig und bedeutungslos war.

Das Tier mit den zwei Rücken. *Le jeu de la bête à deux dos.* Ihre Gedanken fächerten sich auf, Fetzen mehrerer Sprachen trieben durch ihren Kopf. Sie hörte das zweistimmige Keuchen, wie aus der Ferne, irgendwie unbeteiligt. Bald würde die Faust des Körpers nach ihrem Hirn greifen, sie auslöschen, für flüchtige Momente die Frage *wer bin ich* zerquetschen, die Leere im Kern des stählernen Kerns mit Betäubung füllen.

Er gab sich Mühe, wie so viele Deutsche. Statements abgeben, statt zu plaudern, Fragen stellen, statt sie für sich zu behalten, Witze auswendig lernen, statt Bonmots zu machen. Die Sinnlosigkeit analysieren, statt sie mit *savoir vivre* zu umgehen. Alles erklären wollen, statt die Dinge und die Menschen in Ruhe zu lassen. Ruhe lassen. Lassen. Warum sie Rocío heiße? Ein Wallfahrtsort in Andalusien, *nuestra Señora del Rocío*, die Madonna vom Tau. Madonna. Mühe Mühe Mühe. Er wollte erklären, was Carsten bedeutete, wer Carsten war, wer und was und warum und wie und seit wann Carsten er war oder umgekehrt oder anders. Wenn schon, dann lieber nicht. Die Leere. Rocío, Tau; sie wollte nur gefüllt und benetzt werden. Mühe. Madonna.

»Also der erste Familienname ist vom Vater und der zweite von der Mutter?«

»Ja. Ah, Moment, vom Vater der Mutter. Der Vatername.«

Der junge Mann seufzte. »Ich komme noch dahinter. Langsam.«

Rocío lächelte, hob die Decke, umkreiste mit einem scharfen Nagel seinen Nabel.

»Autsch. Mach weiter.«

»Rocío Villalba Contreras. Villalba nach meinem Vater; er heißt Villalba Narváez. Contreras nach der Mutter.«

Der Junge schloß die Augen und genoß ihre Finger. Halblaut sagte er: »Dann ist also immer der erste Name der eigentliche Familienname.«

»Ja. Francisco Franco Bahamonde heißt Franco. Miguel Cervantes Saavedra heißt Cervantes.«

»Uhhh.« Er seufzte und kicherte gleichzeitig. »Sei vorsichtig mit meinem Sancho. – Dann heißt Lorca also nicht Lorca?«

»Er heißt García. Und Márquez heißt nicht Márquez, sondern auch García. Die meisten Spanier heißen García. Wie Schmitz. Oder Müller.«

»Und Andinier?«

»Die heißen nicht alle García. Außerdem sind Namen Schall und Rausch. Oder wie heißt das?«

»Rausch ist gut.«

»Rausch ist besser; am besten der zweite bald nach dem ersten.«

»Ah.«

Er bestand darauf, sie gegen Mitternacht zur U-Bahn nach Godesberg zu bringen, weil sie darauf bestand, in ihrem eigenen Bett zu schlafen. Er war schlank und dunkelhaarig, wie sie, und in der fast leeren Bahn überlegte sie, daß sie eigentlich ganz gut zusammenpassen würden, daß aber auch ein erfolgreicher erster Abend nicht genug sei, um wirklich darüber nachzudenken.

An der Rheinallee stieg sie aus, Endstation; müde und fröhlich ging sie durch die Nacht. Irgendwann war plötzlich ein dunkler Mercedes neben ihr.

»Verzeihen Sie bitte«, sagte eine höfliche, milde Stimme. »Kennen Sie sich hier aus? Ich suche eine Straße.«

Sie blieb stehen. »Ein bißchen. Welche Straße?«

Er öffnete die Tür. »Famplausenallee oder so ähnlich. Das

hat mir jemand aufgeschrieben, und ich kann es nicht richtig lesen.«

Sie lachte. »Famplausenallee gibt es nicht. Kenne ich nicht. Zeigen Sie mal.«

Der Mann trug einen dunklen Anzug, ein weißes Hemd und Krawatte. Kein Grund wegzulaufen. Sie nahm den Zettel, den er ihr reichte und warf einen Blick darauf.

»Ah. Das müßte die Camphausenallee sein. Das ist nicht weit. Da fahren Sie…«

Die Straße war leer und dunkel. Von hinten legte sich ein Arm um sie, eine Hand preßte ihr ein übelriechendes Tuch auf Mund und Nase. Sie war zu überrascht, um sich ernstlich zu wehren. Chloroform, dachte sie. Da muß noch einer ausgestiegen sein sein sein sein

Etwas stimmte nicht. Als er den Aufzug verließ, sträubten sich seine Nackenhaare. Geräuschlos stellte er die graue Reisetasche auf den Gang, steckte die Rechte in die Tasche des grauen Straßenanzugs und richtete, ohne sie herauszuziehen, die Smith & Wesson leicht aufwärts vor sich. Die Lizenz der Waffe lautete auf Harald Lingen; dieser Name stand auch in seinen übrigen Papieren und auf dem kleinen Messingschild neben der Tür. Er war so gut wie jeder beliebige andere.

Das Apartment lag im vierzehnten Stock eines von vielen gleichen Wohnsilos am Ostrand von Köln. Innerhalb weniger Minuten ließen sich von hier aus mehrere Auffahrten des Autobahnrings erreichen; die Flughäfen Wahn und Lohausen waren nicht allzu weit; es gab Landstraßen hinaus und Stadtstraßen hinein, wenn man es nicht vorzöge oder vorziehen müßte, als Fußgänger oder im Netz der zahlreichen Vorortbahn-, Straßenbahn- und Buslinien zu versickern.

Die Tür des Apartments war angelehnt. Als sie von der Wand zurückprallte, lag der Mann, der sich zur Zeit Lingen nannte, auf dem grauen Teppichboden neben dem Schirmständer. Der auch für derlei Fälle übersichtlich möblierte Raum war leer; der Spiegel über der offenen Tür zum Bad zeigte nur die vertraute Einrichtung. Der Lauf der Waffe beschrieb noch einen Bogen; dann stand der Mann auf, steckte sie ein, holte die Tasche vom Gang, schloß die Tür und sah sich um.

Neben dem Telefon stand eine zum Aschenbecher umfunktionierte Untertasse. Sie quoll über von Kippen. Craven A. Er nahm den Hörer ab; im Display des Telefons leuchtete die absurde Summe von 39 999 Gebühreneinheiten auf. Es mochten vielleicht hundert oder hundertfünfzig gewesen sein, als der Mann vor zwei Wochen sein Apartment verlassen hatte. Er fluchte mit zusammengebissenen Zähnen und drückte die Taste für Wahlwiederholung. Die gespeicherte zuletzt gewählte Nummer begann mit 0081. Er notierte sie und wartete. In unendlicher Ferne begann eine freundliche, sanfte Stimme zu sprechen. Er verstand nichts, hatte aber den Eindruck, daß sich der Text mit geringfügigen Abwandlungen wiederholte, unterbrochen von regelmäßigen Piepstönen.

Er legte auf und setzte sich auf das graue Sofa. Der Intensität des Tabakqualms zufolge war vor höchstens einer Stunde die letzte der Zigaretten geraucht worden. Jemand, der Craven A rauchte und sich auf Sicherheitsschlösser verstand – das Türschloß war nicht beschädigt –, der außerdem wußte, wann er spätestens die Wohnung verlassen mußte, um nicht mit Lingen zusammenzutreffen, hatte äußerst ausgiebig mit der automatischen Zeitansage in Tokio telefoniert.

Der Gast hatte vermutlich auf dem Sofa geruht oder geschlafen, ohne es zum Bett auszuziehen. Er hatte Kaffee getrunken; im Müllbeutel fanden sich mehrere Filter mit Kaffeesatz. Die saubere Pfanne lehnte im Geschirrständer neben dem Becken; sie hätte im Schränkchen sein sollen. Im Kühlschrank fand sich noch eines von zehn Eiern; die Pfundschachtel Margarine war fast leer, ebenso die Flasche Cardhu, vor zwei Wochen kaum angebrochen.

Lingen füllte die Kaffeemaschine, kippte die Zigarettenstummel in den Müll und setzte sich auf das Sofa.

Das Telefon klingelte, noch ehe der Kaffee fertig war. Der Mann hob ab, räusperte sich und sagte: »Nett, daß Sie wenigstens gespült haben, Sullivan.«

Der verrückte Ire, den alle Mad Sullivan nannten, war schon lange in Deutschland. Er rauchte Craven A und hatte einmal erzählt, seinen ersten Mord habe man ihm mit drei Shilling neun Pence honoriert. Die Quersumme der Gebühreneinheiten war neununddreißig. Sullivan war die rechte oder linke Hand – das wechselte nach unerfindlichen Gesetzen – eines aus Surabaja stammenden Halbholländers. Dessen mögliche Geschäftspartner kannte Lingen nicht und wollte sie niemals kennen lernen.

»War ich Ihnen doch schuldig.« Sullivan kicherte; ein unangenehmes Geräusch. »Der Cardhu ist übrigens lecker. Natürlich kein Bushmill's, aber immerhin.« Der Akzent war kaum zu hören, eher zu ahnen.

Lingen schwieg. Er lauschte dem Gurgeln der Kaffeemaschine.

»Wir haben da einen Job für den Mann ohne Gesicht.« Sullivan sagte es mit einem leicht hämischen Unterton.

Lingen schwieg weiter.

»Sie wollen ja nicht freundlich mit uns zusammenarbeiten, deshalb mußten wir Sie ein bißchen – überreden .«

»Neuntausendeinhundertneunundneunzig Mark siebenundsiebzig«, sagte Lingen.

»Ist doch ein gutes Argument, oder? Und das quergeschlitzte Mädel hat sooo eine Stimme.«

Der Mann ohne Gesicht schwieg.

»Okay, hören Sie zu«, sagte Sullivan schließlich. »Mijnheer will Sie sehen.«

»Ich ihn aber nicht.«

»Das wissen wir; deshalb ja der Eingriff in Ihre Telefonrechnung. Erstattung plus, wenn Sie übernehmen. Sonst ...«

»Was sonst?«

»Wir wissen, daß Sie ein paar Tage in Paris waren.«

Lingen runzelte die Stirn, sagte aber nichts.

»Da ist gerade ein Libanese erschossen worden; stand in der Zeitung. Einer, an den man sonst nicht rankommen konnte. Profiarbeit.«

Der Mann ohne Gesicht bleckte die Zähne.

»Man könnte natürlich irgendwem einen Tip geben. Die anderen haben bestimmt gern eine offene Stelle weniger auf der Rechnung.«

Der Mann ohne Gesicht schlug die Beine übereinander.

»Sie haben dafür zwanzig Große plus zwei für Spesen gekriegt. Wir denken bei dem kleinen Job an fünfzig, plus Spesen. Plus Telefonrechnung.«

Lingen schnalzte leise mit der Zunge. »Paddy, Sie lassen nach.«

»Ja. Aber es gibt keinen Spielraum zum Feilschen.«

»Das meine ich nicht.«

»Was denn?«

»Sag ich Ihnen nicht. Das mache ich mit Mijnheer ab. Wo und wann?«

Sullivan grunzte. »Heute abend. Nach neun. Bei ihm.«

Lingen legte wortlos auf. Immerhin keine melodramatische Aktion mit Treffen im Hinterzimmer eines Billardlokals oder ähnlichem Kinounfug.

Er trank sein Glas leer und streckte sich auf dem Sofa aus. Fünfzigtausend – das war etwas Größeres. Mijnheer hatte nie mehr als zehntausend gezahlt; das hielt Mijnheer für ein angemessenes Honorar für einen Spitzenmann. Lingen sah das anders. Kleine, billige Jobs ließ der Halbholländer von seinen eigenen Leuten erledigen. In der Klasse zwischen zehntausend und zwanzigtausend gab es einige gute Spezialisten. Fünfzig – das war neu. Das ging über Mijnheers Gepflogenheiten hinaus. Das war etwas Großes. Etwas für einen, der eine Spezialaufgabe übernahm und hinterher sicher schwieg. Todsicher schwieg. Der Mann ohne Gesicht bedachte dies. Dann setzte er sich aufrecht und fuhr mit der Hand über seinen Nacken, als ob er Unebenes glätten müßte.

Bis zum Mittag beseitigte er die Spuren, die der Ire hinterlassen hatte, duschte, zog sich um. Sullivan mochte tausend kleine Geräte versteckt haben; Lingen konnte für das, was er tun mußte, sein Telefon nicht benutzen.

Ein grauer Granada folgte ihm langsam um den Block. Lingen hob nicht einmal die Schultern; er »versickerte« routiniert. Taxi zu einer U-Bahn, hinab, auf der anderen Seite wieder hinauf, in einen großen Laden mit mehreren Ausgängen, zum Bus. Als er den Hauptbahnhof erreichte, war er sicher, nicht mehr beobachtet zu werden. In einem kleinen italienischen Lokal nicht weit vom Dom aß er einen Fisch und bat den Wirt um zwei Tips. Er zahlte mit einem Fünfhunderter.

»Stimmt so?«

»Alles bestens, *commendatore. Va bene.*«

Die beiden Stränge, die er aufzuriffeln versuchte, kosteten schließlich einen Tausender, ergaben aber letztlich nicht viel. Das übliche Gerede, die üblichen Informationen, teils zuverlässig, teils unzuverlässig. Der Sarde vom Kiosk verwies ihn an den Vormann einer Kolonne von Fensterputzern; dieser –

Neapolitaner – wußte immerhin, daß Sullivan in den letzten Tagen mehrmals mit einem Herrn vom BDI getafelt hatte. Der Ire und die Großindustrie? Anderen Andeutungen oder Bruchstücken von Auskünften entnahm Lingen, daß Mijnheer seine Finger in den üblichen Dingen hatte: der alte Kanal nach Bonn, zu einem Ministerium; irgendeine Schieberei mit Bauaufträgen im Kölner Südwesten; ein günstiger Brand in einer Diskothek, kurz vor Mitternacht – für Mitternacht war eine Razzia angesetzt gewesen. Mehr von dieser Art, aber nichts eindeutig Verwendbares. Allenfalls die Bau-Mauschelei; Mijnheer hatte normalerweise keine architektonischen Neigungen. Vermutlich war es ein Geschäft auf Gegenseitigkeit – der Halbholländer zog an bestimmten Fäden, jemand erhielt einen öffentlichen Auftrag und revanchierte sich durch Zupfen an anderen Fäden, die Mijnheer nicht selbst in die dicken Finger kriegen konnte. Ein Türke wußte etwas von einem ehemaligen Wach- und Schließ-Mann; dieser redete von einer Tiefbau-Firma und Vermessungsarbeiten. Offenbar sollten in Bonn demnächst einige hundert Millionen an öffentlichen Geldern ausgegeben werden, um dreißig Arbeitsplätze zu sichern und U-Bahn- oder Straßentunnel zu bauen, die keiner haben wollte. Der Besitzer eines Massagesalons und zweier Kneipen, ein noch relativ junger Kölner (Importeur von Thai-Mädchen) wußte, daß ein bestimmter Professor für ein Baugutachten fünftausend Mark und für eine bestimmte Formulierung in diesem Gutachten fünfundzwanzigtausend Mark erhalten hatte; ein schäbiger kleiner Detektiv, der manchmal von Sullivan für schäbige kleine Nebenjobs eingespannt wurde, hatte – nach Auskunft eines Arbeiters im Straßenbahndepot – für Sullivan irgendwen in Bonn bespitzelt, angeblich einen Diplomaten, und war einen Tag nach Erledigung des befristeten Auftrags volltrunken unter einen Lkw geraten.

Lingen hatte den kleinen Detektiv gekannt; ein Männlein mit Spitzmausgesicht, passionierter Jogger und absoluter Antialkoholiker. Als er von seinem letzten Kontaktmann des Tages erfuhr, daß in der Nähe des Unfallorts am fraglichen Nachmittag der Lastwagen einer bestimmten Bonner Spedition alte Büromöbel geladen hatte, nickte er nur.

Das übliche Gemenge und Gemauschel, Klatsch und Klüngel. Jemand – Lingen wußte nicht mehr, wer – hatte gesagt: Mit der Abschaffung der Korruption entzog sich die Justiz jeder vernünftigen Kontrolle. Nun ja; Justiz und Politik arbeiteten längst wieder kontrolliert; nichts an all den Informationen deutete auf besondere Vorkommnisse. Allenfalls der beschattete Diplomat. Leute von Ämtern und Ministerien steckten in nahezu jedem Dreck, aber Diplomaten trieben ihre Spiele normalerweise auf einer anderen Ebene. Sie war zweifellos ebenso schäbig und schmierig, stand aber nur selten mit der Ebene der gewöhnlichen Dinge im Raum Köln-Bonn in Verbindung.

Ohne Selbstgerechtigkeit hielt der Mann ohne Gesicht sich für einen anständigen Killer und wollte sich nicht durch Umgang mit Politikern besudeln. Er kannte niemanden, der je wirklich den Staat geachtet hätte, aber seit Machtantritt des klobigen Pfälzers hatte sich ringsum die Stimmung erheblich geändert – von passiver Geringschätzung zu aktivem Hohn. Anders als die Leerstelle im Kanzleramt (die Formulierung stammte von einem christdemokratischen Kommunalpolitiker) konnte Lingen sich nicht jeden Tag vor dem Frühstück mit einer Flasche Spätlese einnebeln (die Information stammte von einem Journalisten), sondern mußte immer wach sein und für sein Geld hart arbeiten. Derlei Gedanken brachten ihn wieder zu Mijnheer zurück, einem begnadeten Politiker. Lingens Schwester hatte einmal für Mijnheer gearbeitet, fünf Wochen lang, bis eine halbe Minute vor ihrem

Tod. Mijnheer und Sullivan wußten, daß Lingen wußte. Er holte seinen grünen Ascona aus dem Hinterhof in Müngersdorf, wo er ihn vor zwei Wochen abgestellt hatte, und während er in die beginnende Nacht nach Osten fuhr, ins Bergische hinein, bedachte er all dies noch einmal. Zwei Leute wußten, daß er an diesem Abend zu Mijnheer und Sullivan fuhr; das war seine Kurzzeit-Lebensversicherung. Sullivan und Mijnheer würden davon ausgehen, daß er nicht ohne Rückendeckung zum Rendezvous kam. Auf der Autobahn überlegte er, ob er nicht lieber die Telefonrechnung selbst bezahlen und sich von dem Gespann aus Javakröte und irischem Skorpion fernhalten sollte. Wieder sträubten sich seine Nackenhaare. Aber die winzige Chance, nicht selbst der Tote zu sein, lockte ihn. Denn sie bedeutete, daß er vielleicht mit Mijnheers Geld Mijnheers offene Rechnungen begleichen konnte. Und diese Aussicht war bei aller Winzigkeit der Chance zu attraktiv.

»Lorre ist stinkig. Jemand hat uns gesehen.« Filder sagte es mit beherrschter Stimme und ohne die anderen anzusehen.

»O heilige Scheiße.« Der kleine Mann, den sie Pattex nannten, weil er wundersame Dinge mit Sekundenklebern zustande brachte, blickte von seiner Lektüre auf. Der *Express*, Ausgabe Bonn, erging sich in blumigen Details über die »Hinrichtung auf den Schienen«. Pattex faßte sich an die Nase, deren Spitze vor Jahren von einem Messer gespalten worden und nur ungern zusammengewachsen war. »Davon steht hier aber nix.«

Filder, lang, unrasiert und mit schmierigen Strähnen, ließ sich auf einen Stuhl plumpsen. Der Raum war staubig und unaufgeräumt; überall einzelne Kleidungsstücke, Zeitungen, leere Bierflaschen, schmutzige Gläser. Es stank nach Schweiß und schalem Zigarettenrauch. Die Aschenbecher quollen über. An der Wand hing, über einer besonders schadhaften Stelle der Tapete, ein billiger Druck von Rembrandts *Nachtwache* neben Nackedeis aus *Playboy* und *Penthouse*.

»Kannste dir aber doch denken.« Filder zündete sich eine Zigarette an und griff nach der Thermoskanne. Der Becher, in den er den Kaffee goß, war seit der letzten Spülung mindestens dreimal benutzt worden.

»Wieso?«

»Mann, haste denn den Mist in dem Käseblatt da nich gelesen? Von wegen Hinrichtung und so. ›Die Polizei geht davon aus‹ und so weiter. Dabei hätte man den eigentlich für nen Besoffenen halten müssen.«

Pattex zuckte mit den Schultern. »Bei Bullen weiß man nie...«

Der dritte im Raum hatte die Schuhe auf die Tischkante gelegt, schaukelte mit dem Stuhl und reinigte sich die Fingernägel. Dazu benutzte er eine Gabel mit Horngriff. Die an den Lippen schnüffelnde Nase und gewisse Fernsehgewohnheiten hatten ihm den Namen Gonzo eingetragen. Der alte Spitzname Geier war jedoch unvergessen und paßte besser.

»Scheiß drauf. Hat uns eben einer gesehen. Na und?« Er hob den kleinen Finger der Linken, mit besonders langem Nagel, und hielt ihn gegen das Licht, das durch die schmierigen Vorhänge sickerte.

Ettore legte seine *Gazzetta dello Sport* beiseite. Er war klein und drahtig, trug Hundezahn-Jackett und karierte Hose. Seine Tolle war zu aufmüpfig, um zu schmachten. Das linke Ohrläppchen fehlte. »Was schiefgelaufen.«

»Was schiefgelaufen!« Filder äffte ihn nach. »Kannste wohl sagen, Mann. Und die kriegen bestimmt auch noch raus, wie die Fetzen früher geheißen haben.«

Die Tür, die Filder eben hinter sich geschlossen hatte, öffnete sich. Der große, breitschultrige Mann mit quadratischem Schädel blickte finster auf die Versammlung. Die weit auseinanderstehenden Froschaugen glitzerten grau.

»Ich hab's ihnen schon gesagt.« Filder hob die Hand.

Lorre lehnte sich einen Moment an den Türrahmen. Aus dem offenen Kragen des weißen Hemdes quollen melierte Brusthaare, passend zur Struktur des englischen Anzugs. »Ihr seid eine Bande von Idioten. Erst laßt ihr ihn rumbumsen, bis er uns in die Scheiße geritten hat, und dann packt ihr ihn so weg, daß jemand euch dabei beobachten kann.«

Ettore blickte an ihm vorbei. »Herr Ali so gewollt«, sagte er halblaut.

Lorre knurrte irgendwas. »Habt ihr am Ende noch einen von unseren Wagen genommen? Oder von Ali?«

Filder schüttelte den Kopf. »Nee. Wie üblich, Chef.«

Lorre verschränkte die Arme. »Na gut. Aber das muß jetzt schnell bereinigt werden – morgen oder übermorgen, nicht später.«

»Warum nix heute?« Ettore legte die Hände flach auf die Zeitung.

»Heute haben wir andere Probleme.« Er überlegte. »Miete kassieren, in den beiden Bunkern. Das macht Filder. Aber reiß dich am Riemen.«

Filder nickte. Die Quartiere der Gastarbeiter im Bonner Norden waren meistens sein Job.

»Pattex und Ettore. Ihr nehmt den Kombi und fahrt nach Saarlouis. Da ist eine Ami-Lieferung hängengeblieben. Aber laß euch auf nichts ein. Die Einzelheiten hab ich mit denen schon geklärt.«

Ettore nickte; Pattex pfiff leise. »Wieso wir beide? Sonst macht das doch nur einer.«

»Was Größeres. Ziemlich groß. Ich reiß euch den Arsch

ab, wenn was schiefgeht. Am liebsten würd ich selber fahren, aber ich hab was anderes zu tun. – Gonzo.«

Der Geier stand auf, legte die Horngabel auf den Tisch und folgte Lorre ins Büro. Die andern verschwanden durch die Eingangstür.

»Paß auf.« Lorre nahm eine Karte vom Schreibtisch. »Hier habt ihr diesen Unsinn verzapft, stimmt's?«

Gonzo beugte sich über die Karte. »Volmershoven, ja.«

»Da. Da steht ein altes Bahnwärterhäuschen oder so. In dem Ding wohnt ein Mann. Der hat euch gesehen.«

Gonzo verzog den Mund.

»Er hat euch gesehen, und offenbar hat er gute Augen. Jemand ist mit einer Taschenlampe unvorsichtig gewesen, und einen von euch hat der Typ beschrieben. Nicht nur das. Er hat sogar ne Skizze gemacht. Er ist nämlich Maler.«

Gonzo machte mißbilligende Geräusche, irgendwo tief in der Kehle. Als ob die Welt kein Ort für Maler wäre.

Lorre runzelte die Stirn. »Hör auf zu kollern. Also, die Skizze allein reicht nicht, aber sie ist schlimm genug. Sie wird verschwinden; vielleicht macht aber vorher einer ne Kopie. Muß man mit rechnen. Trotzdem – kritisch wird's erst, wenn die mit der Skizze oder der Kopie einen von euch identifizieren und zur Gegenüberstellung holen.«

»Wer von uns isses denn?«

»Weiß ich noch nicht. Ist auch egal. Der Mann, dieser Maler, muß verschwinden, klar? Sauberer Schuß oder so. Keine Gegenüberstellung, keine Beweise. Skizze allein reicht nicht.«

»Woher wissen Sie, Chef? Haben Sie einen bei den Bullen?«

Lorre hob eine Braue. »Egal, wo, jedenfalls weiß ich's. Ich geb dir drei Tage, dann muß das klar sein. Hol dir ne Knarre, die nicht zu uns verfolgt werden kann.«

Gonzo nickte.

Lorre zog eine Schublade seines Schreibtischs halb heraus und entnahm ihr ein Bündel Geldscheine. Er zählte fünf Hunderter ab und schob sie Gonzo hin. »Für Spesen.«

Gonzo nickte.

Lorre wußte nicht genau, woher die Lieferung in Saarlouis stammte, sie mußte aber ziemlich heiß sein. Von einem rudimentär ausgebildeten Mann abzufeuernde Boden-Luft-Projektile des Typs Stinger liegen nicht jeden Tag auf der Landstraße. Der Preis war während des zweiminütigen Telefonats um ein Drittel gefallen; offenbar war alles (die Lieferung enthielt noch mehr, nur erstklassige NATO-Ware) derart heiß, daß die Fingerkuppen des Verkäufers unausgesetzt zischten.

Der Spediteur wußte nicht genau, wohin mit den netten Geräten; aber weder die Unterbringung noch der Weiterverkauf konnten schwierig sein.

Ein Anruf riß ihn aus seinen Grübeleien. Das Telefonmädchen stellte zu ihm durch, da keiner der Speditionskaufleute im Haus war. Jemand wollte umziehen, brauchte einen Kostenvoranschlag, möglichst bis vorgestern. Lorre notierte, stellte ein paar Fragen, vereinbarte einen Besuchstermin für den nächsten Tag, änderte seine Meinung und versprach, gleich selbst vorbeizukommen, wenn es genehm sei. Es war.

Immerhin, dachte er, als er sein Büro verließ, kann man sich als Spediteur ja auch mal wieder um einen Umzug kümmern. Vielleicht bringt es einen auf andere Gedanken.

Er dachte aber, während er zu der angegebenen Adresse fuhr, immer wieder an anderes. Zum Beispiel an Pattex, dessen Gesicht der Maler skizziert hatte; die Beschreibung war eindeutig genug für Lorre, wenn auch – vielleicht – nicht für die Polizei. Pattex bastelte viel, in seiner freien Zeit. Er hatte, soweit Lorre wußte, keine großen Neigungen zu

Frauen oder zu Männern; vielleicht war die Verfertigung eines naturgetreuen Kölner Doms aus einer Milliarde Streichhölzern eine verquere Form der Sexualität. Er wußte es nicht, es war ihm auch vollkommen gleichgültig. Er dachte an eine der zahlreichen Meisterleistungen des Klebers – beim Ausräumen einer vermeintlich vorübergehend unbewohnten Villa war plötzlich der Besitzer aufgetaucht; im Schlafanzug. Pattex hatte die Klobrille mit Sekundenkleber überzogen, den Mann gezwungen, die Pyjamahose auf die Knöchel herabzulassen und ihn dann mit einem leichten Stups zum Stuhlgang gebracht. Einem langwierigen Aufenthalt. Der arme Kerl hatte gesessen, bis die Jungs mit dem Ausräumen fertig waren; dann hatte er die Brille aus der Verschraubung an der Schüssel gebrochen und sich zum Telefon begeben. Später wurde er operiert und konnte danach sehr lange nicht sitzen.

Schade um Pattex.

Seine Exzellenz der Botschafter der Republik Andinien trank wie üblich vor dem Frühstück ein halbes Duralex-Glas mit Brandy (103, Etiqueta Negra), an der hauseigenen Espressomaschine unter gewaltigem Zischen erhitzt. Es ließ ihn dem Rest des Tages mit größerer Gelassenheit entgegensehen. Beim Frühstück – schwarzer Kaffee, Brötchen, Orangenmarmelade, *jamón serrano* (nur mit Diplomatenkurier aus Spanien zu beziehen) und Malossol-Kaviar – überflog er die Vortags-Ausgabe von *El País*, dann mit gleichgroßem Desinteresse den Bonner *Generalanzeiger* und die *FAZ*. Schließlich seufzte er, tupfte sich mit einer Spitzenserviette die Mundwinkel, schob den Stuhl zurück, stand auf und ging in die Diele.

Während er – langwieriges Verfahren – seitlich vor dem

Spiegel stand und die Weste zuknöpfte, räumte Jaime den Tisch im Speiseraum ab. Der ältere Mann – Butler, Gärtner, bei offiziellen Anlässen auch Chauffeur – räusperte sich dezent. Mit dem Tablett in Händen trat er in die Tür, erschien hinter dem Oberkörper-Profil des Botschafters im Spiegel.

Seine Exzellenz hob eine feine Braue.

Jaime (eigentlich hieß er Félix García Ridruejo, aber alle guten Butler müssen James heißen, in welcher Sprache auch immer) setzte das Tablett auf den Mahagonitisch der Diele und trat näher, um seinem Herrn in die elegante Jacke des Florentiner Maßanzugs zu helfen.

»La señorita no está.«

S. E. Ubaldo Villalba Narváez ließ die Information auf sich wirken. Jaime pflückte mikroskopische Staubteile von Schulter und Kragen des Jacketts.

Villalba haßte den Kern der Mitteilung; genauer: die absehbaren Folgen. Seit der Scheidung vor vier Jahren war sein Leben einfacher und angenehmer geworden; die nächtliche Abwesenheit seiner Tochter Rocío (denn wäre sie nur früh am Morgen aus dem Haus gegangen, hätte Jaime nicht gesagt, sie sei nicht da, sondern schon weg) würde Fragen, Übereinkünfte, Modifizierungen der überkommenen Hausordnung, insgesamt Unruhe und Störung nach sich ziehen. Villalba haßte Unruhe. Seine bescheidene diplomatische Arbeit und seine vielfältigen erotischen Allianzen und Verpflichtungen gediehen auf dem Humus häuslicher Ereignislosigkeit.

Wortlos verließ er die Residenz im Godesberger Villenviertel. Er trat gegen den linken Vorderreifen des olivfarbenen Jaguars, ließ sich in den Sitz fallen, knallte die Tür zu und startete hektisch. Der Motor jaulte; dann jaulten die Reifen, als er den Wagen aus dem mit einer Ziegelmauer eingefaßten Hof schießen ließ. Beinahe hätte er einen auf dem Bürgersteig gegenüber stehenden hellblauen VW-Transporter gerammt.

Er registrierte, daß zwei Männer darin saßen; dann mußte er einem Pkw ausweichen, der unvernünftig korrekt auf der für seinen Fahrer rechten Straßenseite fuhr. Villalba ignorierte eine Ampel, die eben auf Rot schaltete, hupte Fußgänger von einem Zebrastreifen, schnitt auf der Rüngsdorfer Straße zwei Radfahrer. Wegen der Baustelle auf der Konstantinstraße – fast hätte er sie vergessen – bog er am Römerplatz ab und jagte einen Wagen der bolivianischen Botschaft durch die enge Rheinstraße. In der Rolandstraße, oberhalb der französischen Botschaft, war sein Unmut verflogen, und als er viel zu schnell um die Marienkapelle quietschte, geschah es eher aus sportlichen Gründen. Er winkte seinem madegassischen Kollegen zu, der mit sorgenvollem Gesicht dem Tagewerk entgegenwanderte, und kurz vor Erreichen der andinischen Botschaft überfuhr er mit Lust eine feiste Amsel.

Seufzend, aber milder im Herzen, lenkte er den Jaguar auf den Botschaftsparkplatz. Er sah einen vertretbaren Kurs vor sich, einen Kompromiß, mit dem man würde leben können. Rocío sollte sich auswärts vergnügen, die Nächte verbringen, wo sie wollte; solange er in der Residenz keine plumpen deutschen Studenten beherbergen mußte, die seine Tochter beschliefen und ihn beim Frühstück zu trister Konversation zwangen; solange er den Tag mit Brandy, Zeitungen und Schweigen beginnen konnte...

Die kleine Botschaft des kleinen Landes verfügte über eine große Glastür. Villalba betrachtete sein durchscheinendes Abbild, bevor der Pförtner öffnete, und er war zufrieden. Schlank, elegant, *top*; mit federnden Schritten betrat er sein Reich.

Seine Sekretärin, eine mollige Blondine, die ihm bisweilen über libidinöse Durststrecken half, begrüßte ihn mit einem angedeuteten Knicks und einem fragenden Blick. Als er den Kopf schüttelte, zog sie einen Flunsch. Vermutlich war sie ernsthaft verliebt; Villalba erwog nicht zum ersten Mal, sich von ihr zu trennen. Andererseits war es angenehm, an lauen Vormittagen von Überdruck befreit zu werden, ohne selbst allzu aktiv werden zu müssen.

Auf dem alten Schreibtisch aus englischer Eibe lagen Papiere. Die Sekretärin würde sie wie immer nach Wichtigkeit und Dringlichkeit sortiert haben, die ödesten ganz unten. Sie brachte ihm den Cappuccino, die Zigarrenschere, das Kästchen und den Aschenbecher und zog sich zurück.

Villalba rauchte einige Minuten lang, mit geschlossenen Augen; er dachte an Rocío und überprüfte seinen Entschluß. Dann legte er die Partagás in den Aschenbecher, nahm einen Schluck aus der Tasse und überflog die Papiere. Nichts von Bedeutung; abgesehen von den unerfreulichen Kontoauszügen.

Vorübergehend würde der Mann, dessen Besuch für zehn Uhr dreißig vorgesehen war, hier Abhilfe schaffen. Villalba schaute auf die kostbare, flache, aufrechte Quarzuhr. Eine Sonderanfertigung für ihn, mit ausgetauschtem Zifferblatt, auf dem das überflüssige *t* aus »Quartz« fehlte. Er seufzte und machte sich über die Papiere her.

Carlo Neumann sah eher aus, als ob er Karlchen Knolle heißen müßte, aber immerhin war er pünktlich. Er wartete, bis die Sekretärin ihm Kaffee gebracht hatte. Als die Tür wieder geschlossen war, öffnete er seine Mappe und legte einen Stoß mehrfarbiger Papiere und einen dicken Umschlag auf den Tisch.

»Was haben wir diesmal?«

Der kleine Dicke grinste. »Saatgut für die Republik Andinien. Und ein bißchen Diplomatengepäck; ein Container.«

Villalba nickte. Den Papieren zufolge – er blätterte rasch, eher um den Anschein zu wahren – kam das gesamte Transportgut aus der Bundesrepublik und sollte in Antwerpen verladen werden. Andinia, via Barranquilla. Irgendein geschmierter Angestellter einer großen Spedition und Zollagentur würde die Papiere, zusammen mit tausend anderen, bei einem deutschen Zollamt abstempeln lassen. Die Waffen lagen natürlich in Belgien, wo sie hergestellt worden waren, und hatten sich niemals auf deutschem Boden befunden. Villalba fand das Verfahren umwegig, aber gerecht. Er blickte mit einer gewissen Zuneigung auf den dicken Umschlag; dann nahm er die beeindruckenden Stempel aus der Schublade und versah die Papiere an den vorgesehenen Stellen mit allen nötigen Vermerken. Die Lieferung, hiermit amtlich für dringend et cetera erklärt, würde vermutlich in Barranquilla oder einem anderen Karibikhafen an Bord eines kleineren, älteren, schäbigen Schiffs geschafft und zum eigentlichen Empfänger gebracht werden. Honduras, Guatemala, El Salvador, Nicaragua ...

Neumann ging, mit seinen Frachtpapieren. Villalba wartete einen Moment; dann klingelte er der Sekretärin und bat sie, ihm ein Taxi zu bestellen. Sie betrachtete ihn verwundert.

»Ach so«, sagte sie dann. »Der Empfang.«

Gegen elf Uhr (*c.t.*) erwartete man S.E. in der Residenz eines afrikanischen Gesandten, der Bonn bald verlassen würde. All dies, das Datum wie auch die Lage der Residenz, war günstig und kam Villalba entgegen.

»Ich werde anschließend noch etwas in der Stadt erledigen«, sagte er. Sein Deutsch war makellos. »Ich glaube nicht, daß ich vor fünfzehn Uhr zurück sein werde.«

Als sie gegangen war, öffnete er mit der Elfenbeinklinge den Umschlag. Es mußte sich um eine wertvolle Lieferung handeln; seine »Gage« richtete sich nach dem Wert der Ware. Diesmal enthielt der Umschlag sechzigtausend D-Mark und vierzigtausend Schweizer Franken. Er nahm zehntausend

Mark heraus und steckte sie zusammen mit einigen Zeitungsausschnitten – aus dem hierfür angelegten Vorrat in der Schublade – in einen anderen Umschlag, den er sorgsam zuklebte. Den Rest brachte er zum Wandsafe, aus dem er einen kleinen Lederbeutel holte. Dieser enthielt etwas, das Villalba vor einigen Wochen in Luxemburg erstanden hatte. Es gab noch mehr derartige Säckchen im Safe.

Zurück zum Schreibtisch. Er zögerte einen Moment, dann nahm er den Hörer ab und wählte. Die Vorzimmerdame des höheren Beamten im Justizministerium bestätigte die Verabredung für den Nachmittag.

Kurz vor Mittag verließ er den Empfang wegen unaufschiebbarer Termine. Er schlenderte zwei Straßen weiter und ging durch einen verwilderten Garten. Am Ende des ungenutzten Grundstücks stand eine überwucherte Mauer mit einer rostigen Tür; er stieß sie auf und betrat einen englischen Rasen.

Die Dame erwartete ihn; sie öffnete die Terrassentür des Wohnzimmers und ließ ihn ein.

»Gegen eins kommt ein Handwerker. Die Heizung«, sagte Irene Stein. Sie stellte sich auf die Zehenspitzen und küßte Villalba.

»Dann wollen wir nicht zögern«, sagte er halblaut, als er sich aus der Umarmung befreit hatte. »Auch in der Eile kann Genuß liegen.« Er deutete eine Verneigung an.

Sie kicherte und ging vor ihm her ins Schlafzimmer, schloß das Fenster und zog die Vorhänge zu. Villalba schlüpfte aus der Jacke und legte die Krawatte auf einen Stuhl. Irene Stein stieg aus den hochhackigen Schuhen; auf hauchdünner Seide ging sie in die Küche. Villalba nahm den Umschlag aus der Innentasche der über den Stuhl gehängten Jacke und verstaute ihn in der schwarzen Mappe, die am linken Nachttischchen lehnte.

Madame kehrte zurück, mit einem Pokal voll Champagner. Es war unauffälliger und interessanter, bei diesen Gelegenheiten zu zweit aus einem Gefäß zu trinken.

Gegen halb eins, als sie gerade beide fertig waren, klingelte das Telefon.

»Rücksichtsvoll«, murmelte Villalba.

Sie reichte ihm den Pokal und glitt bäuchlings auf die andere Seite des Betts, um den Hörer abzunehmen.

»Stein.«

Pause. Dann warf sie ihm einen verblüfften, fast zornigen Blick zu und sagte: »Nein, Herr Villalba ist nicht hier. Wer ist denn da überhaupt?«

Villalba setzte sich auf. Er schüttelte den Kopf.

»Moment mal.« Sie deckte die Muschel mit der Hand zu und fauchte ihn an. »Hast du ...? Ein Mann. Er sagt, es geht um deine Tochter.«

Villalba stellte den Pokal ab. Er schluckte. »Ich ... ich bin immer diskret. Kein Wort, kein Zettel, nichts. Meine Tochter? Gib her.«

Der Mann am anderen Ende der Leitung hatte einen kaum merklichen Akzent. Englisch? dachte Villalba. Nicht ganz. Aber er war zu besorgt, um genauer hinzuhören.

»Hören Sie mal zu. Wie Sie bemerken werden, kennen wir Ihre diplomatischen Vergnügungen. Wir wissen noch zwei oder drei andere Dinge.«

»Wer sind Sie?«

»Unterbrechen Sie mich nicht. Seit gestern abend haben wir Ihre Tochter. Rocío.« Er sprach es mit einem englischen *r* aus; es klang wie Rosie-oh. »Wir hätten da eine kleine Bitte an Sie, die Sie uns sicher nicht abschlagen werden. Nur, um ganz sicher zu sein, haben wir eine kleine Demonstration unserer Ernsthaftigkeit vorbereitet. Ich schlage vor, Sie fahren jetzt schnell nach Hause und werfen einen Blick in den Geräteschuppen in Ihrem Garten. Sie hören dann wieder von uns.«

Villalba öffnete den Mund, aber der Mann hatte schon aufgelegt.

»Was ist denn los?«

Er betrachtete Irene Stein, ohne sie tatsächlich zu sehen. »Jemand muß mich beobachtet haben«, sagte er halblaut. Er schluckte. »Erpressung.«

Sie riß die Augen auf und starrte ihn an.

Er nickte. Ohne Eleganz, wie mit einer Bürde auf den schlanken Schultern, stand er von der Bettkante auf. Dann ballte er die rechte Hand und sagte etwas, was sonst gar nicht zu seinem Stil und Vokabular paßte.

»*¡Mierda con salsa verde!*«

2

Die Skizze vom Gesicht des Toten, gesehen bei Nacht und Morgendämmerung und im Licht einer tanzenden Stablaterne, gesehen von einem scharfsichtigen Maler aus etwa fünfundzwanzig Metern Entfernung. Die zweite Skizze: Gesicht eines der Männer, die ihn auf die Schienen gelegt hatten.

»Kopieren, bitte.«

Der Assistent, ein Kilo Papiere unter dem Arm, legte den Stapel ab, legte die Skizze darauf, klemmte sich den Haufen wieder unter den Arm und ging.

»Viel ist es ja noch nicht«, sagte der Mann vom BKA.

»Immerhin genug, um Sie einzuschalten.« Die Stimme des Hauptkommissars enthielt eine Andeutung von Ressentiment, gemischt mit Stolz auf die selbstverständlich, wenn auch ungern, erfüllte Informationspflicht gegenüber der höheren Instanz.

»Erstaunliche Augen, dieser Krollmann«, sagte das BKA.

»Mhm«, sagte die Bonner Kripo.

»Also, wenn die zweite Skizze, die von einem der Täter, so genau ist wie die vom Opfer, dann müßten wir den Mann bald erwischen können. Mir ist nur schleierhaft, was die Mullahs mit der Sache zu tun haben sollen.«

»Er stand auf der Abschußliste. Da muß man mit allem rechnen.«

Der Mann vom BKA nickte und zündete sich die nächste Zigarette an.

»Aber ohne Krollmanns Aussage...«, sagte der Hauptkommissar.

»Ich weiß. Dann wär's nur ein Betrunkener, der über die Gleise stolpert und von einem Zug erfaßt wird. Vielleicht hätte man routinemäßig Fingerabdrücke oder so etwas...«

»Vermutlich nicht. Wir hätten wahrscheinlich eine Autopsie machen lassen. Der Junge war randvoll, bis zur Halskrause. Drei komma acht Promille, schätzen die Mediziner. Alkoholvergiftung. Desorientiert. Unfall.«

»Immerhin. Die Hände waren noch halbwegs heil. Hm. Also eine iranische Abschußliste.«

Der Hauptkommissar verzog das Gesicht. Er mochte »Persisch« und »Persien« lieber; er fühlte sich auch keineswegs verpflichtet, alle Staaten der Welt in der jeweiligen Landessprache zu erwähnen – Tschung-hua statt China zu sagen oder gar Pyi-Daung-Su Socialist Thammada Myanma Naingng-an-Daw statt Burma. »Ja«, sagte er. »Abgebrochener Student. Zeitweilig Mitglied der hiesigen Volksmudschahedin. Hat gegen Khomeini geredet, geschrieben und demonstriert. Einmal vor der Botschaft in Godesberg. Dabei, wenn nicht früher, ist er aus dem Gebäude fotografiert worden. Die Liste haben wir von ein paar persischen Krawallbrüdern aus Mainz. Deshalb haben wir das BKA informiert.«

»Es ehrt Sie.« Kein Sarkasmus. »Trotzdem... ich weiß nicht. Seit anderthalb Jahren keine politische Aktivität, dafür ein kleiner Diebstahl, der ihm nicht nachgewiesen werden konnte. Fingerabdrücke, Zeugen, vielleicht nur zufällige Anwesenheit und Berührung des gestohlenen Wagens im Vorübergehen. Haben wir wirklich keine andere Möglichkeit?«

»Als was?«

»Als in Teheran nachzufragen, ob die vielleicht... Ich

meine, gibt es keine andere denkbare Ursache für diese – na ja, Exekution?«

Der Hauptkommissar breitete die Arme aus. »Spekulieren können wir lange. Mich macht nur eins stutzig. Die Lage.«

»Welche? Die von diesem Kaff? Voll- wie war das?«

»Volmershoven. Nein. Oder ja, die auch. Dieser Ahmed hat zuletzt wohl in Bonn gewohnt. Wenn jemand ihn umbringen will, warum dann nicht Gift, Messer, Kugel in Bonn? Ein Stoß vor die U-Bahn? Irgendwas dergleichen? Wieso ausgerechnet da draußen, auf dieser Bummelbahnstrecke? Und vor allem: Wieso mit den Füßen zum Zug?«

»Wollen Sie auf was Bestimmtes hinaus?«

Der Hauptkommissar legte die Hände in den Schoß. »Jein. Aber es hätte doch völlig gereicht, ihn einfach quer über die Schienen zu legen. Mich erinnert das an alte Märchen – spielt im Orient von Karl May oder so. Da wird einer, der mit der Hand gesündigt hat, an der Hand bestraft. Abhacken. Böser Blick – Auge raus ...«

Jemand trat ein, legte einen Aktendeckel auf den Tisch und ging wieder.

»Hier«, sagte der Hauptkommissar, während er den Deckel öffnete, »das sieht doch fast so aus, als ob es Absicht gewesen wäre, daß die Lok diesen Ahmed kastriert, ehe sie ihn zerfetzt.«

Der Mann vom BKA runzelte die Stirn. »Sie denken an Vergeltung für mißbräuchliche Nutzung der eigenen oder fremder Genitalien?«

»Wenn Sie es unbedingt so ausdrücken wollen ... Ah. Das ist interessant.« Er schob das Blatt über den Tisch.

»Was ist das? ›Eingehende Untersuchungen am Tatort ...‹ Oho. Dann ist unser Ahmed also an den Absätzen und an den Haaren mit einem Sekundenkleber auf die Schienen ... Schwellen ... Jesses.«

»Das heißt«, sagte der Hauptkommissar mit düsterer Befriedigung, »daß die anderen sichergehen wollten, daß er sich, selbst wenn er sich im Vollrausch drehen will, nicht von der Stelle und aus der Spreizstellung bewegen kann.«

Die Tür flog auf; der Assistent stürzte herein, blaß und ohne Papiere. »Die Skizze...«

»Ja?«

»Sie ist weg.«

Das BKA zweifelte. »Weg?«

Die Kripo staunte. »Einfach so futsch? Ja Mensch, sind Sie von allen guten Geistern verlassen?«

»Ich... ich hab den Stapel auf den Kopierer gelegt und bin... bin mal eben austreten gewesen. Wie ich zurückkomm, ist die Skizze weg. Hat obenauf gelegen. Ich hab den ganzen Gang abgesucht, untern Kopierer gekuckt – nix.«

»Der Kopierer steht im *Gang*?« Äußerste Mißbilligung seitens des BKA.

»Leider. – Worauf warten Sie noch? Suchen, fragen. Wer war im Gang?«

Der Assistent zupfte an seinem Ohrläppchen. »Das ist es ja. War grade Hochbetrieb. Ein halbes Dutzend von uns, ein paar Sekretärinnen. Streifen, mindestens sieben oder acht. Ein paar Zivile. Und Zivilisten. Und außerdem ein Trupp aus irgend nem Ministerium; da war doch ne Besprechung.«

»Schöne Scheiße.«

Das BKA hob die Brauen. »Na ja, dann müssen wir den guten Maler noch mal behelligen. Hoffentlich erinnert er sich mit Abstand immer noch so gut.«

Dr. Rupert M. Stein wurde ungern mit einem Kuß auf den Mund begrüßt. Dann war seine Frau in der Laune, dort weiterzumachen, wo sie tagsüber mit ihrem Besucher aufgehört hatte. Er wußte, daß sie nicht wußte, daß er wußte, und daher konnte er ihr nicht offen sein Mißfallen bekunden. Er schälte sich aus der Umarmung.

»Zuerst einen Drink, Liebes, ja?« Er sagte es über die Schulter, während er sich ins Schlafzimmer begab. Irene trug eine offenherzige Bluse und einen kurzen Rock. Sie war barfuß. Er hörte sie am Getränkeschrank im Wohnraum rumoren.

Das Bett war frisch bezogen. Er kaute auf der Unterlippe, zog langsam das Jackett des Nadelstreifers aus und hängte es über den Stuhl vor dem kleinen Mahagonisekretär. Gebückt löste er die Schnürsenkel, streifte die Schuhe ab, schlüpfte in die bequemen Hauslatschen. Der Umschlag in der kleinen Mappe fühlte sich ein wenig dicker an als sonst. Im Wohnzimmer klirrte Glas; Stein riß den Umschlag auf, zählte, grunzte und steckte das Couvert samt den zwanzig Fünfhundertern in die große Mappe, die er zwischen dem Haus und dem Auswärtigen Amt hin und her trug.

Mit gelockerter Krawatte schlurfte er ins Arbeitszimmer, stellte die Mappe auf den Windsorstuhl vor dem Schreibtisch, blieb dann stehen und starrte aus dem Fenster in den Garten, ohne etwas zu sehen. Er dachte an gewisse Fehler, die er einmal begangen hatte, an den schmierigen *latin lover*, die schmierige Übergabetechnik, die er selbst vorgeschlagen hatte und die schmierige Atmosphäre.

»Ich hasse euch. Diese Sache muß aufhören«, murmelte er heiser. Dann drehte er sich um, als er das Brett im Flur, vor der Schwelle zum Arbeitszimmer, knarren hörte.

»Danke, Schatz.« Er nahm den Gin-Tonic entgegen und trank Irene zu. Sie lächelte, aber nur mit dem Mund.

»Gibt es was Neues?«

Er lehnte sich an die Schreibtischkante. »Ja und nein. Es ist klar, daß es bald rauskommen muß, aber bisher gibt's nur Andeutungen. Jemand hat angeblich was von Washington gesagt.«

Nun lächelten auch die Augen. »Aber das wäre doch toll!«

»Ja, natürlich. Nach drei Jahren Bonn... Aber allmählich geht mir die Ungewißheit auf die Nerven.«

Sie nickte. »Schade«, sagte sie dann versonnen. »Wenn du es wüßtest, könntest du dich da ja schon mal umschauen.«

Er hob eine Schulter. »Kaum. Die haben uns wieder dermaßen viel in die paar Tage hineingepackt... Und die Delegation ist klein, da kann man nicht einfach zwischendurch mal einen halben Tag verschwinden.« Er seufzte. »Außerdem wird die Abreise der nackte Terror.«

»Wieso?«

»Per Hubschrauber vom Kanzleramt nach Wahn. Der Blötschkopp will uns unbedingt noch ein paar leere Reden mitgeben.« Die unfreundliche rheinische Bezeichnung hatte er vor ein paar Tagen von einem Taxifahrer gehört; sie erschien ihm durchaus angemessen.

»Auch das wirst du überstehen.« Irene sagte es mit einem kehligen Gurren und einem dräuend-verheißungsvollen Augenaufschlag.

»Nett, daß du mir soviel zutraust. – Und du? Gibt's hier was Neues?«

Sie zögerte. »Die Heizung ist repariert«, sagte sie dann. »Wir haben wieder heißes Wasser.«

»Ah ja.« Sein Magen meldete sich, knurrend. Er legte die linke Hand auf den Bauch. »Was gibt's heute abend?«

Sie streckte ihm die rechte Hand entgegen. »Avocados. Obstsalat. *Filet moutarde*.« Sie fuhr sich mit der Zunge über die Unterlippe. »Aber erst hinterher.«

Beim Essen war er ein wenig zerstreut, schnitt die Kartoffeln mit dem Messer, goß Wasser in den Côtes du Ventoux und streute Salz über den Obstsalat. Seine Frau hing ihren Reminiszenzen nach, lächelte dem Tag hinterher und sah kaum etwas von den Schusseleien.

Trotz aller Zerstreutheit bemerkte Stein jedoch das Hinterherlächeln. Wieder verfluchte er sich wegen des kleinen Fehlers, den er als Attaché in Caracas gemacht hatte. Genauer: von Caracas aus, aber in Barranquilla. Grenzen spielten keine Rolle. Wie Villalba von dem netten kleinen *deal* erfahren haben mochte, wußte er immer noch nicht. Der jüngere Bruder eines alten Freundes, bis über die Kiemen voll Kokain, dazu von dem Zeug auch noch pfundweise in der Unterhose, in der Reisetasche, in den Stiefeln, im Knast; Bruder und Eltern verzweifelt in Deutschland; der freundliche Mann aus Guinea-Bissau, der tausend gute Freunde hatte und mit ihnen reden wollte, falls er ein bestimmtes Papier bekäme: High Tech, Weitergabe streng verboten, und der nette Mensch eng befreundet mit einem Mädchen, das Beziehungen zu diversen kubanischen Einrichtungen unterhielt. Immerhin, der koksende Jüngling war freigekommen, Stein hatte die Sache verdrängt und sich den Rest der Zeit vorbildlich benommen. Bis nach ein paar Monaten in Bonn dieser Andinier auftauchte.

Dann die Zeitung. Der Bonner *Generalanzeiger* hatte in einer Kurzmeldung von kolumbianischen Staatsangehörigen berichtet, die über Diplomatenkonten Millionen für Rauschgifthandel verschoben. Was, letzten Endes, mochte Villalba mit den diversen Papieren anfangen?

»Wieso Zeitung?« sagte Irene.

»Was?!«

»Du murmelst etwas von einer Zeitung.«

Er holte tief Luft, suchte nach einer Ausrede. »Ah, da war

heute in irgendeinem dieser Blätter, du weißt schon, wir kriegen ja tausend am Tag, von überall...«

Sie nickte, wartete.

Verzweifelt redete er weiter. »Ah, hm, also, da... Kennst du diesen Roman von Grass?«

Sie hob die Schultern. »Nee.«

Wie komme ich bloß von Koks auf Grass? dachte er. Dann begriff er, welche Eselsbrücke sein Gehirn konstruiert hatte – eine Pontonbrücke aus Joints. Er kicherte. »Also, in einem von diesen Romanen von, eh, Grass kommt ein Typ vor, der irgendwo, ich glaube, in einem alten Steinbruch oder so, eine Fertigungsanlage für Vogelscheuchen unterhält.«

»Häh?«

»Genau; häh. In einem dieser Provinzblätter stand ein Artikel über einen alten Mann, der so was irgendwo in der Pfalz versucht. Und da haben wir überlegt, ob der Oger aus Oggersheim so entstanden sein kann. Oder eine unserer häßlichen Sekreteusen.«

»Wieso Oger?«

»Ein klobiger Unhold aus einem französischen Märchen, glaub ich. Ah, kennst du den?« Er beugte sich vor und betrachtete seine Frau – seinen zweiten großen Fehler. »Von Amts wegen wird beschlossen, der Herr soll endlich richtig Deutsch lernen. Zwei Wochen Intensivkurs in Hannover.«

»Wieso Hannover?«

Stein ächzte lautlos. »Da gibt es kaum Akzent. Also, er geht nach Hannover, wird eine Woche lang durch die Mangel gedreht, dann sagen die Profs: ›Theoretisch ist das schon ganz gut, Exzellenz. Jetzt wollen wir es mal praktisch testen. Sie kriegen ein drahtloses Mikro ans Revers, wir folgen Ihnen unauffällig mit einer Videokamera, und Sie gehen einfach durch die Stadt, einkaufen oder was auch immer.‹ Er geht also einkaufen, kommt in einen Laden, grüßt artig und sagt in bestem, akzentfreiem Deutsch: ›Guten Morgen. Um Geld erwürbe ich gern ein Pfund weißen Brotes.« Der Mann hinter der Ladentheke zuckt zusammen und sagt: ›Häh?‹ Der Oger lächelt und wiederholt. ›Ich erwürbe gern ein Pfund weißen Brotes.‹ ›Ja, ja, verstanden habe ich Sie sofort‹, sagt der Ladenbesitzer. ›Aber wir sind eine Metzgerei.‹«

Irene lächelte schwach. »Bestimmt sehr witzig, aber um wen geht es eigentlich?«

Martin Krollmann konnte sich nicht recht konzentrieren. Er stand vor dem Spiegel und rasierte sich, aber er sah nur die Klinge. Er dachte – *es* dachte in ihm an Züge, zerstückelte Leichen und Vögel mit Maulsperre. Er haßte den Gedanken, seine Behausung zu verlassen, aber er würde noch einmal in die Welt müssen, um ein Hotelzimmer zu bestellen. Am nächsten Morgen, so hatte sie geschrieben, wollte die Lektorin des Horror-Verlags mit dem Flieger in Wahn ankommen und dann, notfalls ein paar Tage lang, mit ihm Texte und Illustrationen gründlich durchgehen. Er sah die unvermeidlichen Schwierigkeiten voraus, die sich aus seinem Handicap ergaben. Aber vielleicht würde die konzentrierte Arbeit ihn ablenken.

Aufräumen. Der angelehnte Flügel des Südfensters im Studio zitterte; Krollmann schaute hinaus und sah den letzten Wagen des Zugs unter den Bäumen verschwinden. Eine Schale, in der er je nach Bedarf Pistazien, Stifte oder Kleingeld aufbewahrte, glitt ihm aus der Hand. Er beobachtete zerstreut, wie in Zeitlupe, das Aufspritzen der Fragmente vom Boden. Da war nichts mehr zusammenzusetzen.

Kehrblech und Handfeger. Wieso eigentlich Kehr*blech*, da die Dinger längst aus Plastik sind? Wieso Handfeger – ein

Staubsauger saugt Staub, ein Kaminfeger fegt den Kamin, aber ein Handfeger fegt nicht die Hand. Während er sich bückte und fegte, kam die Eruption; wie bei einem, der zuviel gefressen hat, plötzlich der Magen nach außen gestülpt wird, erbrach sich Krollmanns Gemüt. Erinnerung an eine Jugendlektüre: der ruchlose Priester in Stevensons *Der schwarze Pfeil*, wimmernd ausgestreckt auf den Stufen vor dem Altar. Krollmann lag wimmernd auf dem Boden, zwischen Handfeger und Scherben; er krümmte sich, zog die Knie fast an die Brust. Warum Kohlen nach Newcastle, Eulen nach Athen, Pariser nach Condom bringen, warum schlechte Horrorgeschichten (von schlechten Autoren) mit schäbigen Horrorbildern versehen in die Welt schicken, die jeden Tag mehr und Scheußlicheres produziert, als allen Autoren und Illustratoren je einfallen kann? Über hungernde Kinder und feiste Minister, äthiopische Revolutionsfeiern und Millionen Leichen, russische KZs und argentinische Generäle, Khomeini und Meir Kahane, Bhagwan, Hubbard, amerikanische Evangelisten, Pol Pot und die Pille irrte er zurück zu dem Mann auf den Schienen. In luzidem Wahn errechnete er Mindest- und Höchstmengen Lebender und Toter, beschloß kaiserlich, zunächst in Europa zu fegen und erst danach das Kehrblech in die Dritte Welt zu zerren. Ozonloch, tote Gewässer, sterbende Wälder, verdreckte Luft, Horror Horror Horror, hie Tschernobyl, dort kohlebefeuerte Dreckschleudern, die ungenutzte Möglichkeit, die ganze Republik mit Abwärme aus Müllverbrennungsanlagen zu heizen, woran aber RWE & Co. nichts verdienen würden; wenn wir nicht sechzig Millionen wären, sondern sechs, hätten wir alle mehr Platz, könnten alle Scheiße in den Rhein spülen, ohne ihm wehzutun, könnten mit Bruchholz heizen, könnten gar nicht genug Dreck machen, hätten weder Gift- noch Brennstoffprobleme. Wenn der Mann auf den Schienen der 6 000 002te

Bewohner der Republik gewesen wäre und ich, Martin Krollmann, Maler mit hohem Handicap, der 6 000 001ste, würde ich? Ja, ich würde. Er malte sich alle möglichen Foltern aus, unter denen er das Martyrium zugunsten der heilen Welt und der sechsten Million absolvieren würde; er war überzeugt davon, daß mit seinem Opfertod alle Schwierigkeiten zwischen Spitzbergen und dem Ätna, zwischen Porto und Archangelsk beseitigt wären. Die Aussicht erfüllte ihn mit schmerzlicher Gelassenheit, mit einer wehmütigen Ruhe, die es ihm erlaubte, aufzustehen und zu Ende zu kehren, die Scherben in den Mülleimer zu schütten, die Absurdität seiner Gedanken zu sehen, die Voraussetzung für die wehmütige Ruhe ersatzlos zu streichen.

Dennoch blieb ein Rest Gelassenheit. Der Rachen, von der Pfauenfeder gekitzelt, schmerzte noch, aber der Magen war leer, die Seekrankheit abgeflaut, der Tidenhub auf die normalen Schwankungen reduziert. Im Fenster sah er sein Gesicht; es war verzogen und verzerrt, aber immerhin wieder eine Art Gesicht, zusammenhängende Einzelteile, um ein Grinsen gruppiert.

Der Mann ohne Gesicht sah sich einen Moment in der glitzernden Tür reflektiert, ehe Sullivan sie öffnete.

»Mijnheer wartet schon«, sagte er seltsam quengelnd, wie ein ungeduldiges Kind.

»Gut so.« Lingen ging an ihm vorbei in die Diele des noblen Anwesens.

Der Holländer hatte vielleicht keinen Geschmack, aber Geld. Das Herrenhaus von zirka 1880, eine halbe Autostunde von Köln im Bergischen Land, war mit allen Schikanen ausgerüstet und ausgebaut worden. Die zarte, fast ziselierte

Stuckdecke der Diele protzte in scheußlichem Gold. Ein versilberter Harnisch, vermutlich echt, diente als Behälter für Spazierstöcke Marke »echt Alpen«. Ein gotisches Misericordium, woher auch immer gestohlen, trug eine Enzianflasche, und an einer massigen Eichentür, fast schwarz von Rauch und Jahren, hing ein grelles Messingschild: KLO.

Im Zentrum des Salons hockte Mijnheer: eine Kröte zwischen Chrom, Plüsch und Eichentäfelung. Er blinzelte Lingen entgegen; die eisigen Augen waren die einer Echse und wirkten trotz des Blinzelns lidlos.

»Sie haben abgenommen.« Lingen ließ sich drei Meter von Mijnheer auf einen Rattanstuhl sinken.

»Und Sie heißen im Moment Lingen? Mir egal. Aber schlechte Fantasie.« Der Holländer goß aus einem Meißener Krug heißen Kakao in einen Becher, versetzte ihn mit reichlich Courvoisier und schlürfte. Dabei schloß er die Augen. Es war, als ob sich die Raumtemperatur schlagartig um mindestens fünf Grad erhöhte.

»So.« Die Echse war wieder wach. »Geschäft. Es geht um den hier.«

Neben Mijnheer stand ein Tischlein, abgespreizte Teak-Beine mit einem wagenradgroßen Goldtablett als Platte, handgetrieben, mit abstrakten Ornamenten. Darauf standen Kakaokrug, Becher, Flasche, eine Zigarrenkiste und der Aschenbecher. Neben dem Krug lag eine Plastiktüte. Mijnheer nahm ein Foto heraus und gab es Sullivan, der hinter seinem HERrn stand. Der Ire ging um den Sessel herum, machte zwei Schritte hin zu Lingen und reichte ihm das Bild, mit spitzen Fingern.

Der Mann ohne Gesicht betrachtete das Konterfei eines gutaussehenden Mittvierzigers.

»Auswärtiges Amt«, sagte Mijnheer.

Lingen nickte. »So ähnlich sieht er aus.«

In der Diele klingelte ein Telefon. Sullivan ging hinaus, ließ die Tür angelehnt.

»Hier.« Mijnheer warf etwas Grünes.

Lingen ließ es auf den Boden fallen, bückte sich sitzend danach. Ein Reisepaß. Er schlug ihn auf. Sein Bild war darin, das Bild eines Mannes namens Johannes Roth; samt Unterschrift und allen notwendigen Daten.

»Gute Arbeit.« Er blickte Mijnheer an.

Der Holländer schnitt eine Grimasse. »Wir machen keine schlechte Arbeit.« Er bewegte sich in seinem Sessel, und in dem veränderten Lichteinfall vom Kristallüster her sprang der Malaie oder Indonesier in seinem Gesicht in den Vordergrund. Die Echse wurde zum Waran.

Lingen schwieg. In der Diele sagte Sullivan verärgert: »Dann macht die Handschellen ab. Muß man euch denn jeden Furz vorschreiben? Aber laßt sie nicht raus, klar?« Er legte auf.

»Wir wollen ein Feuerwerk«, sagte der Halbholländer.

Lingen schwieg weiter. Sullivan kam zurück, schloß die Tür und baute sich wieder hinter dem Sessel seines Chefs auf.

»Sechzig, inklusive Spesen.« Mijnheer sagte es, als ob es ihn ein wenig schmerze.

»Plus Telefonrechnung.« Sullivan grinste.

Lingen hob eine Braue.

Das Schweigen wurde ungemütlich, aber gemütlich war es im Raum ohnehin nicht gewesen.

»Dieser Johannes Roth da, für den ist ein Zweizimmer-Apartment gemietet worden. Wo?« Mijnheer machte eine ruckartige Kopfbewegung zum hinter ihm stehenden Sullivan.

»Beuel. Bonn-Beuel.«

Lingen nickte.

»Roth sollte sich da niederlassen und morgens zwischen

acht und neun und abends zwischen acht und neun telefonisch erreichbar sein.« Während Sullivan dies sagte, blickte er auf die Uhr.

Der Mann ohne Gesicht nickte.

»Gut, gut; keine Fragen.« Mijnheer nahm einen weiteren Schluck von seinem Lumumba. »Erklären, Sullivan.«

Der Ire verschränkte die Arme. »Eh. Ja. Also, Mann, Sie quartieren sich da ein. In Beuel. Adresse geb ich Ihnen nachher. Dieser Mann vom AA wohnt auf der anderen Seite, in Godesberg. Braucht Sie nicht kümmern. Er wird irgendwann in ein paar Tagen mit einer Regierungsdelegation nach Washington reisen. Da darf er nicht ankommen.«

»Wie haben Sie sich das vorgestellt?«

»Es gibt zwei oder drei Möglichkeiten. Entweder fährt er von Zuhause los, nach Wahn. Oder läßt sich von seiner Frau fahren. Über die Beueler Autobahn. Oder er fährt mit ein paar anderen vom AA los – über die Beueler Autobahn. Oder er fliegt vom Regierungsviertel mit dem Chopper nach Wahn, mit den anderen – über Beuel. Wir brauchen einen, der alle Möglichkeiten auskalkuliert und in jedem Fall ein Feuerwerk macht.«

Lingen schwieg.

»Sein Privatwagen.« Sullivan kam zu ihm und gab ihm ein weiteres Foto. Ein weinroter 190 E. Das Kennzeichen war gut zu erkennen. »Das ist aber die unwahrscheinlichste Möglichkeit.«

Lingen nickte. »Gut«, sagte er halblaut. »Ich soll also geeignete Stellen aussuchen und mir etwas einfallen lassen. Was kann ich kriegen? Eine Oerlikon-Flak ist ein bißchen unhandlich.«

»Was wollen Sie haben?«

Lingen zuckte mit den Achseln. »Ich habe keine Ahnung, was Sie beschaffen können.«

»Alles«, sagte Sullivan patzig.

Mijnheer grunzte.

»Na ja, fast alles«, murmelte Sullivan.

»Zum Beispiel?« Lingen blickte den Halbholländer an.

»Wie wär's mit einer Sam?« sagte Sullivan.

»Lieber wär mir was von Uncle Sam«, sagte Lingen.

Mijnheer kniff die Augen zusammen. »Können Sie denn mit einer Stinger umgehen?«

Lingen nickte. »Wissen Sie doch. Sonst hätten Sie mich nicht angeheuert. Außerdem ist es ein Kinderspiel.«

»Etwas anderes aber nicht. Deshalb die satte Knete.« Sullivan räusperte sich.

Mijnheer nickte und schloß die Augen. »Sagen Sie es ihm.«

Der Ire blickte einen Punkt über Lingens Kopf an. »Also, im Moment hängen hier ein paar versprengte RAF-Leute rum.«

»Royal Air Force?« Lingen verkniff sich das Grinsen.

»Quatsch. Rote Armee Fraktion, diese Geisteskranken. Zehnte Generation. Wollen unbedingt auf die Pauke hauen, wissen aber nicht genau wie. Wir haben dafür gesorgt, daß sie von einem bestimmten Typen erfahren, der notfalls auch größere Waffen liefert.«

»Ich denke, die besorgen sich sowas selbst?«

»Dazu reicht es bei denen nicht mehr. Die haben also von diesem Typ gehört, und der wird ihnen das Zeug nicht geben. Die werden aber davon hören, daß Sie etwas in der Richtung vorhaben, und die werden sich an Sie hängen.«

Mijnheer öffnete die Augen. »Deshalb die viele Knete, wie Sullivan sich ausdrückt. Wir können noch ein paar Mann Geleitschutz für Sie abstellen, aber Sie sind der einzige, dem wir zutrauen, mit der Bande fertigzuwerden und dafür zu sorgen, daß die Jungs mitspielen. Sullivan hier, dem würden die RAF-Leute die Waffen abnehmen und dann irgendeinen anderen Feuerzauber machen, der uns nicht in den Kram paßt.«

Lingen kaute einen Moment auf der Unterlippe. »Aha. Na gut. Versteh ich das richtig, daß, wenn das Feuerwerk vorbei ist, ein paar tote Terroristen irgendwo rumliegen werden?«

»Ja. Und wir haben nicht vor, Sie zu fragen, ob Sie mitmachen wollen.« Mijnheer schloß die Augen wieder.

»Das denke ich mir. – Der AA-Mann wird überwacht?«

»Natürlich.« Sullivan kratzte sich den Kopf, verzichtete dann aber darauf, etwas zu sagen, was ihm offenbar auf der Zunge gelegen hatte. »Sie kriegen Bescheid. Deshalb das Telefon. Am Ende müssen wir aber mit Walkies arbeiten.«

Sullivan brachte ihn zur Tür. Aus der Schublade einer alten Konsole in der Diele holte er zwei Päckchen.

»Dreiunddreißig«, sagte er, als Lingen das erste, das glatt war, einsteckte. »Und eine alte Null-Acht.«

»So fühlt es sich an. Wo haben Sie die bloß her?«

»Egal. Hauptsache, funktioniert. – Und die Schlüssel für die Wohnung in Beuel. Hat eine Firma angemietet, für die Sie als Vertreter reisen, klar? Name der Firma und so sind bei der Knete. Ein alter Rekord wird noch geliefert.«

Lingen bemühte sich, auf dem ersten Teil der Nachtfahrt nicht zu denken. Die kleine Straße war im Dunkeln schwierig genug, auch ohne tiefes Brüten. Erst als er die Autobahn erreicht hatte, begann er zu überlegen. Weshalb der AA-Mann nicht heil nach Washington kommen durfte, interessierte ihn nur insofern, als es ein pittoresker Grund sein mußte, der Mijnheer zu solchen finanziellen und organisatorischen Unternehmungen bewegte. Die wirre RAF-Sache, von der er zunächst kaum ein Wort glaubte, ließ ihn eher kalt. Allerdings war ihm klar, daß am Ende der Aktion, Mijnheers Wünschen entsprechend, auch ein toter Lingen herumliegen sollte.

Er grinste schwach und redete das Lenkrad an. »Wo verbringt man am besten seinen Tod?«

»Die Sache mit den Terroreros hat er nicht geschluckt, was? Nachhelfen?«

Mijnheer summte durch die Zähne etwas Atonales, irgendwo zwischen *Surabaja-Johnny* und *Bilbao-Song*, von beiden gleich weit entfernt. Er starrte in den Becher, kniff die Augen zusammen, lächelte. Der echte Kakao war mit echter Milch zubereitet, von einem nahen Bauernhof; es gibt für alles Grenzen, und Milch zu homogenisieren, bis sie nicht mehr sauer, sondern nur noch bitter wird, und bis sich auf ihr keine Sahne mehr absetzt, schien ihm ein furchtbares Verbrechen an allen Milchtrinkern zu sein. Ein Mord trifft das Opfer und die Angehörigen; ungenießbare Milch trifft die ganze Nation. Die Haut, der Schmand der echten Milch mit echtem Kakao im echten Becher warf Falten, bildete eine Art Spinnennetz. Mijnheer betrachtete die Linien, nickte, erkannte sie vielleicht wieder und sah sich im Mittelpunkt, die Fäden in der Hand. Er nahm einen großen Schluck.

»Ein bißchen. Nicht zu sehr.«

Sullivan kratzte sich den Kopf. »Wie sehr? Ein bißchen Blei oder nur gute Worte?«

»Blei.« Mijnheer schmatzte. »Sagen Sie denen, die sollen ihn abfangen, wenn er Lorre verläßt – beladen. Ein bißchen ballern, dann reden. Klar?«

Sullivan grinste. »Das wird ihnen aber nicht guttun. Lingen ist besser.«

Mijnheer hob die Brauen. »Ich weiß. Warum sonst nehmen wir ihn? Dann gehen ein oder zwei Stück Terroristen schon vorher drauf. Und?«

Die Leute von der Spurensuche buddelten noch immer unter Büschen und zwischen Beeten im Garten herum. Villalba wandte sich vom Fenster ab und marschierte, wütend und bedrückt, im Salon auf und ab.

Jemand hatte seine Tochter entführt. Um die Dringlichkeit der damit verbundenen Anliegen zu demonstrieren, hatte dieser Jemand einen Penner vom Bonner Kaiserplatz erwürgt und in den Geräteschuppen im Garten der Residenz gelegt.

Irgendwann erschien Jaime mit Kaffee und Brandy. Villalba trank, ließ sich eine Romeo y Julieta bringen, zündete sie selbst an, hustete und fluchte. Er war trostbedürftig; außerdem hatte er noch diesen verdammten Termin im Justizministerium.

Wortlos verließ er das Haus und ging zum Jaguar, den Jaime aus der Botschaft geholt hatte. Der Wagen stand vor der Residenz; der Innenhof war mit den Fahrzeugen der Beamten vollgestellt.

Unter dem Scheibenwischer steckte ein bunter Zettel. Villalba zog ihn heraus und wollte ihn wegwerfen; es sah aus wie die übliche Reklame. Dann warf er einen kurzen Blick darauf und seufzte.

Das Papier war rot. Mit Maschine und grünem Farbband war darauf geschrieben: »Na? Sie sollten gegen zwanzig Uhr bei Ihrer Sekretärin erreichbar sein.«

Der hohe Beamte des Justizministeriums ersehnte den Besuch des Botschafters. Er war glühender Monarchist, ohne deshalb als Mitarbeiter der juristischen Branche einer Republik Gewissensbisse zu empfinden. Besonders monarchistisch waren seine Gefühle, wenn er an Porträts britischer Monarchen dachte. Er sammelte sie, und seine Sammlung würde nie vollständig werden, denn von einigen Köpfen konnte er nicht genug, von anderen gar nichts bekommen. Weshalb er bisweilen auch Kaiser Wilhelm II. hinnahm, oder Double Eagles.

Er bedachte das Netz, das er langsam und geduldig geknüpft hatte. Mit Bedauern erwog er gewisse Nachteile, die sich aus seiner bevorstehenden beruflichen Veränderung ergeben mußten. Der sichere Listenplatz war das Resultat jahrelanger diskreter Bemühungen und Dienste. Er dankte den olympischen Göttern für vieles. Für den Parteivorsitzenden und Regierungschef, der bei aller äußeren Inkompetenz und Unersprießlichkeit innerparteilich ein vollendeter Macchiavellist war und mit wenigen Ausnahmen alle Köpfe entweder an den Rand gedrängt, in die Provinz delegiert oder ausgeschaltet hatte oder, wenn sie sich in zusammengeflickten Beraterverträgen verwirrten, tatenlos (»kein Handlungsbedarf«) und grinsend zusah, wie sie fielen. So waren viele freie Plätze entstanden – kein Leerstellenmangel, und die größte Null zu Beginn der Summe. Und er dankte für das Wahlsystem der Republik, das es ihm ersparte, durch Charakter und Brillanz irgendwelche nebensächlichen Figuren, Wähler, beeindrucken zu müssen, solange seine Partei ihm verbunden und verpflichtet war. Der Preis – eine gewisse Stromlinienförmigkeit, Verzicht auf eigene Meinung, stillschweigender Fraktionszwang – schien ihm angemessen. Manchmal hatte er Bedenken, ob die vom Grundgesetz vorgesehene Mitwirkung der Parteien an der politischen Willensbildung nicht ein wenig übertrieben wurde, wenn die Parteien insgesamt die politische Willensbildung zu ihrem Monopol machten. Wenn außerhalb der Parteien nichts, innerhalb nur das möglich war, was die Parteien wollten. Aber die Vorstellung von direkt gewählten, ihrem Gewissen und ihren Wählern verantwortlichen Abgeordneten, die wie in England, den USA oder dem

Frankreich von de Gaulles Wahlrecht bisweilen gegen die eigene Partei stimmten, und daß dies auch noch als selbstverständlich galt, verstörte ihn. Sein Minister gehörte ja einer anderen Partei an, war aber in diesem Punkt durchaus zuverlässig, da er bei einem wie auch immer abgestuften Mehrheitswahlrecht niemals Sitz, Stimme, Macht und Bezüge bekommen hätte. Gemeinsam hatten sie eine Vorlage abgewürgt, ehe die Öffentlichkeit davon erfahren konnte. Irgendein Subalterner hatte allen Ernstes vorgeschlagen, zuerst innerhalb des Ministeriums und der zuständigen Beratergremien, später auf dem Weg durch die Instanzen erklären zu lassen, ob denn Mitgliedschaft im Parlament, das die Regierenden zu kontrollieren habe, und Mitgliedschaft in der Regierung vereinbar seien, oder ob nicht vielmehr ein Mitglied der Exekutive automatisch Sitz, Stimme und Bezüge in der Legislative aufgeben müßte. Man konnte die Demokratie auch übertreiben. Er dachte mit Entsetzen an exotische Länder, in denen wechselnde Mehrheiten und Abstimmung nicht nach Fraktionszugehörigkeit, sondern nach Meinung gelegentlich vorkamen. Dann kehrte er jedoch aus der Ferne zurück in die Realität; er erinnerte sich daran, daß er noch ein wichtiges Telefonat zu führen hatte.

Er wählte selbst, stellte eine kurze Frage, erfuhr, daß der Auftrag erteilt und in besten Händen sei, dankte und legte wieder auf. Eine bestimmte Person, die einerseits zu viel, andererseits nicht genug wußte, mußte verschwinden. Er kannte den Mann und seine unersprießlichen Gewohnheiten nicht persönlich und war darüber nicht traurig. Aus einem nur ihm zugänglichen Konvolut entfernte er zwei Blätter, die diese Person betrafen, steckte die Papiere zusammengefaltet in seine Jacke und wartete. Dabei lächelte er sanft vor sich hin. Mit dem, was er an Wissen und Beziehungen mitbrachte, würde er seinen Weg auch in der Fraktion machen, und zwar schnell. Mit einem anderen Spitzenkandidaten wäre die absolute Mehrheit zu erreichen, mit der kaum erträglichen Leitfigur der letzten Jahre würde man allenfalls knapp gewinnen. Aber selbst bei einer Niederlage – der Platz in der Liste war hoch genug. Die Reise mit der Delegation nach Washington mußte eine der letzten in seinem augenblicklichen Amt sein, aber als Abgeordneter reiste man auch nicht schlecht. Er würde sich Mühe geben, freundlich zu diesem Trottel vom AA zu sein; für den war es sicher die letzte Reise. Er klopfte auf die Jacke; die Papiere knirschten in der Tasche.

Der Weg war frei. Freigeschaufelt. Im Innenministerium gab es noch einen Mann, der vielleicht einiges ahnte. Aber sicher nicht genug, um etwas in der Hand zu haben oder gar etwas unternehmen zu können. Außerdem sollte dessen Staatssekretär mitfliegen, und wenn etwas durchgesickert wäre, müßte man es an den Reaktionen des hochmögenden Herrn ablesen können.

Er blickte auf die Uhr. Im Vorzimmer tat sich etwas; es wurde auch Zeit. Die Sekretärin öffnete die Tür; endlich.

Villalba trat ein. Sie wechselten nur ein paar Floskeln. Der Südamerikaner wirkte nervös, schüttelte ihm – gegen seine sonstigen Gewohnheiten – heftig, wie zerstreut, die Hand und reichte ihm, nachdem die Sekretärin den Raum verlassen hatte, den kleinen Lederbeutel.

»Bis zum nächsten Mal«, sagte er schließlich, als sie nahezu schweigend einen Kaffee miteinander getrunken hatten, einen Alibikaffee.

Der Mann vom Justizministerium dachte an den Parteifreund, der einen guten Bekannten – Mitglied einer anderen Partei – aus nicht näher erläuterten Gründen in eine bessere Position hieven wollte. Der Auftrag, hatte sein anonymer Telefonpartner gesagt, sei in besten Händen. Sympathie. Karrierepunkte. Alles mit ein paar Telefonaten, gewissen

Informationen und dem unerklärlichen Verschwinden interessanter Unterlagen erreicht.

Als Villalba endlich ging, war er wirklich zufrieden. Er begab sich auf die Toilette, schloß die Tür hinter sich ab und öffnete den Lederbeutel.

»Vive le roi!« murmelte er.

Sie steckten in kleinen Plastikhüllen und klirrten nicht, aber das tat seiner Freude keinen Abbruch. Er nahm sie mit spitzen Fingern aus dem Beutel und legte sie auf den Deckel der Toilette. Dann lächelte er liebevoll auf die fünfundzwanzig goldenen Sovereigns hinab.

Gegen achtzehn Uhr dreißig verließen Villalba und seine Sekretärin die Botschaft. Hintereinander, mit fünf Minuten Abstand. Er parkte den Jaguar zwei Straßen von ihrer Wohnung entfernt.

Es gab keine langen Präliminarien. Die Aufregungen des Tages sorgten, trotz der mittäglichen Erschöpfung, für ein Pulsieren des Herzens und des Blutkreislaufs.

Die Sekretärin kochte eben Kaffee, als pünktlich das Telefon klingelte. Villalba nahm ab, meldete sich mit »Ja?« und lauschte. Dann legte er wortlos auf.

Sie erschien im Wohnzimmer. »Hat es da nicht geklingelt?«

»Ich habe abgenommen. Falsch verbunden.«

Später, nach der zweiten Runde, sagte er ins Halbdunkel hinein: »Ich werde ein paar Tage verreisen müssen. Bitte ab übermorgen keine Termine.«

Lorres Froschaugen glommen. »Was immer Sie glauben; woher auch immer Sie etwas gehört haben. Es ist mir egal. Ich kümmere mich nicht um Gerüchte. Ihre sogenannten Ziele sind mir schnurz. Genauer: Ich kann nur leben, wenn das, was Sie ›Das System‹ nennen, funktioniert. Außerdem mache ich grundsätzlich keine Geschäfte mit Knallköpfen, Träumern oder Geisteskranken. Raus.«

Das letzte Wort kam leise, aber schneidend. Die beiden jüngeren Leute sahen einander an, machten jedoch keine Anstalten, dem Wort zu folgen.

Lorre steckte zwei Finger in den Mund und pfiff. Die Tür ging auf.

»Brauchen Sie was, Chef?« Filder lehnte im Rahmen, hinter ihm reckte ein wuschelköpfiger Riese den rechten Arm und stemmte ihn gegen die Oberkante.

»Die Herren wollen gehen.« Lorre deutete mit dem Kinn auf die Jüngeren. Sie standen langsam auf.

»Noch eins«, sagte Lorre halblaut. »Die Unterhaltung hat mich angekotzt. Ich nehme an, Ihnen hat sie auch nicht besonders gefallen. Ich möchte Sie aber vor irgendwelchen falschen Konsequenzen warnen.«

»Nämlich?« sagte der größere der beiden Jüngeren. Er preßte es heraus; seine Augen schienen sich nicht lange auf einen Punkt oder gar ein Gesicht richten zu können.

»Wir haben ein bißchen andere Spielregeln als Polizei und Staatsanwaltschaft. Wir suchen nicht lange nach Beweisen. Wenn Sie verstehen, was ich meine.«

»Nein.«

Lorre faltete die Hände auf dem Schreibtisch. »Dann muß ich deutlicher werden. Vor vielen Jahren hat es in Spanien mal sowas gegeben. Ich glaube, da lebte Franco noch. Da hatten ein paar Knalltüten von Ihrer Sorte reihenweise Attentate inszeniert. Schließlich – ich glaube, es war in Madrid – wurden dort alle Polizisten des Landes zusammengezogen. Na ja, leicht übertrieben. Jedenfalls viele, und es gab tagelange Razzien. Das hat die normale, anständige Unterwelt so sehr gestört, daß die zuständigen Leute sich zusammengesetzt und für ein paar Tage alle Interessenkonflikte vergessen haben. Dann hat man eines Morgens vier oder fünf tote Terroristen vor einer Polizeistation gefunden – Friedensangebot an die Obrigkeit. Die Razzien wurden abgeblasen, und die Geschäfte konnten wieder normal abgewickelt werden. Verstehen Sie mich jetzt? Gut. Dann behelligen Sie mich nicht mehr.«

Filder kam nach ein paar Minuten zurück. »Sie sind weg, Chef. Was war denn das für eine Truppe?«

Lorre blickte von dem Zettel hoch, auf dem er etwas notierte. »Na was wohl? Raketen wollten die kaufen. So n Quatsch.« Er grinste. »Außerdem sind die Jungs ja noch gar nicht aus Saarlouis zurück. Also, selbst wenn ich wollte ... Gibt's was Neues von Gonzo?«

»Nee. Er beobachtet, hat aber noch keine Möglichkeit gefunden.«

»Na schön. Abwarten. Danke.«

Als Filder gegangen war, griff Lorre zum Telefon. Er wählte, wartete. Nach dem vierten Piepser meldete sich die Sekretärin.

»Ja, hier ist die Firma Schmidt, Transporte. Könnte ich bitte den Herrn Ministerialdirektor sprechen? Ja, es ist dringend. Es geht um einen privaten Auftrag.«

Der Herr Ministerialdirektor hörte sich an, was die Firma Schmidt zu sagen hatte.

»Oh, oh«, machte er dann. »Also zwei RAF-Leute, sagen Sie? Sie wissen nicht zufällig welche, nein?«

Lorre klackte mit der Zunge. »Ich glaube, die stehen nicht auf dem Plakat. Ich könnte sie Ihnen natürlich beschreiben, aber das hilft nicht viel weiter.«

»Gut, besten Dank. Ich werde sehen, was zu tun ist.«

»Ja. Eh. Sagen Sie, was machen diese Unterlagen, von denen wir neulich gesprochen hatten?«

»Welche Unterlagen?«

Lorre lachte heiser, dankte und legte auf. Dann stützte er das Kinn auf die Hände und dachte nach. Schließlich spitzte er die Lippen, sog leise quietschend Luft ein und wählte eine längere Nummer.

»Sullivan? Hier ich. Ja, alles klar soweit. Die Lieferung kann erfolgen. Diese Knalltüten waren da; ich hab sie abfahren lassen, wie besprochen. Mal sehen, was sie jetzt unternehmen. – Aha. Na, viel Spaß. – Ja. – Ach so, noch was. Ein bißchen schwierig. Nee, nicht schwierig, aber kitzlig. Ich hatte neulich schon mal mit Mijnheer darüber gesprochen. Ich glaube, unser spezieller Freund ... wie? Ja, der. Also, ich glaube, er hat allmählich seinen Dienst getan und sollte, eh, aus dem Verkehr gezogen werden. Da gibt es doch diesen Bayern. Was? Ja, Innen. Meine Jungs schaffen das nicht, und meine Stimme erkennt er. Ich sag es ihm auch, aber es ist besser, wenn er es von mehreren hört. Können Sie nicht mal einen anonymen Anruf ...? Ja, wie mit Mijnheer besprochen. Prima. – Bestens. – Ja, okay. Ich halt euch auf dem laufenden. – Ah, und noch was. Ich fürchte, das wird dringend. Der Gute weiß nicht genug, aber zuviel. Alles klar? – Bis die Tage.«

3

Der Hauptkommissar war müde. Man sah es, und vor allem hörte man es an seiner Stimme, wenn man nicht schon dank der Emanation von Gereiztheit auf jeden Stimmkontakt verzichtete.

Der Mann vom BKA gähnte. Er fürchtete sich nicht vor Emanationen. Die einzigen esoterischen Dinge, die er respektierte, waren Gesetze und Dienstanweisungen.

»Dieser Diplomat ...«, sagte er gedehnt. »Wie kommt der Penner in dessen Garten?«

»Nun springen Sie doch nicht so. Wir waren noch bei Ahmed.«

»Ah bah. Ahmed interessiert mich im Moment nicht so brennend. Ihr neuer Tip, daß dieser Perser was mit Waffenschieberei zu tun haben könnte, ist lustig, aber solange wir da nichts Genaues haben ... Woher kommt der Tip überhaupt?«

Der Hauptkommissar zog den Inhalt seiner Nase hoch. Er hustete. »Reine Routine. Diesmal aus dem Saarland. Da meint irgendein Kollege, er hätte mal einen, der so ähnlich aussieht wie dieser Ahmed, bei einem Einsatz gegen eine Waffenschieber-Bande gesehen. Sind aber damals alle entkommen. Außerdem sieht, fürchte ich, für einen SchuPo in Saarlouis ein Orientale aus wie der andere.«

»Vielleicht auch nicht, aber im Moment interessiert mich

dieser Penner mehr. Beziehungsweise der Südamerikaner. Haben Sie was über den?«

Der Hauptkommissar ächzte. »Diplomaten? Sie wissen doch ... Also, jedenfalls nicht viel. Die üblichen Verkehrsdelikte – falsches Parken, überhöhte Geschwindigkeit und so weiter, alles Dinge, die unter Immunität fallen und nicht verfolgt werden können. Er hat eine Tochter, Studentin. Personal ohne Eintragungen. – Hm. Aktives Sexualleben, der Herr. Meine Fresse!«

Der Mann vom BKA beugte sich über das Blatt und grinste. »Na ja, beneidenswert, so ein südländisches Temperament. Dazu Position und Aussehen. Ach ja.« Er seufzte.

»Ich bin verheiratet« sagte der Hauptkommissar mürrisch. »Und auch davon hab ich nicht viel, wegen der Überstunden.«

»Sind Sie sehr verheiratet?«

»Ziemlich gründlich, ja. – Weiter. Hm. Señor Villalba Narváez hat eine Tschessna dreihundertzehn römisch zwei Turbo in Wahn stehen.«

Der Mann vom BKA schüttelte den Kopf. »SSessna«, sagte er. »Amerikanisches Fabrikat, glaub ich. Jedenfalls kein Grund, es italienisch auszusprechen. – Fliegt er viel?«

»Gelegentlich. Nichts Auffälliges dabei.«

Der Mann vom BKA nickte, lehnte sich zurück und zündete die nächste Zigarette an. »Na gut«, sagte er gedehnt. »Aber erklären Sie mir doch mal eines. Wie kommt ein erwürgter Penner aus der Bonner City in den Geräteschuppen im Garten einer südamerikanischen Botschafter-Residenz im Godesberger Villenviertel? Wer hat den Mann erwürgt?«

»Fehlanzeige. Die Kollegen haben sich bei allen Bonner Pennern umgehört, soweit verfügbar. Dazu Krankenhäuser – vor allem Petrus, wo die Jungs immer hingebracht werden – und Asyl; außerdem Caritas undsoweiter. Nichts. Niemand hat was gesehen, niemand weiß was, keiner hatte was gegen ihn, niemand kann sich denken, wer ihn erwürgt haben soll.«

»Aha. Na gut. Aber noch was.« Er machte eine Pause.

»Ja?«

»Der Botschafter. Andinien ist kein besonders reiches Land. Er wird also keine astronomischen Summen verdienen. Wie lange ist er hier?«

»Hmmmm. – Vier Jahre.«

»Wann hat er sich die Cessna angeschafft?«

»Moment. Vor ... vor drei Jahren.«

»Okay. Und was fährt er für einen Wagen?«

»Jaguar.«

»Seit wann hat er den?«

»Auch seit drei Jahren.«

»Blendend. Und jetzt sagen Sie mir mal, lieber Kollege, womit ein Botschafter eines kleinen Landes innerhalb von einem Jahr eine Cessna und einen Jaguar bezahlt.«

Der Hauptkommissar ließ das Blatt sinken, starrte den Mann vom BKA an und rieb sich die Augen. »Aha«, sagte er. Dann nickte er und sagte. »Oho.«

Martin Krollmann hatte eben gefrühstückt, als die Leiste mit den roten Lichtern in seinem Studio aufglühte, pulsierte. Er stand auf, ging die Treppe hinunter und öffnete.

Die Lektorin hieß Maria, war rothaarig und Anfang dreißig. Sie war mit dem Taxi vom Flughafen Wahn gekommen und hatte kräftig auf den Klingelknopf gedrückt. Dann hatte sie sich gewundert, weil sie in dem seltsamen Haus kein Klingeln hörte.

»Kommen Sie rein.« Krollmann deutete ins Haus.

Maria öffnete den Mund und bewegte die Lippen.

Er schüttelte den Kopf und hob die Hand. »Deshalb hab ich kein Telefon. Ich bin seit einem Motorradunfall vor ein paar Jahren taub.«

Sie starrte ihn an; dann ging sie an ihm vorbei, die Treppe hinauf. Er versuchte, hinter seinen eigenen Worten herzulauschen, aber mehr als ein vages, fernes Vibrieren war für ihn nicht wahrnehmbar.

Sie schaute sich im Studio um, während er frischen Kaffee kochte. Als er ins Studio kam, sah er ihren Rücken. Es war ein erfreulicher Rücken. Die roten Haare hingen bis knapp oberhalb der Hüfte. Plötzlich ging ihm seine Einsamkeit auf, und er schluckte. Halblaut – soweit er dies aus der Erinnerung sagen konnte, nach der Belastung der Stimmbänder und dem Druck, mit dem er die Luft einsetzte – sagte er: »Sie sind auch von hinten ein bezaubernder Anblick. Willkommen in meiner Klause.«

Sie drehte sich um und lächelte unsicher.

»Sprechen Sie ruhig. Möglichst langsam und deutlich. Ich hab ein bißchen Lippenlesen gelernt.«

Sie nickte und sagte etwas, langsam, übertrieben deutlich.

»Warum ich das nicht längst geschrieben habe?«

Nicken.

»Wenn Sie nur ein Bein hätten – hätten Sie mir das in unserer geschäftlichen Korrespondenz mitgeteilt?«

Sie lächelte verlegen und bewegte den Mund: Nein.

»Ich mag Ihren Mund«, sagte er. »Um dieses Thema abzuschließen: Es ist eine Sache im Innenohr. In den USA gibt es seit kurzem eine Operationsmethode mit vielleicht fünfzig Prozent Chancen. Sobald ich genug Geld zusammen hab, fliege ich hin. – Setzen Sie sich doch.«

Sie zuckte zusammen und verzog das Gesicht; das halboffene Fenster im Dach vibrierte.

»Der Bummelzug«, sagte Krollmann. »Tut mir leid. Das

Haus steht ein bißchen nah an der Strecke, wie? Aber deshalb war es so billig. Mich stört es ja nicht.«

Sie saßen und tranken Kaffee. Krollmann schob eine kleine Plastiktafel mit Schieber zum Löschen in die Mitte des Teetischs. »Wenn Sie mögen...« Er deutete auf die Tafel und legte einen Stift daneben.

Sie zögerte, sog den rechten Rand der Unterlippe zwischen die Zähne. Dann nahm sie den Stift und schrieb. »Tut mir leid. Sie sind okay. Sind Sie okay?«

Er lächelte. »Bin ich? Ich bin. – Was halten Sie davon?« Er deutete auf den Termitenschlund. »Als Titelbild.«

Sie stand auf, ging zur Staffelei, musterte das Ölbild, Einzelheiten, schüttelte sich kurz.

»Gut«, sagte sie deutlich, als sie sich ihm wieder zuwandte. »Wie soll es heißen?«

Er hob die Schultern. »Keine Ahnung.«

Sie betrachtete den Mund, die widerlichen Tiere, schien den erstickten Schrei, das Würgen und den notwendigen Tod zu hören. Dann griff sie zur Tafel. Sie malte Großbuchstaben: DAS KREISCHEN.

Es sollte der große Renner für den Weihnachtsmarkt werden; zwischen »Kling, Glöckchen, Klingelingeling«, Puter, Kerzen und Familie ein bißchen stille Horrornacht.

Krollmann hatte seine Zweifel hinsichtlich der Jahreszeit und des kalkulierten Erfolgs, behielt sie aber für sich. Sie besprachen Druckvarianten, Layout, Satzgröße, Einfügung der Illustrationen in die Texte, geringfügige Modifikationen, Farbe, Papierqualität, Einbandgestaltung. Vom Arbeitstisch aus sah man nur die Wipfel der Bäume an der Bahnstrecke. Zwischendurch stand die Lektorin einige Male auf, wenn der Boden zitterte; offenbar fand sie es romantisch, aus dem Südfenster auf die vorbeizuckelnden Züge zu blicken.

Sie verließen das Haus nicht einmal zum Mittagessen. Gegen halb drei öffnete Martin in seiner Küche zwei Büchsen Ravioli, erhitzte sie, schmierte Butter auf ein paar Scheiben Graubrot, als »Eskorte«. Maria inspizierte inzwischen seine Bibliothek. Zum Essen gab es eine Flasche '78er Rioja, danach wieder Kaffee.

Sie arbeiteten weiter, lachten oft; Martin redete so viel wie seit Jahren nicht mehr, Maria artikulierte überdeutlich oder schrieb auf die Tafel. Bei der Arbeit entdeckten sie Gemeinsamkeiten – ähnliche Vorlieben bei Graphiken, gleiche Lieblingsstücke bei Escher, ähnliche oder gleiche Abneigungen gegen diverse Modetrends, dieselbe Empfänglichkeit für bestimmte Formen des Makabren. Redend und schreibend entwickelten sie eine Art exklusiv persönlichen Smalltalks, lernten einander beinahe kennen.

Am späten Nachmittag deutete Martin in einer Arbeitspause auf das Gepäck und erwähnte das Hotel. »Längere Pause«, sagte er, eher als Vorschlag denn als Frage. »Einchekken, etwas essen gehen, morgen weitermachen?«

Sie blickte ebenfalls auf ihr Gepäck, nickte bei abgewandtem Gesicht, aber ihre Körperhaltung sagte nein.

»Sie... du kannst auch hier übernachten. Auf der Couch oder sonstwo.«

Sie blickte ihn an, lächelte, sagte etwas, was er nicht verstand, aber begriff.

»Ich hab nur nicht mehr viel zu essen im Haus.«

Sie winkte ab, deutete auf die Papiere.

»Weitermachen?«

Sie arbeiteten weiter, bis kurz vor Sonnenuntergang. Eine andere Art Hunger war fast fühlbar. Martin hatte sich, ohne Hintergedanken, gegen seine auf den Abend gerichteten Gewohnheiten morgens gründlich gewaschen; nun dankte er seinen Sternen dafür. Eine besonders gräßliche Illustration erhielt, als sie nah beieinander die Köpfe darüber beugten, etwas seltsam Erotisches, und es war irgendwie völlig selbstverständlich, daß sie einander plötzlich küßten, lang und lang und lang; dann stand Maria auf und zog ihn hoch. Einige Zeit hielten sie einander einfach in den Armen. Über ihre Schulter sah er die Bäume vor dem Südfenster, im Dämmerlicht des späten Nachmittags.

Ihre Hände nestelten an den Knöpfen seines Flanellhemds, glitten dann tiefer, zum Gürtel, zum Reißverschluß der Jeans. Martin zog ihr das T-Shirt über den Kopf, sah, daß sie keinen BH trug, fand ihre schweren Brüste. Mit einer schnellen Bewegung öffnete sie ihren Rock, ließ sich auf die Knie nieder. Er hielt ihren Kopf, schloß die Augen, öffnete sie wieder und sagte halblaut, wahrscheinlich – wie er annahm – heiser: »Komm.« Die Liege unter dem Oberlicht wartete. Leise setzte er hinzu: »Der angenehmste Tag seit der Erschaffung der Welt.« Mit Bedauern und Vorfreude spürte er, wie ihr Mund ihn verließ.

Irgend etwas bewegte sich in einem der Bäume an der Strecke. Er registrierte es, ohne es zu registrieren. Geschmeidig stand Maria auf.

Das Fenster barst. Maria zuckte in seinen Armen zusammen, fiel gegen ihn, stemmte sich von ihm fort, blickte ihn oder niemanden an, schmerzlich erstaunt.

Bruchstücke vom Glas des Fensters glitzerten auf dem Teppichboden, im Licht der Schreibtischlampe und des Sonnenuntergangs. Kaum die Hälfte des Glases war noch im Rahmen, und die geborstenen Ränder bildeten keinerlei benennbare Figur. Die Asymmetrie tat ihm körperlich weh.

Maria glitt aus seinen Armen, drehte sich im Fallen halb um, lag auf der Seite, dann auf dem Bauch. Er beugte sich über sie.

Sie hatte sich nach dem Aufstehen halb seitlich gegen ihn

gepreßt, so daß ihre rechte Brust fast in seiner Achselhöhle gelegen hatte. Er kniete vor ihr. Sie lag verkrümmt, verkrampft auf dem Teppichboden; die linke Schulterpartie, über ihrem Herzen, war ein Entsetzen aus Fleischfetzen und Blut.

Lingen verließ das fünfstöckige Haus an der Siegburger Straße. Gegen acht Uhr war ein Helikopter Richtung Wahn geflogen, vom Balkon – der sich laut Mietvertrag »Loggia« nannte – gut zu sehen. Um halb neun hatte einer von Mijnheers Leuten angerufen: Die bestellten Waren seien unterwegs und würden vermutlich am folgenden Tag geliefert.

Es war ein Job mit »großer Sichtbarkeit«. Lingen konnte nicht aus dem Dunkeln zuschlagen und verschwinden; er mußte tagelang durch Bonn und Beuel gehen, geeignete Plätze suchen, Fluchtwege finden und prüfen. Dabei würde er zwangsläufig tausend Leuten begegnen, manchen möglicherweise mehrfach, und sie durften sich hinterher nicht oder nur vage erinnern können. Er besaß als einziger der unmittelbar für diesen Job in Frage kommenden Profis das, was man dazu brauchte. Er konnte sich völlig durchschnittlich bewegen, benehmen, verdrücken. Jeder würde das Gefühl haben, ihm schon mal begegnet zu sein, aber keiner würde sich an diese absolute Durchschnittlichkeit genau erinnern können. Deshalb nannte man ihn den Mann ohne Gesicht.

Während er von halb zehn bis gegen zwölf kreuz und quer durch Beuel marschierte und das Terrain sondierte, arbeitete ein Teil seines Gehirns automatisch an den nötigen Plänen, sammelte und verstaute Eindrücke, setzte Notwendigkeiten und örtliche Gegebenheiten zueinander in Beziehung. Ein anderer Gehirnteil tüftelte am notwendigen Gegenmanöver herum.

Neben alten Animositäten gab es ein weiteres Problem. Es stimmte schon – so, wie Mijnheer seinen Feuerzauber haben wollte, kam nur der Mann ohne Gesicht in Frage. Weshalb Mijnheer alles unbedingt so einrichten wollte, war ein Problem, für das Lingen sich zunächst nicht interessierte. Wichtiger war etwas anderes.

Natürlich würde Lingen, als Ausführender eines derartigen Anschlags, nicht einmal im Traum daran denken, an der falschen Stelle und in falscher Gesellschaft den Mund aufzumachen. Aber in dieser Größenordnung konnte der Auftraggeber es nicht riskieren, daß Lingen irgendwann einmal zufällig oder wegen einer anderen Sache geschnappt wurde.

Der Mann ohne Gesicht wußte genau, daß Sekunden nach dem Ende, Sekunden nach dem Abfeuern der Waffe und der Vernichtung des Ziels, von irgendwo über, hinter, unter oder neben ihm eine andere Waffe losgehen und ihn auslöschen sollte.

Die Aussicht stimmte ihn heiter, denn sie bedeutete, daß er endlich etwas tun durfte, was er schon lange tun wollte. Er durfte sich zielstrebig daran machen, zu einem bestimmten Zeitpunkt Sullivan und vor allem Mijnheer auszuschalten. Und indirekt wurde er von Mijnheer dafür bezahlt.

Die Verfolger waren umsichtig, aber nicht umsichtig genug. Er kannte die Männer nicht, die ihn diskret beobachteten, es spielte jedoch keine Rolle. Mijnheer verfügte über viele Mitarbeiter. Leise pfeifend kletterte Lingen den Abhang der von mehreren Autobahntrassen erwürgten alten Ritterkommende Ramersdorf hinab. Es war, für alle Eventualitäten, ein guter Platz. Ein wenig abseits von der direkten Flugschneise der Helikopter, aber mit freier Sicht und nicht zu weit entfernt; außerdem gleich neben der Strecke, die der Mann vom AA fahren mußte, wenn er mit dem Wagen zum Flugplatz wollte. Es gab ausreichende Fluchtmöglichkeiten – mehrere Nebenstraßen in den Ort hinein, eine Straße über das Siebengebirge zu östlichen Vororten; Busse und Straßen – beziehungsweise U-Bahnen. Von allen besichtigten Plätzen war die Kommende mit ihrer Umgebung am besten geeignet. Lingen beschloß, den Anschlag an einer anderen Stelle auszuführen und vielleicht die Kommende für sein Gegenmanöver zu nutzen. Oder auch nicht.

Schlendernd näherte er sich dem Bus- und U-Bahnhof Ramersdorf. Der unauffällige Fiat verschwand hinter einem Pfeiler der hochgezogenen Autobahn. Lingen hatte sich gut informiert. In zwei Minuten würde die Bahn unterirdisch Richtung Bonn City fahren.

Er umrundete das Gebäude. Der Fiat war außer Sicht. Lingen rannte die Treppen hinab, erreichte den Zug der Linie S, die über Bonn nach Siegburg führte, stieg ein, faltete vorschriftsmäßig seine am Vorabend erstandene Streifenkarte, entwertete zwei Abschnitte und setzte sich. Als der Zug losfuhr, erschien ein eiliger Mann in hellbraunem Anzug auf dem Bahnsteig. Zu spät.

Die U-Bahn tauchte auf der Südbrücke aus der Tiefe, hielt am Brückenende an einer Haltestelle, fuhr wieder an. Hinab in die Unterwelt. Dann wieder hinauf, auf den Mittelstreifen der B 9. Von der Brücke kam der hellgraue Ritmo. Lingen verkniff sich ein freundliches Winken. Der Fiat bog auf die Diplomatenrennbahn Godesberg-Bonn ein und jagte nach Norden. Die Bahn fuhr an.

»Das schaffen die nie«, murmelte er.

Beinahe doch, aber der Zufall half. An der nächsten Ampel, in Nähe der Parteienzentralen, stand ein Polizeiwagen. Die beiden im Fiat hätten im Halteverbot halten und dann bei fließendem Verkehr, in Sichtweite der Polizisten, über die Straße sprinten müssen, um die Bahn an der Haltestelle zu erwischen. Vermutlich hätten die Polizisten gegrinst und mit dem Finger gedroht – mehr nicht. Aber das konnten Mijnheers Leute nicht riskieren. Der Fiat fuhr weiter Richtung Bonn City, und die U-Bahn tauchte in den Untergrund.

Zwei Stunden später sah Lingen die Bewacher wieder, in der Nähe des Bahnhofs. Sie taten, als hätten sie ihn nicht gesehen. Er ging pfeifend an ihnen vorüber. Inzwischen verfügte er über ein Zimmer in einem Hotel Garni der Fußgängerzone. Er fragte sich, wo die beiden ihren Wagen gelassen haben mochten.

Mit der Linie S fuhr er – diesmal über die Kennedybrücke – wieder nach Beuel, wanderte vom Beueler Bahnhof den Bahndamm entlang, beobachtete auf der Brücke zwischen Königswinterer und Limpericher Straße einen Vater mit seinem Sohn, die der Rangierlok winkten, merkte sich ein paar verstrüppte Senken, fand nicht weit vom Beueler Hubschrauberlandeplatz eine interessante Schrebergärtenkolonie mit beinahe freiem Blick auf das Landefeld in der rechtsseitigen Rheinaue. Am späten Nachmittag hängte er die Beobachter – die Eskorte hatte gewechselt; es waren nun zwei andere Männer in einem bräunlichen Capri – wieder ab und fuhr mit der Bahn nach Köln, um einige Vorbereitungen zu treffen, bei denen er nicht beobachtet werden wollte.

Er verbrachte den Abend und die Nacht in der Beueler Wohnung, ohne weitere Anrufe zu erhalten. Um neun verließ er das Haus, stieg in ein wartendes Taxi und ließ sich – verfolgt von einem grünlichen Kadett – auf die Vorderseite des Bonner Hauptbahnhofs bringen, lief durch die Passage unter dem Bahnhof zur Rückseite, erwischte ein Taxi und fuhr – ohne Eskorte – zum Nordwestverteiler über der Autobahn, genannt Endenicher Ei. Dort wartete er ein paar Minuten, halb verborgen hinter geparkten Autos. Der Kadett tauchte nicht auf, auch kein Fiat oder Capri.

Der Flughafenbus hatte nur wenig Verspätung. Kurz vor dem Flughafenkreuz wurden sie unter schrillem Gehupe überholt, zunächst von einem beigen 500er, unmittelbar danach von einem Jaguar. Lingen saß hinten links auf einem Fensterplatz. Er kannte den Mercedes; es war einer der Wagen von Mijnheer. Der Jaguar gehörte einem Diplomaten. Lingen merkte sich automatisch die Nummer, die mit O für *Official* begann und mit 1 endete, also dem Botschafter der Vertretung zustand.

Am Flughafen sah Lingen die beiden Wagen wieder; sie standen vor dem General-Aviation-Teil, wo Privatflieger ihre Routen und Wetterberichte erhielten.

Lingen begab sich aufs Abflug-Deck, kaufte eine Zeitung und trank an einer Bar Kaffee. Als er nach einer halben Stunde einen Blick vor das Gebäude riskierte, waren die beiden Wagen verschwunden. Leise summend ging er wieder hinein. Unter mehreren Namen, mit mehreren Kreditkarten buchte er an verschiedenen Schaltern Flüge – mit BA von Düsseldorf nach Glasgow, mit SK von Frankfurt nach Bergen, unter dem Namen Lingen mit LH von Frankfurt nach Larnaka, mit SR von Köln nach Zürich, mit IB von Düsseldorf nach Madrid. Er notierte alternative Anschluß- beziehungsweise Verbindungsflüge, die Abfahrtszeiten des Lufthansa-Express in Bonn; dann mietete er als Johannes Roth bei Avis einen Wagen und fuhr einige Stunden auf immer absurderen Landstraßen zwischen Bonn und Wahn umher. Als er sicher war, sämtliche Um- und Schleichwege wieder verfügbar zu haben, zuckelte er nach Beuel. In der Nähe des fünfstöckigen Hauses stand ein dunkelblauer Toyota. Lingen hielt hinter ihm, stieg aus und klopfte ans Fenster des Beifahrers.

»Ja?« Der Mann blickte ihn völlig verdattert an.

Lingen grinste, reichte ihm Schlüssel, Papiere und einen Hunderter in den Wagen. »Da. Sie können sich zur Abwechslung mal nützlich machen, statt mich immer zu verlieren. Bringen Sie den bitte zu Avis, mit Grüßen von Herrn Roth. Wenn von dem Hunderter was übrigbleibt, ist es für Sie. Wenn es nicht reicht – den Rest bezahlt Mijnheer.«

»Denken Sie an Ihre Tochter. Und, zum Beispiel, an die Papiere, die Sie gelegentlich abstempeln.«

»Was?« Villalba ließ die Tragfläche los und fuhr herum. Er starrte den widerlichen, fetten Eurasier an, der da im Hangar stand, als ob ihm der ganze Flughafen gehörte.

»Tun Sie nicht so. Noch nie von Neumann gehört, wie?«

Villalba schwieg.

»Übrigens«, sagte der längere Mann neben dem Eurasier, »die beiden, die mitfliegen, haben neben Zuverlässigkeit noch ein paar andere Eigenschaften. Beide wissen genau, worum es geht. Bruno hier, Ihr Copilot« – er deutete auf den schweigsamen Grauhaarigen –, »kann Deutsch, Englisch und Französisch. Und Hussein spricht Französisch, Spanisch und Arabisch. Sie sollten keine unanständigen Gespräche mit irgendwelchen Towerbesatzungen führen, klar?«

Villalba nickte; der kleine Marokkaner grinste.

Sie schoben die Cessna aus dem Hangar. Als Villalba sich noch einmal umdrehte, waren der Lange und der Eurasier verschwunden.

»Check«, sagte Bruno.

Hussein setzte sich hinter Villalba. Der Botschafter spürte plötzlich etwas Kaltes im Nacken. Als er sich umdrehte, zeigte der Marokkaner ihm ein langes Messer.

»*¿Comprende?*«

Villalba verzog das Gesicht und nickte.

Eine halbe Stunde später waren sie in der Luft. »Und was wollen wir in Paris?« sagte Villalba, ohne sich direkt an Bruno zu wenden.

»Nichts.«

»Aber wir haben doch ...«

»Paris angegeben. Klar. Wir fliegen *über* Paris.«

Villalba seufzte. »Und dann?«

»Nachtanken in Valencia.«

»Und dann?«

Bruno warf ihm einen tadelnden Blick zu. »Sind Sie immer so neugierig?«

»Nur, wenn es um meine Person geht«, knurrte Villalba, kaum hörbar über dem Geräusch der beiden Motoren. Dann grinste er bitter. »Und meine Maschine. Und mein Geld. Und meine Tochter.«

»In dieser Reihenfolge?«

»Egal.«

Bruno nickte. »Wie Sie sagen: Egal. Sie werden es früh genug erfahren.«

»Soll ich es nochmal versuchen?« Gonzo schien den Anschiß ungerührt überhört zu haben.

Lorre, hinter dem Schreibtisch stehend, stützte sich mit den Fäusten auf die Platte und beugte sich vor. Er öffnete den Mund zu einem mittleren Gebrüll, besann sich dann und sagte gefährlich leise: »Du bist vollkommen irrsinnig. Erst die Murkserei mit Ahmed. Dann knallst du Krollmanns Freundin ab. Jetzt wimmelt es da von Bullen, die Krollmann keinen Moment aus den Augen lassen werden – und du willst es nochmal versuchen! Was ...«

Das Telefon klingelte. Lorre knirschte mit den Zähnen und deutete auf die Tür. Gonzo drehte sich um und verschwand im Nebenzimmer.

»Schmidt, Transporte.« Lorre hielt den Hörer ein wenig vom Ohr fort, als ob der Gesprächspartner zu laut spräche. »Ja, soweit alles klar. Die Dinger sind hier. Holt ihr sie ab, oder sollen wir...? Nee, gut. – Nein, mach ich selbst. Ich warte auf Sie. – Eh, noch was, Sullivan. Das Ministerium... – Ja, genau, den mein ich. Er wird lästig. – Nein, so nicht. Aber er weiß ein bißchen viel. – Nee, nee, keine Sorge. *Soviel* weiß er nicht. Aber wenn er mal zwei und zwei zusammenzählt... – ja, das könnt ich versuchen. Ich seh ihn wahrscheinlich heute abend. Sonst ruf ich ihn an. Also nicht vor morgen früh, klar? – Gut. Bis nachher.«

»Was das Ministerium angeht«, sagte Sullivan, »da hat Mijnheer andere Vorschläge. Vielleicht lassen sich ein paar Dinge gleichzeitig erledigen, gewissermaßen mit *einer* Klappe.« Er lehnte sich gegen den Transporter und blickte Lorre abwartend an.

Lorre starrte auf die verladenen Objekte. Sie steckten in langen, schweren, behutsam zu behandelnden Kisten. »Hm. Ich weiß nicht... Man soll die Dinge nicht zu kompliziert machen. Was meint er denn?«

Sullivan beugte sich vor. »Habt ihr nicht im Moment gewisse... Probleme? Mit einem Maler?«

Lorre kniff die Brauen zusammen. »Woher...?«

Sullivan zuckte mit den Schultern. »Man hört so allerlei«, sagte er fröhlich. »Geschichten über Türkinnen, zum Beispiel. Und bestimmte Formen von Stümperei, an denen sich eine bestimmte Handschrift ablesen läßt.«

Lorre nickte. »Stimmt schon. Ja, also was?«

»Ein paar Telefonate. Vielleicht sollten mehrere Leute auf

eine große Reise gehen. Wir übernehmen das gern – gegen einen Nachlaß im Preis für gewisse Objekte.«

Lorre zögerte; dann schüttelte er den Kopf. »Ich weiß nicht, was ihr vorhabt, aber ihr tut es sowieso. Weil ihr euch was davon versprecht. Kein Geschäft mit mir.«

Sullivan grinste. »War den Versuch wert. Okay, wir räumen ab.«

Er wandte sich zum Gehen und warf dabei die Hecktür des Transporters zu. Lorre hielt ihn an der Schulter fest.

»Wer soll eigentlich mit den ... Dingern da drin spielen?«

»Wer schon?«

»Habt ihr Lingen angeheuert? Ich denke, der will nicht für euch?«

Sullivan stieg ins Führerhaus. »Stimmt. Aber wir haben ihn überredet.«

Lorre schnitt eine Grimasse. »Wenn das so ist, dann will ich lieber nicht wissen, was ihr vorhabt.«

Sullivan kurbelte das Fenster herunter und steckte den Kopf ins Freie. »Was?«

»Nix.«

»Mh-hm. Besser so.«

Lorre blickte dem abfahrenden Wagen nach; dann schüttelte er sich und ging langsam zurück in sein Büro.

Als einige Zeit später Pattex den Kopf zu ihm hineinsteckte, um sich nach etwaigen neuen Aufträgen zu erkundigen, sah er Lorre vor dem kleinen Bullerofen knien und Papiere verbrennen.

»Chef, is was? Brauchen Sie Hilfe?«

Lorre stand auf und griff nach einem Lappen; er wischte sich die Hände. »Nee. Oder doch. Paß auf. Sag allen, sie sollen die Ohren aufhalten. Irgendwas ist los, was Großes, und irgendwie paßt mir das nicht, glaub ich.«

Pattex starrte ihn fragend an.

»Ich weiß nix Genaues, Mann. Bloß: Wenn einer von euch irgendwas hört, was ihm komisch vorkommt... Ihr wißt schon. – Ah, und noch was. Kann sein, daß Lingen auftaucht.«

Pattex setzte eine ehrfurchtsvolle Miene auf. »Der Mann ohne Gesicht?«

»Ja. Wenn er kommt, sofort zu mir lassen oder bringen. Und wenn ich nicht da bin, alles tun, was er will. Auch wenn er irgendein Spielzeug braucht. Kapiert?«

»Und wenn er keine Knete hat?«

»Auch dann.« Lorre verzog den Mund. »Nee. Dann erst recht.«

Ein alter Geschäftsfreund rief einen alten Geschäftsfreund an, beim BDI. Er äußerte einen Wunsch und erinnerte an gewisse gemeinsame Interessen, seien sie vergangen, gegenwärtig oder zukünftig. Der Herr vom BDI rief nach kurzem Überlegen einen alten Geschäftsfreund in Philadelphia an. In den USA wurden mehrere Anrufe getätigt, zwei davon führten zu Ferngesprächen mit Partnern in der BRD. Dort wiederum löste einer der Anrufe eine ganze Serie weiterer Telefonate aus. In Ministerien, Industrie, Geschäftskreisen diesseits und jenseits des Atlantik wurden an einem Tag in dieser Sache etwa siebzig Gespräche geführt; die gesamte Telefonzeit dürfte bei viereinhalb Stunden gelegen haben, der Gegenwert der Gesprächsgebühren bei DM 350,–.

Der herzzerreißende Zeitungsbericht über die meuchlings beim Liebesspiel erschossene Verlagslektorin und den tauben Maler, dem die Kugel gegolten hatte, war eine bezaubernde Lektüre. Sie brachte den hohen Beamten des Innenministeriums auf eine blendende Idee. Er setzte sich mit einigen Parteifreunden ins Benehmen; die entscheidende Bemerkung, die er gegenüber einem in Finanzfragen Maßgeblichen machte, lautete:

»Schaun Sie, lieber Freund – es kostet uns ja nicht sehr viel. Angenommen, dem armen Kerl fehlen für seine Operation noch zehntausend Mark, meinethalben das Doppelte. Na und? Wozu haben wir die Kriegskasse? Was kostet ein Plakat? Und was bringt es ein? Aber was, meinen Sie, wird es uns an Sympathien einbringen, wenn wir diesem talentierten jungen Maler, arg gebeutelt vom Schicksal und derlei Schmu, sein Ohrenlicht, oder wie man das nennt, wieder beschaffen? Und vor allem, wenn wir eher auf diesen Gedanken kommen als die, eh, Freunde im AA? Oder die Opposition?«

»Sie haben recht«, sagte der andere heiser ins Telefon. »Es kostet uns nicht viel, es bringt uns auch nicht viel ein. Das einzige, was mich interessiert, ist die Möglichkeit, *denen* eins auszuwischen.«

Der Beamte im Innenministerium machte einige Detailvorschläge. Nachdem sie abgesegnet waren, leitete er die nötigen Schritte ein – in den USA, wo ein Klinikbett reserviert wurde; beim Grenzschutz, der einen größeren Helikopter für den Flug Bonn-Wahn bereitzustellen hatte; bei den Planungsleuten vom Auswärtigen Amt, von denen zumindest einer vernehmlich mit den Zähnen knirschte.

»*Ein* Aufwaschen«, sagte der hohe Beamte später, in einem anderen Telefonat. »Sehr freundlich von Ihnen, mir den Tip zu geben. Nun ja. Die Delegation hat in Washington auch Fragen des Völkerrechts zu klären – im Rahmen bilateraler und multilateraler Abkommen, die spätestens nächstes Jahr zur Tagesordnung gehören werden. Da wird ein erfahrener Mann vom Justizministerum schon hilfreich sein. Goldmünzen, sagen Sie? Hm. Ach, ich könnte mir denken, daß in seiner Abwesenheit jemand ganz dringend bestimmte Unterlagen in seinem Büro suchen muß. Man wird sehen. Aber halten Sie mich auf dem laufenden, wenn Sie mehr erfahren sollten.«

Nach dem Gespräch grübelte er einige Minuten, bis er den richtigen Mann gefunden hatte, der dem Maler die frohe Botschaft überbringen konnte. Ein netter, noch relativ junger Abgeordneter, der Karrierepunkte sammelte und nicht oft genug in der Zeitung erscheinen konnte. Einige Presseleute – zuverlässig und handverlesen – würden ihn begleiten. Ganz entschieden eine gute Sache. Er stand auf, sah einen Moment aus dem Fenster, ging dann an den kleinen Schrank aus dunkel gebeiztem Nußbaum und goß sich einen Lepanto ein.

»Verdammte Scheiße. Ich weiß es nicht.« Der Hauptkommissar schlug mit der flachen Hand auf die Zeitung.

Der Mann vom BKA spielte mit seinem Feuerzeug, ließ es immer wieder aufflammen. »Schon eher Rattenkacke. Würde ich sagen. Irgendwer hat geplappert. ›Führt Spur zu Waffenschmugglern?‹ So ein Blödsinn. ›Interessante Entwicklungen im Fall des toten Persers.‹ Wir können ja auch gleich annoncieren, damit nur ja alle möglichen Betroffenen auf Tauchstation gehen.«

»Ja. Ja. Ja. Nun machen Sie mich nicht an, Mann. Ich weiß nicht, wer den Mund aufgemacht hat.«

»Und dabei haben wir eigentlich nichts in der Hand.«

Der Hauptkommissar nickte griesgrämig. »Eben. Andererseits – vielleicht bringt das die Leute dazu, sich bedroht zu fühlen und eine falsche Bewegung zu machen.«

Das BKA prustete. »Sie lesen zu viele Krimis, glaub ich.

Abwarten, bis der Verbrecher den nächsten Fehler macht – wer ist das? Sherlock Holmes? Maigret? Nero Wolfe?«

»Orchideenzüchten«, murmelte der Hauptkommissar. »Das wäre mal was anderes. – Ja, was gibt's denn?«

Der Assistent öffnete die Tür einen Spalt weiter. »Da ist eine junge Frau. Sie will irgendwas aussagen. Ich glaube, es hängt mit diesem Ahmed zusammen.«

»Rein!«

Die junge Frau trug kein Kopftuch, sprach aber fast nur Türkisch. Nach kurzem, verwirrendem Gestammel beiderseits ließ der Hauptkommissar einen Dolmetscher kommen.

»Sie sagt, sie kommt wegen diesem Perser. Ahmed.«

»Fragen Sie sie, was sie uns sagen will.«

Die junge Frau tupfte sich die Augen. Ein Redeschwall. Der Dolmetscher nickte immer wieder, machte sich Notizen, hob dann die Hand und brachte den Schwall zum Stoppen.

»Also. Das is eine ziemlisch kitzlische Sach.« Der Mann stammte aus Wiesbaden. Der BKA-Beamte schnaubte. »Sie hat, kurz gesagt, mit diesem Perser da, Ahmed, eine – ein Techtelmechtel gehabt. Jetzt ist sie schwanger.«

»Oh Firmament, Gesäß und Bindfaden. Weiter bitte.«

»Man soll nie Theorien aufstellen«, murmelte der Hauptkommissar. »Unklarheit ist die einzige Konstante in jeder Rechnung.«

»Soll ich das übersetzen?«

Der Hauptkommissar winkte ab.

Die Frau redete weiter. Ihr Vater, sagte sie, nehme es mit der türkischen Familienehre sehr genau. Er beliefere türkische Läden und Restaurants mit türkischen Produkten, und Ahmed, obwohl Perser, habe für ihn gearbeitet. Natürlich sei er als ehemaliger Student zu gut für die Sache gewesen, aber trotzdem, er habe sich gut eingefügt. Und dann sei es eben passiert. Und dann sei Ahmed plötzlich fortgewesen, nachdem der Vater sie einmal bei einer harmlosen Umarmung erwischt habe.

»Liebe groß«, sagte sie; zwei dicke Tränen rannen ihr die Wangen hinab. »Kind« – sie legte die Hand auf den Bauch – »Vater.«

»Fragen Sie«, sagte der Hauptkommissar, »wo sie jetzt wohnt. Wenn das alles so zusammenhängt – woher nimmt sie den Mut, es uns zu erzählen, wenn sie noch bei ihrem Vater lebt?«

Der Dolmetscher sagte etwas, wartete, übersetzte.

»Sie sagt, nein, sie wohnt nicht mehr bei ihrem Vater. Sie ist jetzt im Haus des ältesten Bruders der Mutter und reist bald zu Verwandten nach Frankreich. Um – Sie wissen schon.«

»Ja.«

Der Mann vom BKA zog das Blatt mit der Kopie der zweiten, neuen Krollmann-Skizze vom Bahntäter aus einem Aktendeckel.

Die junge Türkin betrachtete das Bild aufmerksam, schüttelte dann den Kopf. »Nix kennen. Nix gesehn. Nix Mann von Vater.«

4

Sie bewachten ihn jetzt rund um die Uhr. Im Moment hockte ein hagerer Mann mit Halbglatze und Hakennase neben dem Südfenster, starrte hinaus, trank zwischendurch Kaffee und gähnte im Drei-Minuten-Takt.

Martin Krollmann stand vor dem schrägen, großen Leuchtpult. In der Linken hielt er ein Senfglas voll Calvados (Hors d'Age), aus dem er periodisch trank. Die Rechte hantierte, fast ohne sein bewußtes Zutun, mit verschiedenen Stiften.

Als der Politiker und die Presseleute gekommen waren, hatte er das Trinken unterbrochen; zum Glück waren sie nicht lange geblieben. Natürlich hatte er das Geschenk oder Angebot angenommen; Volmershoven wimmelte neuerdings von Leichen, die USA konnten da auch nicht schlimmer sein. Außerdem stieß ihn die Geschwätzigkeit der Leute doch nicht ausreichend ab, um auf die mit der Operation verbundene Chance ganz zu verzichten.

Zu Beginn der Flasche hatte er sich gefühlt wie der Insasse einer Lawine, der weder weiß, wie er hineingekommen ist, noch wohin die Reise geht, noch ob er irgendwie aussteigen kann. Inzwischen waren die Empfindungen zu kompliziert geworden, so daß er sie den Stiften und der automatisch arbeitenden Hand überließ.

Er leerte das Glas und fiel in die verschwommene Gegenwart zurück. Das Bild, wenn es eines war, starrte ihn an, als ob es sagen wollte: Da hast du mich. Eine aufgereihte und gestaffelte Sammlung bizarrer Objekte ohne jeden erkennbaren Sinn, ohne auch nur zu ahnende Funktion, stand auf einer öden Fläche. Von irgendwo kam Licht, indirekt; unterhalb des Horizonts? Es mußte eine Art Halbkreis-Licht sein; die scheußlichen Schatten der Objekte fielen sämtlich in die Bildmitte, wo ein schmaler Strich, ein Weg, ein ebenmäßig schrumpfender Scheitel in die Ferne floh. Er endete zwischen nicht genau sichtbaren Dingen, die malmende Kiefer oder Zahnwalzen sein mochten. Diesen Strich hinkte eine Figur entlang, hin zu Horizont und Gemalme. Ein hauchdünner Faden, an der Figur befestigt, schien sie zu ziehen; Fäden führten ebenfalls von den widerwärtigen Gegenständen, die die Schatten schleuderten, fort zum Bildrand, über den sich eine warzige, siebenfingrige Hand reckte, die ihrerseits auf einem Finger steckte, einem von mindestens fünfzehn Fingern, deren Kuppen eben noch zu ahnen waren.

Krollmann goß das Senfglas wieder voll und stand mit schräggelegtem Kopf vor seinem Opus. Er hatte die Schatten scharf gezeichnet, mit Klingen und Schneiden statt Umrissen, aber in den tödlichen Schatten war das Sterben gemütlicher als auf dem schmalen Einbahnstrich. Langsam, fast ohne hinzusehen, griff er noch einmal zu einem Stift und krakelte einen Titel in die untere rechte Ecke. DIE SCHATTENSCHNEISE.

Er ließ sich auf die Liege plumpsen. Irgendwo dort, vielleicht auf dem Boden darunter, mußte der Zettel liegen, auf dem er mit der Liste der nötig zu packenden Dinge begonnen hatte. Übermorgen. Er versuchte, sich auf einen normalen Ablauf von Zeit zu konzentrieren. Marias Augen. Die Fischaugen des Abgeordneten. Die Adleraugen des Heckenschützen. Wipfelschützen.

Es blieb nicht viel zu tun. Die mit Maria erarbeitete Reihenfolge der Texte und Illustrationen abtippen, ein Kurierpaket packen, es von UPS abholen lassen – Anweisung des Verlags –, Unterhosen und Socken sortieren, Taschengeld besorgen (mit Eskorte) und alles andere der Partei des Abgeordneten und dem Räderwerk des Apparats überlasssen. Ein Bett in der Klinik, ein Termin für die Operation. Er versuchte sich vorzustellen, wie Marias Stimme klänge, wenn er sie noch hören könnte, falls er wieder würde hören können.

Lorre goß Kaffee und Whisky nach und blickte in das ausdruckslose Durchschnittsgesicht. »Stinger?«

Lingen nickte, hob das Whiskyglas, trank ihm zu. »Und Sams; ich weiß nicht genau wie viele. Heute abend sollen sie geliefert werden. Angeblich geht es übermorgen schon los.«

Lorre beugte sich vor. »Erzähl mir nichts. Wenn Mijnheer Stingers und Sams organisiert und dich anheuert, will ich nichts wissen.«

Der Mann ohne Gesicht grinste. »Angst?«

Lorre runzelte die Stirn. »Sagen wir – Skepsis, ob mein verschüttetes Gewissen sich nicht rühren sollte.«

»Du leistest dir merkwürdige Luxusartikel.«

»Stimmt schon. Aber so ganz läßt sich das nicht amputieren. Was brauchst du von mir?«

Lingen rümpfte die Nase. »Eine Art Rückversicherung.«

Lorre schwieg. Er dachte an einen länger zurückliegenden Abend, als der Spitzname ihm noch nicht so fest angepaßt war wie eine körpereigene Brille; an das Messer eines hitzigen schwedischen Waffenschiebers; an das Gefühl von Kälte an der Kehle; an Lingens schnellen, kühlen Schuß, fast aus der Hüfte, fast wie im Western.

»Rückversicherung?«

»Ja. Denk mal nach.«

Lorre nickte, sehr langsam. »Ich fürchte, du hast recht. Ich will es nicht genau wissen, aber wenn Mijnheer einen großen Feuerzauber machen will, mit Raketen und allem Tamtam, und dich auf irgendeine Weise dazu gekriegt oder gezwungen hat, die Sache zu übernehmen, dann muß das was ganz Großes sein. Und nach was ganz Großem dürfen keine Zeugen übrigbleiben. Du würdest zwar nie singen, aber ...«

»Mißtrauen ist die Großmutter von dem, wovon Vorsicht angeblich die Mutter ist.«

Lorre räusperte sich, aber die Heiserkeit blieb. »Ich schulde dir was ...«

Lingen winkte ab. »Keine Sorge. Ich bin nicht gekommen, um irgendwas zu fordern. Ich brauch nur ein oder zwei Geräte.«

»Ah. Dann ist mir wohler. Was?«

Der Mann ohne Gesicht zögerte. »Wenn ich das so genau wüßte. Ich schätze, die werden genau zusehen, was ich mache – aus der Ferne, aus der Nähe, aus der Luft, weiß der Geier. Sobald ich meinen Job getan hab, wird von denen jemand auf einen Knopf drücken.«

Lorre hüstelte. »Sullivan ...«

»Ja?«

»Der verrückte Ire hat bestimmte Gewohnheiten. Er begleicht derlei Rechnungen gern aus einem fahrenden Auto.«

Lingen schob die Unterlippe vor. »Hm. Tja, das wäre möglich. Gegen ein paar andere Eventualitäten bin ich im Prinzip gerüstet, aber Auto ... Wie wär's mit ner Bazooka?«

Lorre kratzte sich den Brustpelz. »Hab ich nicht. Außerdem zu schwer, zu unhandlich. Aber es gibt da ein paar nette Anti-Tank-Waffen, leichter, moderner, einfach zu bedienen. Die neueren NATO-Produkte ...«

»Kenn ich. Was hast du da?«

Lorre stand auf. »Komm am besten mal mit. Das sollten wir mal einzeln durchgehen. Es gibt auch ein paar gute Brasilianer; die bauen neuerdings so einiges.«

»Ohne Rückstoß?«

»Klar. Ohne Schickimickikram und Zierleisten, aber zuverlässig.«

Lingen erhob sich ebenfalls. »Es gibt auch ein paar israelische Nachbauten.«

Lorre winkte. »Komm. Mal sehen, was wir haben.«

Als Lingen abgefahren war, stand Lorre noch einen Moment gebeugt hinter seinem Schreibtisch. Er dachte an das Blatt mit der Skizze eines Mannes, der einen anderen auf Schienen gelegt hatte.

»Pattex!«

Der korpulente Mann öffnete die Tür. »Chef?«

»Einsatzbereit?«

»Immer.« Er klopfte an die linke Brust; es war nicht ganz klar, ob er die Waffe unter der Achsel oder seine blutige Solidarität mit der Firma meinte.

»Mir ist nicht ganz wohl«, sagte Lorre, als sie in die Dämmerung fuhren. Er saß hinter Gonzo.

Pattex drehte sich auf dem Beifahrersitz um. »Wieso? Was denn?«

»Lingen.«

Gonzo schnaubte. »Guter Mann. Legende. Aber wieso is Ihnen da nich wohl bei, Chef? Ärger mit ihm?«

»Nee. Mir fallen nur diese Knalltüten von Möchtegern-Terroristen ein. Die waren doch heute wieder bei uns in der Nähe.«

Gonzo nickte. Er hatte die Gestalten gesehen, sie Lorre gezeigt und vermutlich seine eigenen Schlüsse gezogen.

»Die wollten doch dickere Feuerspritzen. Wenn sie wirklich noch da waren und Lingen gesehen haben...«

Pattex gluckste. »Also, die Spitze von denen, okay. Aber diese paar Lümmel, zehnte Garnitur, die nich mal selber ihre Knarren beschaffen können, mit denen wird Lingen doch fertig.«

»Wir wissen nicht, wie viele es sind. Und in jedem Fall ist es gut, bei Lingen ein Guthaben zu haben.«

Lorre wußte, wohin Lingen mit seiner Fracht wollte, da er ihm selbst gesagt hatte, wie er zu der alten ungenutzten Garage bei Stieldorf fahren sollte. Der Mann ohne Gesicht hatte verständlich wenig Lust, zweierlei Arsenal in einem gemieteten und nicht besonders gesicherten Keller zu deponieren. Vor allem, da Mijnheers Leute den Keller kannten.

Sie hatten ihn auf dem von Lorre als Abkürzung angegebenen Feldweg gestellt. Ein BMW stand quer vor Lingens Fünfthand-Opel, vermutlich nach einem waghalsigen Überholmanöver. Ein Mitsubishi dahinter. Die Schüsse waren kaum zu hören, als Lorre, Gonzo und Pattex mit jaulendem Vierradantrieb näherkamen, aber es war inzwischen dunkel genug. Man sah kleinere und größere Blitze.

Sie rammten den Mitsubishi und fielen aus den Türen. Eine kniende Silhouette feuerte auf sie. Lorre hörte Pattex fluchen und feuern; Gonzo lag vor ihm auf dem Boden und ballerte global.

Ein paar Querschläger. Jemand stieß einen schrillen Schrei aus. Dann schrie eine hohe, kippende Stimme:

»Aufhören! Hört doch auf! Wir kapitulieren!«

Irgendwo aus dem Dunkel kam Lingens Stimme, kühl und spöttisch: »Sie kapitulieren! Der Volkskrieg bricht zusammen.«

Zwei lebten; beide unverletzt. Zwei waren mehr oder minder tot; Lorre hätte nach Betrachtung der Wunden auch für einen Freund keinen Krankenwagen mehr alarmiert. Abgesehen von allem anderen, was dagegen sprach. Es dauerte nicht lang.

Lingen hielt die beiden Überlebenden in Schach, während Gonzo sie gegen den Mitsubishi stieß und schnell, gründlich und grob abtastete.

»Sauber«, sagte er schließlich. Er kam mit einem Armvoll assortierter Mordwerkzeuge zu Lorre. »Wandernde Schießbuden.« Er warf die Waffen, gesichert, in den Patrol.

»Wo steckt Pattex?« sagte er plötzlich.

Lorre, der mehrfach von einer Seite zur anderen gerobbt, später gegangen war, deutete zum rechten Wegrand.

Gonzo klackte mit der Zunge, beugte sich über den Leichnam, richtete sich wieder auf. »Scheiße. Muß n Querschläger gewesen sein.«

»Wieso?« Lingen hielt immer noch seine Handwaffe auf die beiden gerichtet.

»Genick«, sagte Gonzo.

»Oder er hat sich dämlich gedreht«, sagte Lorre.

Gonzo nickte in die Dunkelheit. »Kann sein. Bißchen tapsig isser ja immer gewesen.«

Gonzo fuhr den BMW an den Rand, halb ins Feld. Die beiden Überlebenden durften ihre toten Kollegen in den Wagen heben. Einer der beiden Heber schluchzte unterdrückt. Danach kam Pattex an die Reihe; er wurde in den Mitsubishi gelegt. Gonzo salutierte und stieg zu seinem toten Kumpel.

»Aber sieh zu, daß beides verschwindet. Spurlos«, sagte Lorre.

Gonzo nickte, winkte, startete, setzte mehrfach vor und zurück, zog an Opel und BMW vorüber, wendete und brauste davon.

»So, jetzt zu euch.« Lorre bewegte seine Browning; die beiden standen mit hängenden Armen vor ihm.

»Was machen wir mit denen?« sagte Lingen.

»Hast du einen Vorschlag?«

Lingen knurrte.

»Habt ihr einen Vorschlag?«

Schweigen.

»Mitnehmen«, sagte Lingen. »Wir werden ein bißchen euer Hirte sein und euch mangeln.«

Er stieß den linken Gefangenen zum Opel, hinter das Steuer, und setzte sich neben ihn, während Lorre zielend zuschaute.

»Wohin?«

Lorre überlegte. »Ach, die Garage, trotz allem. Ist nicht schlecht.«

»Auf geht's«, sagte Lingen. »Bis gleich.«

In der Garage, die einsam auf einem Feld stand, neben einem Wäldchen, und zu der früher einmal ein abgebrannter Aussiedlerhof gehört hatte, beratschlagten Lorre und Lingen leise. Sie hatten die beiden Terroristen gefesselt und in eine Ecke gesetzt, wo sie keinen Unfug anrichten konnten.

»Was war mit Pattex?« sagte Lingen halblaut.

»Den hat's erwischt, hast du doch gehört.«

»Ja schon, aber warum?«

Lorre seufzte. »Er hat sich bei was sehen lassen, und jemand hat eine Zeichnung von ihm gemacht.«

Lingen nickte. »So was ähnliches hab ich mir gedacht. Na denn. Jetzt zu denen da.«

Lorre hob die Stimme. »Zwei von denen waren vor ein paar Tagen bei mir. Die wollten Knallkörper kaufen, die Knallköppe. Ich hab sie gewarnt. Einer ist schon hops. Der andere liegt da hinten.«

»Sitzt. Meinst du, die sind bei aller Blödheit clever genug, um mit ner Sam oder Stinger umzugehen?«

»Willst du sie anheuern?«

»Könnte man überlegen. Ich meine, wir haben ja gewisse Projekte.«

Lorre grinste. Leise sagte er: »Weißt du eigentlich woher die Dinger kommen, die Mijnheers Leute dir heute abend bringen?«

»Klar. Wußte ich sofort. Was meinst du denn, weshalb ich gerade Stinger und Sam haben wollte? Außer dir...«

»Okay. Trotzdem – ich will nicht wissen was ihr vorhabt. Kommst du mit denen da klar?«

Der Mann ohne Gesicht nickte.

»Gut. Dann verpiß ich mich.«

»Rufst du an?«

»Wo?«

»Bei unseren besonderen Freunden von der Polizei.«

»Aah.«

»Ja. Die freuen sich doch bestimmt über das Geschenk. Außerdem bringt es sie ein bißchen auf Trab.«

»Gruppe Stammheim.« Der größere der beiden sagte es mit ein wenig trotzigem Stolz in der Stimme.

Lingen seufzte. »Auch das noch.«

»Wieso? Die Märtyrer der Revolution, ermordet von den Bütteln des Apparats...«

»Stop. Gut auswendig gelernt, aber trotzdem hirnrissig. Die waren doch überzählig, damals. Warum soll denn der Apparat, wie ihr es nennt, ausgerechnet in dem Moment, wo alles jubelt, weil Mogadischu geklappt hat, Leute umbringen, die ihm nichts mehr tun können? Außerdem arbeiten die anders. Viel feiner. Wir sind doch keine dämliche Militärdiktatur. Die haben doch ganz andere Möglichkeiten. Aber ich hab keine Lust, das mit euch zu diskutieren. Macht ihr nun mit, oder...« Er ließ die Alternative offen.

Eine halbe Stunde später hatten sie eine Art Arbeitsabkommen geschlossen. Lingen ließ den Kleineren fahren; er saß hinten, die Waffe locker auf dem Schoß. Sie fuhren ins Zentrum. Auf dem Parkplatz des ehemaligen Rheinuferbahnhofs stiegen die Terroristen aus.

Lingen fand Mijnheers Leute am vereinbarten Treffpunkt. Sie hängten sich an ihn und folgten ihm zu einer weiteren gemieteten Garage.

Rocío Villalba Contreras fand, sie habe arg nachgelassen. Das schmierige Fenster war ihr einziger Spiegel, aber zu dieser Feststellung reichte es völlig. Da sie über »schlanke Fesseln« gebot, wie ein brünstiger Jungdiplomat es einmal ausgedrückt hatte, schmerzten die Handschellen nicht, mit denen man ihre Unterschenkel verbunden hatte. Sie konnte nur kleine Schritte machen; zusätzlich beengte eine vom rechten Knöchel zum Pfosten des massiven Betts führende Kette ihren Bewegungsraum. Auch die Hände steckten in Schellen.

Der Raum enthielt neben ihr, dem Bett, einem Klappstuhl aus Plastik und einem wackligen Picknicktisch, auf dem öde Magazine und scheußliche Kitschromane lagen, nur eine Toilette (mit Brille, aber ohne Deckel) und ein kleines, dreckiges Waschbecken.

Als man sie in den Wagen zerrte, hatte sie natürlich keinen Make-up-Koffer bei sich gehabt. Ihr Vater würde sich kaum grämen, sondern alles wahnsinnig lästig finden. Sie konzentrierte sich nicht mehr auf ihr verschwommenes Abbild, nahm die Gitterstäbe am Fenster wahr und die Landschaft dahinter. Sie fröstelte; der Nieselregen hatte aufgehört, aber als Sommer ließ sich nichts von dem bezeichnen, was da zu sehen und zu fühlen war.

Alles grün, feucht und einsam. Ihre guten Geographiekenntnisse – zum Glück einzige Frucht des frühzeitigen Verkehrs mit Botschaftsangehörigen aus aller Welt – halfen ihr nicht weiter. Das gebirgige Land mochte Eifel sein, Hunsrück, Bergisches Land, Rothaar-Gebirge, notfalls sogar Ardennen oder Weserbergland. Während der Fahrt war sie ja chloroformiert gewesen, aber sie glaubte nicht, daß man sie viel weiter fortgebracht haben konnte.

Sie seufzte, schlurfte zur Toilette, erleichterte sich umständlich, wusch sich die Hände. Die Schellen hinderten sie daran, sich auszuziehen und gründlich zu reinigen. Vermutlich war ein Teil der Augenringe, die sie in der Scheibe wahrnahm, auf nicht ordnungsgemäß entfernte Kosmetika zurückzuführen.

Der Schlüssel wurde in die Tür gesteckt, gedreht. Der Dicke brachte ihr das Tablett mit dem Mittagsmahl. Wenn man Erbsensuppe aus der Dose, ein klägliches Würstchen und eine Scheibe Graubrot so nennen wollte. Der Dünne stand in der Tür; der abgesägte Lauf der Flinte lag in seiner linken Ellenbeuge.

»Wie lange muß ich das noch aushalten?« sagte sie.

Der Dicke grunzte nur; er stellte das Tablett auf den Tisch und ging wieder hinaus, ohne sie angeschaut zu haben. *»How long? Combien de temps? ¿Cuánto tiempo?«*

Der Dünne zog die Tür zu, der Schlüssel wurde gedreht und abgezogen.

Manchmal hörte sie, wenn sie das Ohr an die Tür preßte, daß die beiden miteinander leise redeten, aber es war zu leise, um die Sprache zu identifizieren. Entweder hatten beide striktes Schweigegebot, oder sie verstanden wirklich keine der von Rocío versuchten Sprachen. Der Dicke war dunkelhaarig, hatte dunklen Teint und buschige Brauen; er konnte ebenso gut ein Mischdeutscher sein wie ein Afghane oder Ire oder Russe oder was auch immer. Der Dünne war grau, mit schmalen, aber keineswegs feinen Zügen. Er erinnerte sie an einen brasilianischen Attaché, aber eine eindeutige Zuordnung war nicht möglich.

Ohne Appetit, aber mit Heißhunger aß sie den Teller leer, wischte mit dem letzten Stückchen Brot die letzte Suppe auf. Dann fühlte sie sich plötzlich sehr müde, schlurfte zum Bett, ließ sich darauf fallen und zog die grobe Pferdedecke über sich.

Sie hatte bereits geschlafen, als der Dicke kam und das Tablett holte. Es war das erste Mal, daß sie in Anwesenheit ihrer Wächter lag.

Der Dicke warf ihr diesmal einen Blick zu, hob eine Braue und grinste.

»Warum grinsen Sie? Weil ich liege?«

Er nickte. Zu ihrer Überraschung öffnete er den Mund. »Bettliegen gutt.«

»Wieso?«

»Sulli«, sagte er. »Medd Sulli. Er mögen.«

Sie fragte sich, wer Medd Sulli sein mochte, wiederholte aber nur: »Wieso?«

Er watschelte zur Tür. Über die Schulter sagte er: »Er mögen. Medd Sulli immer erst fick, dann kill.«

Der antike Frachter lag nördlich von M'Bour, außerhalb der Drei-Meilen-Zone. Kurz vor Mitternacht kam das erwartete Lichtzeichen von Land. Die fünf Kisten wurden ins Beiboot gebracht.

Am Ufer warteten drei Männer mit einem geländegängigen Lkw. Zwei von ihnen luden die Kisten auf; der dritte nahm das Bündel Noten entgegen, zählte und nickte. Den Umschlag mit Frachtpapieren klemmte er sich unter den Arm.

Am nächsten Nachmittag trafen die Kisten in einem Schuppen am Stadtrand von Dakar ein. Papiere und ein paar Scheine wechselten den Besitzer.

Am folgenden Morgen blätterte ein gelangweilter Mann vom Flughafenzoll die Papiere durch; die Stempel und vielsprachigen Eintragungen, die die Kisten als Diplomatengepäck aus der República Andina auswiesen, interessierten ihn weniger als die Scheine – zwanzigtausend CFA-Francs – zwischen den Blättern.

Der Marokkaner zeigte Villalba den Weg; er blieb immer einen Schritt hinter ihm, wie ein aufmerksamer Wachhund.

Ein alter Pritschenwagen brachte das Diplomatengepäck zur Maschine. Villalba hielt sich abseits; niemand hatte ihn aufgefordert, bei diesem Teil der Veranstaltung mitzuwirken, und er dachte nicht daran, den Freiwilligen zu spielen. Aus den Augenwinkeln beobachtete er, wie die Kisten abgeladen wurden. Der Pritschenwagen fuhr davon. Der Marokkaner und der Deutsche berieten sich; dann öffneten sie die erste Kiste, nahmen mehrere Pakete heraus und begannen mit dem Verstauen. Bruno kannte sich aus. Er wußte, daß es problematisch werden würde, wenn man bei sehr voller Maschine den Schwerpunkt nicht bedachte. Villalba nickte widerwillig, als der Deutsche den vorderen Gepäckraum im Bug, hinter dem Wetterradar, öffnete und vollstopfte. Ein Teil des Paketinhalts – weiße Stoffpakete, soweit Villalba es sehen konnte – verschwand auch im Gepäckteil unter den hinteren Sitzen; einige Beutel wurden auf den Boden im Rückteil der Kabine gelegt.

Endlich, nach langem Warten, erschien auch der Tankwagen. Mürrisch reichte Villalba dem Fahrer seine BP-Karte. Auch die vielen, vielen Gallonen 100 LL des Unternehmens gingen auf seine Rechnung.

Startfreigabe. Bruno, rechts neben Villalba, sagte halblaut: »Und denken Sie dran, daß wir ein bißchen Übergewicht haben.«

Villalba knurrte vor sich hin. »Wieviel wiegt das Zeug?« sagte er schließlich.

»Ungefähr fünfeinhalb Zentner«, sagte Bruno. Er verzog keine Miene.

»Aber das ist zuviel! Die Vorschriften...«

»Scheiß auf die Vorschriften. Los.«

Hinter Villalba räusperte sich Hussein.

Kurz vor Mitternacht schleppten Hussein und Bruno einen lallenden Villalba in die – mit seiner AmEx-Karte zu bezahlende – Suite des Hotels. Aus einem der Fenster war der Tower des Flughafens von Las Palmas zu sehen.

Mitten in der Nacht setzte sich Ubaldo Villalba Narváez, Botschafter der Andinischen Republik, im Bett auf, schaltete das Licht an und musterte aus roten Augen seine beiden Reisegefährten, die ihm die Oberkörper zuwandten und Waffen auf ihn richteten. Er brach in schallendes Gelächter aus.

»Was finden Sie so witzig, Sie besoffenes Schwein?« knurrte Bruno.

»Sie beide erinnern mich an einen Witz. Beckenbauer ist in einem Lokal, geht zum Tresen und fragt den Wirt, ob er sein Privatklo benutzen darf. Der Wirt sagt: ›Und wenn Sie zehnmal Beckenbauer sind, Sie können wie alle anderen ins Gästeklo pinkeln.‹ Sagt Beckenbauer: ›Aber da kriege ich immer nasse Beine.‹ Sagt der Wirt: ›Ha, Unfug, in meinem Klo kriegt keiner nasse Beine.‹ Beckenbauer geht, stellt sich vors

Pissoir und macht seine Sache gut, wie immer. Rechts und links von ihm stehen auch Männer, die sich plötzlich beide gleichzeitig zu ihm drehen, und zwar komplett und sagen: ›Ist das nicht der Beckenbauer?‹ Und so hat er seine nassen Hosen gekriegt.«

»Wecken Sie uns etwa deshalb, um uns diesen Stuß zu erzählen?«

»Nein.« Villalba wurde ernst. »Ich wollte was wissen. Fünfeinhalb Zentner wovon?«

Hussein kicherte schrill. Bruno runzelte die Stirn. »Wollen Sie das wirklich ...? Ach, egal. Koks.«

»Häh? Kokain? So viel? Aber... aber das sind ja Millionen!« Villalba starrte sie an, mit roten Augen und offenem Mund.

»Wenn Sie es genau wissen wollen – Marktwert ungefähr zweihundert Millionen Mark. Können wir jetzt weiterschlafen?«

Der für Ahmed, die erschossene Lektorin und den toten Penner zuständige Hauptkommissar erfuhr erst am Spätnachmittag bei einer Routinebesprechung davon. Ein zufälliger Nebensatz eines Kollegen enthielt die Information. Der Hauptkommissar fragte nach, platzte beinahe und machte den nötigen Wirbel. Zum Wirbel gehörte auch ein Anruf, der eine halbe Stunde später den Mann vom BKA wieder ins Haus brachte.

»Nette Geschichte«, sagte er. »Und so ganz zufällig, was?«

»Andere Abteilung«, knurrte der Hauptkommissar. »Ich bin Mord, nicht entführte Botschaftertöchter.«

»Moment. Niemand hat was von Entführung gesagt. Der

Butler oder was auch immer hat nur gesagt, die junge Dame sei seit fünf Tagen verschwunden.«

»Ja, aber rechnen Sie das doch mal zusammen. Der Botschafter hat ein Flugzeug und einen Jaguar. In seinem Garten wird ein erwürgter Penner aufgefunden. Gleichzeitig – so sieht es ja nach den Aussagen des Butlers aus – verschwindet die Tochter. Hier ist ein Bild von ihr.«

Der BKA-Mann betrachtete es und schmatzte. »Leckeres Täubchen. Aber vielleicht ist sie ja nur ein paar Tage – eh, mit jemand in die Kissen gehüpft und will nicht gestört werden.«

»Unwahrscheinlich. Laut Protokoll sagt der Butler, sie konnte tun und lassen, was sie wollte. Der Botschafter ist da wohl arg liberal.«

»*Arg* liberal! Nun denn. Und weiter?«

»Wie gesagt – addieren Sie mal. Botschafter, Jaguar, Flugzeug, toter Penner, Tochter futsch – und Papi geht auf eine unangekündigte Flugreise. Der Butler – Moment, hier steht's – der Butler sagt, er hätte nichts davon gewußt, bis ein paar Stunden vor Beginn der Reise. Kofferpacken war nix, nur eine kleine Reisetasche. Ungewöhnlich, sagt er; sonst hat sein Prinzipal sowas immer Wochen vorher angekündigt. Zumindest wenn er länger weggeblieben ist. Und Reisetasche mit Unterhosen ätz ehtera heißt ja wohl, daß es nicht nur ein Mittagstrip über die Eifel werden sollte. Er ist ja jetzt auch schon länger weg.«

»Seit wann genau?«

»Nhnnhn – vorgestern morgen, glaub ich.«

Der BKA-Mann spielte mit einem Kugelschreiber. »Na ja, vielleicht sollten wir mal feststellen lassen, wohin der edle Herr geflogen ist.«

»Hilft uns das?« Eine halbe Stunde später beugten sie sich über einen Zettel und einen Atlas.

»Paris«, sagte der BKA-Mann verträumt. »Valencia. Kanarische Inseln. Dakar. Letzte Meldung lautet Abflug von Dakar mit Ziel Las Palmas. Sieht so aus, als ob er ne kleine Rundreise macht und wieder zurückkommt.«

Der Hauptkommissar schnaubte. »Wozu? Nirgends länger geblieben außer in Dakar, und auch da nur ein paar Stunden. Sonst nur Tankstopps.«

»Vielleicht sollten wir ihn im Empfang nehmen, wie? Freundlich befragen, unter Respektierung der diplomatischen Immunität?«

»Vielleicht ja. Müßte übermorgen früh, oder schon nachts, in Wahn ankommen. Aber ... Ja bitte, was ist los?«

Ein Assistent stürzte herein. »Ah, gut daß Sie da sind.« Dies mit Blick auf den Mann vom BKA. »Was Großes. Vielleicht.« Er reichte dem Hauptkommissar einen Zettel mit handschriftlicher Notiz von der Zentrale.

Der Hauptkommissar las. »›Anonymer Anruf. Zwei Mitglieder der Roten Zellen wegen mangelhafter Vorbereitung eines Unternehmens und angekündigter Kollaboration mit dem Klassenfeind hingerichtet. Leichen in Wagen auf Feldweg bei Stieldorf.‹ Mann, wie viele Feldwege gibt's bei Stieldorf?«

Der Assistent zuckte mit den Achseln.

»Los«, sagte der Mann vom BKA. »Das ist ein bißchen wichtiger als fliegende Botschafter. Darf ich?« Er deutete auf das Telefon.

5

»Wer ist eigentlich dieser Typ, der das Mädel da im Bergischen Land verbuddelt hat?«

Lingen blickte den kleineren RAFke an. »Haben Sie den beobachtet? Ein Langer oder ein Dicker?«

»Lang. Ziemlich schmierig.«

»Das muß Sullivan sein. Mad Sullivan. Ire.«

Sie gingen langsam weiter. Alles war abgesprochen. Die Aktion konnte am nächsten Morgen starten. Letzte Details sollten in der Frühe von Mijnheers Posten per Walkie-talkie durchgegeben werden. Die beiden Terroristen hatten sich mit dem Plan einverstanden erklärt und zeigten sogar eine gewisse Begeisterung.

Lingen hielt sie für wahnsinnig, Fälle für die Klapsmühle, aber solange sie taten, was er von ihnen wollte, war es ihm ziemlich gleichgültig. Er spielte ein anderes Spiel. Am Morgen hatten sie die Schlagzeile der *Bild* gesehen: SCHÖNE BOTSCHAFTERTOCHTER ENTFÜHRT – SEXHÖLLE? Er hatte den Jaguar am Flughafen nicht vergessen, die Liste der Diplomatischen Vertretungen konsultiert, festgestellt, daß die Mittelnummer des CD-Jaguars der Andinischen Botschaft gehörte. Wenn die Tochter entführt worden war und der Botschafter mit Mijnheer zum Flughafen fuhr, ergab sich da eine gewisse Verbindung. Es war gut zu wissen, wo das Mädchen versteckt wurde. Kenntnisse konnten nie schaden. Und je mehr er über seine Gegner wußte, desto besser konnte Lingen sein Spiel spielen. Er kalkulierte kühl und nicht allzu optimistisch, war aber sicher, daß er inzwischen fast alle Karten kannte, die seine Gegner auf dem Tisch, in der Hand und im Ärmel hatten. Welche davon wie markiert waren und wer von außerhalb des Kreises kiebitzte, das blieb noch herauszufinden.

Er beschrieb das Haus, und die anderen bestätigten seine Beschreibung. Dann wandten sie sich wieder den anstehenden Problemen zu. Das verwilderte Brombeergestrüpp in der Senke war eine gute, nach Lingens Meinung die optimale Stelle. Es gab viele einzelne Häuser in der Nähe und eine Siedlung, aber eine gewisse »Sichtbarkeit« war nirgendwo zu vermeiden. Da inzwischen feststand – den Informationen von Mijnheers Leuten zufolge –, daß die Zielperson den Weg von Bonn nach Wahn durch die Luft zurücklegen würde, konnte man alle Alternativen vergessen.

»Wir teilen uns aber morgen früh in zwei Teams. Eins bin ich, das andere seid ihr.«

Sofort war das paranoide Mißtrauen wieder da.

»Warum? Was soll das?«

Der Mann ohne Gesicht verzog keine Miene. »Viele Gründe. Erstens können wir nicht alle drei aus diesem Gestrüpploch krabbeln, irgendwohin laufen, ein Auto aufschließen und wegfahren. Es muß schon einer sofort nach dem Feuern mit dem Wagen losdüsen und die beiden anderen aufpicken. Zweitens wird es hier innerhalb von ein paar Sekunden von Leuten wimmeln. Also keine Zeit zu verlieren. Drittens müssen wir einkalkulieren, daß alle größeren Straßen sofort gesperrt werden. Ich kenn mich hier aus. Ich hab vier Fluchtstrecken ausgetüftelt, die nicht so schnell zu sperren sind.«

Sie verständigten sich mit Blicken. »Na gut«, sagte der

Größere mürrisch. »Muß wohl sein. Aber einer von uns sollte bei Ihnen bleiben.«

»Geht nicht. Wir müssen zwei Sams gleichzeitig hochjagen, um sicher zu sein. Es kommt immer mal vor, daß eine ausfällt. Deshalb alle beide.« Er machte eine kurze Pause. »Und noch was. *Die* können uns hinterher nicht als Zeugen brauchen.«

»Sie meinen ...?«

»Genau. Wir stehen genauso auf der Abschußliste wie die Zielperson. Sobald wir unseren Job erledigt haben, sind wir Freiwild. *Ich* kenne fast alle Leute, die für unseren Auftraggeber arbeiten. Ich weiß, wenn irgendwo ein Wagen auftaucht, ob das seine Leute sind oder harmlose Passanten.«

»Das ist aber kein Grund, daß nicht einer von uns bei Ihnen bleibt.«

»Den Grund hab ich euch doch schon genannt. Zwei Sams. Aber bitte, wenn ihr unbedingt wollt. Dann muß einer von euch eben beide hochjagen, blitzschnell. Wer traut sich das zu?«

Jedenfalls waren sie bei aller Verrücktheit gründlich, dachte er später. Wie der Mann am Tresen, der eine perfekte Kohl-Parodie lieferte, einschließlich zwischen den Zähnen verklemmter Zungenspitze bei *nd*-Kombinationen.

»In diesem unserem Lannnde«, sagte der Mann, »genauer im Rheinland, gibt es ein schönes Wort, das sowohl Weißkohl als auch Quatsch bedeutet.« Er leerte sein Bierglas, knallte es auf den Tresen und deutete hinein. »Noch n Pilschen, ej. Und die Leute, die das nicht wissen, werden nie die tiefe Weisheit eines Klospruchs ermessen können.«

Ein anderer Thekensteher fuchtelte mit einer billigen Brasil. »Wat für n Spruch, Mann?«

»Hab ich neulich gefunden, zufällig. Kohl is Kappes.«

Gelächter. »Klosprüche sind sowieso was Feines«, setzte der Parodist hinzu. »Ich war mal auf nem Örtchen, da stand unten rechts auf der Tür mit ganz winziger Schrift was, was ich nich hab lesen können. Ich beug mich also vor und vor und vor« – er beugte – »und les: Wenn Sie das lesen können, scheißen Sie in einem Winkel von vierundfünfzig Grad.«

Lingen lächelte automatisch, nippte an seinem Bier und fragte sich, ob Sullivan und Mijnherr wußten, daß die RAF-Bubis sie beobachtet hatten. Sullivans Bruchbude in den Bergen, wo die Tochter dieses Botschafters gefangengehalten wurde, Mijnheers Palazzo in den Bergen, Sullivans Leute, die zwischen beiden pendelten... Es ergab sich eine nette Summe von Indizien, die im Fall der Verwendung ausreichen würde, Sullivan und Mijnheer zentnerweise Sand in den Kakao zu kippen. Ein Jammer, daß niemand sie verwenden würde.

»Oder den«, sagte der Parodist und Klosprüchesammler. Er schwenkte sein neues Pils. »Auf den Boden pissen kann jeder, aber man muß schon ein ganzer Mann sein, um an die Decke zu scheißen.«

»Erzähl noch mal wat vom Dicken«, sagte der Zigarrenraucher.

»Mir fällt nix mehr ein. Außer, aber das is schon Jahre her. Da steht er im Bundestag vorn und sagt wieder irgendwas von wegen ›Und lassen Sie mich das ganz klar sagen, meine Damen und Herren, es ist jetzt nicht die Stunnnde...‹ Darauf steht der olle Wehner auf und sagt: ›Jetzt ist Mittag, Herr Kohl.‹«

»N Jammer, dat Onkel Herbert nit mehr mitspielt«, sagte der Zigarrenraucher.

Ein Jammer, dachte Lingen, daß die beiden RAF-Leute zu tot sein würden, um Mijnherr und Sullivan ans Messer zu liefern.

Er hatte alles für die Abreise vorbereitet; keine wesentlichen Papiere mehr, die sein Vertreter nicht würde bearbeiten können.

Der Mann aus dem Justizministerium hatte sich den Nachmittag freigenommen, um alles Weitere für seine Abwesenheit zu ordnen. »Alles Weitere« war nicht sehr viel. Vor allem ging es darum, die schönen goldenen Sovereigns in seinem Bankschließfach zu deponieren. Er sah voraus, daß er sich während des ganzen Flugs Gedanken darüber machen würde, was wohl passieren mochte, falls die Bank ausgeraubt würde. Sie war natürlich versichert, aber er konnte den Inhalt des Fachs nicht deklarieren. Oder doch? Es spielte keine Rolle, daß dieses Problem sich auch dann stellte, wenn die Bank ausgeraubt wurde, während er in Bonn weilte. Vermutlich brauchte er einfach etwas, um das er sich sorgen konnte.

Mehrfach versuchte er, bestimmte Leute anzurufen, aber niemand war zu erreichen. Nicht einmal der Botschafter, dieser windige *latino*.

Abends wanderte er ruhelos durch die Wohnung. Plötzlich sehnte er sich nach seiner geschiedenen Frau, aber auch sie war nicht zu erreichen. Er aß irgend etwas, ohne zu wissen, was; er schaute sich die Tagesschau an, in der von toten Terroristen bei Bonn die Rede war, aber er registrierte es kaum; schließlich gab er auf, nahm drei Schlaftabletten, stellte den Wecker und ging um neun Uhr abends ins Bett.

Martin Krollmann fühlte sich schlecht, weil er sich hatte gehen lassen. Arbeiten, Seneca lesen, okay; aber das wehleidige melodramatische Saufen besudelte die Trauer und nahm dem Entsetzen jede Würde.

Nach längerer Reinigung setzte er sich zu einem ausgiebigen Frühstück hin. Der Wächter frühstückte mit, warf zwischenzeitlich Blicke aus dem Fenster. Sie rechneten mit einem weiteren Mordversuch, hatte man ihm gesagt; Krollmann konnte es nur zur Kenntnis nehmen.

Nach dem Frühstück machte er sich daran, alles, was in den letzten Tagen und Wochen liegengeblieben war, zu sichten, zu sortieren und aufzuräumen. Anschließend hantierte er eine Weile mit Staubsauger und Wischtuch, beseitigte die restlichen Trümmer der langen Horror-Arbeit und ließ sich nachmittags an einem aufgeräumten Schreibtisch nieder, um ein paar längst fällige Briefe zu schreiben, Überweisungen auszufüllen, Belege abzuheften. Kurz vor Bankschluß ließ er sich von der Wachablösung in den Ort fahren, um die Überweisungen abzugeben und noch ein wenig Bargeld abzuheben.

Abends packte er alles, was er mitzunehmen gedachte, in einen kleinen Lederkoffer. Dazu die Reisetasche mit Lektüre, Stiften und einem Block. Beim Abendessen, mit dem gleichen Wächter, der ihn chauffiert hatte, nahm er sich noch einmal das Blatt vor, auf dem alles stand, was er erledigen und einpacken wollte. Er las es wieder und wieder, wie eine interessante Zeitung.

Nach dem Spülen füllte er Wasser nach. Die kleine chinesische Vase, die Maria auf den ersten Blick gefallen hatte, barg eine einsame Rose. Die Rose war durstig. Bis vor einigen Tagen hatte die Vase dekorativ aber unbeachtet auf einem Regalbrett gestanden. Er erinnerte sich an den Laden in Genua.

Er versuchte, im Sessel sitzend zu lesen. Er wechselte mehrmals das Buch, begab sich dann auf die Liege. Immer wieder blickte er vom Buch zur Vase mit der dürstenden Rose. Etwas tanzte in seinem Kopf herum. Er stand auf, schaltete die Leuchten des Arbeitstischs an, begann mit ein paar Skizzen, zerknüllte sie nach kurzer Zeit. Es, was immer *Es* war, wollte nicht herauskommen.

Er lag im halbdunklen Studio, ließ sich durch seine Erinnerungen treiben, entsann sich treibend einer Formulierung: Dein Stecken treibt verkehrt den Fluß hinunter. Woher? Es mußte sehr lange zurückliegen. Möglicherweise Jugendlektüre. Er beschloß, es müsse irgendwo bei Karl May stehen.

Vor der Regalwand stehend, suchte er, fand aber nur *Am Stillen Ozean*, einen May, den er nie gelesen hatte. Die anderen Bände waren verschenkt, verschollen, vielleicht in einer der Kisten im Keller. Er blätterte, stellte das Buch zurück, nahm andere heraus, hielt plötzlich eine alte Ausgabe der Gedichte von Ezra Pound in den Händen. *Cathay*. Etwas tickte in ihm.

Er setzte sich an den Schreibtisch, stellte die Vase vor sich, stützte den Kopf auf die verschränkten Hände und starrte die Vase an. Er holte Tusche und einen feinen Pinsel, einen Bogen Bütten und begann mit einer chinesischen Landschaft. Dann drehte er die Vase hin und her, sah sie von allen Seiten an, als hätte er sie noch nie gesehen, konzentrierte sich auf winzigste Einzelheiten und versuchte, die seltsame Flußlandschaft abzumalen. Die Rose drängte sich zwischen ihn und die Vase, dann zwischen die Vase und das Bild. Immer kam er zu einer vasenförmigen Rose mit Schilfdornen und Fischwurzeln.

Plötzlich wußte er, daß er für diesen Zweck im falschen Medium schwamm. Was in ihm tickte, was herauswollte, wollte nicht in ein Bild, sondern in Wörter. Vor vielen Jahren, ehe er sich ausschließlich dem Zeichnen und Malen widmete, hatte er eine Weile gräßliche Jünglingslyrik – wie er später begriff – verbrochen. Alles vernichtet, glücklicherweise; ein paar technische Grundkenntnisse waren jedoch übriggeblieben.

Er nahm ein neues Blatt Bütten, tunkte die altmodische

Schreibfeder in das alte Tintentöpfchen mit Zinndeckel und begann. Nach vielen Streichungen und Neuanfängen übertrug er, lange nach Mitternacht, den errungenen Text sauber und in beflissener Kalligraphie auf ein frisches Blatt.

Vor dem Zubettgehen trieb es ihn noch einmal an den Schreibtisch. Er hatte die Vase oben auf das Blatt gestellt, so daß er den Text lesen und gleichzeitig die Vase betrachten konnte. Nichts davon befriedigte ihn, aber irgendwie befriedete es Es.

Mingvase
Im Fluß die Münzen, schnell geworfen: Punkte.
Demnächst sind sie von Schlamm bedeckt. Die Fische,
regiert durch ihre Wasserwelt, beherrschen
nur die Bewegung, aber nicht den Wandel.
Kein Badender, kein Nabelstrang. Fragmente
und ewig Präsens. Reden wir von Beeren,
bereden wir den Nebel und den Tang.
Es hängt ein Wasser unterhalb der Wolke;
ein Wind schleicht. Es gibt keiner einen Rat.

Stein hätte eine ruhige Nacht verbringen können, da seine Frau unter echter Migräne litt und hektischen Verkehr nicht für ein Heilmittel hielt. Während sie jedoch angespannt und rastlos schlief, warf er sich von einer Seite auf die andere. Dabei war der USA-Trip nichts Weltbewegendes; aufregend wäre allenfalls die Aussicht, demnächst tatsächlich nach Washington versetzt zu werden.

Man hätte gar nicht heiraten sollen. Oder Kinder machen. Warum sucht sie sich eigentlich keinen Job? Statt sich mittags von Südamerikanern beschälen zu lassen. Dieses Grinsen im

Schlaf. Wo steckt der schmierige Typ bloß? Nicht erreichbar. Trotzdem, muß aufhören. Hört sowieso auf, wenn das mit Washington klappt. Versetzung. Aber bloß nicht nach Andinien; Hilfe. Wer sollte mir denn helfen? Alles selber eingebrockt. Verbockt. Und wie sicher ist es, daß nicht doch mal was rauskommt? Oh verdammt verdammt verdammt.

Er knipste das Leselicht an und griff zum Bettbuch. So bezeichnete er nebensächliche »Lust«-Lektüre. Raschelnde Papiere, Akten, *FAZ* oder ähnlich lauter Stoff hätten die Schlummernde geweckt, wohl gar ihren Appetit.

Gegen halb fünf löschte er das Licht. Giftig glommen Zeiger und Zahlen des Weckers in der Dunkelheit. Zwei Stunden bis zum Aufstehen. Er seufzte.

Eine Bewegung. Als er sich vom Wecker zur Bettmitte drehte, lag seine Frau dort auf der Seite. Er sah das Weiße ihrer Augen und seufzte abermals. Sie legte die Hand auf seine Brust. Der Seidenpyjama raschelte.

»Na? Kannst du nicht schlafen?«

»Nein.«

»Das muß man ausnutzen.«

Im Foyer der Bonner Oper kam der Beamte des Innenministeriums zu ihm und schüttelte ihm die Hand. »Na, wie geht's, wie steht's? Alles klar bei Ihnen, Herr Schmidt?«

Lorre nickte und bemerkte eine Fluse auf dem Revers seines Gegenübers. »Danke. Ich kann nicht klagen. Und selbst?«

»Ach ja, es geht so. Zuviel Arbeit, zu viele Dinge zu bedenken. Wie üblich. Und? Gefällt es Ihnen bis jetzt?«

»Könnte schlechter sein, aber es haut mich nicht gerade um, wenn Sie die Formulierung verzeihen.«

»Schon vergeben. Ach, ich finde es eigentlich ganz passabel. Man kann schließlich nicht für jede Mozartaufführung weltweit Pavarotti einfliegen lassen, nicht wahr?«

Lorre grinste. »Der ist sowieso ausgebucht. Sie sehen, wenn ich das sagen darf, ein bißchen müde aus.«

»Ach, nur zuviel zu tun. Aber Sie könnten mal einen kleinen Urlaub vertragen.«

Lorre nickte. Halblaut sagte er: »Am Ende dieser Veranstaltung fahre ich heim, ziehe mich um und steige in den Wagen.«

»Ah! Ja? Das ist, wie soll man sagen, eine vortreffliche Idee. Manche Dinge sind nur zu ertragen, indem man sie umgeht oder ignoriert, nicht wahr?«

»Ja. Der Bonner Sommer zum Beispiel.«

Beide lachten gemessen. Der Beamte rieb sich den rechten Nasenflügel. »Bleiben Sie lange fort? Und wohin geht es überhaupt?«

Lorre hob eine Braue; das Froschauge darunter sprang fast aus der Höhle. »Nur ein paar Tage. Eine Woche, mehr ist nicht möglich. Sonniger Süden – was dachten Sie denn?«

»Man kann nie wissen. Erstens sind alle Menschen verschieden; manche verlassen den Kühlschrank nur, wenn sie sofort in die Arktis steigen dürfen. Andere steigen mit Vorliebe, wie man in England sagt, aus der Bratpfanne ins Feuer. Ich habe mir aber sagen lassen, daß es im Süden zur Zeit auch nicht besonders schön ist.«

»Ah ja?« Lorre legte den Kopf schief. »Von welcher Gegend würden Sie mir denn ganz besonders abraten?«

»Also, die Provence ist recht unwirtlich. Habe ich gehört. Aber das muß nichts heißen.«

»Ich werde mir Ihren Rat durch den Kopf gehen lassen. – Übrigens sollten wir bei Gelegenheit mal wieder einen Kaffee trinken und eine Partie Schach spielen.«

»Ja, gerne. Aber ich werde in der nächsten Zeit kaum dazu kommen. Wenn Sie mich in, nun ja, fünf bis sechs Wochen mal wieder anrufen würden?«

»Ihre Nummer ist die gleiche geblieben?«

»Es könnte sein, daß sie sich bis dahin unwesentlich ändert. Das wird man Ihnen dann aber sagen, wenn Sie es unter der bisherigen Nummer versuchen.«

Nach der Aufführung ging Lorre mit einem größeren Pulk anderer Besucher in die unmittelbar neben der Oper gelegene Tiefgarage. Sein Wagen stand unter einer Deckenlampe und war gut einzusehen. Die dünnen Fäden der Spinnennetze an den Türen, der Motorhaube und zwischen den Rädern waren unversehrt. Lorre stieg ein, blieb einen Moment bei von innen verriegelten Türen sitzen und dachte nach.

Für eine Woche war die Spedition in besten Händen; der Buchhalter und ein ansonsten hauptsächlich mit Kostenvoranschlägen befaßter abgebrochener Nationalökonom mit Kaufmannslehre konnten gut ohne ihn zurechtkommen. Gonzo und Ettore waren mit Filder unterwegs, Richtung Marseille, Spezialtransport. Sie wußten zu wenig, um den dortigen Partnern von Mijnheer viel Vergnügen machen zu können. Und er selbst beschloß, die Warnung aus dem Innenministerium ernst zu nehmen.

Er fuhr noch einmal in die Firma, fand nach längerem Suchen einen alten Tourismusprospekt, ließ ihn zufällig auf dem Schreibtisch liegen. Das Faltblatt behandelte die Vorzüge und Schönheiten der Insel Bornholm.

Eine Stunde später passierte Lorre die belgische Grenze hinter Aachen. Er wurde nicht kontrolliert. Während er sich bemühte, die müden Augen auf die gelbe Beleuchtung einzustellen, dachte er an einige Restaurants an der bretonischen Kanalküste, und sein Magen knurrte.

Lingen war nicht ganz zufrieden mit sich, in einem Punkt. Er hatte sich mit der Zeit verkalkuliert. Die Aktion startete nun also einen Tag früher als von ihm vorgesehen. Er machte sich jedoch keine großen Vorwürfe; nach Lage der Dinge und Spärlichkeit der Anfangsinformationen hatte er es kaum besser einschätzen können. Als der »Einsatzbefehl« beziehungsweise die endgültige Terminbekanntgabe erfolgte, war es zunächst zu spät für Änderungen; sein eigenes Telefon – in der von Mijnheers Leuten gemieteten Wohnung – konnte er natürlich nicht benutzen; das Zimmer in der City verfügte zwar über einen Apparat, aber man konnte nur per Vermittlung des Hotels telefonieren. Der Morgenspaziergang mit den Pseudoterroristen war sehr früh angesetzt und nicht zu verschieben.

Als er die beiden Knaben endlich instruiert und sich dann von ihnen getrennt hatte, spielte er wieder sein Routinespiel. Er war nicht sicher, glaubte jedoch, diesmal aus zwei verschiedenen Wagen beobachtet zu werden. Sie konnten sich notfalls trennen, wenn er dubiose Wege fahren sollte. Gelassen schlenderte er zur U-Bahn-Haltestelle Limperich. Beide Wagen warteten in der Kreuzherrenstraße, außer Sicht für ihn, aber zu ahnen. Als sich die Bahn Richtung Beuel und Bonn bewegte, sah er die Autos. Eines kam vor dem Beueler Bahnhof an, als die U-Bahn gerade wieder anfuhr. Das zweite entdeckte er am anderen Ende der Fußgängerzone, so postiert, daß die Insassen etwaige Aussteiger aus der Bahn beobachten konnten. Lingen grinste vor sich hin und blieb einfach sitzen.

Sie folgten brav. Kennedybrücke, Bertha-von-Suttner-Platz, Oxfordstraße, Stadthaus. Lingen stieg aus, nahm die nicht funktionierende Rolltreppe, ging an den Geschäften des freien Hauptgeschosses vorbei ins Labyrinth, fand eine unbenutzte Telefonzelle und erkundigte sich bei den verschiedenen Luftlinien nach Möglichkeiten der Umbuchung. Man versuchte es vergebens, versicherte ihm aber jedesmal, zu dem von ihm gewählten Ziel könne er bei der Lage der Verkehrsdinge am folgenden Tag mit freien Plätzen rechnen; oder ob er später zurückrufen wolle?

Lingen wollte nicht. Er trank einen Cappuccino, dann noch einen, in dem kleinen Lokal nahe der Treppe zur Stadthausgarage, las zwei Zeitungen und drei Illustrierte, aß eine Kleinigkeit und stellte sich vor, mit welcher Wonne die Beobachter nun um den Block und um den Block und um den Block fuhren.

Nach etwa zwei Stunden verließ er das Labyrinth und wanderte Richtung City. Einer der Wagen tauchte wieder auf; die Insassen des anderen hatten entweder aufgegeben oder sich als Fußgänger getarnt. Zwei Männer folgten ihm, als er C & A durch eine Tür betrat und durch eine andere wieder verließ. Sie hatten ebenfalls im Kaufhof und bei Hertie etwas zu tun und zeigten mildes Interesse an den Vorgängen in der Tiefgarage unter dem Münsterplatz. Er spazierte ins Bonner Münster und wieder hinaus, dann ins Hauptgebäude der Universität, wanderte Korridore entlang, stieg Treppen hinauf, ging zielsicher um Ecken, drängte sich in einen Fahrstuhl, kam neben dem Erfrischungsraum im Erdgeschoß wieder zum Vorschein, begegnete den Verfolgern, die atemlos Treppen herabgestürzt kamen und stutzten, als sie ihn sahen, nickte ihnen zu, durchquerte den Arkadenhof, erreichte die Straße, sah an der Ampel ein Taxi stehen, stieg ein und ließ sich zu seinem Apartment in Beuel bringen.

Abends rief Sullivan an und erkundigte sich, ob er noch irgendwas brauche.

»Keine Sorge.«

»Hm. Also, Mijnheer legt großen Wert darauf, daß alles wie geplant abläuft.«

»Ja.«

»Die Zielscheibe steigt morgen früh um halb neun beim Kanzleramt in einen Helikopter. Wenn mehrere Chopper losgehen, geben wir noch durch, um welchen es geht.«

»Okay.«

»Na dann. Angenehme Träume, Mann ohne Gesicht.«

»Sie mich auch.«

Lingen schlief traumlos. Er erwachte um halb sechs, duschte, verstaute alles, was er in sein nächstes Leben mitnehmen wollte, in den Taschen der weiten grauen Windjacke, hängte sie über den Stuhl, machte, ohne sich anzustrengen, seine üblichen hundert Liegestütze, wusch sich noch einmal, zog sich an und begab sich in den Lotossitz. Um Viertel vor sieben verließ er die Wohnung, in der einiges zurückblieb. Aber nichts von alledem – ein grauer Anzug, ein paar getragene und nicht mehr gewaschene Hemden, Zahnbürste und derlei – ließ Schlüsse auf den bisherigen Besitzer zu. Er war sicher, abends alle kritischen Stellen mit Fingerabdrücken abgewischt zu haben, die übrigen – Zahnbürste, Wasserhähne, Klinke – vor dem Aufbruch. In der Jutetasche, die keine Abdrücke registrierte, steckten das Walkie-talkie, die von Lorre besorgte Handwaffe, die Gummihandschuhe und die Schnur.

Alles vorbereitet, alles fertig. Auch die Nebeneffekte zur besseren Gestaltung der Kulisse. Sullivan hatte ihm versichert, in ganz Beuel werde kein einziger Polizist sein. Ein mitternächtlicher Anruf, natürlich anonym, beim BKA in Wiesbaden sollte einen Anschlag per Autobombe auf die israelische Botschaft in Godesberg ankündigen; ein paar Stunden später würde die Bonner Kripo zusätzlich mit der Mitteilung behelligt werden, daß jemand den amerikanischen Botschafter erschießen wolle. Nebendrähte, gezogen von Nebenfiguren. Ein paar kleine Handlanger sollten gegen vier Uhr früh in einer Nebenstraße in Poppelsdorf ein bißchen in die Luft ballern;

auf der Autobahn kurz vor Meckenheim würde sich ein belgischer Lkw querlegen und alles sperren; gegen sieben Uhr sollte jemand im Bonner Stadthaus einen Blindgänger finden; gleichzeitig mußte eine Reihe von Stinkbomben in Tiefgaragen gezündet werden. Viel Aufwand, beinahe liebevoll und sogar mit netten Einfällen.

Übertrieben? Vielleicht. Er wußte immer noch nicht, wer das eigentliche Ziel des Anschlags war. Die Vorkehrungen standen, wer auch immer es sein mochte, in keinem sinnvollen Verhältnis zum erwünschten Ergebnis. Von den hohen Tieren war keiner so bedeutend, daß er auch nur einen Schuß Pulver gerechtfertigt hätte, und alle waren jederzeit durch Nullen des gleichen Kalibers zu ersetzen. Es mußten kleine Tierchen sein, ebenso ersetzbar, aber für Mijnheer oder seinen Auftraggeber gefährlicher. Keine Minister; sie waren austauschbare Manövriermasse der Parteien, Gewerkschaften, Verbände und sonstigen Organisationen, denen der Staat gehörte. Sondern kleine Beamte, Rädchen, ohne die die ganze Chose nicht laufen würde; als Personen ebenfalls ersetzbar, aber in der Funktion wichtiger. Der Stein oben auf der Pyramide kann entfernt werden, aber die Steinchen weiter unten nicht, ohne daß alles zusammenbricht.

Dann zuckte Lingen mit den Schultern und konzentrierte sich auf das, was getan werden mußte.

»Balltt.«

Oder so. Rocío starrte den Dicken verständnislos an. Endlich begriff sie, daß er »bald« gemeint hatte.

»Bald was?«

»Ende. Du sch?«

»Was?«

»Du sch?«

»Ah. Duschen?«

»Ja.«

»Gern. Oh ja, sehr gern.«

Der Dicke nickte und kam zu ihr, um die diversen Schlösser zu öffnen; der andere stand wie immer mit der Waffe im Türrahmen. Sie streckte sich, ächzte beinahe wohlig, als sie zum ersten Mal seit Tagen – seit wieviel Tagen? – Arme und Beine dehnen konnte. Die Lust des Rekelns.

Der Dünne trat beiseite, ließ sie und den Dicken passieren, kam schlurfend hinterher. Rocío sog alles Sichtbare gierig auf, nach den Tagen in dem kahlen Zimmer.

Das Haus war ebenso kahl. Ein paar Klappliegen, daneben Seesäcke; ein weißer Plastiktisch, ein Bierkasten, Thermoskannen, auf einer schäbigen Anrichte eine Kochplatte, ein Stapel Konservendosen, weitere Flaschen. Die Rolläden des großen Wohnraums waren heruntergelassen; von der Decke baumelte eine Glühbirne. Neben dem Fenster stand ein tragbarer Fernseher.

Das Bad war ebenso kahl und schmierig wie alles andere. Wer immer dieses Haus sein eigen nannte, konnte sich nicht lange und schon gar nicht mit Vergnügen darin aufgehalten haben.

Aber er war zweifellos vorsichtig. Das Fenster im Bad war aus Milchglas und nicht zu öffnen; durch das Milchglas waren Gitterstäbe zu ahnen. Die Tür ließ sich nicht abschließen; es gab zwar ein Schloß, aber keinen Schlüssel.

Der Dicke folgte ihren Blicken, nickte und grinste. Dann deutete er auf einen Stapel anscheinend sauberer Handtücher, ein Fläschchen Shampoo – gegen fettiges Haar; ihres war eher trocken – und ein Stück Seife; all dies lag auf einem Hocker aus unbehandeltem hellen Holz. Die Dusche hatte keinen Vorhang.

»Kann ich die Tür wenigstens zumachen?«

Der Dicke grunzte, warf dem Dünnen einen fragenden Blick zu. Der Dünne hob die Achseln und streichelte das Schloß seiner Flinte.

Die Tür wurde angelehnt. Rocío war sicher, daß die beiden sie beobachteten; sie drehte den Rücken zur Tür, zog sich aus, hielt ihre Unterwäsche einen Moment mit spitzen Fingern hoch und verzog das Gesicht.

Mit dem Rücken zur Tür duschte sie. Ausgiebig. Lange. Gründlich. Sie wusch sich die Haare, seifte sich mehrmals vom Gesicht bis zu den Füßen ein. Von der angelehnten Tür zog es; sie bildete sich ein, Blicke im Rücken zu spüren.

Beim Abtrocknen stutzte sie plötzlich. Bisher hatten die halbwegs freie Bewegung, die Lust des heißen Wassers und die Wonnen von Seife und Shampoo alles andere verdrängt. Nun begann sie zu grübeln. Ende, hatte der Dicke gesagt. Ende wovon? Wahrscheinlich ging die Aktion zu Ende – die Aktion, zu deren Durchführung ihre Gefangenschaft nötig gewesen war. Sie nahm an, daß man ihren Vater erpreßt hatte, etwas zu tun, wenn sie auch keine Vorstellung hatte, um was es sich handeln mochte.

Wahrscheinlich wollte man, daß sie einigermaßen wohlbehalten, also auch relativ sauber, zum Rest der Menschheit zurückkehrte. Eine Imagefrage. Denn wenn man etwas Böses mit ihr plante, brauchte man sie nicht zuerst unter die Dusche zu schicken.

Sie ergab sich diesem Gedanken und dem körperlichen Behagen, dem Wohlgefühl, nicht länger zu stinken, sondern mit feuchten Füßen im Ruch billiger Seife und nasser Haare zu stehen.

Etwas nagte in ihrem Gedächtnis, aber sie kam nicht sofort dahinter, was es war. Ungern zog sie ihre muffige Kleidung wieder an.

Da erinnerte sie sich. An Medd Sulli oder so ähnlich, den der Dicke erwähnt hatte. An den Satz über Medd Sullis Vorlieben. Sie sützte sich mit der linken Hand an der Wand ab und preßte einen Moment lang die Rechte auf den Mund.

6

Der Botschafter wurde immer nervöser. »Warum sitzen Sie denn hier nun stundenlang herum und trinken Kaffee? Wir könnten längst wieder in der Luft sein. Längst schon wieder in Köln.«

»Haben Sie es so eilig?« Bruno grinste und zwinkerte der jungen Frau hinter der Bar zu. Sie reagierte nicht.

»Ja, verdammt.«

»Das erstaunt mich aber. Warum, Exzellenz? Gefällt Ihnen der Ausflug nicht? Oder unsere Gesellschaft?«

»Ja, verdammt, beides. Ich will Sie loswerden, und ich will den da loswerden. Und ich will das, eh, unsere Fracht loswerden. Und überhaupt will ich mich wieder wie ein freier Mann fühlen, nicht wie ein Gefangener.«

»Und Ihre Tochter?«

»Hah. Ja. Meine Tochter. Wieso? Was ist mit meiner Tochter? Warum meine Tochter? Wo steckt sie? Was...«

»Langsam, langsam, Euer Gnaden. Ich wundere mich bloß, daß Sie immer, wenn Sie anfangen zu zetern, von Ihrer hohen Person reden, aber eigentlich nie von Ihrer Tochter. Wenn Sie so wenig an die Kleine denken – wieso sind Sie dann so schnell... mitgekommen?«

Ein Kellner erschien mit den bestellten Gerichten. Geschnetzeltes für den Botschafter, der die Teller der anderen mit Abscheu betrachtete. Er öffnete den Mund und sagte etwas, aber es ging in der nächsten Flugdurchsage unter.

»Was?« Bruno drehte die Gabel.

»Ich sagte: Bah, Spaghetti.«

»Richtig, es sind Spaghetti.«

Der Botschafter begann zu essen; seine Mundwinkel hingen irgendwo unterhalb der Tischkante. »Kann ich«, sagte er plötzlich halblaut, mit halbvollem Mund, »wenigstens mal eben oder nachher, wenn wir durch die Kontrollen sind, in den Shop und für meine Tochter etwas kaufen?«

Hussein kicherte.

»Was denn?« Bruno riß wie überwältigt von soviel väterlicher Liebe die Augen auf.

»Parfum.«

Hussein kicherte wieder.

Bruno zuckte mit den Schultern. »Von mir aus. Wenn Sie sie dann besser riechen können.«

Hussein brach in Gelächter aus; Villalba rümpfte die Nase, sagte aber nichts mehr.

Es wurde fast zehn Uhr, bis sie endlich zum Aufbruch bereit waren, und halb elf, bis sie Kontrollen und Shop passiert hatten. Leichter Nieselregen ging auf das Landefeld nieder.

»Ich hasse diese Nachtflüge«, knurrte Villalba, als er in den Pilotensitz kletterte.

»Keine Sorge, das wird der letzte sein«, sagte Bruno.

»Hoffentlich.«

Die Lichter von Genf blieben unter ihnen zurück. Der Himmel war klar. Auf dem Flug sprachen sie wenig. Als Villalba sich einmal umdrehte, sah er, daß Hussein mit einem langen spitzen Messer seine Nägel reinigte.

»Und so ist das gut«, sagte Bruno, als sie kurz vor ein Uhr morgens den Landeanflug auf Wahn begannen.

»Was ist gut? Nichts ist gut.«

»Nein, alles bestens. Doppelte Sicherheit.«

»Wieso?«

»Sie sind Diplomat. Es ist also sehr unwahrscheinlich, daß man uns höflichst bittet, zum Zoll zu kommen. Und zweitens landen um diese Zeit die Türkenbomber aus Istanbul; da haben Zoll und Grenzschutz alle Hände voll zu tun.«

»Trotzdem. Melden muß ich mich.«

Dem Tower teilte Villalba mit, er komme eben aus Genf und wolle in Wahn bleiben. Man bedankte sich. Danach rief er den Zoll, dann den Grenzschutz.

»Guten Morgen, Herr Botschafter. Willkommen daheim. Sie können gleich zum Hangar fahren. Wir wünschen Ihnen eine angenehme Nacht.«

Bruno nickte und summte leise. Sie folgten dem Wagen, der sie zum Hangar leitete.

Hussein und Villalba öffneten die Hangartore; zu dritt schoben sie die Cessna hinein. Die Tür am anderen Ende tat sich auf; Sullivan und der feiste Eurasier erschienen.

»Na, alles glattgegangen?« Sullivan wandte sich an Bruno.

»Ja. Bis auf das übliche Gezeter.«

Sullivan nickte. »Na schön. – Exzellenz, wir danken Ihnen sehr für Ihre freundliche Mitwirkung. Wenn Sie nun noch die Güte hätten, uns schnell beim Ausladen und Verstauen zu helfen...«

Villalba gähnte, rieb sich die Augen, knurrte und packte mit an. Der Eurasier stand in Nähe der Tür. Sie trugen die Säckchen von der Cessna zur Tür, nach draußen, in einen wenige Meter entfernt geparkten Transit.

Als alles ausgeladen war, stieg Villalba wieder in die Maschine, um seine Reisetasche zu holen und alles zu sichern. Hussein war hinter ihm; auch seine Tasche lag noch drin. Villalba raffte sich zu diplomatischer Höflichkeit auf, reichte dem Marokkaner das Gepäck. Hussein nickte, lächelte, hielt auf einmal das lange Messer in der Hand und stieß zu.

Villalba brach zusammen, lag halb auf dem Boden, halb auf dem Sitz hinter dem Pilotensessel. Hussein wischte die vom Copiloten Bruno berührten Kontroll- und Lenkapparate ab, stieg auf die rechte Tragfläche, warf die Tür zu, wischte auch dort und kletterte die kurze Leiter hinunter. Sullivan stand am Ausgang und winkte ungeduldig.

Der Leibwächter von der Nachtschicht klopfte ihm auf die Schulter, drückte ihm die Hand und sagte etwas, vermutlich etwas Freundliches. Krollmann nickte, versuchte ein Lächeln. Die beiden Männer eskortierten ihn, gingen sichernd neben ihm her zum schwarzen Mercedes.

Krollmann war noch nicht so richtig wach. Es hatte irgendeine Programmänderung gegeben, so daß man früher aufbrechen mußte als vorgesehen. Der Mann von der Vormittagsschicht drückte ihm einen Zettel in die Hand.

»Der Kanzler will Sie und die anderen verabschieden.«

Krollmann seufzte und verzog den Mund. Dann zuckte er mit den Schultern; der Wächter grinste mitfühlend.

Krollmann blickte nicht zurück. Sein Haus hatte lange da gestanden und würde noch lange dort stehen. Sollte die Operation Erfolg haben, sollte er wieder etwas oder gar viel hören können, würde er sich ohnehin nach einem anderen Domizil umsehen müssen. Theoretisch war es unmittelbar neben der Bahn zu laut; praktisch hatte ihn bisher nur das leichte Beben des Gebäudes gestört, und auch das nicht immer.

Schlimmer waren die Blutflecken. Vom Boden waren sie entfernt, aber wenn er die Augen schloß, sah er alles noch immer zu deutlich. Umzug.

»Wußten Sie schon, daß ›Bundeskanzler‹ ein Euphemismus sein kann? Je nachdem, wer die Bezeichnung gerade mißbraucht?«

Der Mann vom Justizministerium hatte leise gesprochen, damit der Staatssekretär, der mitfliegen sollte, ihn nicht hörte. Stein nickte, zwinkerte und sagte ebenso leise:

»Von einem Taxifahrer habe ich neulich die liebevolle Bezeichnung ›Blötschkopp‹ gehört.«

Der Justizmann giggelte. Stein hatte seinen Namen nicht verstanden; es spielte aber auch keine Rolle, da sie im Flieger genug Zeit haben würden, derlei Versäumnisse nachzuholen.

Der schweigsame junge Mann neben ihnen – man hatte ihnen gesagt, das sei der taube Maler, von dem in der Presse viel zu lesen war, aber Stein hatte nichts von tauben Malern gelesen – spuckte einmal aus, als sie zum wartenden Helikopter gingen. Der Staatssekretär runzelte die Stirn, sagte aber nichts.

Es war ein wenig eng, aber bis Wahn auszuhalten. Die beiden Grenzschutz-Piloten begrüßten sie kurz, verstauten das Gepäck und widmeten sich dann ihrer Routine. Der Helikopter hob ab.

Rocío wehrte sich nicht. Sie drehte das Gesicht zur Wand, schloß die Augen, bemühte sich, gleichmäßig zu atmen. Am schwierigsten war der Ekel zu beherrschen.

Der Mann war mitten in der Nacht aufgetaucht. Er sagte nicht viel, aber aus der Art, wie die anderen seinen Anweisungen gehorchten und sie mit gespreizten Armen und Beinen auf das Bett banden, schloß sie, daß er der Mensch namens Medd Sulli sein mußte. Sie hatte keine Chance. Er wartete, bis die anderen mit dem Fesseln fertig waren; dann knurrte er etwas. Sie gingen, ließen die Tür noch einen Moment offen, kamen zurück, mit Jacken und Seesäcken.

»Ihr nehmt den Transit«, sagte er. »Wir sehen uns wie verabredet.«

Die beiden nickten. Der Dicke streifte sie mit einem Blick, in dem fast eine Art Mitleid oder zumindest Mitgefühl lag.

Als sie allein waren, öffnete Medd Sulli seine Hose, streifte sie bis zu den Knien herunter, grinste und kam zu ihr. Er zerriß ihren Schlüpfer und schob den Rock hoch.

Rocío blieb regungslos liegen. Er war bald fertig, stand auf, zog die Hose wieder hoch. So hörte es sich an.

»Mist«, sagte er. »So macht das keinen Spaß. Du hättest ruhig ein bißchen kreischen können.«

Sie schwieg, drehte weiter das Gesicht zur Wand, atmete flach. Ihr Herz pochte; der Rest des Körpers war abgestorben, ein fremdes Ding.

»Eigentlich wollte ich dir noch erzählen, was passiert ist. Was wir mit deinem Alten gemacht haben. Aber du reagierst ja gar nicht. Deshalb behalte ich das für mich.« Er kicherte, wie über einen guten Scherz. Irgend etwas klickte.

Sie preßte die Lider fester zusammen. Keinen Triumph gönnen. Darauf wartet er ja nur. Etwas in ihr löste sich auf. Nur der Rahmen aus Erziehung, Konventionen und Überzeugungen hielt noch. Sie wollte nicht wollte doch wollte nicht schreien. Sie konzentrierte sich. Vielleicht fände er auch DARAN keinen Spaß, so ohne Reaktion. Vielleicht ginge er einfach fort. Vielleicht – vielleicht hörte er einfach auf zu existieren, wenn sie es so wollte. Vielleicht wachte sie endlich aus diesem zähen Albtraum auf. Sie biß auf die Zähne, sammelte ihre zerfasernden Gedanken, wuchtete sie in diese schwächliche Magie.

Die Kugel, Kaliber 44, aus zwei Metern Entfernung, löschte Rocío Villalba Contreras aus.

Es war ein alter, grauer, viertüriger Rekord. Wie vereinbart hatte er das Fenster hinter dem Fahrer einen winzigen Spalt offen gelassen. Wie verabredet lag ein mausgrauer Umschlag auf der Rückbank. Er enthielt sechs Schecks über je sechstausend Mark. Natürlich konnte er sie vor der Aktion nicht mehr kassieren; insofern war es eine Zahlung mit Vorbehalt. Die Schecks lauteten auf sechs verschiedene Namen. Alles seine.

Während er durch den Morgen fuhr, bedachte er die eine Unwägbarkeit. Er hielt sie für gering, aber seine Nackenhaare hatten sich gesträubt beim ersten Nachdenken.

Es war möglich, daß Mijnheer bereits sehr früh ein Überwachungsteam losschickte. Möglich, aber kaum wahrscheinlich, da es auffallen mußte. Ihm und den beiden Knäblein. Er beschloß, besonders vorsichtig zu sein. Er hatte einen Plan für diesen Fall. Der Plan unterschied sich nicht sehr von dem, den er für den anderen Fall, den des Erst-in-den-letzten-Minuten-beobachtet-werdens entwickelt hatte. Er würde in jedem Fall hinter den Stadtbahnschienen unsichtbar werden. Um fünf nach sieben erreichte er die Garage; der Wagen der beiden Pseudoterroristen stand in der Nähe.

Der Mann ohne Gesicht stieg aus, ließ den Motor laufen und öffnete die Garagentür. Als die beiden zu ihm traten, nickte er kurz und deutete auf die Gegenstände, die mitzunehmen waren. Alles durchgesprochen und dreimal geübt; es klappte, wenngleich einem der beiden – dem Kleineren – die Hände zitterten.

Lingen nahm die große Reisetasche. Er blickte sich noch einmal um.

»Nichts vergessen?« sagte der Größere. »Was ist da drin?«

Lingen hob die Tasche ein wenig hoch; sie war schwer. »Sowas wie eine zusätzliche Lebensversicherung. – Los.«

Sie stiegen in den Rekord; der andere Wagen blieb zurück, um vielleicht der Polizei Rätsel aufzugeben.

Zwanzig nach sieben: Sie erreichten die Überführung. Der Karren stand da, wo sie ihn abends abgestellt hatten. Die beiden Knaben stiegen aus, in blauen Arbeitsklamotten, packten die Raketen in den Karren der Stadtgärtnerei und schoben ihn über die Brücke. Obenauf lagen zwei Rechen, zwei Laubbesen, eine Heckenschere und eine Schaufel.

Es war ein heller Sommermorgen und schon relativ warm. Der milde Südwestwind brachte das Geblök von Schafen aus einem alten Obstgarten. Hinter der Pumpstation, die an dieser tiefliegenden Stelle Grundwasser entfernte, antworteten andere Schafe aus den Gärten der kleinen Schaustellersiedlung. Rauch stieg aus dem Kamin eines langen Hauswagens; es roch nach Spiegeleiern und Speck. Gegenüber, jenseits der Straße, blinkte die Sonne aus einigen gekippten Fenstern. Aus dem »Projekt«, einem von Grünflächen durchsetzten Vieleck vier- bis achtgeschossiger Wohnblocks, strömten Leute auf dem Weg zur Arbeit, zu Fuß, mit Fahrrädern; Wagen verließen die Tiefgaragen. Eine Bahn der Linie H ratterte, von Bad Honnef kommend, Richtung Zentrum vorüber. Auf der Bundesbahnstrecke, einen Steinwurf von der Stadtbahn entfernt, röhrte ein langer Güterzug nach Süden, etwa zur Hälfte beladen mit frischen Fords aus Köln. Vor einem der Häuser neben der wilden Gestrüppsenke stieg ein Mann in seinen Wagen, blickte herüber, nickte, rief etwas wie »Wird auch Zeit, daß da mal was getan wird«, warf die Tür zu und fuhr davon.

Die verstrüppte Senke war von der Straße oberhalb kaum einzusehen; am Rand ragten verwilderte Brombeersträucher mehr als einen Meter hoch. Weiter unten in der Kurve, wo die kleine Straße einmündete, war der Randbewuchs flacher; allerdings gab es dort einen breiten Streifen zwischen Bürgersteig und Senkenrand, so daß das niedrige Buschwerk immer noch einen guten Sichtschutz abgab.

An der kleinen Straße, die parallel zur Stadtbahnstrecke verlief, öffnete sich die Senke, aber an dieser Stelle hatten die beiden ihren Arbeitskarren geparkt. Zwischen der kleinen Straße und einem Weg, der hier begann und an den Stadtbahngleisen entlang zu den Schaustellergärten führte, stand auf einem grünen V die Pumpstation. Das V verbreiterte sich zur Einmündung in die größere Straße; zwischen dieser und den Gleisen lagen schließlich gute fünfzig Meter Gärten, Schafe und Wohnwagen.

Schnell und einigermaßen geschickt wühlten die beiden RAF-Leute sich in die Senke; der Morgenverkehr rollte vorüber, ohne daß einer sich um die städtischen Arbeiter gekümmert hätte.

Lingen schulterte die in einem langen Plastiksack steckende Stinger ohne Abschußgerät und ging hinter der Pumpstation den Weg hinauf; bei den Schaustellergärten erreichte er den Übergang über die Stadtbahngleise. Bis zur Bundesbahn erstreckte sich jenseits der Schienen eine wuchernde, selten genutzte Weide. Zwischen Gärten und Brücke verstrüppte Hügel, die eine Tennisanlage von der Stadtbahn trennten, dann wieder Gestrüpp am Bahndamm. Die Stadtbahnstrecke beschrieb eine lange Linkskurve, an deren Ende sie unter der Bundesbahn hindurchtauchte und die Haltestelle Limperich erreichte. Dort war auch die zweite Unterführung, für die Kreuzherrenstraße. Im schmalen Dreieck vor diesem Doppeltunnel endete die wilde Wiese an einem alten Holzschuppen, in dem Schwellen lagerten. Lingen lief geduckt über die Weide, deponierte die Stinger im Gestrüpp am Bahndamm, unterhalb der Straßenbrücke. Die Stinger trug eine kleine Aufschrift mit Fettstift: *Property of Sullivan & Mijnheer*. Dann rannte er, immer noch geduckt, hart am Rande des Gestrüpps nach Süden, wo die Wiese eng wurde, und ließ Reisetasche und Jutebeutel im Schwellenschuppen.

Als er das Walkie-talkie einschaltete, erfuhr er nicht viel.

»Die sind noch immer hier. Es wird gelabert.«

Er kannte die Stimme nicht; irgendwie hatte er damit gerechnet, daß Sullivan der Kontaktmann sein würde. Langsam ging er über die Wiese, zum Übergang zurück zur Pumpstation und zum Karren.

Der Kleinere tauchte aus dem Gestrüpp auf, ein bißchen zerkratzt. »Alles verstaut. Wie sieht's aus?«

»Warten.« Lingen holte das Schnurknäuel aus seiner Jakkentasche und reichte es dem Knaben. »Knöchel, wie verabredet, klar?«

Nicken. Der Mann kroch wieder ins Gestrüpp. Lingen zog sich hinter die Pumpstation zurück und beobachtete die Umgebung. Keine auffälligen Wagen, keine neugierigen Passanten. Er knurrte.

Die nächste Stadtbahn. Der Kleinere kam zu ihm; er hielt das kleiner gewordene Knäuel in der Hand.

»Die Dinger sind fertig. Es kann losgehen.«

Lingen nahm das Knäuel, wickelte noch ein wenig Schnur ab und warf den Ball über die Stadtbahnschienen.

»Okay. Sie kommen mit.«

Sie liefen wieder nach Norden, vorbei an der Pumpstation, über die Gleise, zurück nach Süden. Geduckt.

»Da, für Sie.« Lingen bückte sich, hob das Knäuel auf und drückte es dem Kleineren in die Hand. »Sie hocken sich hier hinter die Hecke, da sind Sie außer Sicht. Lassen Sie die Leine schlaff, sonst hält Ihr Kumpel die nächste Bahn schon für ein Signal.«

Der Mann war so aufgeregt, daß er alles schluckte.

»Ich hock mich da unten an den Schuppen; von da hab ich alles gut im Blick. Sobald Sie gezupft haben – wenn ich rufe oder winke, klar? – kommen Sie zu mir. Aber geduckt.«

»Alles... klar.« Der Kehlkopf arbeitete.

Lingen drückte sich ins Gestrüpp unter dem Bahndamm, kroch zum Schwellenschuppen. Als er dort ankam, nahm er das Walkie-talkie in die Hand, betrachtete es einen Moment, legte es auf einen Holzvorsprung, stellte die Reisetasche und den Jutesack bereit.

Ein Wagen kam langsam die Kreuzherrenstraße herab und bog in die kleinere Straße ein. Lingen sah ihn durch die Ritzen und nickte. Es war ein älterer Diesel, unauffällig. Vier Männer saßen darin; einer von ihnen konnte Sullivan sein. Der Wagen blieb gegenüber vom Schuppen auf einer kleinen Parkfläche an der Stadtbahn-Unterführung stehen; der Motor wurde ausgeschaltet.

»Eins an Zwei. Eins an Zwei.«

»Ich höre.«

»Es geht los. Zwei Stück. Zwei ist die Zahl.«

»Okay.«

Lingen blickte dorthin, wo der Kleinere lag. Rufen konnte er nun nicht; der Diesel war zu nah. Er zog sein Taschentuch und bewegte es mehrmals auf der vom Diesel nicht einzusehenden Schuppenseite.

Der Kleinere wandte den Kopf, nickte. Lingen hob einmal den rechten Arm. Wieder Kopfnicken. Der Kleinere wandte sich dem Bahnstrang zu, kam dann langsam zum Schuppen gekrochen. Lingen gab ihm vorsichtshalber noch einmal Zeichen, unbedingt flach am Boden zu bleiben.

»Da drüben«, murmelte er, als der Kleine endlich angekommen war. Er deutete durch die Ritzen des Schuppens auf den Wagen.

»Ah.«

Die beiden Helikopter tauchten hinter den Dächern der Wohnblocks auf. Lingen streifte die Gummihandschuhe über und stupste den Kleineren an. »Sehen Sie? Gleich haben Sie Ihr Feuerwerk.«

Der Junge zitterte, beugte sich vor, streckte den Kopf aus der Seitenöffnung des Schuppens, starrte in den westlichen Himmel.

Ein Güterzug donnerte über ihren Köpfen dahin. Lingen nahm die Pistole aus der Jutetasche, hielt den Schalldämpfer wenige Zentimeter hinter den Nacken des Kleineren und drückte ab. Er selbst hörte kaum etwas.

Der Zug war lang, fuhr immer noch oben auf dem Damm entlang. Aus der Stadtbahnunterführung rollte das Echo.

Der kleinere RAF-Mann sackte vornüber aus der Öffnung des Schuppens. Es war die Nordseite, nicht von der Stichstraße zu sehen. Lingen steckte die Pistole in die Jutetasche, trat auf den Toten und richtete die schußbereite Panzerfaust ungefähr aus.

Seit dem Auftauchen der Helikopter waren vielleicht fünfzehn Sekunden vergangen. Aus dem Gestrüpp in der Senke hoben sich schnell hintereinander zwei schlanke Projektile, ritten auf diffusen Strahlen in den Himmel. Nichts war zu hören; Lingen widerstand der Versuchung, sich die Ohren zuzuhalten. Der Zug nahm immer noch kein Ende.

Über dem Rheinufer, noch jenseits der Wohnblocks, entstand ein Feuerball. Der zweite Helikopter kippte und torkelte außer Sicht, als die Wucht der Detonationen ihn traf.

Lingen wartete. Der Diesel setzte sich in Bewegung. Endlich endete oben der Zuglärm. Der Diesel beschleunigte leicht, rollte an die Senke heran, bremste ab, kurz vor dem Arbeitskarren.

Mit der linken Hand berührte Lingen sanft das zweite Geschoß.

Die Diesel-Besatzung war gründlich. Der Fahrer und der Mann hinter ihm kurbelten die Fenster herunter und belegten die Gestrüppsenke mit Dauerfeuer aus Waffen, die für Lingen wie MPs klangen. Er war zu weit fort, um Einzelheiten zu sehen. Er war jedoch sicher, daß der Mann auf dem Beifahrersitz Mad Sullivan war.

Das Feuer wurde eingestellt, aber der Wagen stand noch auf der Stelle. Ringsum öffneten sich Fenster, auf der Straße oben quietschten Bremsen.

Ein schwarzer Punkt verließ den Diesel, beschrieb eine flache Kurve und stürzte in die Senke. Eine Stichflamme, dann der Krach der Detonation.

»Genug?« knurrte Lingen. »Nein?«

Der Handgranate folgte noch ein Feuerstoß aus einem Flammenwerfer. Der Diesel mußte wirklich einiges geladen haben.

Langsam setzte sich das Arsenal in Bewegung, die kleine Steigung hinauf zur Einmündung in die größere Straße. Lingen feuerte.

Er brauchte das zweite Geschoß nicht mehr. Leise durch die Zähne pfeifend legte er die Panzerfaust aus Bundeswehrbeständen auf den Boden, neben den Toten.

Der wabernde Ball rollte die kleine Steigung rückwärts hinab, kollidierte mit dem Arbeitskarren, blieb stehen. Dann hatte das Feuer einen Teil der empfindlichen Ladung erreicht. Eine Serie von Detonationen zerfetzte die Flammenkugel, die einmal ein Diesel gewesen war. Die Gestrüppsenke loderte.

Lingen mußte einen Moment warten, bis die Bahn aus Honnef am Schuppen vorübergefahren war. Sie wurde immer langsamer, der wüste Brand wirkte als Magnetbremse. In weitem Umkreis waren Fensterscheiben geborsten; Leute strömten auf die Straßen, starrten auf die Flammen, vermutlich eher staunend als entsetzt.

Lingen kroch um den Schuppen herum, preßte sich an den Boden. Am Ende des Stadtbahntunnels rollte er sich nach links ins Gebüsch, kroch hindurch, erreichte den auf der

Ostseite des Bahndamms verlaufenden Fußweg, stand auf, klopfte sich ab, ging ruhig zur Kreuzherrenstraße, registrierte die Völkerwanderung Schaulustiger, hörte in der Ferne die ersten Sirenen und wandte sich nach links, zur B 42, Königswinterer Straße. Er winkte, als ein leeres Taxi vorbeikam, stieg ein und ließ sich zur Beueler St. Josephs-Kirche bringen. Die Rheinbrücken hatte man vielleicht schon gesperrt, und ohne Zweifel würden die Taxifahrer nach Passagieren Richtung Bahn oder Flughafen befragt werden.

Durch die Nebenstraßen schlenderte er zum Rheinufer, zur Anlegestelle der kleinen Personenfähre. Sie war gerade in der Flußmitte. Irgendwo stromauf stieg Rauch in die Luft und erschwerte den Blick auf das Regierungsviertel. Lastkähne tuckerten auf dem Rhein, wie immer, und ein paar Helikopter kreisten über der Absturzstelle. Ein Polizeiboot schoß quer über den Strom, tanzte zwischen zwei tiefliegenden Kähnen hindurch und näherte sich dem Beueler Ufer.

An der Anlegestelle unterhalb der Unibibliothek gab es keine Kontrollen. Terroristen benutzen keine Personenfähren. Der Mann ohne Gesicht zog die Windjacke wieder aus. Auf dem Fluß war der kühle Wind fast unangenehm gewesen, aber in der Stadt war es entschieden zu warm.

Im Kaffeehaus am Römerplatz frühstückte Lingen geruhsam und las den *Generalanzeiger*. Gegen halb zehn ging er in den Kaufhof, erstand eine billige Reisetasche, Unterwäsche, zwei Hemden, Socken, Seife, ein Handtuch, Zahnpasta, Zahnbürste. Auf Rasierzeug verzichtete er, da der französische Paß, den er zu verwenden gedachte, das Bild eines Bärtigen barg.

Commerzbank. Deutsche Bank. Dresdner Bank. Bank für Gemeinwirtschaft. Sparkasse. KKB. Die Schecks wurden anstandslos ausbezahlt. Mijnheer würde sich freuen.

Um zwanzig vor elf stieg Lingen am Hauptbahnhof in den

Flughafenbus. Natürlich gab es einen Stau auf der Nordbrücke; natürlich wurde kontrolliert. Bis sie die Sperre hinter sich gelassen hatten, war es fast viertel nach elf. Lingens Ausweis war natürlich in Ordnung; der Mann ohne Gesicht sah, wenn überhaupt, wie ein normaler Durchschnittsreisender aus, und seine Reisetasche enthielt nichts Auffälliges. Er hatte mehr als achtzigtausend Mark in bar bei sich, aber große Scheine, in verschiedene Taschen gesteckt, machen keine Beulen.

Lingen hatte abends, nach kurzem Überlegen, die diversen Flugtickets zerstückelt und in die Toilette geworfen. Im Flughafen angekommen, warf er einen Blick auf die Anzeige der Starts, dann ging er zum BA-Schalter. In der Maschine um zwölf Uhr zehn nach London waren noch Plätze frei. Er glaubte nicht, daß die Polizei oder Mijnheers Leute sich große Gedanken um freie Plätze in vier anderen Maschinen machen würden – freie Plätze, gebucht auf vier verschiedene Namen. Wenn überhaupt jemand davon erführe. Immerhin, sicher ist sicher, und man hat schon Pferde vor der Apotheke kotzen sehen.

Es war noch Zeit für zwei Telefonate. Zunächst rief er die Firma Schmidt an und erfuhr, daß Herr Schmidt in die Provence gefahren sei. Allerdings liege auf seinem Schreibtisch ein Bornholm-Prospekt herum, und alles sei ein wenig wirr. Lingen dankte und hängte ein. Dann ließ er sich von der Auskunft die Nummer des Bonner *Generalanzeigers* geben.

»Generalanzeiger Bonn.«

»Bitte die Lokalredaktion.«

»Moment. Ich verbinde.«

Er wartete. Ein Mensch mit irgendeinem Namen meldete sich.

»Haben Sie was zu schreiben?«

»Warum?«

»Ein Hinweis, den Sie schnell an die Polizei weitergeben sollten.«

»Wer spricht denn da?«

»Tut nichts zur Sache. Wollen Sie oder wollen Sie nicht?«

Der Redakteur wollte. Lingen beschrieb das Haus von Sullivan im Bergischen Land so knapp wie möglich und sagte schließlich: »Da können die diese Botschaftertochter suchen. Aber Vorsicht, sie ist bestimmt nicht ohne Bewachung.«

Auf dem Weg zur Paß- und Zollkontrolle grinste er leicht vor sich hin. Mijnheer würde sich abermals freuen. Die Polizei würde mühelos herausfinden können, daß das Haus Sullivan gehörte, daß Sullivan für Mijnheer arbeitete. Selbst wenn Sullivans verbrannte und zerfetzte Leiche nicht zu identifizieren war. »Fetzig«, murmelte er.

Bei der Kontrolle gab es keine Probleme. Der Metalldetektor sprach auf seinen Schlüsselbund, Kleingeld und die Gürtelschnalle an; nach der geldgefüllten Windjacke, die statt eines Reißverschlusses Lederknöpfe besaß, hatte Lingen lange suchen müssen.

Während des Fluges entspannte er sich. Yoga. Seine Gedanken paßten sich dem Atem an. Später entsann er sich noch einmal der längeren Gespräche mit Lorre und ahnte, wo er ihn zu suchen hatte.

7

Irgend jemand mußte eine Art Überblick haben über die Steinchen, und über den Zusammenhang zwischen ihnen. Falls es einen gab. Irgend jemand oben, viel weiter oben, hoch über dem Hauptkommissar. Er rieb sich die Augen, dachte an den Mann vom BKA, der wahrscheinlich auch nichts wußte, sich aber einbilden konnte, nicht mehr zur Gruppe der Sammler und Jäger von Informationen zu gehören. Die Herren setzten die von anderen angehäufelten Krümel zur Andeutung eines Gebäcks zusammen, von dem man nicht wußte, ob es ein Brötchen, einen Kuchen, verschimmelten Müll oder die lautere Fopperei ergeben würde. Er dachte an die Kölner Kollegen, die damals mit dem Fall Schleyer befaßt gewesen waren. Man hatte den einen wichtigen Hinweis auf eine Wohnung in Erftstadt nicht verfolgt; man hatte komplizierte hierarchische Wege und Informationskanäle installiert, die nicht ineinander flossen, sondern Parallelen bildeten und sich nicht einmal in der Unendlichkeit treffen konnten.

Er blickte auf sein Handgelenk. Viertel nach zwölf. »Die Mitternacht rückt ferner schon, wie immer pennt ganz Bonnbylon«, murmelte er. »Außer uns hier.« Auf der Schule hatte er Heines *Belsazar* auswendig gelernt; lange her – zu einer Zeit, in grauer Vorzeit, als man auf Gymnasien noch Gedichte lernen mußte. Er dachte an die zehn Jahre, die ihn von der Pensionierung trennten, fühlte sich hundert Jahre alt und schlurfte zum Getränkeautomaten. Mit einer lauwarmen Colaplastik in der Hand döste er einen Moment im Stehen.

Zurück zum Schreibtisch. Er schob Papiere hin und her, Aussagen, Protokolle, Hinweislisten, Namen, Adressen; zum Teil handschriftliche Originale, die allesamt längst abgetippt und ans BKA übermittelt worden waren. Das alles war zu viel, zu wirr, zu hoch; nicht sein »Fall«. Er war froh darüber.

»Sinnlos«, knurrte er eine Viertelstunde später. Die Cola war fort, getrunken, verdunstet, entwischt, egal; er erinnerte sich an keinen einzigen Schluck. Seit einer Viertelstunde hatte er, ohne auch nur einen Buchstaben zu registrieren, eine Protokollseite gelesen. Er schloß die Augen. Achtunddreißig Stunden am Stück.

Als er die Augen wieder öffnete, war es kurz vor zwei. Er zwinkerte. In der Tür stand ein Kollege.

»Ab ins Bett. Das hat doch keinen Zweck so. Diese Nacht passiert eh nix mehr.«

Der Hauptkommissar nickte langsam. »Glaub ich auch. Weniger das Passieren als den Zweck.«

Er schob zwei Stapel ineinander, mischte, teilte nicht aus und ging. Den Wagen ließ er stehen; er wohnte nicht allzu weit entfernt und zog fünfzehn Minuten Nachtluft der schweren Arbeit am Lenkrad vor.

Er zwang sich, stramm zu marschieren, atmete tief. Nach ein paar Minuten bemerkte er, daß er im Geist vier Silben formte, fast hörbar dachte; ein Vierertakt, immer wenn er den linken Fuß aufsetzte. CU-I BO-NO CU-I BO-NO CU-I BO-NO CU-I BONO.

»Das gute alte *cui bono*«, teilte er halblaut einem auf dem

Bürgersteig geparkten Wagen mit. »Wem nützt es?« fragte er die kranke Roßkastanie an der Ecke. »Was nützt es mir?« sagte er der Luft über dem Zebrastreifen.

Die Einzelheiten tanzten um seinen Kopf; er war einen Moment überzeugt davon, daß sie mit ihrem Schwirren eine Art astralo-kriminalen Scheinheiligenschein bilden mußten.

Ahmed auf den Schienen. Ein zürnender türkischer Vater, der von nichts wußte. Islamische Extremisten? Türkische Familienfehde? Ein obskurer Hinweis aus dem Saarland auf Waffenschieber? Krollmann, der taube Maler. Unfreiwilliger Tatzeuge, die Skizze, die verschwundene Skizze, die neue Skizze. Der Anschlag auf Krollmann; die erschossene Verlagslektorin. Das jähe Interesse der Politiker daran, eine gute Tat zu tun, eine Operation in den USA zu organisieren und dafür in die Zeitung zu kommen. Ahmed tot. Krollmann tot, im Helikopter. Hatte der Anschlag ihm gegolten? Ein Beamter aus dem Justizministerium. Ein Mann vom AA. Der Staatssekretär. Zwei Grenzschutz-Piloten. Alle tot. Zwei tote Terroristen. Terroristen? Sie standen auf keiner Liste, unbeschriebene Blätter. Außer der Behauptung des anonymen Anrufers nichts zu dem Thema. Und, natürlich, die Leichen. In einem Wagen, der vor Wochen in Frankfurt gestohlen worden war. Eine Leiche – eine Kollektion von Fleisch- und Knochenfetzen – in dem Gestrüpp, aus dem die Raketen abgefeuert worden waren. Eine Leiche in einem Schwellenschuppen neben der Linie H, mit Genickschuß, neben einer Panzerfaust und einem nicht mehr verwendeten Geschoß. Ein gestohlener Arbeitskarren der Stadtgärtnerei. Ein detonierter Wagen, darin vier Leichen, soweit die Mediziner nach dem Durchzählen der Stücke sicher sein konnten. Mit der Panzerfaust beschossen, aber außerdem vermutlich – die Zeugen berichteten von mehreren Explosionen – vollgepfropft mit Waffen und Munition, die beim Beschuß detoniert sein mußte. Der Mann im Gestrüpp feuert die Raketen ab; die Leute im Wagen erledigen den Mann im Gestrüpp; der Mann im Schwellenschuppen erledigt den Wagen. Wer den Mann im Schwellenschuppen? Wer hatte die Stinger mit dem Eigentumsvermerk im Gebüsch versteckt? Wem gehörten die herrenlosen, sämtlich gestohlenen Wagen, die an verschiedenen Stellen von Beuel herumstanden? Woher stammten die Sam und die Stinger?

Er seufzte; die Kette brach ab. Eine neue bildete sich. Der tote Penner. Wer hatte ihn erwürgt und in den Garten dieses Botschafters gelegt? Was hatte der Botschafter in Valencia, Las Palmas, Dakar, Madrid, Paris und Genf gemacht? Falsche Reihenfolge. Egal. Wo steckte er jetzt? Er war in Wahn gelandet, die Maschine stand im Hangar, der Mann war nicht aufzufinden. Vielleicht sollte man die Maschine einmal untersuchen. Er hoffte, daß er am Morgen daran denken würde. Und wer war der anonyme Anrufer bei der Zeitung? Woher wußte er von dem Haus im Bergischen Land, in dem das tote Mädchen gefunden worden war, die Tochter des Botschafters? Wer hatte sie entführt? Dieser mörderische Ire, Sullivan? Wo steckte Sullivan? Was war da abgelaufen? Was hatte der feiste Halbholländer mit der Sache zu tun? Mijnheer. Die Kölner Kollegen hatten ihn seit Jahren auf dem Kieker; er war mehrmals festgenommen worden, aber man hatte ihm nie etwas nachweisen können. Auch diesmal die vollendete Unschuld.

»Was? Ich? Ich wüßte selbst gern, wo Sullivan steckt; er schuldet mir noch Geld.«

Vermutlich aussichtslos. Nicht ranzukommen. Nicht einmal der Vermerk auf der Stinger half weiter.

»Ich? Stinger? Diese, eh, amerikanischen Raketen? Also nein, wirklich, woher sollte ich amerikanische Raketen haben? Und vor allem wozu? Da hat sich jemand einen bösen

Scherz erlaubt, mein Herr, und zwar einen von sehr schlechtem Geschmack.«

Wahrscheinlich. Ohne die Stinger mit dem Vermerk wäre vermutlich niemand darauf gekommen, daß der Komplex Botschafter/Tochter/Sullivan und der Komplex Helikopter/RAF etwas miteinander zu tun hätten. Oder hatten sie am Ende gar nicht? Hatte sich da jemand vielleicht einfach einen ganz miesen Witz mit den Behörden erlaubt? Und was war mit Ahmed und Krollmann? Hatte der Maler zufällig in dem Helikopter gesessen? Aber wer könnte Exilperser auf Bahnschienen legen und später die Zusammenstellung von Delegationen in die USA nach Belieben manipulieren? Andersherum – wer hat es nötig, Leute von der Bahn überfahren zu lassen, wenn er mit Grenzschutzhelikoptern und der Reiseplanung des Auswärtigen Amts spielen kann?

»Grotesk«, sagte der Hauptkommissar. Er schloß die Haustür auf und ging die Treppe hinauf. »Absurd«, flüsterte er, als er in die Wohnung trat. »Vollkommener Blödsinn«, hauchte er, als er sich auszog und möglichst leise ins Bett kroch.

»Was?« murmelte seine Frau im Halbschlaf.

»Nichts, Liebes. Alles in Ordnung. Gut schlafen.«

»Natürlich sollten Sie, wenn ich das sagen darf, jetzt den einen oder anderen Posten aufgeben.« Der Mann, der aus dem Innenministerium gekommen und zur rechten Hand des neuen Staatssekretärs gemacht worden war, nannte ein paar Firmennamen; schließlich auch den eines unter anderem mit Rüstungsgütern und Fliegerei befaßten Konzerns. »Es würde sich gut machen, wissen Sie«, setzte er hinzu. Er lächelte. »Für die Öffentlichkeit.«

Der neue Staatssekretär hob die Brauen und blickte ihn über den Schreibtisch hinweg an. »Nur für die Öffentlichkeit?«

»Vor allem.« Es klang sehr sanft. »Auch für die Presse.« Er hüstelte.

Sein alter, wenngleich distanzierter Parteifreund nickte zögernd. »Na ja. Wahrscheinlich haben Sie recht. – Diese ganzen Revirements nach dem Attentat... Ich muß mich erst einmal einarbeiten. Und ein paar Leute aus anderen Bereichen, mit denen man immer mal was zu tun hatte, sind plötzlich weg. Von den Neuen kenne ich kaum einen.«

Der ehemalige Beamte des Innenministeriums hob die Hand. »Ach, das wird sich alles finden. Verlassen Sie sich da ganz auf mich. Ich kenne die meisten, die bei dieser Karussellveranstaltung hochgekommen sind.«

Der Staatssekretär verzog einen Mundwinkel. »Ich sehe, ich habe recht daran getan, Sie zu holen. Wir werden ein gutes Team abgeben.«

»Zwangsläufig.«

»Verstehe ich den Unterton richtig?«

Der Mann auf der anderen Seite des Schreibtischs winkte ab. »Ich habe keine Ambitionen, wenn Sie das meinen.«

»Hm. Sagen wir lieber, Ihre Ambitionen erstrecken sich ausschließlich auf die Bereiche hinter den Kulissen, ja?«

»Und die tiefen Keller.«

Der Staatssekretär grinste plötzlich. »Lieber Freund, kennen Sie Kleist?«

»Sie meinen das *Marionettentheater*?«

»Bestimmt nicht ›Mit allen Feinden Brandenburgs im Staub‹.«

»Das ist Brecht.«

»Auch. – Haben Sie denn schon ein bißchen Ahnung von den Leuten hier in *diesem* Gebäude?«

»Ein bißchen, ja.«

»Und? Irgendwelche Leichen im Keller?«

»Ein paar, ja. Aber wer hat die nicht?«

Der Staatssekretär räusperte sich. »Eben. Deshalb sollten Sie nicht zu schnell vorgehen.«

Der Mann, der aus dem Innenministerium gekommen war, blickte seinen Parteifreund und Vorgesetzten an. »Diesmal muß ich wohl fragen, ob *ich* den Unterton richtig verstehe.«

Der Staatssekretär lächelte kühl. »Ich glaube, wir verstehen uns. Nun denn, an die Arbeit.«

Lorre blickte über die Felsen aufs Meer hinaus. Es war Ebbe. Brackiges Wasser in Pfützen, faulender Tang und kräftiges Salz in der Kanalbrise ergaben den Geruch, den er mit Meer assoziierte. Der Küstenpfad war belebt; die störenden Touristenscharen hatten jedoch zur Folge, daß er auch in Roscoff reichlich deutsche Zeitungen fand.

Und französische Blätter. Diese beschäftigten ihn im Moment. Er ging langsam weiter nach Westen, kletterte vom befestigten Weg auf die Felsen hinunter, kraxelte weiter meerwärts und hockte sich auf einen Block, der Einsamkeit garantierte, weil er mit Lorre schon fast überfüllt war.

Er hatte sich ein kleines, eher unscharfes, vermutlich aber richtiges Bild der Vorgänge am Rhein gemacht. Nichts davon erheiterte ihn. Aber bis zum Morgen hatte ihn all das auch nicht im Kern erschüttert.

Nun war die Lage anders. Die französischen Morgenblätter berichteten über Vorfälle in der Hafengegend von Marseille, und diese Vorfälle sorgten dafür, daß er sich auf seinem vorgeschobenen Felsen nun fühlte wie auf einer Dynamitkiste. Er mußte befürchten, daß jemand früher oder später die Lunte finden und zünden würde.

Bei einer Auseinandersetzung in einem Hafenlokal seien, hieß es in den Meldungen, mehrere Leute ums Leben gekommen. Der Rest der Berichte variierte stark, je nach Blutrünstigkeit des betreffenden Blatts. Im Prinzip enthielten alle die gleichen Informationen, unterschiedlich garniert. Ein Algerier, ein Italiener, ein Korse und drei Deutsche. Die Deutschen seien Mitarbeiter einer Spedition in Bonn gewesen. Lorre brauchte keine amtliche Bestätigung, um zu wissen, daß die Toten Filder, Gonzo und Ettore waren. Ettore hatte einen deutschen Paß.

Er bedachte die Konsequenzen. Aus den Schilderungen, die die deutschen Zeitungen über den Anschlag in Bonn gebracht hatten, ergab sich ganz klar, daß Lingens Kalkulationen stimmten. Mijnheer hatte ihn teils geködert, teils gezwungen, diesen scheußlichen Job zu übernehmen. Den wenigen Auslassungen Lingens zufolge schien es so gewesen zu sein, daß man Lingen durch einen finanziellen Kniff – irgendwas mit einer Telefonrechnung – dazu gebracht hatte, den aus lange zurückliegenden Gründen verhaßten Halbholländer aufzusuchen. Wahrscheinlich hatte Mijnheer ihm bei diesem Treffen dann so viel erzählt, daß Lingen nur noch mitmachen konnte, da er andernfalls zuviel gewußt hätte. Er wußte aber natürlich auch so zuviel, deshalb war sein Tod, seine Liquidierung, von Mijnheer fest einkalkuliert. Lorre war bereit zu schwören, daß diese seltsamen Terroristen den Auftrag gehabt hatten, Lingen am Ende umzubringen – sie durften ja auch nicht wissen, daß Mijnheer längst den Tod des gesamten Kommandos beschlossen hatte. Doppelte Sicherheit. Entweder erledigt, nach gelungenem Attentat, Mijnheers Killertrupp Terroristen und Lingen, oder, wenn das schief gehen sollte, stirbt Lingen durch die Hände seiner RAF-Mitarbeiter. Die später von Sullivan & Co. leichter zu erledigen wären als der gerissene, bestens aufs Untertauchen eingestellte Mann ohne Gesicht.

Nein, Lingen hatte recht behalten. Und offenbar war er entkommen. Sullivan dürfte in dem von einer Panzerfaust vernichteten Wagen gesessen haben, und anders als die Zeitungen ging Lorre davon aus, daß Lingen die Panzerfaust abgefeuert hatte, nicht der mysteriös in einem Schwellenschuppen erschossene Unbekannte, vermutlich der zweite Terrorist.

Nun begann das Reinemachen. Alle, die genug wußten, um irgendwann einmal Schlüsse zu ziehen und entweder den Behörden gegenüber zu plappern oder Mijnheer mit unbequemen Forderungen zu kommen, hatten zu verschwinden. Die Terroristen waren abgehakt. Sullivan & Co. ebenfalls; wahrscheinlich war Mijnheer für dessen Ende auch noch dankbar.

Nun hatte es Filder, Gonzo und Ettore erwischt. Kein Verlust für die Menschheit. Ebensowenig wie Pattex. Schwamm drüber. Aber die drei hatten wenig gewußt. Wieviel höher auf der Abschußliste mußte er selbst stehen. Wahrscheinlich gleich hinter Lingen.

Lorre seufzte und starrte aufs Meer, das bald wiederkommen würde. Mijnheer hatte beste internationale Beziehungen; mindestens so gut und verzweigt wie das AA. Nach allem, was Lorre wußte, mußte Mijnheer auch die Diversifizierung der Geschäfte auf den Gipfel getrieben haben. Waffen und Drogen, die einzigen Sparten und Branchen, von denen Lorre wußte, brauchten nicht einmal die lukrativsten Bereiche zu sein. Und Mijnheer war immer bestens informiert. Manchmal konnte man meinen, er müsse direkte oder indirekte Kanäle nach Ganz Oben haben.

Andererseits. Lorre zuckte die Achseln und versuchte zerstreut, eine am Felsen festsitzende Muschelschale zu lösen. Eine von Millionen. Andererseits ist Bonn geschwätzig. In Kneipen werden so viele Informationen gehandelt oder verscherbelt, die nach Meinung der Hochmögenden keinen angehen und von denen keiner Kenntnis hat.

»Was mach ich bloß?« fragte er halblaut eine Möwe. Die Fähre aus Plymouth mit ihren scheußlichen Aufbauten verschandelte den Horizont. Er konnte im Moment nicht nach Bonn zurück. Ausgeschlossen. Er konnte sich ja nicht einmal telefonisch nach dem Stand der Dinge erkundigen – bei wem denn auch? Geld schicken lassen war unmöglich – dazu müßte er eine Adresse durchgeben, und Mijnheer hatte lange Lauscher. Er dankte den Göttern des Olymp, an die er so viel glaubte wie an andere, für die Erfindung der Kreditkarte.

Wo Lingen wohl steckte. Oder ob es ihn doch erwischt hatte? Unauffällig, ohne Gesicht – irgendwo eine unauffällige Leiche, an der Autobahn, in einem Gepäckschließfach, im Futtertrog des ältesten Löwen im Kölner Zoo?

Lorre schloß die Augen. Wenn Mijnheer drei Leute in Marseille umbringen lassen konnte, wieso war er dann so sicher, daß man ihn hier in der Bretagne nicht schon längst entdeckt hatte? Er öffnete die Augen, drehte sich um.

Spaziergänger. Harmlose Touristen, vielleicht auch ein paar Einheimische. Alle schienen plötzlich mißgünstig zu ihm herüberzuschauen. Mißtrauisch. Mißmutig. Mißgelaunt. Mißwollend. Das Wort gibt es nicht, sagte er sich; ein Jammer. Eine Vorläuferwelle der langsam wieder einsetzenden Flut schnüffelte am Fuß des Felsens; die Gischt, minimal, schmatzte sterbend, als ob sie sagen wollte: Ah, da bist du ja.

Lorre blickte wieder aufs Meer hinaus, atmete die warme Luft ein und begann zu frösteln.

»Wann geht's los?«

Der Adlatus blickte auf die Uhr. »In einer Viertelstunde.«

Der Staatssekretär fuhr sich mit der Rechten durchs Gesicht. »Schlimm. Ich würde viel lieber... Nun ja, es muß sein. Die Öffentlichkeit braucht einen Helden, und sei er auch noch so winzig. Wollen wir vor dem Sekt da noch einen Kaffee trinken?«

»Gern.«

»Bedienen Sie sich. Für mich bitte schwarz, wie immer.«

Der Mann, der einmal im Innenministerium gearbeitet hatte, goß zwei Tassen voll aus der *très chic* gestylten Thermoskanne, reichte eine dem Staatssekretär, nahm selbst zwei Stück Zucker aus der Schale, dann Sahne. Er rührte um.

»Netter Bericht, übrigens.« Der Staatssekretär, die Tasse am Mund, blickte auf die Boulevardzeitung, die der andere ihm morgens auf den Schreibtisch gelegt hatte.

»Feine Schlagzeile, nicht?«

Der Staatssekretär trank. »Sehr fein. ›Spediteur beim Baden ertrunken.‹ Wobei denn sonst? Bei einem Wüstenspaziergang?«

Der Adlatus leerte seine Tasse. »Jedenfalls ertrunken in der Bretagne. Ein toter Bonner, um den sich der gute Kommissar...«

»Hauptkommissar.«

»Hauptkommissar, den Sie gleich auszeichnen müssen, nicht zu kümmern braucht.«

»Ach ja.« Der Staatssekretär setzte die leere Tasse auf die Zeitung und erhob sich. »Bevor ich das vergesse... Haben Sie mal über mein Angebot nachgedacht? Was den Urlaub angeht?«

Der Adlatus nickte knapp. »Sehr nett von Ihnen. Normalerweise kann man ja nicht so schnell nach dem Umstieg und Aufstieg, aber wenn Sie es befürworten...«

Der Staatssekretär lächelte. »Lieber Mann, wenn einer es verdient hat, dann Sie. Sie haben wirklich in den letzten Monaten Gewaltiges geleistet. Ich muß in den nächsten Wochen einiges an Reisen absolvieren – Paris, Rom, Belgrad, Dublin. In der Zeit wird ohnehin nicht viel geschehen. Mir ist es lieber, wenn Sie bei Beginn der heißen Phase des Wahlkampfs wieder voll auf dem Damm sind, um mir den Rücken für dies und jenes freizuhalten.«

Der Adlatus zog einen Briefumschlag aus der Jacke und legte ihn auf die Tischplatte.

»Alles drin?«

»Selbstverständlich. Es wäre mir ganz lieb, wenn Sie es lesen könnten – falls etwas fehlt.«

Der Staatssekretär öffnete den Umschlag, der nicht verklebt war, las, nickte. »Diffuse Herzbeschwerden sind immer gut, und der Hausarzt ist echt?«

Der Adlatus grinste. »Natürlich; für alle Fälle habe ich ihn konsultiert. Mit diffusen Herzbeschwerden. Er kann da auch nichts Genaueres feststellen.«

»Gut. Ich gebe das weiter. – Ach, ich verschwinde noch kurz. Warten Sie draußen?«

Als der Adlatus gegangen war, nahm der Staatssekretär die beiden Tassen und die Schale mit Zuckerwürfeln. Zu den Vorzügen seiner neuen Würde gehörte ein eigener Hygienetrakt, wie die Sekretärin es auszudrücken beliebte. Der Staatssekretär erleichterte sich; dann schüttete er den restlichen Zucker in die Toilette, spülte die Tassen und die Schale, wartete, bis das Wasserbecken sich wieder gefüllt hatte und ging zurück in sein Büro. Die Tassen stellte er mit der Schale zur Thermoskanne, die Sahne in den kleinen Getränkekühlschrank. Das vier Tage zurückdatierte Urlaubsgesuch seines Assistenten versah er mit dem Vermerk »Bewilligen!«, paraphierte und steckte es ohne Umschlag in einen Korrespondenzstapel auf dem Tisch seiner Sekretärin. Er zog das Blatt noch einmal heraus, suchte den Eingangsstempel, stellte ihn zwei Tage zurück, stempelte das Gesuch, stellte den Stempel wieder richtig und legte ihn an seinen Platz.

Der Hauptkommissar war noch immer ganz verwirrt. Da hatte er nichts getan als seine Pflicht, und viel war gar nicht dabei herausgekommen. Nur ein erstochener Botschafter in einem Flugzeug. Es half überhaupt nicht weiter, es machte alles nur noch komplizierter. Und dafür wurde er nun dekoriert, wegen vorbildlicher Pflichterfüllung und selbstlosen Einsatzes, hartnäckigen »Dranbleibens«, wie der Staatssekretär im Auftrag des Herrn Bundespräsidenten sagte, und Beschaffens wichtiger Informationen, die dem furchtbaren Verbrechen eine neue Dimension und große Aussicht auf baldige Klärung undsoweiter.

»Pustekuchen«, sagte er kaum hörbar.

Die anwesenden Kollegen strahlten sämtlich, als ob die Ehrung ihnen gelte. Im Prinzip galt sie ja auch der ganzen Truppe, nur wofür?

Der Hauptkommissar versuchte gar nicht erst, dem Rest der gewundenen Laudatio zu folgen. Er studierte Gesichter, den interessantesten Teil der Erdoberfläche. Der Mann schräg hinter dem Staatssekretär, vermutlich dessen Referent oder so, sah schlecht aus. Grau. Hin und wieder tastete er nach der linken Brust. Armer Kerl, vermutlich völlig überarbeitet und schwaches Herz. Die beiden waren ja gerade erst auf die Posten gelangt und hatten sicherlich Berge hinterlassener Papiere abzutragen.

Als der Staatssekretär ihm etwas ans Revers steckte, etwas anderes in die linke Hand drückte und ihm dann heftig und ausdauernd die Rechte schüttelte, war er fast versucht, sich nicht zu bedanken, sondern ihm herzliches Beileid wegen

Überarbeitung auszusprechen. Aber da belaberten ihn auch schon gleichzeitig der Kerl vom Innenministerium NRW und der Kollege von der Gewerkschaft der Polizei.

Der Sekt war keine zornige Limonade, sondern echter Champagner, Moët et Chandon Brut Impérial, kühl und leicht; man ließ sich die Dinge etwas kosten. Der Hauptkommissar kam vor lauter Zuprosten und Händeschütteln und Schultergeklopftwerden kaum zum Trinken. Seine Frau zwinkerte ihm zu, strahlend.

Aus den Augenwinkeln sah er, wie der graugesichtige Mann sich krümmte, das Gesicht verzerrte. Dann hatte er ein wenig Schaum vor dem Mund und brach zusammen.

Der Staatssekretär kniete schon neben dem Mann, ehe die ersten der zahlreich anwesenden Kriminalbeamten ihren Schreck überwunden hatten.

»Armer Kerl«, sagte der Politiker leise. »Ein schwaches Herz. – Ist vielleicht ein Arzt hier?«

Es dauerte eine Weile, bis der Notarzt eintraf. Der Hauptkommissar blickte weg; er hatte die Routine schon zu oft gesehen und brauchte keine zerschlitzten Armvenen zu befragen, um zu wissen, daß der Mann tot war.

Der Untersuchungsrichter, mit dem der Hauptkommissar immer gut zusammengearbeitet und den er deshalb zu dieser Feier diskret hatte einladen lassen, beriet sich im Hintergrund mit dem Arzt. Irgend jemand begann, das Blut von der Armeröffnung wegzuwischen. Die Frau des Hauptkommissars starrte hin und hin.

Der Staatssekretär, bleich, aber zumindest äußerlich gefaßt, trat zu Richter und Arzt. Der Hauptkommissar stand nahe genug, um alles zu hören.

»Unersetzlicher Mann«, sagte der Staatssekretär. Er schüttelte den Kopf. »So wertvoll für die Republik und seine Partei. Ein Jammer. Nein, wirklich schrecklich.«

»Wissen Sie zufällig, ob er Herzprobleme hatte?« sagte der Arzt. Der Richter warf ihm einen schrägen Blick zu.

Der Staatssekretär hob die Achseln. »Er hatte ein schwaches Herz; das war bekannt. In den letzten Wochen hat er sich arg übernommen, fürchte ich. Aber es war ja auch so viel zu erledigen. Nach dem Attentat; Sie wissen schon. – Was meinen Sie denn?«

Der Arzt zögerte, blickte den Untersuchungsrichter an. Ein kaum merkliches Nicken.

»Nun ja, es sieht alles wie Herz aus. Ein...«

Der Staatssekretär hob die Hand und lächelte schwach. »Bitte keine Fachausdrücke. – Aber ich nehme an, in einem solchen Fall werden Sie eine Obduktion machen. Machen lassen.«

Der Untersuchungsrichter hustete. »Bestehen Sie darauf?«

Der Staatssekretär musterte ihn fast verwundert. »Um Himmels willen. Ich bin doch nicht Ihr Vorgesetzter. Schließlich haben wir ja zum Glück Gewaltenteilung. Nein, da mag ich mich nicht einmischen.«

»Sie sind... waren sein Vorgesetzter, nicht wahr, also im Prinzip sein Arbeitgeber. Wenn die Familie nicht...«

»Er war geschieden.«

»Ah ja. Aha. Mißverstehen Sie mich nicht, Herr Staatssekretär, aber einerseits ist strikte Befolgung der üblichen Verfahrensweisen hilfreich, wenn auch nicht immer besonders, nun ja, reizvoll. Andererseits – so viele Kriminalisten als Zeugen... Ich meine, niemand hat mit einem Blasrohr auf ihn geschossen.«

Der Staatssekretär lächelte müde. »Ich sehe, worauf Sie hinauswollen. Nein, sicher; das sieht alles wie ein jähes aber natürliches Ableben aus. Armer Kerl. Das Herz. Ich habe ihn gewarnt. – Aber das tut nichts zur Sache. Er könnte doch auch, eh, was weiß ich, vergiftet worden sein?«

Der Arzt nickte, zögernd. Der Untersuchungsrichter hob eine Braue.

»Wie denn? Ich bitte Sie! Die jungen Damen haben allen hier Sekt und Saft gereicht. Wer welches Glas bekommt ist doch der reine Zufall.«

Der Staatssekretär nickte nachdenklich. »Das stimmt. Tja. Nun also, meine Herren, wenn Sie es unbedingt von mir hören wollen: Mein Haus, das heißt, stellvertretend für die Bundesregierung, wird selbstverständlich Ihre Expertise akzeptieren und keinesfalls eine Obduktion verlangen, wenn Sie als Fachleute sie für überflüssig halten.«

»Danke sehr, Herr Staatssekretär.« Der Untersuchungsrichter deutete eine Verbeugung an. »Außerdem sind unsere Gerichtsmediziner und die Kollegen in Wiesbaden noch immer damit befaßt, die Einzelteile der Toten des Attentats, eh, zusammenzusetzen. Es wird niemand böse sein, wenn nicht noch mehr Arbeit dazukommt.«

Auf dem Heimweg, nach dem Ende des langen Umtrunks im Kollegenkreis, revidierte der Hauptkommissar seine bisher eher negative Meinung über Politiker. Der Staatssekretär hatte ihm einigermaßen imponiert – sichtlich betroffen, aber beherrscht, vernünftig, sicher. Er konnte es noch weit bringen.

»Das finde ich auch«, sagte die Frau des Hauptkommissars.

8

Der unauffällige Mann mit dem Durchschnittsgesicht trug eine schäbige, abgewetzte Tweedjacke mit Lederflicken an den Ellbogen. Ein angenehmer, ruhiger Gast; er hatte gut getrunken, ohne auch nur einmal laut zu werden. Er trank Guinness, *half pints*. Der Wirt schob ihm ein bestens gezapftes Stout hin; auf dem Schaum hätte, wie es die Vorschrift war, ein alter Penny kurze Zeit liegen können.

Lingen hob das Glas, zwinkerte dem Wirt zu, trank, wischte sich den Mund und sang den blutrünstigen Refrain eines blutrünstigen Rebellenlieds mit. Die einzige Kneipe von Knightstown auf Valentia Island war um ein Uhr früh noch geöffnet. Auf der Insel gab es keine Polizei, also auch keine Polizeistunde. Geschlossen wurde erst, wenn keiner mehr stehen konnte oder der Wirt nicht mehr wollte. Im Moment wollte er durchaus. Es war Sommer, die Jugendherberge (die aus mehreren einzelnen Häusern bestand und daher nicht kollektiv abzuschließen war) lieferte jede Menge Irland-Romantiker, die allesamt pazifistisch angehaucht waren und kriegerische Lieder grölten, weil es so irisch und überhaupt toll war, und die Bauern und Fischer der Insel grölten lächelnd mit.

Der Mann ohne Gesicht hatte sich für ein paar Tage in einem Bed&Breakfast eingemietet. Es gefiel ihm auf der Insel. Vom kleinen Hafen konnte man, mit ein bißchen Glück, zu den alten Einsiedeleien im heutigen Vogelschutzgebiet Skelligs Rocks fahren, ein paar Steinklötzchen im Atlantik, oder mit der Fähre übersetzen zur Großstadt der Gegend, Cahirciveen, wo es Zeitungen und sogar eine Polizeistation gab.

Lingens Gepäck bestand aus einem Campingbeutel und einem wasserdichten Thermo-Schlafsack der US Army. Er kratzte sich den halbfertigen Bart und trank, lauschte den Gesängen, diesmal ohne mitzusingen, und machte Pläne.

Noch einen Tag oder zwei. Es war sehr entspannend, die Luft war gut, die Leute umgänglich, das Panorama am felsigen Südwestende der Insel, wo Schafe herumkraxelten, beinahe atemberaubend. Von Cork nach Sneem war er per Anhalter gefahren und hatte Komplimente wegen seiner für einen Franzosen verdammt guten Englischkenntnisse bekommen. »Wie hieß noch dieser andere Franzose, der früher in Sneem immer Ferien gemacht hat? Überhaupt, lange nicht mehr dagewesen. Was aus dem wohl geworden sein mag? Der hatte so ne lange Nase.« Von dort war er gewandert, hatte im Freien geschlafen, die Welt und die Zeit genossen. Das Bed & Breakfast-Zimmer war eine angenehme Abwechslung, weil es die Benutzung einer Badewanne einschloß. Heißes Wasser. Beim augenblicklichen Tempo und der damit verbundenen Lebensweise, rechnete er aus, würde sein Geld reichen, um zehn Jahre erträglich zu leben. Bevor er seine Kreditkarten zerbrochen und weggeworfen hatte (in Castle Cove, mit ausgezeichneten Abfallkörben am Ufer der Bucht), hatte er in mehreren englischen Städten reichlich kassiert und, für alle Fälle, eine Spur nach Schottland gelegt. Wer das auf den Namen Hermann Burger lautende AmEx-Konto (beziehungsweise das Defizit) überprüfte, würde feststellen, daß Burger in Glasgow Bargeld besorgt und außerdem einen Flug zu den Shetlands gebucht hatte. In Irland waren die Karten nie verwendet worden.

Er machte sich allerdings keine Illusionen. Lange würde er die idyllische Wanderschaft nicht aushalten. Er hatte an die IRA gedacht, aber nur unwillig, denn er zog Abschüsse ohne aufgesetzte politische Vorwände vor, die dem Job alle etwaige Eleganz nahmen.

Cahirciveen wäre ein guter Ort, um ein Konto einzurichten. Die nächsten, bei anderen Banken, in Tralee und Dingle. Bargeld konnte einem leicht abhanden kommen. Andererseits – wenn es wirklich auf die Maschine nach New York oder Montreal ab Shannon Airport hinauslaufen sollte, was nützten ihm dann Dutzende irischer Konten?

Er leerte das Glas, klopfte auf den Tresen und ging. Gezahlt hatte er längst, jedes Glas, wie es kam. Auf einem Tisch nahe dem Ausgang hatten Gäste der Jugendherberge ein Exemplar der *Welt* liegengelassen. Heimweh, oder was auch immer, treibt die wüstesten Blüten. Er nahm die Zeitung an sich.

Sie erinnerte ihn an andere deutsche Zeitungen, die er noch in England gelesen hatte. Auf dem Heimweg zu seinem Bed&Breakfast klopfte er sich innerlich abermals auf die Schulter, daß er nicht seinen ersten Impulsen gefolgt war. In London hatte er gezögert, sich dann dagegen entschieden. In Edinburgh war ihm ein Zufallsexemplar einer deutschen Boulevardzeitung in die Hände gefallen, das jemand im Flughafen vergessen hatte.

Da er Lorre und Mijnheer kannte, hatte er bald gewußt, wo Lorre die kritischen Tage zu verbringen gedachte. Wenn Lorre klug war. Offenbar war er klug gewesen, aber nicht klug genug. Dem letzten Gespräch nach hatte Lorre nach Südfrankreich fahren wollen. Lingen hatte die Stirn gerunzelt, aber nichts gesagt. Lorres Angelegenheiten waren Lorres Angelegenheiten, aber bei Mijnheers erstklassigen – und bekannten – Kontakten zur Unterwelt von Marseille war jeder Ort in Südfrankreich eine luxuriöse Form von Selbstmord. Und Bornholm? Niemals; Lorre würde keinen Prospekt liegenlassen, wenn er tatsächlich dorthin wollte.

Aber Lorre hatte eine alte Schwäche für Nordfrankreich, speziell die Bretagne. Irgendwann einmal hatte er Lingen von einem oder zwei Hotels in Roscoff vorgeschwärmt, direkt über der Brandung und den Felsen. »Außerdem kann man mit der Fähre nach Plymouth, wenn es mal eng werden sollte.«

Zweifellos war es eng gewesen, nach allem, was in Bonn abgelaufen war. Lingen hielt die Sache für gelungen, beinahe ein Kunstwerk mit Tricks, Gegentricks, dreifachem Boden und unsichtbaren Seilen. Außerdem lukrativ. Nur um den Maler tat es ihm ein bißchen leid; aber wen kümmerten schon Politiker oder Regierungsbeamte? Wer unbedingt hobeln will, sollte sich nicht beklagen, wenn man aus ihm einen Span macht.

In London hatte er mit sich gerungen – nach Plymouth fahren oder fliegen, die Fähre nehmen, Lorre überraschen, ein paar Flaschen Calvados leeren, alte Dinge bereden und neue Projekte besprechen. Und Zeitungen lesen. Die Nakkenhaare waren dagegen gewesen.

Sinnlose Sentimentalität. Lorre war ein brauchbarer Partner, aber es gibt Geschäfte, in denen man keine Freundschaften schließen darf. Lingen war ziemlich sicher, daß man ihn, anders als Lorre, nicht beim Baden ertränkt haben würde; er gab sich ein höheres »Überlebenspotential« als Lorre. Trotzdem. Man soll nicht in die Nebenhöhle gehen, solange nicht sicher ist, daß Dr. Löwe kein Skalpell hat.

Die Nacht war mild. Er ging an der Jugendherberge vorbei. Sie bestand aus ehemaligen Coast-Guard-Cottages; eins zum

Kochen, eins zum Waschen, eins für den *warden*, je zwei für Jungen und Mädchen, und ringsum reichlich Platz zum Knutschen für die beiden letzteren. Die einzelnen Gebäude waren überhaupt nicht abzuschließen, weil ja vielleicht nachts mal jemand aufs Klo mußte, das im Waschgebäude untergebracht war. In den Büschen, am Strand, im Graben wurde gewerkelt. Lingen lächelte, während er weiterging. Er hatte damit keine Eile; während des Jobs war Askese nötig, um Ablenkungen auszuschließen, aber der Job war gut getan. Ob allerdings die katholischen Irinnen ... Er zuckte mit den Schultern und grinste die Nacht an. In seinem Alter, mit seinen Erfahrungen kam es auf ein paar Tage nicht an.

Er schloß die Zimmertür hinter sich zu, zog sich nur halb aus, um notfalls jederzeit starten zu können – eher Gewohnheit als Besorgnis –, goß sich einen Jameson ins Zahnputzglas und legte sich aufs Bett. Die *Welt* raschelte.

Irgendwann setzte er sich auf, sagte leise »Ei verflucht« und griff in die Außentasche der Tweedjacke. Es war dies eine der seltenen Gelegenheiten. Beinahe andächtig entzündete er den Zigarillo – Davidoff Sumatra, Demi Tasse –, erster Tabak seit fast einem Monat, inhalierte, nahm einen Schluck Jameson und rollte ihn eine Weile im Mund.

Die Meldung besagte, ein seit langem in Köln ansässiger Kaufmann, Holländer, Eurasier, geboren in Surabaja, mit feiner Villa im Bergischen Land und miserablem Geschmack (einiges stand nicht in der Zeitung; Lingen/Hervé Massuard erfand die Dinge hinzu, die er geschrieben hätte), sei spät abends noch in seinem Kölner Büro gewesen, allein, und vermutlich beim Aufbruch die lange Bürotreppe hinabgefallen. Er habe sich das Genick gebrochen – »Prima Knacks allerseits« –, und da es keinerlei Anzeichen für Fremdverschulden gebe, gehe die Polizei von einem Unfall aus. Bedauerlicherweise werde sich, durch die absehbare Auflösung der

Firma, für die es keine Erben o. ä. gebe, die Zahl der Arbeitslosen in Köln um einundzwanzig erhöhen.

Schwelgerisch rauchte Lingen/Massuard zu Ende, trank ein weiteres Zahnputzglas Jameson, gurgelte, giggelte, grunzte. Er glaubte keinen Moment an einen Unfall; aber wer auch immer geschubst haben mochte, hatte den Himmel verdient. Und ihm die Rückkehr ins aktive Leben möglich gemacht.

Immer wieder kehrte er zu dieser Meldung zurück. Nun konnte niemand mehr etwas wissen. Mit einem Gefühl der Erleichterung las er den Rest der Zeitung. Erleichterung weniger wegen der nicht länger bedrohlichen Bedrohung, der er sich durch einen Flug nach Ashtabula, Timbuktu oder Ulan Bator entziehen zu können glaubte. Erleichterung, weil er wieder würde arbeiten können, statt ewig um Irland herumzuwandern, Däumchen zu drehen oder Flugzeuge zu besteigen.

Später las er, zum Vergnügen, noch einen Irland betreffenden Artikel. Darin hieß es, im Zusammenhang mit völkerrechtlichen Fragen im Rahmen der EG werde ein Staatssekretär aus Bonn Dublin besuchen, um dort an einer Konferenz sowie bilateralen Gesprächen teilzunehmen. Dem Artikel war ein Foto des Mannes beigefügt.

Lingen/Massuard betrachtete das Gesicht. Es war absolut nichtssagend, durchschnittlich, grau, nicht wiederzuerkennen. Eigentlich war es gar kein Gesicht. Er betrachtete das Foto erneut und immer wieder. Etwas ließ ihn nicht los von diesem Mann, der nach Irland kommen würde. Er wußte nicht, was es war. Er wußte auch nicht, warum seine Nackenhaare sich plötzlich sträubten.